W0468938

grafit

Das *Kartoffelgedicht* auf S. 64 f. stammt in Wahrheit nicht von Fritz Böttger, sondern von Ferdinand Sauter (1766–1846) ebenso wie Böttger *Lob der Salate* auf S. 238 nicht in den Sinn gekommen ist, sondern der Verfasser Ludwig Eichrodt (1827–1892) heißt.
Heinrich Heine (1797–1856) hat niemals eine Stadt namens Morgenthal besucht und konnte dort daher niemandes Tod betrauern. Das Grabgedicht auf S. 367 hat sich die Autorin dieses Romans einfallen lassen.

Chemnitzer Str. 31, D-44139 Dortmund
Internet: http://www.grafit.de
E-Mail: info@grafit.de

Umschlaggestaltung: Dorothea Posdiena, www.posdiena.de
Umschlagbild: *Pavonia*, Lord Frederick Leighton; akg-images
Druck und Bindearbeiten: CPI – Clausen & Bosse, Leck
ISBN 978-3-89425-607-4
1. 2. 3. 4. 5. / 2010 2009 2008

Gabriella Wollenhaupt

Leichentuch und Lumpengeld

Historischer Kriminalroman

grafit

Gabriella Wollenhaupt, Jahrgang 1952, arbeitet als Fernsehredakteurin in Dortmund. Seit 1992 schreibt sie Kriminalromane, ihre freche Polizeireporterin Maria Grappa hat Kultstatus.

Leichentuch und Lumpengeld ist Wollenhaupts erster historischer Kriminalroman. Die Heldin des Buches, Rachel Grünblatt, lebt im Vormärz und hat daher nicht die Möglichkeiten, die Maria Grappa in der Jetztzeit zur Verfügung stehen, aber schlagfertig ist sie auch ...

Mehr Informationen über die Autorin im Internet: www.gabriella-wollenhaupt.de.

Ich danke meinem Mann Friedemann Grenz für die immer faire und konstruktive Kritik, seinen Humor und die ihm eigene Geduld. Ohne ihn wäre das Buch anders geworden.

Emil Hartenau	Inhaber der Weberei *Hartenau und Söhne*
Lilly Hartenau	seine zweite Ehefrau
Moritz Hartenau	Sohn Emils aus erster Ehe
Thekla bzw. Trude	Dienstmädchen der Hartenaus
Justus von Kleist	Polizeidirektor aus Berlin
Schwarz und Escher	Mitarbeiter des Justus von Kleist
Hans Kürten	Gendarm in Morgenthal
Doktor Heinz Wiesner	Arzt und Leichenbeschauer
Ruben Grünblatt	Dirigent und Komponist
Marlene Grünblatt	seine Frau und Salonière
Rachel Grünblatt	die Tochter
Elias Leclerc	Rubens Neffe, Revolutionär
Luise Hanke	Dienstmädchen der Grünblatts
Ludwig Immermann	Redakteur
Luther	sein Pferd

Heinrich Heine	deutscher Dichter
Emily Stein	Sängerin und Zimmerwirtin
Fritz Böttger	literarischer Feinschmecker
Doktor Hubert Langewiesche	Schauerromantiker
Grethe von Muffe	selbst ernannte Muse
Heinrich Graf von Überall	Offizier d. R.
Harry Roth	Weber
Karl Roth	sein Sohn
Josefine Roth	Harry Roths Tochter und leichtes Mädchen
Anni	Wirtin des *Goldenen Bären*
Dolly	Puffmutter
Terese, Elfi	leichte Mädchen
Pfeiffer	Prokurist der Weberei
Aufgiebel	Notar und Testamentsvollstrecker
Direktor Fritsche	Bankier

Einzelne Fabrikanten hielten sich hübsche Arbeiterinnen in der Fabrik und traten an viele andere mit ihren Verführungen heran; manche Werkmeister benutzten ihre Herrschaft, um den Mädchen alle Zugeständnisse zu entreißen. Ja nicht einmal mit Erwachsenen begnügten sich die Schlimmsten. In einer großen Spinnerei Barmens hatten 13 Mädchen von 10 bis 14 Jahren der Bestialität eines Aufsehers gewaltsam unterliegen müssen und ihre Familien mit einer schrecklichen Krankheit angesteckt.

Alphons Thun, *Die Industrie am Niederrhein und ihre Arbeiter,* 1879

Der kleine Max fängt keine Barben. Eine Leiche verliert einen Arm und ein Gedicht verbreitet Hass. Ein Schmuckstück wird kaputt geputzt. Die Polizei schläft an einem Busen. Die Kartoffel wird besungen. Im Wirtshaus gibt es eine Schlägerei.

Der Morgen hat an dieser Stelle eine sanfte Biegung. Flussgras wiegt sich im Rhythmus der Strömung. Max sitzt etwas erhöht am Ufer und schaut nach den Barben. Wenn sie nach Luft schnappen, entstehen Wellenkreise. Zwischen Flusspflanzen und Ufer hat der Junge das Netz ausgelegt. Er hat es aus Webgarn geknüpft. Die Barbe ist ein guter Fisch. Weißes Fleisch. Viele Gräten, aber sie sind winzig. Vier hat Max schon gefangen, seit das Netz vor zwei Wochen fertig geworden ist. Mutter hat aus den Fischen Frikadellen gemacht. Die waren lecker.

Das Netz bleibt oft leer. Leider. Der Junge träumt von einer Angel. Wo er den Köderwurm graben kann, weiß er. Aber woher den Haken nehmen?

Heute ist Sonntag. Oft sitzt er auch an Schultagen hier. Oder er geht in die Fabrik, um Lohn. Schule ist langweilig. Vergeudete Zeit. Jeder weiß, dass Weberkinder mit der Schule nichts anfangen können. Bücher und das, was in ihnen geschrieben steht, machen nicht satt. Fische schon.

Er wartet. Ein leichter Wind kommt auf. Das Stockentenpaar gibt sich dem Windstrom hin und folgt der Kurve des Morgen.

Der Junge sieht den Vögeln nach. Er wartet auf die Barben. Aber die richtigen Braten fliegen in den Himmel.

Vom Fluss weht ein Geruch ans Ufer. Der Junge kräuselt die Nase und denkt an eine ertrunkene Kuh.

Der schwarze Koloss bleibt in den Maschen des Netzes hängen. Das Kind läuft los, packt einen Ast, kehrt zum Ufer zurück, zieht das Treibgut heran. Es dreht sich um die eigene Achse. Der Junge schreit.

Rachel Grünblatt beobachtet ihre Mutter bei dem untauglichen Versuch, ihr Alter zu kaschieren. Marlene Grünblatt lässt sich vor dem Schminktisch nieder und vertieft sich in ihr fünfundfünfzigjähriges Spiegelbild. Mit den Zeigefingern beider Hände zieht sie die Mundwinkel nach oben. Statt fünfundfünfzig neunundvierzig. Sie lächelt sich an, vierundvierzig. Sie verharrt eine Weile und prüft den Haaransatz. Ihre Miene verrät Rachel: noch mehr graue Haare. Doch achtundvierzig.

»Meinst du, ich sollte heute Abend das neue Mousselinekleid tragen?«, flötet Marlene. In dem Kleid wirkt sie vielleicht wie sechsundvierzig.

»Ja, *maman*«, entgegnet Rachel ohne Interesse. »Du siehst entzückend aus in dem rosa Kleid.«

»Es ist doch elfenbeinfarben«, widerspricht die Mutter. »Kind, was ist bloß los mit dir? Hast du denn gar keinen Sinn für das Weibliche?« Marlene Grünblatt beendet den Satz mit einem Seufzer. Ganz ehrlich: fünfzig. Rachel ist entschieden aus der Art geschlagen.

»Es gibt wichtigere Dinge als das Weibliche«, entgegnet die Tochter prompt.

»Für dich aber nicht.« Marlene Grünblatt hat ihrer Stimme einen besorgt-beleidigten Ausdruck gegeben.

»Hör auf, *maman*!«, fordert Rachel. In ihren Ton zieht ein kleiner Stahlklang ein. »Du weißt, dass mich dieser Weiberkram nicht interessiert. Finde dich endlich damit ab.«

»Wenn du dich damit abfindest, deine Bestimmung im Leben zu verfehlen und nie einen Mann und eine Familie zu haben«, jammert die Mutter.

Rachel schweigt. Es hat keinen Sinn zu widersprechen. Seit zehn Jahren immer wieder das Gleiche.

»Irgendwann wirst du einsehen, dass ich recht habe.«

»Ja, *maman*«, seufzt Rachel – auf der Stirn die Falte, die bei Verärgerung aufzutauchen pflegt.

»Schau dich nur an, Kind«, nörgelt Marlene Grünblatt weiter und lässt sich auf das Sofa fallen. »Immer diese schrecklich dunklen Farben! Und das Haar. Einfallslos, langweilig. Sieh dir die anderen jungen Frauen an. Ihre Kleider sind hell und verziert. Deine alte Mutter kleidet sich jugendlicher als du.«

Rachel lächelt. Sie liebt ihre Mutter, sonst hätte sie ihr an den Kopf geworfen, dass die Garderobe der Madame Grünblatt in Morgenthal oft Gesprächsthema ist – nicht wegen ihrer Exklusivität oder Eleganz, sondern weil sie unpassend scheint: *mamans* Kleider haben zu tiefe Ausschnitte und sind zu eng. Die albernen Keulenärmel sehen an den üppigen Oberarmen aus wie die verkrüppelten Flügel eines verunglückten Huhns. Marlene Grünblatt hat eine Vorliebe für Pastelltöne und goldfarbene Verzierungen.

Die Mutter ist überrascht. Rachels Wutanfall scheint diesmal auszubleiben. Vielleicht hat das Kind ja doch noch ein Einsehen. Irgendwann. Doch Rachel ist schon achtundzwanzig – fast zu alt, eine Familie zu gründen.

»Bist du denn heute Abend dabei, Liebes?«, fragt Marlene Grünblatt.

»*Maman!* Du weißt, ich kann diese Leute nicht ertragen.«

»Was habe ich nur für eine Familie!«

Erneut ein Tag der Klagelieder, denkt Rachel. Die Ärgerfalte vertieft sich.

»Dein Vater hat auch mal wieder etwas vor. Probe mit dem Orchester, weil die Geiger ihre Partie nicht beherrschen.«

»Es sind die Celli, *maman*«, stellt Rachel klar.

»Wie auch immer! Meine Familie interessiert sich nicht für das, was mir wichtig ist. Aber das ist ja nichts Neues.«

Rachel denkt an den Vater. Wie oft hat er versucht, seine Gattin für Musik zu begeistern. Und Literatur. Leider vergebens. Aber einen Salon muss sie leiten, die Mutter.

»Gut, *maman*«, sagt Rachel. »Ich werde da sein, lächeln, mit den Gästen Konversation machen, mir ihre schrecklichen Texte und ihre dummen Ansichten anhören. Und sogar das abscheuliche Getriller ertragen.«

Der Mann hat kein Gesicht mehr. Der Gendarm erkennt ihn trotzdem – an seiner Leibesfülle. So fett wie Emil Hartenau ist niemand sonst in Morgenthal. Der Tote trägt eine dunkelviolette Seidenweste. Gehrock und Schuhe fehlen.

Die Helfer haben den Leichnam aus dem Fluss gezogen und ins Gras gelegt. Jetzt warten alle auf den Doktor. Die Satteldecke des Polizeipferdes bedeckt den Kopf des Verstorbenen.

Der Gendarm heißt Hans Kürten. Er ahnt, dass Hartenaus Tod lange und schwierige Ermittlungen erfordert. So bald es geht, will sich Kürten deshalb an Berlin wenden. Dort gibt es Behörden, die nach den modernsten Methoden der Polizeiwissenschaft arbeiten. Neu gegründete Abteilungen mit Spezialisten.

Die Sonne steht hoch. Langsam trocknet ihre Wärme die

Seidenweste des Toten. Der feine Stoff schillert im Licht. Aber der Gestank wird unerträglich. Fliegen machen sich über den Körper her. Immer mehr Menschen nähern sich. Es hat sich herumgesprochen, dass es am Ufer des Morgen etwas zu sehen gibt.

Kürten hört das Getuschel. Trauer ist nicht zu spüren, nur Sensation.

Die Neugierigen bleiben auf Abstand, doch lassen sie den Gendarmen und den Toten im Gras nicht aus den Augen. Kürten fühlt sich wie auf einer Theaterbühne. Ob die Leute applaudieren werden, wenn der Leichnam abtransportiert wird?

Der Name Hartenau ist verhasst in Morgenthal. Emil Hartenau war ein rücksichtsloser Machtmensch. Seine Weber waren ihm auf Gedeih und Verderb ausgeliefert. Und es gibt Gerüchte. Der Fabrikant hat dem Vorstand eines vaterländischen Vereins angehört, der sich nach den monatlichen Sitzungen in gewissen Häusern in der Nachbarstadt zu vergnügen pflegt. Manche der Herren bleiben zuweilen länger.

Vor drei Tagen ist Lilly Hartenau in die Gendarmerie gerauscht und hat verlangt, dass nach ihrem Ehemann gesucht werde. Kürten ist überrascht gewesen. Lilly Hartenau hat jene Verve, die Frauen interessant macht. Sie ist sehr viel jünger als ihr Mann, war edel gekleidet und hat den Gendarmen von oben herab behandelt. Kürten hat es abgelehnt, nach dem Fabrikbesitzer zu fahnden, und Lilly Hartenau hat die Wache voller Wut verlassen. Die blonden Locken an den Schläfen haben einen so wilden Tanz vollführt, dass ein Schildpattkamm – mit roten Steinen besetzt – aus ihrem Haar gefallen und auf dem Boden gelandet ist.

Kürten hat ihn – unbemerkt von anderen – aufgehoben und trägt ihn seitdem in der Brusttasche seiner Uniform.

Er hofft auf den Tag, an dem er Lilly Hartenau den Kamm zurückgeben kann. Nun scheint der Wunsch in Erfüllung zu gehen. Als Amtsperson muss er ihr die Nachricht vom Tod ihres Gatten überbringen und ihr vielleicht beistehen – wie auch immer.

Der Geruch nimmt ihm den Atem. Kürten wendet den Kopf ab, doch das hilft nicht viel. Der Leichengestank ist penetrant.

Der Gendarm öffnet den Kragen seiner Uniform und entschließt sich, seine Position zu ändern und sich gegen den Wind zu stellen. Er geht an dem Toten vorbei. Etwas Weißes lugt aus der Westentasche.

Bedacht darauf, flach zu atmen, geht Kürten in die Hocke. Langsam und vorsichtig zieht er einen Zettel aus der Tasche. Er tritt zur Seite und betrachtet das Papier. Es ist aufgeweicht, doch noch als Zeitungsseite zu erkennen.

Mit spitzen Fingern entfaltet Kürten das Blatt. Eine Titelseite der örtlichen Zeitung – *Morgenthaler Volksfreund.* Der Gendarm schaut auf das Datum: 10. Juli 1845. Das ist schon ein paar Tage her.

Schnell überfliegt Kürten die Texte auf der Seite und bleibt an einem hängen, der die Überschrift *Das Lied vom Hasse* trägt.

Nicht alles ist mehr lesbar, doch immerhin dies:

Und wo es noch Tyrannen gibt, die lasst uns keck erfassen. Wir haben lang genug geliebt und wollen endlich hassen.

Kürten lässt das feuchte Papier sinken und denkt nach. Emil Hartenau war der Besitzer der hiesigen Weberei. In den letzten Wochen hat es dort Unruhen und Streitigkeiten gegeben, doch zu einem revolutionären Ausbruch wie in anderen Gebieten ist es noch nicht gekommen. Zwei Mal hat Hartenau aufmüpfige Weber der Gendarmerie gemeldet. Kürten hat die Männer einbestellt, ihnen gut zugeredet und sie wieder laufen lassen. Hoffentlich stellt sich das nicht als Fehler heraus, denkt er jetzt. Kürten hat Sympathie für die Leute. Sie sind arm und haben keine Chance, ihre Lage zu verbessern.

Ist das Papier ein Hinweis auf den Hintergrund der Tat? Aber vielleicht hat Emil Hartenau auch nur das Gleichgewicht verloren und ist ins Wasser gestürzt, betrunken? Die Welse im Morgen fressen alles, auch Menschengesichter.

Kürten spürt Angst in sich aufsteigen. Unauffällig lässt er das Papier in seiner Uniformjacke verschwinden.

Der Kutschwagen des Doktors fährt vor. Der Arzt steigt schnaubend aus und nähert sich. Er ist nicht mehr der Jüngste, und gelegentlich quält ihn Rheuma. Seine beiden Helfer laden eine grobe Holzkiste ab und folgen dem Arzt.

Doktor Heinz Wiesner begrüßt den Gendarmen und sieht sich dann den Leichnam an. Er zieht die Pferdedecke vom Gesicht des Toten, zuckt aber nicht mit der Wimper. »Nicht schön«, brummt er.

Hans Kürten sieht an dem zerstörten Gesicht vorbei. Er hat im *Bären* Königsberger Klopse bestellt und will sich den Appetit nicht verderben. Hoffentlich bewahrt die Wirtin die Portion für ihn auf.

Der Doktor hebt Hartenaus Extremitäten an. Plötzlich hat er einen Unterarm in der Hand. Kürten würgt.

»Wird er sich wohl zusammenreißen!«, blafft der Arzt. Er winkt den Helfern und weist sie an, den Körper in den Holzsarg zu befördern. Mit steinernen Mienen schieben die beiden den Deckel von der Kiste, legen ihn vorsichtig neben den Körper, rollen die Leiche darauf und packen erneut das Brett. Über der Öffnung der Kiste kippen sie es, und Hartenau plumpst in den Sarg.

»Bisschen sanfter, die Herren!«, schnarrt Wiesner und legt den Arm vorsichtig zu dem Rest der Leiche. »Muss ja noch was halbwegs Komplettes da sein beim Sezieren, oder? Hab keine Lust, in Gulasch herumzufuhrwerken.«

Rachel Grünblatt bereut ihr Versprechen. Aber sie wird es einhalten. *Maman* liegt so viel daran, diese merkwürdigen und dummen Menschen um sich zu versammeln, die sich für Künstler halten.

Beurteilen kann *maman* die literarischen Qualitäten ihrer Salonbesucher nicht. Von der großen Bibliothek, die es im Haus gibt und deren dreitausend Bücher regelmäßig gepflegt und abgestaubt werden, nimmt *maman* kaum Notiz. Im Gegensatz zu ihrer Tochter. Rachel treibt sich seit ihrer Kindheit zwischen den Büchern herum – oft begleitet sie ihren Vater, der wunderschöne Geschichten über die Dichter und Denker und ihre Werke zu erzählen weiß.

Durch die Tür hört Rachel die Stimme ihrer Mutter. Sie macht mal wieder dem Dienstmädchen Vorhaltungen. Um was es geht, kann Rachel nicht verstehen. Aber es ist auch gleichgültig. Luise Hanke und *maman* geraten jeden Tag mehrmals aneinander. Das Mädchen ist eine selbstbewusste Person. Sie lässt sich nichts gefallen und kann ziemlich frech werden. Wenn sie so aufgeregt ist, wirkt sie besonders hübsch – ihre Augen werden dann ganz groß und strahlen.

Marlene Grünblatt braucht den gelegentlichen Schlagabtausch mit dem Personal, um sich in ihrer Rolle als Dame des Hauses bestätigt zu fühlen.

Ihre Stimme ändert sich plötzlich, verliert das Schrille.

Rachel springt auf: Der Vater kommt nach Hause. Sie stürzt durch die Tür und nimmt die Treppe nach unten. Ruben Grünblatt küsst seine Frau auf den Mund und sie schmiegt sich an ihn.

»Meine kluge Tochter«, ruft Ruben Grünblatt, als er Rachel erblickt, und öffnete beide Arme. Sie fliegt hinein.

»Dieses Kind«, seufzt Marlene. »Dieses Mädchen.«

»Wie war es in der Akademie? Können die Violoncelli ihre Noten jetzt?«, fragt Rachel.

»Leidlich«, antwortet der Vater. »Aber ob sie sehr falsch spielen, Passagen weglassen oder alles richtig machen – das merkt in Morgenthal ohnehin niemand. Die Kleider der Damen oder die Begleitungen der Herren sind da schon wichtiger, nicht wahr, meine Liebe?«

Marlene schmollt, sie hat den Angriff verstanden. Rachel kichert.

Der Vater greift nach der Hand seiner Frau und küsst sie. Marlene schmollt nicht mehr; Rachel kichert nicht mehr.

Sie wundert sich, wie schon so oft, dass ihr Vater, ein sensibler und gebildeter Herr, diese Frau geheiratet hat und sie ganz offensichtlich noch immer liebt.

Was hat sie selbst von der Mutter mitbekommen? Weder die Statur noch die Gesichtszüge. Zum Glück auch nicht den schlichten Geist. Die Liebenswürdigkeit fehlt ihr jedoch ebenfalls. Rachel grübelt so oft wie ihre Mutter lacht. Sie schweigt gern, die Mutter redet immer. »Mein stiller Mond«, so wird Rachel vom Vater genannt und »meine goldene Sonne« seine Frau.

Ruben Grünblatt ist Mitte fünfzig, ein großer schlanker Mann. Er geht immer leicht vornübergebeugt. Sein Haar ist schwarz und voll. Rachel hat seine scharf geschnittene Nase geerbt, nur ist sie bei ihr etwas kleiner ausgefallen.

Natürlich weiß Ruben von den Spannungen zwischen Mutter und Tochter. Sie verschärfen sich, je länger Rachel die Kuppelversuche ihrer Mutter ignoriert oder abwehrt. Aber noch hat Marlene niemanden angeschleppt, der wenigstens auch dem Vater gefallen hätte.

Hartenaus Körper befindet sich im Leichensaal im Keller des Krankenhauses. Trotz der Hitze draußen herrscht hier eine einigermaßen erträgliche Temperatur.

Wiesner zieht sich einen Kittel über und beginnt, die Kleidung des Toten zu zerschneiden. Seine beiden Helfer haben sich in die vom Seziertisch am weitesten entfernte Stelle des Raumes verdrückt. Der junge Gendarm bleibt in der Nähe des Doktors. Immerhin ist er von Amts wegen verpflichtet, der Leichenöffnung beizuwohnen.

Kürten hört, wie die Schere durch die Kleidung fährt. Er wagt einen Blick. Der mächtige Bauch des Fabrikbesitzers liegt wie eine riesige helle Blase auf dem Tisch, die anderthalb Arme hängen seitlich herab. Auf dem Leib des Toten sind schwarze Flecken erkennbar.

»Dann wollen wir mal!« Doktor Wiesner hat weiche Lederhandschuhe übergestreift und bewegt alle zehn Finger auf einmal.

»Erst mal die üblichen Lockerungsübungen«, erklärt der Arzt. »Und jetzt hält er sich am besten die Nase zu.«

Kürten beeilt sich, dem Rat des Doktors zu folgen, und kneift seine Nase zu. Wiesner nimmt eine lange Nadel und stößt sie in den Unterleib der Leiche. Ein deutliches Zischen ist zu hören. Der Ballon auf dem Tisch sinkt ein wenig in sich zusammen. Wiesner tritt zurück.

»Das waren die Gase. Sie befinden sich im Bauchraum«, doziert er. »Lass er seine Nase los, Junge, nehme er das Papier dort und schreib er in Stichworten, was ich ihm sage«, weist der Arzt Kürten an. »Die beiden Dummbatzen dahinten können nur ungenügend buchstabieren, da stünden wir die ganze Woche noch hier. Ist er bereit?«

Kürten nickt. Der faulige Geruch aus den Därmen hängt in der Luft, ist aber erträglicher geworden.

»Mann, weiße Haut, ein Meter neunzig, etwa sechzig Jahre, bester Ernährungszustand. Der Oberkörper scheint unversehrt zu sein. Totenflecken. Hat er das?«

Der Arzt pfeift die Assistenten heran. »Was wog der Sarg mit der Leiche?«, fragt er die Hilfsgendarmen.

»Zweihundertvierundachtzig Pfund«, lautet die Antwort.

»Und die leere Kiste jetzt?«

»Dreiunddreißig.«

»Schreib er das Gewicht auf.«

Hans Kürten murmelt »Zweihunderteinundfünfzig« und notiert die Zahl.

»Nun dreht ihn um«, befiehlt Wiesner.

Die Hilfsgendarmen haben Mühe und hantieren ungeschickt herum, doch schließlich liegt der Körper halbwegs auf dem Bauch.

»Hinten keine sichtbaren Blessuren«, stellt der Arzt fest. »Dreht ihn wieder zurück. Jetzt kommt der Kopf dran.«

Wiesner entfernt das Leinentuch, das er dem Toten ums Gesicht gebunden hat. Mit beiden Händen tastet er den Schädel ab.

»Aha. Das ist ja was. Eine Schussverletzung«, konstatiert er. »Und Spuren von Tierfraß. Der Mann ist erschossen worden.«

Jetzt ist es klar. Die Berliner Spezialabteilung der Polizei muss sofort informiert werden. »Sind wir fertig?«, fragt der Gendarm.

»Aber nicht doch«, grinst der Arzt. »Jetzt hole ich die Kugel raus und dann die Organe. Und dann schaff er mir die gnädige Witwe Hartenau heran.«

Rachel sitzt in der Bibliothek und liest. Sie hat sich die *Marquise von O…* genommen, jene unerhörte Begebenheit, die von einer unerklärlichen Schwangerschaft, von Hass, Stolz und Liebe berichtet. Am Abend wird Rachel andere Texte zu hören bekommen. Deshalb will sie ihren Kopf mit etwas Gutem füllen. Sie hofft, so den Abscheu verringern und den Mund halten zu können.

Die Klingel an der Haustür tönt. Das Mädchen Luise geht mit schwerem Schritt durch den Flur. Die Dielen knarren.

Das Mädchen öffnet die Tür. »Ja, bitte?«

»Ich möchte zu Ruben Grünblatt«, sagt eine junge Männerstimme.

»Wen darf ich melden?«, fragt Luise.

»Elias Leclerc.«

»In welcher Sache verlangt er den gnädigen Herrn zu sprechen?«

»Ich bin ein Verwandter«, hört Rachel. »Genauer gesagt – sein Neffe.«

Elias Leclerc ist ein schöner junger Mann mit dunklen Haaren, die wild unter einer Jakobinermütze hervorquellen. Rachel hat diese Kopfbedeckungen schon oft auf Zeichnungen und Gemälden gesehen. Die Jakobiner haben sie beim Sturm auf die Bastille zum ersten Mal getragen – hohe rote Mützen aus Filz oder steifem Stoff, die sich nach oben verjüngen. Normalerweise prangt an der Seite die Trikolore, die französische Flagge. Elias Leclerc hat sich jedoch für den preußischen Adler entschieden.

Jetzt sitzt der junge Mann im Salon der Familie Grünblatt. Die Begrüßungsrituale haben sie hinter sich.

Marlene Grünblatt ist ein wenig konsterniert, wagt es aber nicht, ihrem Gatten die Freude über den unangekündigten Besuch zu verderben. Elias ist der Sohn von Rubens älterer Schwester Sarah, die seit ihrer Heirat in Paris lebt.

Ruben lässt seinen Blick lange und prüfend auf Elias verweilen. Ja, da sind Ähnlichkeiten mit seiner Schwester. Der Blick ist offen und klar. Und die schlanke Gestalt nimmt für Elias ein.

»Wie lange willst du bleiben?«, fragt Ruben seinen Neffen.

»Einige Monate vielleicht«, antwortet Elias. »Aber ich werde mir eine Bleibe suchen und eine Arbeit.«

»Du wohnst natürlich hier bei uns. Das Haus ist groß genug«, stellt Ruben Grünblatt fest.

Marlene will etwas sagen, doch der entschlossene Ton ihres Mannes lässt sie stumm bleiben.

»Vielen Dank, lieber Onkel«, lächelt Elias.

»Wir haben heute Abend Gäste«, wirft Rachel ein. »Künstler und andere interessante Menschen. Du könntest ihnen vielleicht etwas aus Paris berichten. Die kleinen und großen Geschichten aus Morgenthal haben wir schon hundertmal vernommen.«

»Das mache ich gerne«, sagt Elias.

»Aber vielleicht will er sich lieber von der langen Reise ausruhen«, meint Marlene. Ohne den Neffen näher zu kennen, möchte sie ihn nicht mit ihren Freunden zusammenbringen.

»Ich bin nicht müde«, stellt Elias fest.

»Wir reden aber über Literatur und Malerei«, versucht die Salonière, den Vorschlag ihrer Tochter abzuwehren.

Rachel lächelt. Sie findet ihre Idee geradezu brillant. Elias unter all diesen Langweilern – das wird sicherlich ein großer Spaß werden.

»In Literatur kenne ich mich ein wenig aus«, behauptet der Neffe. »Heinrich Heine darf ich sogar meinen Freund nennen. Die Reise nach Deutschland haben wir gemeinsam angetreten. Leider kränkelt er ein wenig. Den Maler Eugène Delacroix kenne ich auch recht gut. Haben Sie sein wunderbares Gemälde *Die Freiheit führt das Volk* gesehen, verehrte Tante?«

Marlene Grünblatt muss passen, aber Rachel sagt mit leuchtenden Augen: »Ein schönes, starkes Gemälde! Ich habe davon gelesen und Kopien in den Händen gehalten. Ist es wirklich so riesig?«

»O ja, Cousine«, lächelt Elias. »Es misst fast vier mal drei Meter und erinnert an die Pariser Juli-Revolution vor fünfzehn Jahren. Ich habe damals alles mit angesehen. War ein Knabe von elf. Trotzdem mussten mich meine Eltern in meinem Zimmer einschließen. Sonst hätte man mich in den Pariser Straßen auf der Seite des Volkes gefunden. Das Bild in den Louvre zu bringen war übrigens sehr kompliziert. Wir mussten es aus dem Rahmen nehmen. Erst an Ort und Stelle wurde das Bild wieder zusammengesetzt. Das Gemälde ist unstehlbar. Es passt nicht durch Türen und Fenster.«

Rachel bewundert ihn: »Wie interessant du erzählen kannst.«

Ruben Grünblatt sieht die Dinge etwas nüchterner. »Dann haben wir uns also einen Revoluzzer ins Haus geholt.« Er lacht. »Elias wird in Morgenthal für Wirbel sorgen, meine liebe Marlene. Und heute Abend gibt er bei deinen Schöngeistern sein Debüt als Enfant terrible. Ich glaube, das lasse ich mir auch nicht entgehen.«

Marlene Grünblatt schmollt kurz, gewinnt der neuen Lage dann aber Positives ab. Und sie muss Entscheidungen umstoßen. Das elfenbeinfarbene Mousselinekleid passt nicht mehr – zu unauffällig. Sie spielt mit dem Gedanken, das himbeerfarbene Satinkleid zu tragen, das seit Wochen im Kleiderschrank hängt und auf seine Premiere wartet. Sie wird sich das Haar etwas auflockern lassen und sich dann vielleicht auch ein wenig revolutionär fühlen.

Hans Kürten ist unterwegs zu Lilly Hartenau. Er lenkt sein Pferd in das bessere Viertel der Stadt, das auf einem Hügel liegt. Die Häuser haben vorn Gärten und geschmiedete Zäune, verzierte Fronten und Erker, die kleinen Schlosstürmen ähneln. Die Gärten sind zum Tal ausgerichtet und bieten einen freien Blick auf den Morgen. Vor der Weberei befindet sich ein Mischwald und auch die Behausungen der Arbeiter beleidigen die Augen der Reichen nicht.

Kürten denkt an das Gedicht aus der Westentasche des Toten. *Wir haben lang genug geliebt und wollen endlich hassen.* Und von Tyrannen ist die Rede. Im *Morgenthaler Volksfreund* hat es ausführliche Berichte über den Weberaufstand in Schlesien gegeben. Das ist gerade mal ein Jahr her. Der Fabrikant Zwanziger hat seinen Arbeitern empfohlen, Gras zu fressen, wenn es für Brot nicht reichen würde. Daraufhin hat die wütende Menge das Haus des Zwanziger gestürmt und alles kurz und klein geschlagen. Die Weber sind weitergezogen. Vor dem Haus des Unternehmers Dierig hat der Kommandeur auf die Menge schießen lassen. Elf Menschen sind gestorben – darunter auch Frauen und Kinder. Vierundzwanzig wurden schwer verwundet. Erst nach Tagen haben Truppen den Aufstand niederschlagen können. Hunderte Weber sind verhaftet worden und vor Gericht gekommen.

Hans Kürten weiß: Der Funke der Revolution kann jederzeit auf Morgenthal überspringen. Hier und da hat es schon revolutionäre Reden gegeben. Auch sind Blätter mit Aufrufen verteilt worden, die eine ähnliche Botschaft haben wie dieses Gedicht: Weg mit den Tyrannen und ein gutes, freies Leben für das Volk.

Die politische Polizei hat daher auch schon in Morgenthal Spitzel angeworben, die für ein paar Taler Augen und Ohren offen halten sollen. Die Arbeiter nennen sie verächtlich Dreigroschenjungs und selbst Kürten bringt ihnen keine Sympathie entgegen.

Der Mord an dem Webereibesitzer hat die Lage verändert. Er wird für erhebliche Unruhe sorgen. Bald werden sich die Spitzel mit Hinweisen auf den Täter überbieten.

Kürten ist an der Villa Hartenau angelangt. Er steigt vom Pferd, bindet den Braunen fest und lockert den Sattelgurt. Verstohlen blickt er zu den Fenstern. Niemand ist zu sehen. Vielleicht ist die Gnädige ausgegangen und er gerät nur an das Mädchen.

Die breite Marmortreppe führt zu einem zweiflügeligen Portal. Kürten überprüft seine Uniform und klopft etwas Staub von der dunkelblauen Jacke. Er rückt die Mütze zurecht und durchschreitet den Vorgarten, ganz Amtsperson. Rosen und Rittersporn stehen in voller Blüte. Efeu klettert an der Wand.

Der Gendarm zieht an der Klingel und vernimmt wenig später Schritte. Die Klappe in der Tür wird geöffnet. Kürten sieht zwei graue Augen und darüber die Volants einer Haube.

»Melde mich bitte der Frau Hartenau«, sagt der Gendarm mit fester Stimme.

Das Mädchen öffnet die Tür und geht voraus durch einen breiten Flur. Rechts und links an den Wänden hängen kleine und große Ölgemälde in vergoldeten Rahmen, gefällige Berg- und Flusslandschaften, in denen sich nette Tiere und fröhliches Landvolk tummeln. Kürten folgt der großen weißen Schleife auf dem Po des Mädchens und riecht die Appretur, die in der Schürze hängt. Die Schuhe des Dienstmädchens und die Stiefel des Gendarmen lassen das Parkett knacken. Es ist glatt gebohnert und zum Teil mit orientalischen Teppichen belegt.

»Ich sage der gnädigen Frau Bescheid«, kündigt das Mädchen an. »Bitte warten Sie.«

Der Durchgang zur Eingangshalle bleibt geöffnet. Kürten hört das Mädchen die Treppe hinaufgehen, an eine Tür klopfen und mit jemandem reden.

Wenig später erscheint Lilly Hartenau, in einen Morgenrock gehüllt.

»Entschuldigen Sie meinen Aufzug. Ich habe mich nicht wohlgefühlt«, erklärt sie. »Was gibt es?«

Der Gendarm erkennt Furcht in den blauen Augen.

»Haben Sie Nachricht von meinem Gatten?«

»Wir haben einen Leichnam im Fluss gefunden«, sagt Kürten. »Es könnte Ihr Gatte sein. Es wäre gut, wenn Sie mitkommen würden.«

»Er ist tot?«, fragt Lilly Hartenau schrill. »Wieso ist er tot? Und wieso könnte er mein Gatte sein? Was ist mit ihm? Wieso könnte? Sehen Sie doch genau hin. Jeder kennt meinen Gatten.« Sie beginnt zu schluchzen.

»Der Mann hat lange im Wasser gelegen«, erklärt Kürten. »Deshalb …«

Eine halbe Stunde später lässt Lilly Hartenau anspannen. Kürten reitet voraus.

Er bemüht sich, eine aufrechte Figur abzugeben. Dynamischer als sonst klemmt er die Schenkel fest um den Pferdebauch und spürt eine verdächtige Wärme im mittleren Teil seines Körpers. Der Schildpattkamm der Witwe scheint ein Loch in seine Uniform zu brennen.

Elias Leclerc sieht sich in dem geräumigen Zimmer um. Mit seiner letzten Unterkunft in der Nähe des Butte Montmartre ist das nicht zu vergleichen. Er denkt an seine Flucht vor den Häschern der Sûreté. Er hat das Wichtigste in einen Rucksack gepackt. Die Mutter hat ihm Geld zugesteckt und einen Brief an den Bruder mitgegeben. Welch ein Glück, dass Heine gerade eine Reise nach Düsseldorf plante und in der Kutsche noch ein Platz frei war.

An den Grenzen hat Elias keine Probleme gehabt. Einen Steckbrief mit seinem Namen und seinem Bild hatte man so schnell nicht anfertigen können.

Elias will den Onkel sprechen und verlässt das Zimmer – den Brief seiner Mutter in der Innentasche der Jacke.

Sie hat ihn vor Marlene gewarnt. Sie sei zwar nicht bösartig, aber dumm. Über Cousine Rachel hat Elias' Mutter nichts berichten können – nur dass sie ein blasses Mädchen sei und mit einer großen Nase ausgestattet, der Eigenart der grünblattschen Sippe. Elias schätzt die Cousine auf fast dreißig – also einige Jahre älter als er. In diesem Alter sind Frauen normalerweise verheiratet und haben mehrere Kinder. Doch darum scheint sich Rachel nicht zu scheren.

Elias hört eine Violine und ein Piano. Er folgt den Klängen und gelangt zum Musikzimmer. Die Tür steht halb offen.

Ruben Grünblatt sitzt am Flügel. Rachel steht aufrecht und konzentriert sich mit geschlossenen Augen auf ihr Tun. Beide lächeln und bemerken ihn nicht.

Elias kann die Musik keinem Komponisten zuordnen, doch sie gefällt ihm. Sie ist innig und klar. Piano und Violine führen keinen Krieg gegeneinander.

Eine solche Musik kann es nur geben, wenn sich zwei Seelen lieben, schießt es Elias durch den Kopf. Der Wunsch, endlich auch so zu fühlen, kommt jäh. In seinem Leben hat es in den letzten Jahren keine Harmonie gegeben.

Vater und Tochter haben ihn noch immer nicht entdeckt. Rachel öffnet aber jetzt die Augen. Sie sind groß, leicht schräg gestellt und von dunkelvioletter Farbe. Rachel hat eine helle, feinporige Haut und schweres, schwarzes Haar, das in der Mitte gescheitelt und hochgesteckt ist. Für eine Frau ist sie entschieden zu groß. Sie trägt ein schlichtes, schmal geschnittenes Kleid aus dunkelrotem Tuch und flache Schuhe.

»Elias!« Ruben hat den Neffen nun entdeckt. »Komm zu uns. Magst du mit uns musizieren?«

»Mein Klavierspiel erlaubt nicht, so eine Musik vom Blatt zu spielen. Ich höre aber gern zu. Was habt ihr denn da zum Besten gegeben?«

»Hübsch, nicht wahr? Das war eine Sonate für Violine und Klavier in F-Dur vom guten Felix Mendelssohn Bartholdy. Meine Rachel spielt die Violine sehr schön! Du müsstest sie mal Bach interpretieren hören, die Partiten.«

»Lass mal, Papa«, widerspricht Rachel. »Ich muss noch viel lernen, und das weißt du auch.«

»Mein lieber stiller Mond ist so bescheiden«, meint Ruben.

»Das täuscht, Papa. In gewissen Dingen bin ich alles andere als bescheiden.«

»Oh, ja. Davon gibst du der Welt und deiner armen Mutter ja sehr oft eine Kostprobe.«

Vater und Tochter lachen, Elias lächelt.

»Ich habe einen Brief für dich, Onkel Ruben«, sagt er. »Von deiner Schwester, meiner Mutter.« Er zieht das Schreiben aus der Jacke und reicht es dem Onkel. »Ich muss dir gestehen … dass ich … ganz schnell aus Paris wegmusste.

Und nicht mehr zurückkann. Für wie lange, weiß ich nicht. Und ihr solltet wissen, dass vielleicht ein Steckbrief mit meinem Bild erstellt wird.«

Ruben schließt die Tür des Musikzimmers. »Was hast du angestellt?«

Elias sieht Rachel an.

»Das interessiert mich auch, Cousin«, grinst sie. »Es gibt keine Chance, mich aus dem Zimmer hinauszukomplimentieren. Also versuch es gar nicht erst.«

Lilly Hartenau erkennt ihren Mann an einem herzförmigen Leberfleck auf der linken Wade und an seiner mächtigen Statur. Doktor Wiesner und Hans Kürten ersparen ihr den Rest. Der Sezierschnitt, der vom Brustbein über den Nabel zur Blase führt, ist nicht für Frauenaugen bestimmt.

Die Witwe drückt sich ein Tuch unter die Nase. Ihren Gatten hat sie nie gern gerochen. Oft hat er nach Schweiß, Bier, Schnaps und dem billigen Parfum der leichten Mädchen gestunken. Doch das hier ist entschieden zu viel.

»Können wir an die Luft gehen?«, fragt Lilly Hartenau. Schweißperlen glitzern auf ihrer hohen Stirn. Flach atmet sie durch das Batisttuch.

Leise weist der Arzt die Helfer an, den übel riechenden Fleischberg in die Kiste zu schaffen.

Die drei steigen hinauf ins Erdgeschoss und treten ins Freie. Die Sonne strahlt unbekümmert. Lilly Hartenau zieht ihren Schutenhut ins Gesicht und öffnet den Sonnenschirm.

»Ich muss Ihnen ein paar Fragen stellen«, kündigt der Gendarm an. Er wundert sich, dass Frau Hartenau noch nicht nach der Todesursache gefragt hat.

»Natürlich. Was geschieht jetzt?«, fragt die Witwe. »Ich muss ihn ja beerdigen lassen.«

»Ich muss Berlin informieren. Ihr Mann wurde erschossen. Man wird wohl ein paar Polizeibeamte nach Morgenthal schicken.«

»Erschossen?« Lilly Hartenaus Stimme ist schrill. »Wer hat das getan? Und warum?«

»Gnädige Frau«, sagt der Arzt. »Es handelt sich um einen Mordfall, und zwar um einen nicht aufgeklärten. Hab ich das richtig gesagt, Kürten?«

Kürten nickt.

»Wer ist fähig zu so etwas?«, schluchzt die Witwe. »Und warum tut jemand meinem Gatten so etwas an? Was sind das für Menschen?«

Kürten und Wiesner werfen sich einen Blick zu. Sie denken beide das Gleiche. Dass der Fabrikant mehr Feinde als Freunde gehabt hat. Diese Tatsache kann auch Frau Hartenau nicht verborgen geblieben sein. Mag sie noch so laut schluchzen.

»Bevor die Experten nach Morgenthal kommen, muss ich ein Protokoll geschrieben haben, gnädige Frau. Ich würde Sie gerne am frühen Abend zu Hause besuchen, um das Gespräch fortzusetzen, wenn es Ihnen recht ist. Jetzt sollten Sie sich etwas schonen.«

Lilly Hartenau lächelt unter Tränen und nickt Kürten zu. Ein junger Mann mit Manieren, denkt sie. Der Doktor verabschiedet sich. Er muss seinen medizinischen Bericht zu Papier bringen. Kürtens Notizen stecken in seiner Tasche. Die Analyse wird kurz ausfallen. Ein Schuss ins Hirn. Die Kugel hat der Arzt aufbewahrt. Die Organe des Toten sind trotz der Leibesfülle in Ordnung, nur die Leber ist leicht verfettet. Am Geschlechtsteil des Toten hat sich ein Morbus venereus ausgebreitet – vermutlich ein Mitbringsel aus den Freudenhäusern der Gegend. Der Doktor nimmt sich vor, die Witwe zu gegebener Zeit über die ansteckende Krankheit zu informieren.

Lilly Hartenau besteigt den Zweispänner und befiehlt ihrem Kutscher die Heimfahrt. Während das Gefährt die holprige Straße nach Hause nimmt, überlegt sie, dass sich ihr Leben jetzt ändern wird. Es wird sich bessern. Schließlich ist sie die Haupterbin. Dem Sohn aus Hartenaus erster Ehe steht nur der Pflichtteil zu. So hat ihr toter Mann es erzählt. Schon vor mehreren Monaten.

Lilly Hartenau lehnt sich bequem in das Polster zurück und streckt die Beine von sich. Gut, dass sie ihren Gatten sofort als abgängig gemeldet hat. Sie lächelt und freut sich auf ihr neues, schönes Leben. Vielleicht kann sie ja sogar ihren Lebenstraum verwirklichen: Argentinien. Dort hat sie Verwandte.

Hans Kürten kehrt noch einmal zur Polizeiwache zurück. Er verfasst die Meldung nach Berlin. Darin steht, dass der Fabrikant ermordet wurde und ein Zusammenhang mit unzufriedenen Webern möglich ist. Dann schickt er einen der Helfer damit zur Telegrafenstation in der Nachbarstadt.

Kürten weiß aus den Dienstanweisungen, dass es in Berlin eine politische Polizei gibt, die Sonderermittler in die preußischen Provinzen schickt, wenn dort Dinge geschehen, die einen politischen Hintergrund haben könnten. Für so wichtige Meldungen ist der preußische Telegraf auch sonntags in Betrieb. Die Sommerluft ist klar. Spätestens morgen liegt die Meldung in Berlin vor.

Der Gendarm erinnert sich an das Gedicht, das der Tote bei sich hatte. Kürten spürt Ehrgeiz. Er will wissen, wer dieses Gedicht geschrieben hat.

Die Zeitungsseite ist inzwischen getrocknet:

> Und wo es noch Tyrannen gibt, die lasst uns keck erfassen. Wir haben lang genug geliebt und wollen endlich hassen.

Kürten verlässt die Gendarmerie und überquert den Rathausplatz. Genau gegenüber dem großen, backsteinernen Kasten befindet sich das Redaktionsbüro des *Morgenthaler Volksfreundes.*

Rachel lässt ihre Kleist-Novelle auf den Schoß sinken. Sie sitzt in der Gartenlaube am Teich. Vom Haus aus ist sie nicht zu sehen. Sie liebt diesen Ort. Er ist verwunschen und sie kann ihren Gedanken ungestört nachhängen.

Doch die Laube steht so nah am Haus, dass Rachel ihren Vater und Elias diskutieren hören kann.

Der Cousin hat seine aufregende Geschichte erzählt. Man hat ihn verdächtigt, der Drahtzieher einer dritten Rebellion zu sein. In Lyon. Schon zwei Mal, 1831 und 1834, haben die Seidenweber, die *canuts,* versucht, gerechten Lohn zu erkämpfen, um ihre Familien ernähren zu können. Elias' Vater Pierre, ein Mann mit offenem Geist und revolutionärem Sinn, ist 1831 nach Lyon gereist und hat sich auf die Seite der *canuts* geschlagen und einige Gruppen angeführt. Einmal ist er sogar vorausmarschiert und hat die Fahne getragen. Sie hatte die Aufschrift *Vivre en travaillant, ou mourir en combattant.*

Elias ist damals zwölf Jahre alt gewesen. Aber der Sinn des Satzes, entweder arbeitend zu leben oder kämpfend zu sterben, hat ihm schon damals eingeleuchtet.

Rachel beobachtet eine Libelle. Sie schillert blau wie feine Seide und tanzt von einer Blüte zur nächsten. Libellen finden ihre Nahrung in der Natur. Arbeiter müssen sie sich anders beschaffen.

Ich werde die Art meiner Lektüre ändern, nimmt sich Rachel vor. Die Geschichten ihrer bevorzugten Dichter spielen ausschließlich in den gehobenen Kreisen. Elias' Berichte aus Frankreich haben in ihr den Wunsch geweckt, andere Welten kennenzulernen.

Auch in Morgenthal gibt es eine Weberei. Dort ist sie noch nie gewesen. Hunderte von Menschen arbeiten in der Fabrik – auch kleine Kinder. Das sei in allen Webereien der Welt so, hat Elias behauptet. Lange Arbeitstage, niedriger Lohn und schlechte, ungesunde Wohnverhältnisse seien ihr Los.

Rachel beschließt, sich näher mit dem Volk und seinen Sorgen zu befassen. Immerhin hat sie es ja nur einem Zufall zu verdanken, dass sie die Tochter von Ruben Grünblatt ist und nicht in einer Weberstube aufwachsen musste.

Kürten drückt die Tür zur Redaktion auf. Berge von alten Zeitungen liegen herum. An einer Holzwand kleben Zettel und Zeichnungen. Ein großes Glas Bier steht auf dem Tisch, noch zur Hälfte gefüllt. Der Redakteur kann nicht weit sein.

Im Nebenraum rattert die Druckmaschine. Der Gendarm klopft energisch an die Tür und hört: »Moment!«

Kürten kennt den Redakteur. Ludwig Immermann verkehrt in den Kneipen der Stadt, beruflich, versteht sich. Er lässt keine politische Versammlung aus und ist häufig Gegenstand der Berichte der Dreigroschenjungs. Unruhestiftung befleckt seine Weste jedoch noch nicht.

Nach der Thronbesteigung ließ der vierte Friedrich Wilhelm die Pressefreiheit zunächst zu. Wenige Monate später führte er die Zensur aber wieder ein. Dieses Hin und Her hat in Preußen gute Tradition.

Seit den Karlsbader Beschlüssen müssen alle Publikationen mit mehr als zwanzig Seiten vor dem Erscheinen genehmigt werden. Bücher werden erst nach dem Druck geprüft.

Immermann schert das alles wenig. Er hat einen Weg gefunden, Karikaturen, Aufrufe und revolutionäre Artikel zu verbreiten: So etwas lässt er in Sachsen drucken – dort sind die Herrschenden liberaler – und nach Preußen schmuggeln. Und von dem, was der Redakteur im *Morgenthaler Volksfreund* veröffentlicht, verstößt nichts gegen die preußischen Zensurbestimmungen.

Immermann betritt jetzt die Redaktion. Er trägt seine graue Schürze. Die Hände sind mit Druckerschwärze beschmiert. Der Redakteur ist Ende dreißig. Sein Haar ist im Nacken zusammengebunden – eine Frisur, die in diesen Zeiten nicht mehr à jour ist.

»Oh, die Staatsmacht persönlich«, sagt der Zeitungsmann spöttisch. »Und das am heiligen Sonntag. Was habe ich verbrochen? Nehmen Sie mich gleich mit oder kann ich erst noch meine Zeitung vollenden?«

»Der Feiertag hält ja das Leben nicht an. Sie ruhen ja auch nicht, damit Sie morgen eine Zeitung haben. Beruhigen Sie sich. Es liegt nichts gegen Sie vor. Sie sind zu schlau, um sich etwas zuschulden kommen zu lassen«, stellt der Gendarm fest.

»Trotz der vielen Spitzel, die mir die Geheimpolizei immer nachschickt?«

Kürten reagiert nicht auf die Provokation. »Es geht um etwas ganz anderes.«

»Auch ein Glas Bier?«, fragt Immermann.

»Nicht im Dienst«, antwortet Kürten. »Ich habe auch noch eine Vernehmung zu führen heute Abend.«

»Was ist passiert in unserem beschaulichen kleinen Ort? In zwei Stunden ist Redaktionsschluss.«

Kürten überlegt. Es wird sich sowieso herumsprechen. Zu viel Publikum hat das Treiben am Ufer des Morgen beobachtet. Eigentlich erstaunlich, dass Immermann noch nichts weiß. Aber vielleicht tut er auch nur so.

»Es geht um Mord.«

»Mord?«

»In der Tasche des Opfers habe ich dieses Papier gefunden«, fährt Kürten fort. »Eine Seite Ihrer Zeitung. Vom 10. Juli.«

»Das war vor neun Tagen.«

»Haben Sie die vollständige Zeitung noch?«

Immermann nickt. »Natürlich. Ich suche sie heraus.«

Der Redakteur wuchtet einen Packen Zeitungen auf den Tisch. Sie sind an den Seiten gelocht und mit einer Kordel auf ein Brett gebunden.

»Der Zehnte. Dann schauen wir mal«, murmelt Immermann und beginnt zu blättern. »Hier hab ich sie schon.«

Der Gendarm betrachtet die Seite. Ja, das Gedicht ist komplett lesbar.

»Worum geht es eigentlich?«, will Immermann wissen. »Wer ist ermordet worden und was hat diese Zeitung damit zu schaffen?«

»Georg Herwegh also«, sagt der Gendarm. »Ist er ein bekannter Dichter?«

»Ja. Und ein Freund«, antwortet Immermann. »Ein Freund der Armen und Geschundenen.«

Das Gedicht trägt den Titel *Lied vom Hasse*.

Wohlauf, wohlauf, über Berg und Fluss
Dem Morgenrot entgegen,
Dem treuen Weib den letzten Kuss,
Und dann zum treuen Degen!

Bis unsre Hand in Asche stiebt,
Soll sie vom Schwert nicht lassen;
Wir haben lang genug geliebt
Und wollen endlich hassen!

Die Liebe kann uns helfen nicht,
Die Liebe nicht erretten;
Halt du, o Hass, dein Jüngst Gericht,
Brich du, o Hass, die Ketten!
Und wo es noch Tyrannen gibt,
Die lasst uns keck erfassen;
Wir haben lang genug geliebt
Und wollen endlich hassen!

Wer noch ein Herz besitzt, dem soll's
Im Hasse nur sich rühren;
Allüberall ist dürres Holz,
Um unsre Glut zu schüren.
Die ihr der Freiheit noch verbliebt,
Singt durch die deutschen Straßen:
»Ihr habet lang genug geliebt,
O lernet endlich hassen!«

Bekämpfet sie ohne Unterlass,
Die Tyrannei auf Erden,
Und heiliger wird unser Hass
Als unsre Liebe werden.
Bis unsre Hand in Asche stiebt,
Soll sie vom Schwert nicht lassen;
Wir haben lang genug geliebt
Und wollen endlich hassen!

»Was bedeutet dieses Gedicht?«, fragt der Gendarm.

»Liegt das nicht auf der Hand? Es ruft zum Kampf auf«, erklärt Immermann. »Zum Kampf gegen Tyrannen, Ausbeuter und Verbrecher. Und zwar bis zum letzten Blutstropfen.«

»Wollen die Menschen etwa sterben? Dann sollen sie ruhig weiter solche Gedichte lesen«, empört sich Kürten. »Das ist aufrührerisch.«

»Die Menschen wollen nicht sterben«, widerspricht Immermann. »Die Menschen wollen leben. Sie wollen Glück und Frieden. Und nicht Spielball der Reichen und Mächtigen sein. Sie wollen genug zu essen haben und nicht mit dreißig krumm sein und todkrank von der Arbeit. Sie wollen, dass ihre Kinder erwachsen werden und selbst Kinder bekommen. Und nicht früh sterben! Und dafür werden sie kämpfen. Und, vielleicht, sterben.«

»All diese Aufstände haben doch keinen Erfolg und enden mit viel Blut und noch größerem Elend.«

»Denken Sie an die Französische Revolution, Herr Gendarm!« Immermanns Augen leuchten. »Da hat das Volk das satte, degenerierte Königshaus weggefegt! Da hat das Volk mit dem Lieben aufgehört und mit dem Hassen angefangen. Liberté, égalité, fraternité! Das wird auch irgendwann für uns Deutsche gelten. Und ich sage Ihnen, es wird noch in diesem Jahrzehnt sein! Und jetzt verraten Sie mir endlich: Wer ist ermordet worden?«

»Emil Hartenau.«

»Ach. Der Fabrikant. Gründe, den ins Jenseits zu schicken, gibt's ja genug.«

»Was sagen Sie da? Welche Gründe sollen das denn sein?«, fragt Kürten.

»Stellen Sie sich nicht dumm, Herr Gendarm!«, fordert der Redakteur. »Sie wissen doch, dass er sich nicht gerade einen Namen als Gönner der Armen gemacht hat. Fragen Sie seine Arbeiter und Arbeiterinnen und deren Kinder. Und denken Sie an das verlassene Haus in der Webersiedlung.«

Kürten ist irritiert. »Verdächtigen Sie die Weber?«

»Nein! Ich habe nur gesagt, dass es viele Gründe gibt, Hartenau nicht geliebt zu haben. Er war genau so ein Tyrann, wie das Gedicht beschreibt.« Immermann nimmt einen Schluck Bier. »Und Hartenaus Geschäfte waren nicht immer koscher. Mehr als einmal hat er seine Geschäftspartner betrogen – so hört man. Und gegenüber den Frauen hat er sich auch nicht wie ein gnädiger Herr benommen.«

»Das wird jetzt alles aufgeklärt. Ich habe einen Sonderermittler angefordert«, berichtet Kürten.

»Wunderbar! Das ist die interessanteste Meldung für den morgigen *Volksfreund.* Hartenau tot und ein Politkommissar im Anmarsch. Wie hat man es denn gemacht?«

»Er wurde im Morgen gefunden. Der Leichnam roch schon.« Kürten schüttelt sich.

»Dann ist er ertrunken? Wieso Mord?« Immermann ist verwirrt.

»Er war schon tot, als er in den Fluss geworfen wurde. Kopfschuss.«

»Ich werde eine Meldung verfassen«, kündigt Immermann an.

»Kannten Sie Hartenau?«, fragt der Gendarm.

»Nicht von der Person her.«

»Sie haben ihn und den *Vaterländischen Verein* nicht nur einmal angegriffen.«

»Das werde ich auch weiterhin tun«, erklärt der Redakteur. »Preußen ist morsch und faul. Es peinigt die Arbeiter und Bauern, saugt ihnen das Blut aus und verhöhnt sie. Unrecht und Knechtschaft statt Recht und Freiheit!«

Kürten widerspricht nicht. Im Grunde stimmt er dem Redakteur zu. Er kennt die Behausungen der Arbeiter, ihre kranken Kinder und ihre verhärmten Frauen. Ihm ist zugetragen worden, was Hartenau in seiner Fabrik mit den jungen Frauen getrieben hat. Er hat mitbekommen, wie arbeitsame Männer hoffungslos wurden und sich und ihre Familien umgebracht haben.

Der Gendarm setzt seine Mütze ab. »Jetzt würde ich ein Glas Bier nicht ausschlagen«, sagt er.

Immermann holt ein zweites Glas und füllt es. Das Bier ist zu warm und schon schal. Kürten trinkt trotzdem gierig.

»Ich werde auf der gleichen Seite wie die Nachricht vom Tod Hartenaus ein Gedicht abdrucken«, überlegt Immermann. »Es stammt aus der Feder von Georg Weerth. Wollen Sie es hören?«

Der Gendarm nickt und nippt am Bier.

Immermann greift nach einem Blatt und liest vor:

»Verehrter Herr und König,
Weißt du die schlimme Geschicht?
Am Montag aßen wir wenig,
Und am Dienstag aßen wir nicht.

Und am Mittwoch mussten wir darben
Und am Donnerstag litten wir Not;
Und ach, am Freitag starben
Wir fast den Hungertod!

Drum lass am Samstag backen
Das Brot, fein säuberlich –
Sonst werden wir sonntags packen
Und fressen, o König, dich!«

»Das ist Majestätsbeleidigung«, staunt Kürten. »Sie werden viel Ärger bekommen.«

»Und wenn der König des Gedichts nun der Hartenau ist? Die Freiheit der Kunst ist ein hohes Gut«, deklamiert Immermann weiter. »Wollen Sie sie beschneiden? Wollen Sie mich etwa des Verrats beschuldigen?«

Kürten stellt das leere Glas ab. »Ich habe das Gedicht nie gehört. Und jetzt muss ich gehen. Danke für das Bier.«

Während Immermann beobachtet, wie Kürten auf sein Pferd steigt, denkt er nach. Langsam ändert sich etwas in Preußen. Es gibt die Zensur, doch immer weniger Hüter derselben. Sogar der junge Gendarm scheint zu verstehen, dass Unrecht nicht ewig währen kann.

Dem *Morgenthaler Volksfreund* geht es wirtschaftlich redlich gut. Je mehr Menschen lesen und schreiben können, desto mehr wird die Zeitung nachgefragt. Händler und Kaufleute geben sogar Inserate auf, um ihre Waren bekannter zu machen. Und so formuliert der Redakteur nicht nur Meldungen über Unglücke, Tanzvergnügungen und Picknicks der Bessergestellten, sondern setzt auch noch Anzeigen.

Doch nun verfasst Immermann eine einspaltige Meldung über Hartenaus Tod. Sie wird auf der Titelseite zu sehen sein. Im unteren Teil wird das *Hungerlied* stehen. Aufgeweckte werden den Zusammenhang schon erkennen.

Schließlich fertigt Immermann die letzte Annonce:

Empfehlung: Der Schreiber dieser Zeilen, der selbst mit Hühneraugen behaftet und verwachsene Fußnägel (an den großen Zehen) hatte, ließ sich von Herrn H. Hübner, Hühneraugen- und Nagel-Operateur, in Behandlung nehmen und in kaum einer Viertelstunde waren Hühneraugen und die Verwachsung der Nägel der großen Zehen, ohne Schmerzen verspürt zu haben, gründlich und vollkommen beseitigt.

Immermann lächelt über das verschrobene Deutsch. Er hat aber gelernt, die Wünsche seiner Kunden zu respektieren.

Im Stadtpalais der Familie Hartenau sind die Gardinen zugezogen. Kürten überlegt, ob er die Befragung der Witwe wirklich allein durchführen soll. Aber ihm bleibt eigentlich nichts anderes übrig. Die Polizeidiener sind zu dumm und als spätere Zeugen nicht zu gebrauchen.

»Träumt er vor sich hin oder hat er Angst vor der Witwe?« Der brummige Bass des Arztes lässt Kürten herumfahren.

»Angst sicher nicht, lieber Doktor. Aber die Frau hat ja erst heute erfahren, dass ihr Mann tot ist. Wollen Sie mich nicht begleiten? Ich muss ihr einige Fragen stellen. Vielleicht stellen Sie sicher, dass es ihr dabei gut geht.«

»Wenn es ihm lieber ist, geh ich halt mit. Auch wenn ich eigentlich der Verdauung wegen zum Rathaus laufen wollte. Aber das kann warten. Ich bin ja gewissermaßen ein Teil der untersuchenden Behörde.«

Das Mädchen führt die beiden Männer in den Salon. Die gnädige Frau sei gleich pässlich. Kürten spürt seinen Magen. Er hat seit heute Morgen nichts gegessen und das Bier hat ihn matt gemacht. Hoffentlich riecht sie nichts, denkt Kürten. An der Wand hängt ein Porträt der Gnädigen in einem ovalen Rahmen. Beim ersten Besuch hat er das Bild gar nicht bemerkt. Es ist eine freizügige Attitüde, die Lilly Hartenau zum Besten gibt. Das blonde Haar ungebändigt, der Kopf zurückgeworfen, die Brüste nur unvollständig mit einem weißen Schleier bedeckt und die roten Lippen ein wenig geöffnet.

Kürten rülpst. Solche Bilder kennt er aus den Freudenhäusern, nur sind sie da nicht so wunderbar gemalt.

»Schau er lieber woandershin«, brummelt Wiesner ihm zu.

Schritte nähern sich. In der Tür erscheint Lilly Hartenau, ganz in Schwarz. Auf dem Kopf eine Haube, die nur wenige blonde Kringel hervorschauen lässt. Das Kleid hochgeschlossen, in der Hand einen Fächer.

»Herr Gendarm?«, fragt sie. »Was kann ich für Sie tun? Und Sie, Doktor Wiesner?«

»Ich begleite Herrn Kürten in meiner Eigenschaft als medizinischer Sachverständiger, falls Ihnen noch Fragen zum Zustand Ihres Gatten wichtig sind, gnädige Frau.«

Kürten ist etwas verunsichert. Eigentlich will er ja etwas für sie tun – nämlich den Mord an ihrem Mann aufklären. Er ist froh, dass der Arzt dabei ist.

»Bitte, setzen Sie sich, meine Herren.«

Die Herren nehmen Platz.

»Das ist ein schwerer Schicksalsschlag für mich«, klagt Lilly Hartenau. »Mein lieber Gatte hat mir alles Schwere, jede Verantwortung abgenommen. Was soll ich jetzt bloß tun?«

Dicke Tränen tropfen aus den Augen und das Mündchen verzieht sich unschön.

»Die Weberei! Die Verantwortung für über tausend Menschen! Wie kann ich den Anforderungen gerecht werden?«, weint die Witwe – verborgen hinter dem Fächer.

Kürten fühlt sich immer unwohler. Er will den Besuch so schnell wie möglich hinter sich bringen.

»Mein Beileid, gnädige Frau«, sagt er mit seiner strengen Gendarmenstimme. »Aber ich muss Ihnen jetzt ein paar Fragen stellen.«

Lilly Hartenau nimmt den Fächer vom Gesicht.

Kürten wertet das als Zeichen ihrer Gesprächsbereitschaft.

»Wann haben Sie Ihren Gatten zum letzten Mal gesehen?«, will er wissen.

Sie nennt das Datum und die Uhrzeit – ohne zu überlegen.

»Wo wollte er hin?«

»In seine Fabrik und sich anschließend mit Freunden treffen.«

»Welche Freunde?«

Sie weiß es nicht. Auch nicht, wo das Treffen hat stattfinden sollen.

»Hatte Ihr Mann Feinde? Privater oder politischer Natur?«

Keine Antwort, nur erneutes Schluchzen.

Kürten ist ärgerlich. »Hatte Ihr Mann Frauenbekanntschaften? Ist er zu Huren gegangen?«

Lilly Hartenau schreit: »Was erlauben Sie sich, Sie ungehobelter Klotz? Verlassen Sie sofort mein Haus! Ich werde an geeigneter Stelle Meldung machen ob Ihres ungebührlichen Verhaltens!«

Sie klingelt nach dem Mädchen. Kürten ist konsterniert.

Doktor Wiesner räuspert sich. »Ich bleibe noch einen Moment. Ich hätte Ihnen noch eine Art medizinisches Detail zu erläutern, das die Polizei weniger interessieren dürfte.«

Der Gendarm wird zur Tür gebracht. Ihm ist schummrig vor Hunger.

Kurz darauf ist Lilly völlig aufgelöst. »Was für eine Schande«, flüstert sie.

»Es muss nicht sein, dass Sie auch erkrankt sind, gnädige Frau«, beruhigt sie der Arzt, »aber es wäre gut, das zu überprüfen.«

Kürten steuert den *Goldenen Bären* an. Als er eintritt, wallt ihm Tabakrauch entgegen. Rechts am Fenster würfeln drei graue Weber um die Zeche. Das Schlagen der Lederbecher knallt durch die schwere Luft. Ganz hinten singen trunkene Kehlen Wirtinnenverse. Das Licht ist gelb. Die Petroleumlampen haben Dunsthöfe.

Anni stellt dem Gendarmen einen Teller Königsberger Klopse hin. Gierig schaufelt er das Essen in sich hinein.

Immermann sitzt mit zwei Männern an einem Tisch. Der Redakteur ist bei Bier geblieben, während seine Bekannten einen Krug Wein vor sich stehen haben.

Hartenaus Tod ist die Sensation des Abends. Aber Kürten beantwortet keine Fragen.

Wenig später betritt Josefine Roth die Gaststube. Sie trägt einen weiten langen Rock, Stiefeletten und hat sich die Taille eingeschnürt. Ihr Busen ist kaum verdeckt, das blonde Haar nur am Oberkopf zusammengerafft.

Sie ist mit ihrer Arbeit für heute fertig. Sie mag Kürten. Langsam, fast tänzelnd steuert sie seinen Tisch an.

»Schau an, der Hans!«

Sie setzt sich auf seinen Schoß und legt ihm den Arm um den Hals. Sie riecht nach Frau, ist weich und warm.

Kürten schiebt den Teller weg.

»Nimmst du mich mit?«, fragt er.

Josefine schaut ihn mit gelb gesprenkelten Augen an.

Die Parure ist im altägyptischen Stil gearbeitet. In fettem, gelbem Gold stecken Saphire. Das Schloss der Halskette besteht aus zwei Löwenköpfen. Das Diadem ist breit und wird mit einem Kamm ins Haar gesteckt. Den Ring, die Brosche und die Ohrringe hat Marlene Grünblatt schon angelegt.

Luise poliert das Diadem mit betonter Lustlosigkeit.

»Bist du bald fertig?«, fragt Marlene.

»Die gnädige Frau wird sich gedulden müssen«, ertönt es

schnippisch unter der weißen Haube. Luises blonde Strähne hat sich wieder mal selbstständig gemacht. Ihre hübschen Augen wandern im Raum umher, den Schmuck bedienen die Hände blind.

Marlene Grünblatt sagt nichts. Sie will ihre Kräfte für den Abend schonen.

Das Mädchen hat keinen sensiblen Griff. Etwas fällt zu Boden. Beide Frauen schauen dem Gegenstand nach und tatsächlich rollt ein kleiner Saphir davon. Er wird von der Kante des Orientteppichs gebremst.

Marlene Grünblatt kreischt. Luise geht auf die Knie und nimmt den Edelstein auf.

»Du dummes Ding!«, schreit Marlene. »Mein Gatte hat mir diesen Schmuck in Rom gekauft. Und du ruinierst ihn!«

»Kleben Sie das Ding eben wieder rein«, entgegnet Luise. »Ist doch nichts passiert.«

»Geh in die Küche zu den Küchenmädchen«, befiehlt Marlene Grünblatt. »Hilf ihnen bei den Horsd'œuvres. Da kannst du wenigstens nichts Wertvolles ruinieren.«

Luise knickst ein wenig übertrieben, verdreht die Augen und verschwindet. Marlene Grünblatt bleibt zurück.

Hoffentlich bemerkt niemand, dass in dem Diadem ein Stein fehlt. Sie trägt bereits das rosa Kleid. Es harmoniert gut mit ihrem erröteten Teint – sozusagen Ton in Ton. Die Taille ist unterhalb der Brust geschneidert und der Ausschnitt zeigt den prallen Busen, als befinde er sich in der Auslage eines Kolonialwarenladens. Sie legt das Collier um und ist zufrieden mit sich. Auf das Diadem wird sie einfach verzichten. Die gesamte Parure wäre sowieso zu protzig für diesen Abend. Außer ihr und Rachel haben sich nur zwei weitere Frauen angekündigt – und eine von ihnen trägt stets Männerkleider.

Sie muss sich um Rachel kümmern. Wer weiß, was das Mädchen wieder treibt. Marlene verlässt den Raum.

Die Tochter ist nicht in ihrem Zimmer. Marlene ruft mit tönender Stimme durchs Haus.

Ruben Grünblatt stürzt aus dem Musikzimmer. »Liebe, was brüllst du hier herum?«

»Wo ist deine Tochter?«, schnaubt Marlene. »In einer Stunde kommen die Gäste und das Kind ist weg.«

»Nun beruhige dich. Sie sitzt mit Elias in der Orangerie. Die beiden amüsieren sich bestens.«

»Oh, dann sind wir ja alle froh und glücklich!«

»Schluss jetzt mit dem Gekeife!« Ruben Grünblatt hat die gleiche Ärgerfalte auf der Stirn, die bei seiner Tochter zu sehen ist. »Ich höre tagaus, tagein vom Orchester Gekratze, falsche Töne und Disharmonien.« Er glättet die Stirn. »Ich möchte, dass mir das in meinem Hause erspart bleibt, meine liebe Gattin.«

Marlene zieht eine Schnute und lässt ihren Mann stehen. Spitzfüßig läuft sie in den Garten. Die neuen Schuhe drücken ein wenig.

Ruben beobachtet sie vom Fenster aus. Denkt an einen rosa Kugelblitz. Er lächelt. Ihre Brüste sind immer noch großartig.

Im Sommer ist die Orangerie ein Paradies für Pflanzen, die Schatten brauchen. Im Winter werden darin die Orangen- und Zitronenbäume untergestellt. Und die Kamelien. Die lieben es kühl, vertragen aber keinen Frost.

Jetzt ist das Haus fast leer. Im Ensemble der Korbmöbel sitzen Elias und Rachel dicht nebeneinander. Er erzählt von Paris, dem Leben dort. Sie hängt an seinen Lippen.

Natürlich übertreibt er. So schön, wie er erzählt, sind die

Frauen auch dort nicht. Und nicht so willfährig. Und er ist nicht der souveräne Angeschmachtete, den er ihr vorspielt. Die raffinierten Mädchen behandeln ihn wie einen netten Jungen. Er hat weder Geld noch verworfene Gelüste. Ein junger Stier, der sich erproben will. Das gefällt den Frauen. So laden ihn viele in ihre Betten ein.

Mit großen Augen folgt Rachel seinen Abenteuern. Sie atmet schwer. Ihr Teint wird frischer. Elias kann den Blick nicht abwenden. Eine Pause entsteht.

»Und du?«, fragt Elias in die Stille.

»Ich?« Rachel ist etwas verwirrt.

»Bist du schon mal geküsst worden, *ma cousine?*«

»Was glaubst du denn?«, fragt sie zurück. Sie will Zeit gewinnen.

»Vielleicht küsst du ja lieber selbst?«, lässt er nicht locker. »Also? Oder möchtest du die Antwort lieber schuldig bleiben?«

»Ich bin schon oft geküsst worden«, antwortet sie. Sie denkt an die Küsschen von *maman* und Vater.

»Und andersherum? Hast du viele Männer geküsst?«

»Was fragst du denn da?«

»Hast du also nicht«, stellt er leise fest. Er lässt ihren Blick nicht los.

Rachel stockt der Atem.

Elias' Stimme wird ganz sanft. »Du bist wunderschön, Rachel. Ich möchte dich sehr gern küssen.«

»Ich geb es zu, Elias. Ich habe tatsächlich nicht viel Erfahrung im Küssen.«

»Darf ich dir zeigen, wie es geht, liebe Cousine?«

Rachel zögert. Aber was kann schon passieren? Also schließt sie die Augen und legt den Kopf zurück.

Elias rutscht aus dem Korbsessel. Geht auf die Knie und

drängt sich zwischen ihre Beine. Zieht ihren Kopf zu sich heran. Mit beiden Händen hält er ihre Wangen.

Behutsam legt er seinen Mund auf den ihren. Wie von selbst öffnet er sich. Es ist schön, denkt sie.

Elias macht es ganz langsam. Mit den Lippen, dann auch den Zähnen zupft und knabbert er an ihrem Mund. Ihre Atmung wird schneller. Es gefällt ihr, denkt er. Schnell lässt er seine Zunge vorschnellen. Rachel öffnet die Lippen ganz. Seine Zunge senkt sich in ihren Mund.

Wie eine Umarmung ohne Arme, denkt sie, mehr ist es nicht. Feucht. Und aufregend.

Elias packt sie fester, ändert den Rhythmus. Die Zunge liebkost nicht mehr, sondern stößt.

Rachel steht in Flammen. Der Brandherd liegt freilich weit unterhalb ihres Kopfes.

Elias kann den Erfolg kaum fassen. Er macht seine kühle Cousine heiß! Entschlossen greift er nach ihren Brüsten.

»Kinder! Wo seid ihr?« Marlenes unverkennbare Stimme stülpt sich über die Szene wie ein Dochtlöscher auf eine brennende Kerze.

Elias knurrt unwillig. Rachel stößt ihn zurück. Gerade noch rechtzeitig sitzen beide wieder nebeneinander in den Korbmöbeln.

»Hier seid ihr ja«, stellt Marlene fest. »Ich glaube, es wird Zeit, euch fertig zu machen.«

Sie bemerkt die gesunde Gesichtsfarbe ihrer Tochter. »Ist dir heiß, Liebes? Du siehst etwas derangiert aus.«

»Wir haben uns angeregt unterhalten, *ma tante*«, grinst Elias. »Die Berichte von meinen Pariser Eskapaden haben Rachel etwas echauffiert.«

»Ja, in Paris gibt es vieles, was Morgenthal noch nicht erreicht hat«, bestätigt Rachel.

»Und das ist auch gut so, mein Kind«, sagt die Mutter streng. »Die Franzosen, insbesondere die Pariser, sind locker und sittenlos.« Ein missbilligender Blick trifft Elias.

Hans Kürten liegt auf dem Bauch und hat seinen Kopf an den Busen der Natur gebettet. In diesem Fall heißt die Natur Josefine Roth. Es geht ihm gut. Teile seiner Uniform liegen auf dem Boden der Stube verstreut. Josefine ist ein wildes Mädchen. Er fragt sich, ob sie jemals tugendhaft gewesen ist, und kommt zu dem Schluss, dass jeder Mensch einmal tugendhaft gewesen sein muss. Es kommt auf das Erleben danach an.

Josefine schläft. Ihre Brustwarzen sind nicht mehr hart, ihre Lippen nicht mehr feucht und ihre Haare fliegen nicht mehr, sondern liegen wie helle Flammen auf dem Kopfkissen.

Der Gendarm denkt an Lilly Hartenau. Die würde er ganz anders nehmen, ihr die Tugendhaftigkeit austreiben, ihr ein paar Schmerzen zufügen und so ihre Sinneslust steigern. Sie zur Hure machen und sie ihres Dünkels berauben. Er ist schon wieder erregt. Er drückt Josefines Beine auseinander. Sie brummt ein wenig, öffnet aber sogleich die Schenkel, nicht aber die Augen. Er wirft sich über sie.

Zwanzig Minuten später ist Kürten gewaschen und angekleidet. Josefine sitzt nackt auf dem Bett – nur vom Schein einer Petroleumlampe erhellt. Plötzlich läuft sie auf Kürten zu, geht in die Hocke und hebt etwas vom Boden auf.

»Oh, wie hübsch!«, jubelt sie. »Wo hast du den denn her? Hans, du bist so lieb zu mir!«

Sie hält den Schildpattkamm mit den Granatsteinen in der Hand und strahlt den Mann voll kindlicher Freude an.

Er zögert einen Moment. Dann nickt er: »Ein Geschenk für dich.«

Sie lacht, nimmt mit der linken Hand das blonde Haar, dreht es ein, bildet einen Knoten und steckt ihn mit dem dreizinkigen Kamm am Kopf fest.

Rachel steckt schon im Korsett, doch es ist noch nicht geschnürt. Für die Wespentaille ist *maman* zuständig. Marlene Grünblatt sitzt auf der Récamière.

»Dieser Aufwand ist immer wieder unerträglich«, seufzt Rachel. »Ich wünschte, ich hätte so viel Mut wie das Fräulein von Muffe.«

Die Mutter verzieht das Gesicht. »Du willst nicht ernsthaft wie diese Person sein.«

Rachel lächelt. »Sie ist doch eine deiner liebsten Freundinnen«, spottet sie. »Küsschen hier, Küsschen da.«

»Diese aufgeblasene Pute hält sich für etwas Besonderes«, gerät Marlene Grünblatt in Fahrt. »Nur preußischer Etagenadel – mehr ist da nicht. Und die Attitüde mit den Männerkleidern ... ich frage dich, Kind, was daran mutig ist?«

»Jedenfalls ist deine liebe Freundin Muffe schneller mit dem Ankleiden fertig als ich. Hilfst du mir?« Rachel dreht ihrer Mutter den Rücken zu.

Marlene Grünblatt schnürt die Taille ihrer Tochter zusammen. Stück für Stück, Zentimeter um Zentimeter.

Rachel stöhnt. Immer enger spannt das Korsett um den Körper. Sie hält die Luft an und protestiert: »Lass es gut sein, *maman*. Ich ersticke.«

»Kind, du darfst deine Attribute nicht verstecken.« Marlene Grünblatt ist neidisch auf die schmale Taille ihrer Tochter. Sie verknotet die Bänder. Ihr Blick folgt Rachels Halslinie.

Was für schöne, zarte Haut sie hat, denkt Marlene, und wie elegant sie den Kopf hält. Sie hat eine schöne und kluge Tochter, die nichts gemein hat mit den dummen, kichernden

Mädchen der anderen Morgenthaler Familien. Aber ein bisschen zugänglicher für Frauendinge könnte sie schon sein, seufzt die Mutter insgeheim.

Rachel dreht sich um und atmet betont lange aus. »Puh! Das ist ja Folter!«

»Manche Frauen stecken ganze Tage im Korsett«, sagt die Mutter. »Du musst es doch nur ein paar Stunden aushalten.«

»Vielleicht werde ich Graf Überall um Hilfe bitten«, kündigt Rachel an. »Er kann mir mit seinem Säbel die Bänder entzweischlagen.«

»Liebes Kind! Der Graf gilt nicht als guter Fechter. Der schlägt dir eher den Rücken auseinander«, kichert Marlene Grünblatt. »Aber zum Glück haben wir ja unseren Doktor Wiesner. Der hat seine Notfalltasche immer dabei.«

»Ich sehe, *maman*, du rechnest mit einem Blutbad. Mal sehen, was Elias und ich für dich tun können.«

Der Unterrock ist mit aufwendigen Volants versehen und mit üppigen Spitzen verziert. Er liegt über der Lehne eines Fauteuils. Missmutig quält sich Rachel hinein und stülpt sich das dunkelgrüne Kleid über. Es ist aus Samt, hat einen runden Ausschnitt, betont die Schultern und wird rückwärtig geknöpft.

Im Salon ist alles hergerichtet. Der Flügel glänzt. Auf den Tischen stehen die guten Gläser aus Kristall und die feinen Porzellanteller aus Limoges. Marlene Grünblatt führt den Salon seit zwei Jahren. Ihr Mann hat ihr von der Tradition der jüdischen Salons erzählt. In Berlin gehört es zum guten Ton, in einen Salon eingeladen zu werden. Natürlich weiß Marlene Grünblatt, dass ihr Morgenthaler Salon dem Vergleich mit dem der Rahel Varnhagen nicht standhält. Aber Morgenthal ist ja auch nicht Berlin und Marlene bemüht sich. Unermüdlich sucht sie nach interessanten Menschen.

Für den heutigen Abend haben sich wieder die beiden Dichter angekündigt, Böttger und Langewiesche, außerdem die Sängerin Emily Stein, Grethe von Muffe, die vom Erbe ihres Mannes lebt, und Heinrich Graf von Überall, ein Hauptmann der Reserve. Er malt Landschaften und Frauenporträts. Und Dackel. Auf dem Klavier dilettiert er auch. Dann der Doktor natürlich. Er ist am längsten dabei, hat keinerlei künstlerische Ambitionen, doch durchaus eine Meinung zu allem und jedem.

Marlene Grünblatt ruft nach Luise. Das Mädchen lässt sich Zeit. Es ist beleidigt, weil es in der Küche helfen musste.

»Du hast das Tempo einer Schnecke«, fährt Marlene sie an. »Ich werde mich wohl bald nach einem neuen Mädchen umsehen müssen. Hol das Bild vom Boden. Ich hätte es fast vergessen. Und mach dir den Mund sauber. Hast wohl genascht in der Küche?«

Luise grinst Marlene an und wischt sich betont langsam den Puderzucker aus dem Gesicht. Dann leckt sie sich die Finger ab und schiebt ihre wilde Strähne wieder unter das Häubchen.

Kurze Zeit später ist das romantische Landschaftsbild gegen ein Frauenporträt ausgetauscht. Es soll Marlene Grünblatt zeigen. Sie hat es vor Jahren bei dem Grafen in Auftrag gegeben und er hat sich im Rahmen seiner künstlerischen Möglichkeiten sehr bemüht.

Als er es zum ersten Mal gesehen hat, hat Ruben einen Lachanfall bekommen, denn Graf Überall hat Marlene als blutjunge, filigrane Elfe dargestellt – Blumen pflückend neben einem Seerosenteich. Marlene ist begeistert von dem Gemälde, doch Ruben hat das Aufhängen strikt verboten und im Fall der Zuwiderhandlung mit einer Duellforderung an den verantwortlichen Maler gedroht. Nur an Abenden, an denen der Künstler zu Gast ist, darf es aus der Verbannung erlöst werden.

Da hängt es nun. Marlene sieht es immer wieder selbstverliebt an.

Fritz Böttger und Doktor Hubert Langewiesche haben dieselbe Mietkutsche genommen. Während der Fahrt entsteht eine Diskussion über die Schriftstellerei. Böttger sieht sie als hehres Gut, das die Menschen belehren und bessern soll. Langewiesche hat sich dagegen dem Schauerroman verschrieben, der das Böse im Menschen herauslockt und die niederen Triebe befriedigt. Natürlich lesen sich die beiden auch gegenseitig. Wobei Böttger die Bücher seines Kollegen ausführlicher studiert als Langewiesche die Naturlyrik des Böttger. Besonders die Szenen, in denen schauerliche Verbrechen an unschuldigen Frauen verübt werden, ziehen Böttger in ihren Bann.

»Lieber, verehrter Collega«, schwadroniert Langewiesche. »Ihre Verse über den Sonnenuntergang in den Auen unseres herrlichen Flusses Morgen haben mich tief beeindruckt. Aber die von Ihnen gepriesenen Flugobjekte ließen mich etwas hilflos zurück. Statt der Lerchen hätte ich Fledermäuse genommen. Denn die starten abends, während die Lerchen des Morgens jubilieren.«

Böttger sagt nichts. Das grünblattsche Palais taucht auf.

Luise führt die beiden Dichter in den Salon. Marlene Grünblatt stürzt auf das Duo zu.

»Meine Herren«, flötet sie. »Herzlich willkommen. Was darf ich anbieten?«

Böttger entscheidet sich für Wein aus Samos. Langewiesche verzieht das Gesicht und denkt, dass der Kerl genauso klebrig ist wie der süße Wein. Er wählt einen Tee. Der Abend beginnt ja erst.

»Dürfen wir einige Zeilen von Ihnen beiden erwarten?«, fragt Marlene.

»Aber natürlich«, kommt es unisono. Böttger und Langewiesche sehen sich an wie Gladiatoren und Marlene kommt sich vor wie eine Cäsarin, die den Daumen nach unten oder nach oben richten soll.

»Ich habe ein neues Gedicht geschrieben«, erzählt Böttger. »Es handelt von der Kartoffel und ihren segensreichen Eigenschaften.«

Langewiesche grinst. »So, so. Der Erdapfel. Warum nicht? Es gibt ja viele nützliche Gemüse, die bedichtet werden können.«

Böttger erkennt die Ironie, doch in seinem Alter regt man sich nicht mehr auf. Er ist fast sechzig, ein untersetzter, gemütlicher Mann mit schütterem Haar. Seine Gedichte werden in vielen Zeitungen abgedruckt. Er hat sogar schon ein kleines Büchlein herausgebracht. Davon leben kann er nicht, aber er hat ein Vermögen geerbt, das ihm ein Auskommen ermöglicht.

Langewiesche ist noch keine fünfzig. Er hat einen mächtigen Bauch, die Augen sind chronisch gerötet vom regelmäßigen Alkoholgenuss. Langewiesche ist Zyniker, liebt die Frauen und steigt ihnen nach, wo sich die Gelegenheit bietet.

Nun führt Luise den Grafen in den Salon. Dessen erster Blick fällt auf das Porträt an der Wand und er ist beruhigt. Heinrich Graf von Überall schaut sich seine verkauften Bilder stets mit warmem Wohlwollen an. Er betrachtet sie als seine Kinder. Kinder, die er nie gehabt hat, weil er mit Frauen nicht gut zurechtkommt. Junge Rekruten jedoch mag er. Offiziell hat er sein familiäres Versagen auf den Beruf geschoben und die Rolle als Hagestolz angenommen.

Selbstverständlich hat Marlene versucht, ihre Tochter für den Grafen zu erwärmen. Graf Überall ist erst vierzig Jahre alt, zwölf Jahre älter als Rachel. Marlenes Elogen auf den Grafen sind allerdings von Rachel mit Hohn quittiert worden. Die Tochter kennt die Gerüchte über Graf Überalls homoerotische Passion.

»Lieber Graf«, jubiliert Marlene.

Von Überall verbeugt sich zum Handkuss und macht ein schlaffes Kompliment über ihr Aussehen. Marlene lächelt. Inzwischen weiß auch sie, dass von Überall ein Faible für junge Männer hat.

»Ich nehme mir einen Curaçao«, kündigt von Überall an. Er hat die Flasche mit dem giftig-blauen Zeug entdeckt. Marlene hat es eigens für ihn besorgen lassen.

Die Damen erscheinen. Grethe von Muffe ist als solche nicht sofort zu erkennen. Sie kleidet sich wie ein Mann: Hosen mit Steg, Halbstiefel, ein Hemd mit gebundenem Halstuch und eine Weste. Darüber einen Frack. Das lockenlose, brünette Haar liegt eng am Kopf des ›Herrn‹ von Muffe.

Emily Stein ist das Gegenteil. Eine üppige Frau Mitte vierzig, deren Körper so lang wie breit ist. Ihre Unterröcke rauschen beim Laufen. Sie neigt zum Schnaufen. In ihre blonden Haare hat sie glitzernde Kämme gesteckt. Der Schmuck ist floral verziert. Das schwere Collier bedeckt den wogenden Busen. Die Stein ist Sängerin. Ihre Tonlage ist der lyrische Sopran. Für Opernpartien fehlen die Luft und das Behände.

Marlene Grünblatt wundert sich, dass der Arzt noch nicht erschienen ist. Eigentlich kommt er immer früher als die anderen, trinkt ein paar Likörchen, um dann seine Umgebung mit gutmütigem Spott zu überziehen.

Die Kaminuhr schlägt. Der Hausherr erscheint, begleitet von Rachel und Elias. Der junge Mann bewegt sich mit der selbstverständlichen Grazie der Familie Grünblatt. Rachel sieht schön aus in ihrem dunkelgrünen Kleid. Die Blicke der Literaten verweilen auf ihrem Körper.

»Auch von mir ein herzliches Willkommen«, sagt der Hausherr.

Er stellt den Pariser Neffen vor. Jetzt dürfen Emily Stein und Grethe von Muffe wohlwollend blicken. Elias verteilt Handküsse und bedankt sich artig bei der Tante für das Dabeiseindürfen.

Wie selbstverständlich übernimmt Elias die Verteilung der Getränke. Rachel wünscht sich einen weißen Burgunder, Ruben ein Glas vom dunklen Port. Frau von Muffe genehmigt sich einen männlichen Whisky aus Schottland.

Rachel lächelt in sich hinein. Sie hat die lüsternen Blicke beider Geschlechter bemerkt und denkt, dass der Abend endlich mal heiter werden könnte. Sie ist auf Krawall gebürstet. Elias hat ihr so viel vom freien Leben in Paris erzählt, dass sie einen engen Hals bekommt bei dem Gedanken, ihr ganzes Leben in Morgenthal verbringen zu müssen. Und der Kuss ... Schade, dass *maman* erschien.

Marlene Grünblatt ahnt nichts von diesen aufkeimenden Begierden und Freiheitssehnsüchten. Sie scheucht Luise und die beiden Küchenmädchen nach unten. Sie sollen die Tabletts heraufschaffen. Luises Rücken spricht Bände, was sie von dieser hochgeistigen Gesellschaft hält.

»Wo der gute Doktor nur bleibt?«, fragt Marlene.

Niemand weiß es.

Der Graf hat am Konzertflügel Platz genommen und Emily Stein lehnt mit der schön gerundeten rechten Hüfte am Instrument. Das Ritual dieser Salonabende gebietet eine kurze, einleitende musikalische Vorführung.

Des Grafen Klavierspiel wird an Güte nur von seiner Fechtkunst übertroffen und Fräulein Steins Sopran muss vor einem Einsatz mit einigen Curaçao-Gläschen geölt werden.

Für Ruben sind diese Vorführungen eine Mischung aus Komödie und Qual. Aber er ist ein gutmütiger Mann und erträgt viel – seiner Frau zuliebe.

Der Graf gibt einige heftige Akkorde mit viel Pedal vor und die Stein legt los:

»An deine schneeweiße Schulter
Hab ich mein Haupt gelehnt,
Und heimlich kann ich behorchen,
Wonach dein Herz sich sehnt.«

Der Sopran klingt blechern und angestrengt. Rachel schaut auf ihren Vater. Der verzieht keine Miene.

Graf Überall blickt die Stein aufmunternd an. Sie nickt unmerklich und weiter geht es:

»Es blasen die blauen Husaren,
Und reiten zum Tor herein,
Und morgen will mich verlassen
Die Herzallerliebste mein.«

Graf Überall greift den Schmerz des lyrischen Ichs mit finsteren Molltönen auf und gestattet sich eine improvisatorische Hinführung zum Höhepunkt des Liedes.

Emily Stein atmet noch einmal durch. Das Collier auf ihrem Busen bebt. Die Strass-Chrysanthemen wollen erblühen.

»Und willst du mich morgen verlassen,
So bist du doch heute noch mein,

Und in deinen schönen Armen
Will ich doppelt selig sein ...«

Der Pianist lässt die letzten Töne im Pianissimo verperlen. Emily Stein hält das Haupt im Nachklang des Abschiedsschmerzes noch eine Weile gesenkt. Dann lässt von Überall das Pedal los.

Es ist vorbei.

Braver Applaus ertönt.

»Was für ein trauriges Lied«, meint Marlene Grünblatt beseelt. »Haben Sie es selbst geschrieben, verehrter Graf?«

»Nur die Klänge entstammen meiner bescheidenen Feder«, ziert sich von Überall. »Den Text habe ich in irgendeinem Büchlein entdeckt.«

»Heinrich Heine hat ihn verfasst«, mischt sich Elias Leclerc ein. »*Die Heimkehr* aus dem *Buch der Lieder.*«

Graf Überall schaut Elias missbilligend an.

»Aber das Wichtigste ist ja die Musik«, beeilt sich Marlene zu flöten. »Und der Sopran des Fräulein Stein ist immer wieder ein Genuss.«

»Mich hat der Text ergriffen«, spricht Grethe von Muffe mit weiblicher Hingabe aus ihrem Frackhemd hervor. »Sie kennen das Werk dieses Dichters, junger Freund?«

»Nicht nur das Werk, verehrte gnädige ... Dame. Ich hatte das Privileg, mit Herrn Heine auf der beschwerlichen Reise von Paris nach Deutschland die Kutsche zu teilen. Er weilt zurzeit in Düsseldorf. Der Bürgermeister, Herr Joachim Erwin, ist ein Bewunderer Heines und möchte eine öffentliche Einrichtung nach ihm benennen, möglicherweise sogar die Universität.«

Die Salongesellschaft pausiert und wendet sich den Leckereien zu. Den ganzen Tag haben Köchin und Küchenmädchen das Bankett zusammengestellt und hergerichtet. Es gibt mal wieder *Huhn Marengo.* Elias kennt das Gericht nicht. Die Familie Grünblatt klärt ihn auf.

Ruben beginnt: »Das ist ein Rezept, das der Küchenchef des ehemaligen französischen Kaisers Napoleon erfunden hat. Wir lieben es.«

Rachel ergreift das Wort: »Man weiß genau, wann das Rezept entstand. Nach der Schlacht von Marengo hat der Feldherr Essen verlangt. Das war am 14. Juni 1800. Die Österreicher hatten sich davongemacht. Aber den Verpflegungstross konnte auch niemand mehr finden. So haben die Soldaten einfach nach Essbarem gesucht und alles zusammengetragen. Die kulinarischen Details kennst du am besten, *maman.*«

Marlene nimmt die Finger zu Hilfe: »Man fand ein Huhn, Tomaten, ein paar Eier, zwei Krebse. Die Krebse landeten neben dem Huhn. Darüber kamen die Spiegeleier. Das Fleisch wurde ohne Knochen in mundgerechte Stücke zerlegt.«

Amüsiert folgt Elias den Ausführungen. Das Vortragen dieser Geschichte scheint ein Ritual zu sein, das die Grünblatts oft durchzuführen pflegen.

Natürlich gibt es nicht nur das Huhn. Das feine Schweinefilet rührt Ruben Grünblatt aus Gründen der religiösen Pietät nicht an. Seine Gattin hat deshalb extra für ihn Hammelfleisch in Kümmelsauce bereiten lassen. Rachel hat an all diesen Fleischereien keine Freude, ihr Interesse gilt der Aleanentorte – einem Kuchen aus Mürbeteig, dunklem Zucker und klein geschnittenen Backpflaumen, die zuvor in Rum eingelegt waren. Darüber wird eine lockere Eiercreme geschlagen.

Im Salon ist eine gemütliche Stimmung aufgekommen. Elias hat sich mit seinem gefüllten Teller an den Tisch gesetzt und schäkert mit einem der Küchenmädchen. Die Kleine wird ganz rot vor Verlegenheit, knickst und verschwindet schnell. Luise verdreht mal wieder die Augen und folgt ihr.

Rachel beobachtet die Szene. Das freie Pariser Leben hat den Cousin regelfern gemacht. Wieder denkt sie an Morgenthal und ihr Schicksal. Und den Kuss.

Endlich führt Luise den Arzt herein.

Doktor Heinz Wiesner hegt eine gewisse Sympathie für das Fräulein Stein. Er bedauert sogleich, den Kunstgenuss verpasst zu haben, und hofft auf einen weiteren Vortrag an diesem Abend.

Marlene Grünblatt erkundigt sich nach dem Grund für Wiesners Verspätung.

»Hatte noch einen auf dem Tisch, verehrte Madame Grünblatt«, erklärt Wiesner. »So erquicklich frisch wie die edlen Speisen hier war der freilich nicht mehr.« Der Arzt nimmt sich ein Bier, trinkt und prustet. »Na, das war aber nötig.«

»Hat sich wieder so ein armes Wesen vom Leben in den Tod befördert?« Grethe von Muffe meldet sich zu Wort. Sie verteilt im Winter heiße Suppe an die Arbeiter und ihre Familien.

»Mitnichten«, antwortet der Doktor. »Kein magerer Weberknecht, eher ein gut genährter Fabrikantenkakerlak.« Er lacht dröhnend.

Marlene Grünblatts Miene wird säuerlich. Wiesner ist wohl schon beim Betreten der Villa nicht mehr ganz nüchtern gewesen.

»Wer ist es denn?«, fragte Grethe von Muffe.

»Der alte Hartenau.«

Langewiesche zuckt zusammen. »Hartenau ist tot?«, fragt er.

»Sag ich doch.« Wiesner bedient sich mit einem weiteren Bier. »Da wird er sich wohl einen neuen Vorsitzenden für den Verein suchen müssen. Aber unser Vaterland hat ja genug von denen, die es um jeden Preis retten wollen.«

»Ich verbitte mir Ihren Ton, Sie Demagoge, Sie!«, sagt Langewiesche scharf.

»Aber meine Herren«, versucht die Salonière kläglich zu beschwichtigen. »Wir hatten diese kleinen, unwichtigen Streitereien doch schon letztes Mal begraben.«

»Hartenau gehört die Weberei«, flüstert Rachel Elias zu und leckt die Creme von der Gabel.

»Wie ist es denn passiert?«, lässt Grethe von Muffe nicht locker.

»Im Morgen schwamm er. Mausetot und nicht mehr schön anzusehen. Die Welse sind verfressene Biester.«

Emily Stein stöhnt und murmelt etwas. Ruben Grünblatt hofft, dass es das Versprechen ist, heute nicht mehr zu singen.

Grethe von Muffe wirft den Kopf in den Nacken: »Böse Menschen werden vom Allmächtigen bestraft.«

»Der Allmächtige hat damit nicht viel zu tun«, erläutert Wiesner. »Es sei denn, er hätte Hartenau in den Kopf geschossen.«

»Mord?« Langewiesche ist ganz Ohr. Auch Graf Überall will mehr wissen.

»Mord!«, bestätigt Wiesner. »Ich habe die Kugel herausgeholt. Könnte von einer Percussionspistole stammen. Berlin schickt einen Sonderermittler, fürchte ich. Dann ist es aus mit der Beschaulichkeit hier.«

»Wenn das mal nicht die Weberburschen waren und ihre Büttel!«, ruft Langewiesche. »Seit dem Aufruhr in Schlesien ist hier auch keine Ruhe mehr.«

»Hartenau war schon ein harter Hund«, bestätigt von Überall. »Der ließ sich nicht vom Pöbel einschüchtern. Der hat draufgeschlagen, bis das Blut spritzte. Das nenne ich aufrechtes preußisches Heldentum.«

Langewiesche wirft einen Blick zu Elias, dem Pariser: »In Frankreich schwelt der Funke der Revolution seit dem Sturm auf die Bastille. Die sind seither nie ruhig geworden, die Franzmänner. Stimmt es nicht, junger Mann?«

Elias erhebt sich. »Wenn die Reichen alles besitzen und die Armen nur darben, keine Rechte haben, außer zu arbeiten und zu sterben – dann ist der Aufstand gottgewollt. Und wenn der nicht will, geht es auch ohne ihn!«

»Aber so schlimm ist es doch in Morgenthal nicht«, versucht Marlene Grünblatt erneut, die Situation zu entschärfen. »Hier ist Preußen und nicht Frankreich. Unser Friedrich Wilhelm IV. von Gottes Gnaden ist ein guter König. Das wissen wir doch alle.«

»Waren Sie mal in den Behausungen der Arbeiter, *ma tante?*«, fragt Elias. »Wissen Sie, was diese armen Menschen zu essen haben?« Er deutet auf das Bankett: »Keine kleinen Kuchen, weder Schwein noch Hammel. Ihr Wasser ist verseucht, ihre Öfen sind kalt und ihre Kinder sind krank. Sie sind froh, wenn sie ein paar Kartoffeln finden. Ist das die Weise, in der sich ein guter König um sein Volk kümmert?«

Grethe von Muffe ruft: »Bravo!«, und klatscht in die Hände. Emily Stein wedelt sich mit ihrem japanischen Fächer Wind zu; Langewiesche und Böttger starren den aufmüpfigen jungen Mann an. Graf Überall steht kerzengrade und bereut, den Säbel am Entree abgegeben zu haben. Doktor Heinz Wiesner hält sich am Bierglas fest. Ruben und Rachel Grünblatt sitzen auf der Chaiselongue und Marlene Grünblatt ist überfordert. Welches Pulver hat die Köchin ins Essen getan? Der Ausschnitt ihres himbeerfarbenen Kleides hebt und senkt sich gefährlich.

»Wir sollten unsere Gemüter abkühlen«, schlägt sie schließlich vor. »Lieber Herr Böttger, ich weiß, dass Sie uns ein neues Gedicht mitgebracht haben. Wollen Sie es zum Besten geben, hier und jetzt?«

Fritz Böttger hüstelt. »Die Kartoffel«, beginnt er, »ist ein segensreiches Gemüse. Es stillt den Hunger der Armen und macht auch dem ersten und zweiten Stand gewisse Freuden. Und deshalb habe ich ein Gedicht über den Erdapfel verfasst.«

Langewiesche schaut spöttisch. Rachel und Elias grinsen sich verstohlen an. Marlene hat feuchte Augen, weil sie es geschafft hat, die Gemüter zu besänftigen. Ruben denkt: Hauptsache, er singt die Verse nicht. Die beiden Damen sind beim Aleanenkuchen angelangt und trinken jeweils ein Gläschen Curaçao dazu.

Böttger hält den Zettel schon in der Hand und rezitiert mit markanter Stimme:

»Solang wir die Kartoffelfrucht
in unserm Lande sehen,
kann keine große Hungersnot
aus Misswuchs mehr entstehen.
Gott hat sie wie das liebe Brot
zur Nahrung uns gegeben,
wie viel Millionen Menschen sind,
die von Kartoffeln leben.
Salat davon, gut angemacht,
mit Feldsalat durchschossen,
der wird mit großem Appetit
von jedermann genossen.
Gebrätelt schmecken sie auch sehr gut,
in saurer Brüh' nicht minder,
Erdbirnenknöpfe essen gern

die Eltern und die Kinder.
Und selbst die schlechten
kann man noch zu etwas Gutem brauchen:
Man tut sie in ein Fass geschwind
und tut sie recht verstauchen.
Und wenn sie dann verstauchet sind,
dann lässt man sie recht schweißen:
Das gibt dann den Kartoffelschnaps,
der Fusel ist geheißen.
Hat jemand sich die Hand verbrannt
und hilft dafür kein Segen,
so tut man auf die Hand sogleich
Kartoffelschabig legen.«

Stille.

Dann klatscht Marlene in die Hände. Emily folgt – schließlich hat Böttger ja auch sie beklatscht. Rachel gluckst und beginnt zu lachen. Doktor Wiesner bekommt einen Hustenanfall. Böttger gießt sich ein Glas Wein aus Samos ein.

»Dann sollen die Weber doch froh sein, dass der König sie mit den Kartoffeln versorgt«, sagt Emily Stein.

»Wie recht Sie haben, meine Gnädigste«, meint Heinrich Graf von Überall überschwänglich, greift Steins Hand und küsst sie. Und mit einem Blick auf Elias fährt er kreischend fort: »Leider ist der Untertanenverstand zu beschränkt, um diese Zusammenhänge zu erkennen. Deshalb geziemt es sich auch nicht, dass der Untertan an die Handlungen seines Staatsoberhauptes den Maßstab seiner beschränkten Einsicht anlegt. Auch sollte er sich kein öffentliches Urteil über die Gerechtigkeit derselben anmaßen. Das gilt ebenso für die Presseerzeugnisse, die sich dem Aufruhr verschrieben haben. Haben Sie verstanden, was ich gesagt habe, junger Herr aus Paris?«

Elias geht auf den Grafen zu. »Ich habe es nicht nur verstanden, sondern ich bewerte es auch. Und zwar mit meinem beschränkten Untertanenverstand. Und ich sage dazu: Dummes Zeug! Es wird der Tag kommen, wo ein gemeinsames deutsches Vaterland entsteht, das jeden Menschen in seinen Rechten willkommen heißt. Freiheit für alle, Glück für alle! Und das Recht auf ein gutes Leben ohne Angst. Dann werden alle die hinweggefegt, die so denken wie Sie, Herr Graf! Seit dem Sturm auf die Bastille weiß das Volk um seine Macht. Und auch in Deutschland wird sich dies zeigen!«

»Was erlaubt sich dieser Bengel?«, schreit von Überall voller Empörung. »Solchen Impertinenzen muss ich mich nicht aussetzen!«

»Die Erklärung der Menschenrechte in Frankreich wird auch dieses unterwürfige Land mit seinen geduckten Befehlsempfängern, wie Sie einer sind, verändern! Ein kluger Mann hat geschrieben, dass ein solches Ereignis der Menschheitsgeschichte nicht vergessen werden kann, weil es eine Anlage und ein Vermögen in der menschlichen Natur zu Besserem aufgedeckt hat«, fährt Elias mit wildem Gestus fort.

»Revoluzzergewäsch!«, schnarrt der Graf.

»Nein, Kant. Immanuel Kant«, stellt Elias fest. »Der Preußen Lieblingsphilosoph.«

»Frecher Kerl! Ich werde dieses Haus ab heute besonders beobachten lassen«, kündigt Heinrich Graf von Überall an. »Jedenfalls so lange, wie sich dieser Demagoge aus Paris hier aufzuhalten pflegt. Bis jetzt, Grünblatt, gab es nichts an Ihrem vaterländischen Sinn auszusetzen. Aber es ist ja bekannt, dass die Vertreter Ihrer Rasse stets noch andere Loyalitäten beachten.«

Ruben Grünblatt tritt in die Mitte des Raumes. Er ist bleich und entschlossen. »Graf Überall, bitte verlassen Sie mein Haus.«

Von Überall starrt Ruben an, wird rot, dreht sich auf dem Absatz um und marschiert hinaus.

Der Hausherr wendet sich an die anderen: »Ich glaube, es ist an der Zeit, diesen Abend zu beenden. Es ist schon spät und wir alle sind müde.«

Marlene wünscht sich weit weg.

Kurz darauf sind alle gegangen. Marlene setzt sich an den Tisch, schiebt das beschmutzte Geschirr zur Seite und legt den Kopf auf die Platte. Tränen rollen.

Ruben zieht den Kopf seiner Frau hoch und drückt ihn an seinen Körper. Marlene schluchzt weiter.

»*Maman,* es tut mir leid«, sagt Rachel.

»Du kannst nichts dafür, Kind«, weint Marlene. »Dieser schreckliche Neffe mit dem dummen Geschwätz. Warum tut er mir das an?«

Elias steht in der Tür. Er hat sich umgezogen, trägt die rote Jakobinermütze und hält seinen Rucksack in der Hand.

»Ich werde gehen«, kündigt er an. »Vielen Dank für alles.«

Rachel kann es nicht glauben.

Elias dreht sich um und ist weg.

»Das können wir nicht zulassen, Papa«, ruft sie. Sie greift ihre Wollstola und folgt Elias in die dunklen Straßen.

Es ist kurz vor Mitternacht. Hans Kürten hat Josefine längst verlassen und steht am Tresen des *Goldenen Bären.* Die Liebe hat ihn durstig gemacht. Zu viel Bier trinkt er aber nie. Ein Gendarm im Rausch ist nicht preußisch.

Die Kneipe ist immer noch gut besucht. Das Elend verliert nach ein paar Gläsern seinen Schrecken – da geht es den Webern nicht anders als anderen.

Zwei Spitzel betreten den Schankraum. Niemand beachtet sie. Jeder weiß aber, wer die beiden sind. Im Hauptberuf ist einer der Männer Hausierer, der andere Bierkutscher. Letzterer wirft Kürten einen verschwörerischen Blick zu. Der Gendarm will sich nicht mit Spitzeln befassen und wendet sich ab. Die Dreigroschenjungs mischen sich unter die Leute.

Wirtin Anni spült Gläser. Ihr Mann steht am Fass. Das Bier geht gut. Der Tag ist heiß gewesen.

Harry und Karl Roth unterhalten sich mit Anni. Josefines Vater und ihr Bruder sind Stammgäste im *Bären.* Beide arbeiten in Hartenaus Fabrik. Josefine ist ebenfalls schon mit dreizehn Jahren in die Weberei gegangen. Als Fadenkind. Sie und die anderen Kinder haben vierzehn Stunden am Tag die gebrochenen Fädchen zusammengeknüpft. Die Hände kleiner Mädchen sind zierlich und geschickt.

Hartenau beschäftigt viele Kinder in seiner Weberei. Die Jungen bleiben ihr ganzes Leben dort, die Mädchen heiraten und gebären den Hartenaus neue Arbeiter.

Doch Josefine hat nicht geheiratet. Sie will keine Kinder für die Fabrik großziehen. Kinder, die ihr Stück Brot mittags im Staub des Spinnsaals hinunterschlingen. Kinder, die krumm und schwindsüchtig werden. Kinder, die Grind auf dem Kopf haben und nicht zur Schule gehen können.

Kürten kennt Josefines Ansichten und findet sie einleuchtend. Er denkt an Lilly Hartenau. Ihre Trauer hat ihn nicht überzeugt. Hat sie ihren Mann umgebracht? Oder jemanden damit beauftragt?

Der Gendarm spürt Müdigkeit. Doch noch zieht es ihn nicht in sein kleines Zimmer über der Polizeiwache.

Anni stellt ein frisch gezapftes Bier auf die Theke. Ihr

Blick erfasst die Tür. Der junge Mann, der den Schankraum betritt, ist ihr fremd.

Kürten folgt dem Blick der Wirtin. Auch er hat den Mann noch nie gesehen.

Elias orientiert sich und geht zum Tresen.

»Ein Bier, bitte«, sagt er und schaut sich um. Eine deutsche Wirtschaft, wie sie deutscher kaum sein kann. Kein Vergleich mit den Pariser Spelunken und den Studentenkneipen. Bier, Schweiß und Tabakqualm machen die Luft feucht und muffig, in Paris füllen Weingeruch und das Parfum der Huren den Raum.

Elias nimmt das Bierglas. Anni schaut neugierig.

»Vermieten Sie auch Zimmer?«, fragt er.

Die Tür öffnet sich erneut. Eine junge Frau in dunkelgrünem Kleid stürzt herein, um die Schultern ein Wolltuch.

Sie steuert auf den Neuankömmling zu. »Komm zurück«, sagt sie.

Kürten hat die junge Frau schon einmal gesehen. Sie ist die Tochter des Musikdirektors. Was hat sie im *Goldenen Bären* zu suchen?

Elias schüttelt den Kopf und wendet sich an die Wirtin. »Vermieten Sie auch Zimmer?«, wiederholt er seine Frage.

»Stuben«, antwortet Anni lakonisch. »Nur Stuben. Aber es ist keine frei.«

»Für mich auch ein Bier«, sagt Rachel trotzig.

Kürten traut seinen Ohren nicht. Nur leichte Mädchen sprechen in der Öffentlichkeit dem Alkohol zu.

»Bier auf Wein, das lass sein«, raunt Elias Rachel zu.

Versonnen schaut sie auf seine Lippen. Der Kuss vom Abend schwebt immer noch zwischen ihnen.

»Ich will aber«, gibt sie leise zurück. »Erst schwärmst du vom wilden Leben in Paris und jetzt spielst du den Papa?«

Anni setzt eine stoische Miene auf und zapft.

»Du kannst hier nicht bleiben«, fährt Rachel fort. »Wovon willst du leben, wenn dein Geld aufgebraucht ist?«

»Ich werde arbeiten«, kündigt Elias an. »Arbeit ist die Lebensweise des Menschen.«

Er hat laut gesprochen. Das allgemeine Gemurmel erstirbt.

Das Bier ist fertig. Rachel nimmt das Glas und trinkt. Die Stola rutscht von ihrer Schulter.

Auch Redakteur Immermann verfolgt die Szene. Sein Blick ist gefesselt von der jungen Frau in dem grünen Kleid. Sie biegt den Kopf nach hinten – das Glas mit dem Bier an die Lippen gesetzt, die Augen geschlossen.

Immermann nimmt das Bild in sich auf. Alles scheint sich zu verlangsamen. Geräusche dringen zu ihm wie durch Watte. Wer ist diese Frau?

Sie nimmt das Glas vom Mund. Schaum klebt an ihren Lippen. Mit der Zunge leckt sie ihn ab. Und stößt auf.

Immermann erwacht aus seiner Erstarrung. Erst jetzt bemerkt er, dass die Frau in Begleitung ist. Auch der Mann ist ihm unbekannt. Vielleicht Durchreisende?

Der Redakteur nähert sich dem Paar. Neben den beiden ist noch ein Platz frei. Die Frau hat sich jetzt wieder dem Mann zugewandt und redet auf ihn ein. Immermann versteht nur Satzfetzen. Von »mitkommen« ist die Rede, von »Missverständnis«. Aha. Die Frau in dem grünen Kleid ist ein leichtes Mädchen. Neu in der Stadt. Sie geht ihrer Arbeit nach, sucht einen Freier.

»Der Herr Redakteur«, begrüßt ihn Anni.

Immermann ist beliebt. Er hat manchen Gästen geholfen, indem er seine Beziehungen hat spielen lassen. Er bestellt ein großes Bier.

Immermann lauscht. Er will wissen, ob die beiden handelseinig werden.

Das Mädchen ist eine Schönheit, denkt er, und ihren Beruf sieht man ihr gar nicht an. Sie hat keinen billigen Tand am Leib, keinen Schmuck aus Glas und keine Schleifen im Haar. Die Unterröcke lugen nicht kokett unter dem Reifrock hervor, sondern sind verborgen. Und den tiefen Ausschnitt verdeckt die Stola.

Kürten bemerkt Immermanns Interesse an den ungewöhnlichen Gästen. Der Redakteur sucht Stoff für die nächste Ausgabe seiner Zeitung, mutmaßt der Gendarm. Neue Gesichter in Morgenthal sind immer ein paar Zeilen wert, und dass die unverheiratete Tochter des jüdischen Musikdirektors Bier trinkend in so einer Kaschemme verkehrt, kommt auch nicht alle Tage vor.

Als ob das Publikum im *Goldenen Bären* an diesem Abend nicht schon bunt genug gemischt ist, betritt Josefine Roth den Raum.

Sie ist es gewohnt, die einzige Frau hier zu sein – außer Anni, der Wirtin. Mit gerunzelter Stirn steuert Josefine den Tresen an.

Hans Kürten regt sich nicht. Er ist gespannt, was jetzt geschieht, und bereit, jeden Streit zu unterbinden.

Josefine tritt zu Vater und Bruder, lässt aber Rachel und Elias nicht aus den Augen. Sie stellt sich so, dass der Blick der beiden auf sie fallen muss, nestelt an ihren Haaren und lacht laut.

Doch die fremde Frau beachtet sie nicht, redet weiter auf den Burschen ein. Die beiden scheinen sich einig zu werden, denn der junge Mann lächelt und legt der Frau die Hand aufs dunkle Haar.

Josefine lässt ihre Verwandten stehen und ist schon da.

Rachel steht mit dem Rücken zu ihr. Josefine tippt ihr auf die Schulter. »Verschwinde hier, du Schlampe«, sagt sie laut. »Das ist mein Revier.«

Die Attacke überrascht Rachel so, dass sie sprachlos ist. Elias ist höchst amüsiert. Die blonde, dralle Frau schäumt vor Wut.

»Meine Gnädigste!« Er verbeugt sich vor Josefine. »Hier liegt ein Missverständnis vor. Darf ich es aufklären?«

»Die da soll verschwinden«, plärrt Josefine und deutet auf Rachel.

»Sie ist meine Cousine«, beteuert Elias.

»Und ich bin des Teufels Großmutter.«

»Wenn der Teufel eine so hübsche Großmutter hat, reservieren Sie mir doch bitte ein gemütliches Plätzchen an seinem Esstisch«, gibt Elias charmant zurück.

»Lass uns endlich gehen«, sagt Rachel. »Papa und *maman* machen sich bestimmt schon Gedanken.«

»Papa und *mamang* …«, äfft Josefine. »Kommst dir wohl besonders fein vor, was?«

»Was hast du gegen mich?«, fragt Rachel und baut sich vor Josefine auf. »Ich habe dir nichts getan. Warum beschimpfst du mich?«

Kürten rückt näher. Er wird Josefine bremsen müssen, bevor sie der Grünblatt-Tochter an die Gurgel geht.

Ihre Augen wechseln ins Violette, wenn sie wütend wird, bemerkt Immermann und starrt Rachel verzückt an. »Sie hat Angst, dass du ihr die Freier wegnimmst«, lächelt er.

»Freier?« Rachel blickt dem Redakteur jetzt direkt in die Augen. Sie versteht und schaltet blitzschnell um. Der Übermut packt sie. »Die Wirtin nennt Sie Redakteur, mein Herr? Was redaktionieren Sie denn so?«

Sie wippt auf den Zehen und macht Strahleäuglein. Die

Stola verrutscht. Immermann erfreut sich an ihrem schwingenden Ausschnitt. Sie bemerkt es und wippt noch ein bisschen mehr.

Dann wendet sie ihr Gesicht Elias zu und lächelt ihn an. So zeigt sie Immermann die ganze Linie ihres Halses. Der ist kaum noch zu halten.

Josefine mustert Rachel nun genau. Das Kleid aus edlem Samt, die Hände zart, der Teint weiß und die Schuhe aus feinem Leder. Wohl doch keine Kollegin von der Straße.

»Darf ich die Damen zu einem Getränk einladen?«, fragt Immermann. Er stellt sich direkt neben Rachel und fühlt die Wärme ihres Armes.

Rachel findet mehr und mehr Gefallen an der Situation und haucht: »O ja, gerne, Herr Redakteur.« Und holt tief Luft, um dann vernehmlich zu seufzen.

Elias staunt. Die deutsche Cousine hat Sinn fürs Komische. Er mag sich nicht vorstellen, wie Marlene reagieren würde, wenn sie ihre Tochter so in dieser Kaschemme sähe.

Immermann gibt Anni ein Zeichen und bestellt vier Bier.

Er wird mutig und legt seinen Arm um Rachels Taille. Sie versteift sich, er zieht den Arm zurück.

»Magst du gleich mit mir kommen?«, flüstert er. Sie duftet nach Zimt.

Rachel antwortet nicht. Sie will die Situation noch etwas auskosten.

Josefines Interesse für Rachel ist längst erloschen. Und mit dem Redakteur ist sie schon lange fertig. Sie beschäftigt sich mit Elias. Ihr gefällt der Frechdachs mit der roten Mütze. Dass er aus Paris kommt, hat er schon erzählt. Josefines Augen glänzen. Paris. Und als er ihr mitteilt, dass er nur zu Besuch sei und bald nach Frankreich zurückkehren wolle, schmiegt sie sich an ihn.

Die Wirtin stellt die Getränke auf den Tresen. Elias und Immermann heben das Glas. Rachel und Josefine folgen dem Beispiel der Männer.

»Zum Wohl! Und jetzt sollten wir der Etikette genügen und uns miteinander bekannt machen«, sagt Elias. Er nennt seinen Namen und stellt auch Rachel vor.

Grünblatt! Immermann begreift. O je. Wie peinlich, sie so angesprochen zu haben! Mit roten Ohren, aber formvollendet verbeugt er sich vor Rachel und entschuldigt sich für den Irrtum: »Ich bedaure es unendlich.«

»Was bedauern Sie? Dass ich keine käufliche Frau bin?«, fragt Rachel mit Schalk in den Augen.

»Nein«, antwortet er. »Dass ich mich so täuschen konnte. Aber eine Frau wie Sie vermutet niemand an einem solchen Ort.«

»Ich muss meinen wütenden Cousin zurückholen«, lächelt Rachel. »Aber ich weiß noch immer nicht, wer Sie sind.«

Immermann sagt es ihr. Rachel gibt sich als regelmäßige Leserin seiner Zeitung zu erkennen und weiß auch, dass die nächste Ausgabe morgen erscheinen wird.

»Drucken Sie auch selbst?«, fragt sie.

»Ja, leider«, antwortet Immermann. Er kann die Augen nicht von Rachel abwenden. Es ist gut, dass sie kein leichtes Mädchen ist. Auch wenn es die Sache einfacher gemacht hätte. Zumindest für die vorübergehende Liebe. Das leise Zimtaroma, das von Rachel ausgeht, hält ihn gefangen.

Im *Goldenen Bären* gehen die Gäste wieder ihren Passionen nach: trinken, schwatzen, rauchen, Karten spielen, würfeln. Der Gendarm hat sich wieder an einen Tisch zurückgezogen. Er öffnet die Uniformjacke, streckt die Beine von sich und sieht nur noch wie ein halber Preuße aus. Die Geräuschkulisse lässt ihn in einen leichten Schlaf fallen.

Josefine schmiegt sich an Elias und hängt an seinen Lippen. Rachels Vergnügen an diesem Abend steigt.

Noch nie hat sie eine Frau wie Josefine kennengelernt, nur über sie gelesen in den schrecklichen Schauerromanen des Hubert Langewiesche. Diese Romanfiguren nehmen meist ein trauriges Ende.

»Die Prostitution ist eine notwendige soziale Institution für die bürgerliche Gesellschaft«, doziert Elias. »Vergleichbar mit Polizei, stehendem Heer, Kirche und Unternehmerschaft.«

Josefine macht große Augen. So freundlich hat noch nie jemand von ihrer Hurerei gesprochen.

Plötzlich tut sich etwas an Kürtens Tisch. Ein großer Mann baut sich vor dem schlafenden Gendarmen auf und schnauzt ihn an. Die Gespräche im Raum flachen ab, denn jeder will mitbekommen, was passiert.

»Sie wagen es, hier besoffen rumzuliegen«, brüllt der Fremde. »Als preußischer Beamter haben Sie ein Vorbild zu sein. Ich werde Ihren Vorgesetzten Meldung machen.«

Kürten fährt vom Stuhl hoch und versucht strammzustehen. Schwankt, hält sich am Tisch fest. Er ist müde, nicht betrunken. Er sammelt sich und zieht die Uniformjacke gerade.

Wut packt ihn und er schnauzt zurück: »Sie verdammter Zivilist, was erlauben Sie sich? Weisen Sie sich gefälligst aus!«

»Mein Name ist Hartenau. Moritz Hartenau. Sie werden mich bald kennenlernen, schneller, als Ihnen lieb ist. So wie alle anderen hier. Wer von euch verdammten Kerlen hat meinen Vater erschossen?«, brüllt er in den Schankraum. »Wenn ich den kriege, erschlag ich ihn wie einen tollen Hund.«

Die Ähnlichkeit ist nicht zu leugnen: ein großer Klotz, fettleibig, kurzatmig und verschwitzt.

Immermann grinst. Hartenau junior bedroht die Arbeiter. Das wird Ärger geben, denkt er. Und Stoff für einen Artikel.

Hartenau beruhigt sich plötzlich. Sein Blick ist auf Josefine und Rachel gefallen. Wie zuvor Immermann denkt er: Nur Huren treiben sich in solchen Kaschemmen herum. Er bekommt Knopfaugen. Seine Nasenflügel weiten sich.

Josefine kann sich die ganze Zeit nicht rühren. Die Kopie des alten Emil Hartenau macht ihr Angst. Sie glaubt sich in die Zeit als Fadenmädchen zurückversetzt. Sie kennt den Sohn von damals. Der ist schon zu jener Zeit unverschämt und frech gewesen, fast so wie sein Vater.

Rachel merkt die Verspannung der anderen Frau. Ihr wird unwohl.

»Meine Damen«, poltert Hartenau und stellt sich zwischen Rachel und Josefine. »Was macht das Geschäft heute Abend, ihr Turteltäubchen? Habt ihr ein Zimmer in der Nähe?«

Rachel starrt in Hartenaus wässrige Augen. Sie spürt Empörung und Wut. Beides muss raus, sonst erstickt sie.

Doch Elias kommt ihr zuvor: »Hauen Sie ab, Mann!«

»Was will das Bürschi denn?« Hartenau reckt sich.

»Wir bitten Sie, uns nicht weiter zu behelligen«, mischt sich Immermann ein. »Es ist spät und wir wollten ohnehin gerade gehen.«

»Dann gehen Sie doch … und nehmen Sie das Bürschchen mit«, grinst Hartenau frech. »Aber die Damen bleiben. Ich werde sehr großzügig sein, wenn ihr eure Sache gut macht.«

Er greift Josefine an den Busen. Sie zuckt zusammen. Stößt die behaarte Hand weg.

»Das Groschenmädchen ziert sich«, kichert Hartenau. »Willst wohl auf unschuldig machen, Herzchen? Damit der Hurenlohn höher ausfällt, ja?« Er wendet sich an Rachel.

»Und was ist mit dir? Weiße Haut und schwarzes Haar! Du bist wohl eine ganz Vornehme, ja? Ich werd dir das schon austreiben, wenn du erst mal unter mir liegst und schreist.«

»Mach dich davon, du fettes Schwein«, sagt Rachel laut und deutlich. Totenstille.

Hartenau stutzt, traut seinen Ohren nicht, hebt dann die Hand und holt zum Schlag aus.

Immermann greift in die Bewegung und dreht Hartenau den Arm nach hinten. Der brüllt wie ein Stier. Versucht, sich zu befreien, und schafft es auch. Er stürzt sich auf den Redakteur, doch der ist wendiger und springt zur Seite.

Hartenau fällt zu Boden, stößt gegen den Spucknapf, dessen Inhalt sich auf die Dielen ergießt. Die Gäste lachen.

Hartenau flucht, rappelt sich aber wieder auf und torkelt drohend auf Immermann zu.

In dem Augenblick betritt Ruben Grünblatt die Wirtschaft. Er trägt noch seinen Abendanzug.

Immermann sieht Grünblatt, ist eine Weile unaufmerksam und kann dem Schlag Hartenaus nicht ausweichen. Ein hässliches Knacken ist zu hören. Der Redakteur schwankt. Elias und Rachel verhindern, dass er auf den Boden kracht, und ziehen ihn zur Seite.

Hartenau lacht höhnisch und brüllt in den Raum: »So und noch schlimmer ergeht es jedem, der sich mit mir anlegt.«

Kürten setzt seine Uniformmütze auf und nimmt die Pistole in die Hand. Die drückt er dem dicken Mann jetzt in den Bauch.

»Sie kommen mit und kühlen sich ab. Ich nehme Sie wegen körperlicher Bedrohung einer unbescholtenen Frauenperson fest. Und jetzt raus hier!«

Rachel kümmert sich um den verletzten Immermann. Sie hat seinen Kopf auf den Wollschal gebettet und hält sein

Gesicht. Der Redakteur hat eine geschwollene Wange und eine Platzwunde unter dem Auge.

Ruben tritt zu seiner Tochter. »Rachel! Komm jetzt nach Hause«, meint er streng. »Deine Mutter ist voller Sorge.«

»Papa«, fleht Rachel. »Wir brauchen einen Arzt. Hilfst du mir, den Redakteur zu Wiesner zu bringen?«

Moritz Hartenau steht schon in der Tür, doch hat er den Namen Rachel gehört. »Judenflittchen!«, schreit er. »Dich krieg ich noch!«

Kürten stößt ihn ins Freie und trägt überhaupt keine Schuld daran, dass der Fettkloß das Gleichgewicht verliert und in einen Haufen Pferdeäpfel fällt.

Begeistert ist Wiesner nicht, dass er nach dem anstrengenden Abend in Madame Grünblatts Salon noch einmal zur Arzttasche greifen soll. Außerdem ist er schon im Nachthemd. Murrend tastet er Immermanns Gesicht ab.

»Gebrochen hat er sich nichts«, teilt er mit. »Das Gehirn ist durchgeschüttelt. Aber das kann bei einem Schreiberling ja nicht schaden. Dann lässt es sich noch besser mäkeln und kritteln.«

Immermann grinst schief. »Schön, dass Ihnen der *Volksfreund* so zusagt.« Seine Rede ist kaum zu verstehen.

»Wer war denn der Kontrahent?«, fragt Wiesner.

»Hartenau«, antwortet Immermann.

»Ach was? Ich kombiniere: der Sohn. Den Alten hatte ich ja auf dem Tisch. Außerdem war dessen Arm etwas lose. Übernimmt der Sprössling die Fabrik?«

»Er hat davon gesprochen.«

»Der junge Kerl ist schlimmer als sein Vater«, stellt der Arzt fest. »Die Witwe wird ihr Amüsement bekommen.«

»Im Moment sitzt er erst mal in Arrest«, berichtet Rachel.

»Unser braver Gendarm hat ihn festgenommen«, präzisiert Immermann. »Aber bald wird er ihn wohl wieder rauslassen müssen.«

Wiesner säubert die Platzwunde.

Der neue Tag hat schon begonnen, als Rachel, Ruben und Immermann den Doktor verlassen. Vater und Tochter nehmen die Mietkutsche nach Hause.

Immermann geht zu Fuß. Er hat es nicht weit zur Redaktion. Hinter dem Raum, in dem sich die Druckerpresse befindet, hat er sich ein Zimmer eingerichtet, in dem er schlafen und lesen kann.

Die Zeitungen liegen in Bündeln im Redaktionsbüro. In wenigen Stunden werden sie verkauft.

Er denkt an das jüdische Mädchen. Rachel. Sie scheint ihm nicht übel genommen zu haben, dass er sie für eine Prostituierte gehalten hat. Sonst hätte sie seinen Kopf nicht in ihre Arme gebettet und ihren Vater gebeten, ihn zum Arzt zu bringen. Vergiss sie, sagt die Vernunft in seinem Wesen. Ihre Familie ist reich und berühmt; er selbst hat gerade nur genug zum Leben. Außerdem hält er nichts von der Liebe. Sie macht schwach. Wer sich um Frau und Kind kümmern muss, hat den Kopf nicht frei für die Probleme des Volkes. Wer liebt, ist erpressbar.

Immermann legt sich auf die Pritsche. Er kann nicht einschlafen. Denkt, träumt und grübelt.

Er erinnert sich an ein Gedicht.

Deine weißen Lilienfinger,
Könnt ich sie noch einmal küssen,
Und sie drücken an mein Herz,
Und vergehn in stillem Weinen!

Deine klaren Veilchenaugen
Schweben vor mir Tag und Nacht,
Und mich quält es: Was bedeuten
Diese süßen, blauen Rätsel?

Klare Veilchenaugen? Ja. Stilles Weinen? Nein. Immermann dreht sich auf die Seite und schläft endlich ein.

Auf Josefine hat niemand mehr geachtet. Nach dem Eklat im *Goldenen Bären* ist sie einfach gegangen. Ihr Zimmer ist nicht weit von der Wirtschaft entfernt. Es befindet sich in einem Haus mit vielen kleinen Wohnungen, die an alleinstehende Arbeiterinnen und Arbeiter vermietet werden.

Die Räume sind elend eng mit niedrigen Decken, haben einen Bollerofen, der zum Wärmen nicht ausreicht in der kalten Zeit. Dafür kann im Sommer die Hitze nicht entweichen, denn die Fenster sind winzig.

Moritz Hartenau hat sie nicht erkannt. Der ungeschlachte dicke Junge mit der Freude am Quälen. Er hat sich nicht gemerkt, wer seine Opfer waren – so unwichtig sind sie für ihn.

Das Haus, in dem der Rest der Familie Roth wohnt, gehört den Hartenaus. Eine alte Fachwerkbutze mit einem winzigen Stück Land – doch immerhin ein Haus und in dem Boden gedeihen Rüben und Kartoffeln.

Damit gehören die Roths zu den Privilegierten. Die meisten Arbeiter leben in Mietwohnungen. Die gehören ebenfalls Hartenau. So arbeiten die Weber in Hartenaus Fabrik und geben ihm einen Teil des Lohnes mit der Miete zurück.

Josefine ist nun zwanzig Jahre alt. Seit vier Jahren geht sie ihrem Gewerbe nach. In der Weberei kann sie nicht mehr arbeiten. Sie hat einen Schaden an der Lunge. Sie hustet oft und spuckt Blut.

Als Freudenmädchen hat Josefine Roth Erfolg. Die Herren mögen den schönen Körper, die willige Natur und die heitere Art. Für ihre Seele interessieren sie sich nicht. Aber dafür bezahlen sie auch nicht.

Josefine entkleidet sich und betrachtet sich im Spiegel. Ihrem Körper sieht niemand an, wie viele gierige Hände ihn schon berührt haben. Du bist doch nicht aus Seife, Mädchen, du nutzt dich nicht ab. Diesen Satz hat eine ältere Prostituierte gesagt, als sie die damals Sechzehnjährige mit den Tricks der Zunft bekannt machte.

Josefine denkt an Rachel. Wie die den Hartenau abgefertigt hat! Sie selbst hätte niemals den Mut dazu, mit einem reichen Herrn so umzugehen.

Ihre Freundin Luise erzählt ihr manchmal etwas über die Vorgänge im Hause Grünblatt. Auch von der Tochter, die keine feine Dame werden will wie ihre Mutter, hat Luise schon gesprochen.

Und jetzt ist diese Rachel sogar in der Kneipe gewesen und hat Bier getrunken!

Was wäre aus mir geworden, wenn ich Tochter im Haus Grünblatt wäre, fragt sich Josefine.

Im Zimmer ist es heiß. Josefines Träume sind schrecklich.

Eine Witwe wird enttäuscht. Jemand muss eine Zelle putzen und nennt alle Mädchen Trude. Ein hoher Polizist macht sich auf die Reise. Der Busen der Polizei kann sich über einen Glücksfall nicht freuen. Graf Überall darf nicht mehr überall hin.

Moritz Hartenau wacht mit einem dicken Schädel auf. Er liegt auf einem Feldbett im Arrestraum der Gendarmerie. Sein Anzug stinkt nach Pferdemist, die Weste ist durch den Sturz auf den Boden zerrissen.

Ich werde sie mir nach und nach alle vornehmen, schwört er sich. Den Gendarmen. Die Judensippe. Aber langsam, einen nach dem anderen. Und für das Judenflittchen denke ich mir etwas Besonderes aus. Bei so einer fällt mir ganz viel ein.

Die Rachsucht weckt ein Bedürfnis. In der Nacht hat er schon in den Eimer gepinkelt, doch nun pisst er einfach die Wand an. Die Wand eines preußischen Gefängnisses.

Es hätte besser nicht kommen können, grinst er innerlich. Sein Vater hat ihn vor vier Jahren aus Morgenthal verbannt. Jetzt ist der Alte tot und der Weg frei.

Hartenau beginnt zu brüllen. Er will hier raus.

Doch der Gendarm kommt erst eine Stunde später. Moritz Hartenau hat keine Stimme mehr.

Kürten sieht und riecht die Schweinerei. Delinquenten, die königlich-preußisches Eigentum beschädigen, können zur Rechenschaft gezogen werden.

Er holt einen Eimer Wasser aus dem Brunnen im Hof, wirft einen Lappen hinein und stellt ihn Hartenau hin.

»Abwaschen!«, befiehlt er.

Im grünblattschen Stadtpalais herrscht an diesem Morgen keine gute Stimmung. Marlene echauffiert sich noch immer über den gründlich misslungenen Salonabend. Und über den Neffen, die Tochter, den Ehemann und das Mädchen Luise, das nicht nur ihren Schmuck ruiniert, sondern auch noch laut gelacht hat, als die drei Herren und zwei Damen das Haus so plötzlich verlassen haben.

Ruben will in seinem Haus für Ordnung sorgen und bestellt seine Frau in die Bibliothek.

Marlene gehorcht. Die Bibliothek. Das lässt nichts Gutes ahnen.

Wenn er den Neffen wieder ins Haus holt, lasse ich mich scheiden, schwört sie. Und noch mal lasse ich mich scheiden, wenn er mir meinen Salon verbietet. Und das dritte Mal, wenn er Luise in Schutz nimmt.

Während sich Marlene unter diesen Gedanken etwas aufhübscht, sitzt der dreifach Geschiedene in spe hinter seinem Schreibtisch und liest den *Morgenthaler Volksfreund.* Die Zeitung spekuliert zwar nicht offen über Gründe für den Tod des Fabrikanten, stellt den Mord aber doch in Zusammenhang mit den Unruhen unter der Arbeiterschaft.

Was auch durchaus Sinn macht, denkt Ruben. Der Auftritt des Hartenau-Sohnes im *Goldenen Bären* gibt zu Sorgen Anlass. Wir Juden haben ein untrügliches Gefühl für Gefahr, denkt Ruben. Das haben wir mit der Muttermilch eingesogen.

Marlene tritt ein. Ein wenig zögernd bleibt sie in der Tür stehen und wartet. Ruben lässt die Zeitung sinken, geht auf seine Frau zu. »Guten Morgen, meine Liebe.«

Er küsst sie auf die Wange, merkt, wie verspannt sie ist, und lächelt innerlich. Sie setzen sich auf zwei gegenüberstehende Fauteuils.

»Ich finde, dass der Abend gestern etwas Wichtiges klargemacht hat«, beginnt Ruben.

Marlene bricht in Tränen aus.

Ruben kennt diesen Trick und ignoriert das Geheule. »Der Abend hat gezeigt«, fährt er fort, »dass du deine Gästeliste überdenken solltest. Ich will diesen Grafen hier nicht mehr sehen. Er vertritt Positionen, die ich nicht nachvollziehen kann und auch nicht will. Dieser Mann hat nichts mit einer offenen und freien Salonkultur zu tun. Er ist ein Untertanengeist und ein Denunziant. Er hat sogar gedroht, uns auszuspionieren.«

»Das ist gut«, sagt Marlene erleichtert. »Dann muss ich nicht länger daran denken, das Bild vom Speicher zu holen, wenn Salon ist.«

Ruben muss lachen. Er ist immer wieder überrascht vom Pragmatismus seiner Frau.

»Die anderen dürfen bleiben?«

»Ja. Fräulein Steins Trällerei ist zwar ein Schlag ins Gesicht jedes ernsthaften Musikers, Fräulein von Muffes Revolutionsromantik an Naivität nicht zu überbieten, Böttgers Kartoffellyrik zum Erbrechen und Langewiesches Schauerromane sind das reinste Bauerntheater – aber … diese Menschen sind harmlos. Und Wiesner, der alte Zyniker, ist mir sowieso der Liebste.«

»Aber wer soll dann die Stein bei ihren Arien begleiten?«, fällt Marlene ein. »Wir haben sonst niemanden, der Klavier spielt. Und du wirst es sicher nicht selbst übernehmen.«

»Des Grafen Klavierspiel ist noch miserabler als sein Charakter. Du wirst schon Ersatz finden.«

»Der Graf wird toben. Ich muss es ihm schonend beibringen.«

»Nein. Du musst ihm gar nichts beibringen. Ich hab ihn hinausgewiesen. Er bekommt keine Einladung mehr. Das genügt. Ich verbiete dir jeden Kontakt zu dem Mann.«

»Wie du willst.«

»Ich war aber noch nicht fertig. Elias wird weiterhin bei uns wohnen. Das ist eine Familienpflicht.«

»Aber …«

»Kein aber«, stellt Ruben klar. »Ich werde nicht zulassen, dass wegen eines lächerlichen Streites der Sohn meiner Schwester gefährdet wird. Bei uns ist er einigermaßen sicher. Preußen liefert nicht nach Frankreich aus.«

»Was hat dieser wilde Kerl bloß angestellt?«, klagt Marlene.

»Er hat sich gegen Obrigkeit und Kapital gewandt«, erklärt Ruben. »Und das ist in diesen Zeiten ehrenhaft.«

»Und Rachel? Es ist ein Skandal, dass sie in einer Gastwirtschaft Bier trinkt. Dieses Mädchen lässt sich von deinem Neffen verderben.«

»Dieses Mädchen ist unsere liebe Tochter. Sie ist herzlich, mutig und klug. Und sie ist eine Schönheit.«

»Sie sieht mir aber gar nicht ähnlich«, seufzt Marlene.

»Es gibt viele Arten von Schönheit«, grinst Ruben. »Bei dir bestechen eben das heitere Wesen und deine entzückende Naivität. Und jetzt zeige ich dir, was ich immer noch schön an dir finde.«

Ruben geht zur Tür und verschließt sie von innen. Auf dem Weg zum Fauteuil, auf dem seine Frau wie hingegossen sitzt, öffnet er den Kragen. Marlene zieht den Rock hoch.

Moritz Hartenau ist wieder auf freiem Fuß. Mit zusammengebissenen Zähnen hat er die Wand des Arrestraumes von seinem Urin gesäubert. In seiner Fantasie hat er den Gendarmen dafür erschossen, erwürgt und gevierteilt.

Kürten hat ihn schließlich gehen lassen. Hartenaus Delikt reicht nicht für weitere Tage im Arrest. Nach ausgiebigem Konsum von Bier und Schnaps kommt es immer mal wieder zu Wirtshausschlägereien, die so enden.

Die Mietkutsche zur Villa Hartenau braucht keine halbe Stunde. Es ist inzwischen kurz vor Mittag.

Die Stiefmutter ist noch nicht aus ihrem Zimmer gekommen. Für den Nachmittag hat Hartenau die Testamentseröffnung beim Familiennotar arrangiert. Er will wissen, woran er ist. Moritz schickt das Mädchen, das ihn misstrauisch beäugt, ins Badezimmer. Sie soll ihm ein Bad richten.

Im Arbeitszimmer seines Vaters geht er an den Aktenschrank. Er will sich einen ersten Überblick verschaffen. Der Notar wird das genaue Vermögen kennen, aber vielleicht gibt es noch ein Geheimfach mit Geld oder Wertpapieren.

Doch er findet nur Belangloses, noch nicht mal Unterlagen über die Firma. Die müssen sich in der Fabrik befinden.

Er ahnt nicht, dass Lilly Hartenau schon alles beiseitegeschafft hat. Und zwar bevor sie den Kurier mit der Todesnachricht zu ihrem Stiefsohn geschickt hat. Es ist ein kleines Vermögen an Bargeld und etliche Aktien und andere Wertpapiere.

Das Mädchen bringt die Nachricht, dass Moritz nun baden kann. Hartenau verlangt, dass sie bleibt und ihm behilflich ist. Sie fügt sich. Sie kennt diese Hilfestellung vom alten Hartenau und weiß, auch der Sohn wird sie Trude nennen.

Hartenaus Tod hat dafür gesorgt, dass der *Morgenthaler Volksfreund* schon am Mittag ausverkauft ist. Auch Menschen, die sonst keine Zeitung lesen, sind gekommen. Immermann hält die Einführung der Schulpflicht in Preußen im Jahre 1763 für eine der wenigen segensreichen Taten des Königshauses. Obwohl die armen Leute ihre Kinder noch immer nicht regelmäßig in den Unterricht schicken. Die Lehrer sind auch oft nicht die besten; in der Regel handelt es sich um ausrangierte Soldaten, Geistliche im Ruhestand oder Hauslehrer ohne Anstellung. Wer das Lesen unter diesen Umständen überhaupt lernt, hat daher normalerweise viel Mühe, einen Text zu verstehen.

Immermann zahlt die Zeitungsjungen aus. Ihre Bauchläden sind leer. Er stellt ihnen ein Fässchen Heringe hin, aus dem sie sich bedienen können. Die Kinder streiten sich um die Fische und in Kürze sieht es vor der Druckerei aus wie nach einem Fischmarkt. Und riecht auch so. Der Boden ist mit der stinkenden, salzigen Brühe bedeckt.

Hoffentlich regnet es bald und das Wasser spült die Fischlake in den Rinnstein, denkt Immermann. Er hat keine Lust, das Trottoir zu säubern, und geht ins Büro. Eigentlich könnte er sich schon wieder um die nächste Ausgabe kümmern, Annoncen akquirieren, sich Themen für Artikel überlegen.

Aber sein Kopf schmerzt. Die Wange ist geschwollen und das Auge blutunterlaufen. Soll er der Familie Grünblatt die Aufwartung machen?, fragt er sich. Man könnte ihn für aufdringlich halten. Immerhin hat er die Tochter für eine Käufliche gehalten. Andererseits wäre das eine gute Gelegenheit, sich nochmals zu entschuldigen.

Hartenau ist schlimmer als sein Vater, überlegt Immermann. Brutaler und jünger. Der Alte hat sich manchmal wenigstens von vaterländischen Idealen leiten lassen, solange sie seinen Profit nicht geschmälert haben. Zu Weihnachten hat er die Armenspeisung finanziert. Die Damen der Gesellschaft, vorneweg Lilly Hartenau und die männliche Grethe von Muffe, haben höchstselbst Suppe und Brot verteilt und den Bedürftigen mit warmen Worten ein frohes Fest und Gottes Segen gewünscht.

Dafür hat Hartenau in seiner Fabrik umso strenger geherrscht. Bei Schäden an den Webstühlen ist es dem Vorarbeiter stets schnell gelungen, einen Schuldigen auszumachen. Dieser arme Mensch musste dann die Reparaturkosten abstottern.

Immermann kennt das alles und hat auch schon darüber geschrieben. Die Zensoren haben aber nie Anlass gehabt, die Artikel zu beanstanden. Der preußische Staat fühlt sich sicherer, als er sich fühlen sollte.

Ein Bote gibt einen Briefumschlag ab. Immermann reißt das Papier auf und ist überrascht. Ruben Grünblatt lädt den Redakteur Ludwig Immermann für den nächsten Tag zum Tee ins Haus der Familie ein. Ist das ein Wink von Rachel? Immermann wird warm.

Notar Aufgiebel sorgt am Nachmittag für eine Überraschung. Lilly Hartenau, die sich als Alleinerbin ihres verstorbenen Mannes wähnt, wird blass. Es ist umgekehrt. Die Witwe bekommt die Villa, ein Sommerhaus in Italien und einen Teil des mobilen Vermögens. Aus den Erlösen der Weberei wird ihr eine jährliche Apanage zugesprochen, aber nur, wenn die Fabrik Gewinn erwirtschaftet.

»Als Erben über den Rest setze ich meinen Sohn Moritz ein, so er bei meinem Tode am Leben ist«, liest der Notar die Klausel vor und fährt fort: »Nun ja, und dann hat Ihr Mann noch jemanden bedacht.«

Lilly ist fassungslos.

»Ein Fräulein Josefine Roth erhält einen Betrag von fünftausend Talern. Sofort auszahlbar. Kennen Sie die Dame?«

Lilly wird rot.

Moritz grübelt. Dann stößt er ein verächtliches Lachen aus.

Im Berliner Polizeipräsidium ist die telegrafische Meldung des Mordes in Morgenthal inzwischen bearbeitet worden. Polizeipräsident von Puttkamer hat eine umfassende Untersuchung angeordnet. Er beauftragt Justus von Kleist mit dieser Aufgabe, einen der besten Männer der Politischen Polizei.

Von Kleist ist nicht begeistert. In Berlin gibt es mehr als genug zu tun. Doch er kann nicht ablehnen. Mord an einem Webereibesitzer. Darin kann in der Tat politischer Sprengstoff stecken. Zwei Polizeikommissare werden ihn begleiten. Von Kleist rechnet mit einem Zeitaufwand von etwa einem Monat.

Er wird die Mietkutsche nehmen und die Nacht über fahren. Die Assistenten sollen eine Woche später dazustoßen. Bis dahin will von Kleist die Grundlagen in Erfahrung gebracht haben.

Ruben hat Elias im *Goldenen Bären* angetroffen, wo er die vergangene Nacht auf einer Bank schlafen durfte. Natürlich schmollt Marlene. Der Neffe riecht etwas streng. Das dunkle Haar ist struppig und der Hemdkragen durchgeschwitzt.

»Wie ein Landstreicher sieht er aus«, klagt Marlene.

Elias lächelt verlegen.

»Dann wird ihm ein heißes Bad guttun«, meint Ruben. »Und eins der Dienstmädchen soll seine Kleidung waschen. Gib ihm ein Hemd und eine Hose von mir.«

»Es tut mir leid, dass der Abend so verlaufen ist, *ma tante*«, rafft sich Elias zu einer Nettigkeit auf. »Aber ich liebe nun mal das freie, offene Wort.«

Marlene sagt nichts und denkt sich ihren Teil.

»Spielst du eigentlich Klavier?«, fragt sie scheinheilig.

Elias nickt. »Nichts wirklich Künstlerisches, liebe Tante. Ich habe auf dem Montmartre die Kameraden bei ihren Liedern begleitet. Sie handelten von Freiheit, Liebe, Gerechtigkeit und Glück.«

Vor ihrem geistigen Auge sieht Marlene, wie Elias die Tasten bedient, während die Stein singt. Na, das kann ein Spaß werden, überlegt sie.

Rachel berichtet Luise mit leuchtenden Augen von ihren Erlebnissen im *Goldenen Bären.*

»Stell dir vor, die haben mich für eine Hure gehalten«, erzählt sie. »Erst der Redakteur und dann kam noch der Sohn vom toten Hartenau. Ekelhafter Kerl. Ich kenne so was ja nur aus Büchern. Der wollte uns gleich beide mitnehmen. Stell dir vor – zwei auf einmal.«

»Zwei?«, fragt Luise.

»Mich und Josefine. So heißt das Mädchen. Bürstest du mir das Haar?«

Luise schweigt. Sie mag die Tochter des Hauses. Die ist anders als ihre Mutter. Die weiche Alte mit der harten Stimme scheucht sie immer nur herum und nichts kann man ihr recht machen. Luise lässt die Rosshaarbürste durch Rachels schwarzes Haar gleiten. Als sie Kinder waren, hat Luise das Gleiche mit Josefines blonder Haarpracht getan. Bis es glänzte wie pures Gold. Rachels Haar schimmert mit bläulichen Lichtern. Luise grinst vor sich hin. Rachel und Josefine beide als Huren angesprochen und noch dazu von zwei Männern. Die Geschichte muss Josefine ihr aber auch noch einmal haarklein erzählen.

Ruben probt mit seinem Orchester das *Allegro ma non troppo* aus dem ersten Satz der Schubert-Sinfonie C-Dur.

Er ist ehrgeizig, was diese Sinfonie angeht. Das Werk ist erst 1839 durch Felix Mendelssohn uraufgeführt worden, fast zehn Jahre nach dem Tod des Komponisten. Mendelssohn hat Ruben die Partitur zugänglich gemacht und Ruben hat mit einigen Notenschreibern die Stimmen für die einzelnen Instrumente herausgeschrieben. Ein paar Fehler haben sich beim Kopieren eingeschlichen, sodass Ruben immer wieder nachbessern muss.

Das kostet Zeit und Nerven. Die Musiker sind Laien und sie tun sich manchmal schwer mit komplizierten Passagen. Ruben kann ihnen nicht klarmachen, dass jede Note gespielt, jedes Tempo eingehalten werden muss, um der Genialität Schuberts gerecht zu werden. Selbst geklöppelte Paraphrasen unterbindet Ruben, ›kreative‹ Vorschläge zu Melodie, Tempo und Intervallen ebenso.

Das *Andante con moto* ist an Lahmheit nicht mehr zu überbieten.

Ruben lässt den Taktstock sinken. Er ist erschöpft. Dieses ewige Mittelmaß kränkt ihn.

Lilly Hartenau überlegt, wie sie die Zahlung von fünftausend Talern an dieses plötzlich aufgetauchte Fräulein Roth verhindern kann. Wer ist das? Sie hat ihr Mädchen gebeten, sich umzuhören, und das Ergebnis lässt nicht lange auf sich warten. Josefine Roth ist ein Freudenmädchen in Morgenthal.

Die Witwe verflucht ihren Mann posthum. Seine billigen Weiber haben sie so lange nicht gestört, wie sie selbst keinen Schaden hatte. Fünftausend Taler sind aber ein erheblicher Verlust. Dieses ›mobile Vermögen‹ steht doch ihr zu, der Witwe. Lilly fragt sich, ob das Flittchen von dem Erbe gewusst hat. Die Summe ist so groß, dass sie zu einem Mord verführen kann.

Bei all dem beneidet sie diese Josefine nicht. Emil ist ein fehlgeleiteter Mensch gewesen. Das normale Eheleben hat ihn schon lange kaum noch befriedigt, er ist in den Sumpf der Verworfenheit hinabgestiegen. Lilly will gar nicht genau wissen, was er getrieben hat. Sie hat seine Obsessionen allenfalls erahnt. Glücklicherweise musste sie diese als Ehefrau nicht erfüllen. Dafür gibt es solche Mädchen.

Lilly Hartenau beschließt, die Polizeibehörde zu bitten, das Leben jener Josefine Roth in Augenschein zu nehmen. Fünftausend Taler sind ein Vermögen für so eine. Und wenn sie vom Testament gewusst hat, ist sie verdächtig.

Gendarm Kürten liegt erneut neben Josefine. Er ist erschöpft eingeschlafen. Josefine denkt mit geöffneten Augen an einen kleinen Jungen mit Reitgerte und einen dicken Mann mit Mundgeruch.

Hartenau hat neben seinem Sohn auch oft einen großen Hund dabeigehabt, wenn er die Weberei inspizierte. Der Köter ist auf aufmüpfiges Webermundwerk trainiert gewesen.

Josefine hat seit jener Zeit Angst vor großen Hunden. Sie ist erst vierzehn, als Hartenau das Tier anweist, auf sie zu achten. Zuvor hat er sie in einen abgelegenen Raum bestellt, mit der Aussicht auf einen Bonus. Sie sei ein geschicktes Fadenmädchen, sagt er und sie freut sich über das Lob. Der gnädige Herr sei auch sehr gut und lieb. Er nimmt die kleine Josefine in den Arm und streichelt sie. Sie hat fast vergessen, wie das ist. Doch der gnädige Herr nimmt seine Aufgabe sehr ernst, er betastet sie an Stellen, die Josefine noch nicht an sich kennt. Mit kräftigen, kurzen Fingern knetet er ihre winzigen Brüste, lutscht deren Warzen und plötzlich spürt sie seine Finger zwischen den Schenkeln. Sie wehrt sich und – als er nicht aufhört – schreit sie. Der Hund knurrt und der gnädige Herr ist nicht mehr freundlich: Sie soll still sein und den Hund nicht ärgern.

Die Kutsche mit dem hohen Polizisten aus Berlin erreicht ihr Ziel. Der Pastor lobt den Toten über alle Maßen. Der Erbe schaut seiner Stiefmutter in die Bluse.

Die Wolken hängen tief. Die Kutsche nähert sich Morgenthal. Von Kleist bittet den Kutscher um eine Pause. Er will sich die Stadt aus der Ferne ansehen. Er steigt aus. Der Haltepunkt ist gut gewählt. Er betrachtet die Stadt von einem Hügel aus. Nichts Besonderes, denkt er. Oben stehen die Villen, unten die Mietshäuser und die Fabrik. Und der Fluss erinnert an eine silberne, sich windende Schlange.

Drei Klassen und ihre Probleme. Und manchmal treffen sich deren Umlaufbahnen. Die Folgen sind mörderisch.

Von Kleist weiß, dass er die bestehenden Gesetze beachten und für ihre Durchführung sorgen muss. Doch er hat viele Bücher gelesen. Voltaire und Mirabeau, Danton und Rousseau, aber auch Heine, Herwegh und Börne. Und Schriften der neuen Demagogen namens Marx und Engels. Im Gepäck führt er ein kürzlich erschienenes Buch mit sich. *Die Lage der arbeitenden Klasse in England* ist der Titel. Ein parteiisches Pamphlet. Aber er liest es. Schließlich muss man die Denkweise seiner Feinde kennen, um sie erfolgreich bekämpfen zu können.

Diese Leute wollen die herrschende Ordnung unterhöhlen. Und das wird er, Justus von Kleist, nicht zulassen. Ordnung entschärft die Menschen, macht sie zu gottesfürchtigen Wesen. Und das ist gut so.

»Weiter geht es!«, ruft er dem Kutscher zu.

Regen setzt ein. Der Kutscher zieht sein Paletot über den Kopf. Die Pferde galoppieren.

Es ist ein warmer Tag und die Erde dampft. Streunende Hunde tummeln sich auf den Straßen der Stadt. Der Mond steht noch mit schmaler Sichel am Himmel.

Der Polizeibeamte bittet den Kutscher, zum Platz der Mietdroschken zu fahren. Die Einspänner stehen seitlich der Kirche. Auf den Böcken schlafende und dösende Männer, die auf Kunden warten. Von Kleist spricht einen an und fragt nach einer Pension. Man nennt ihm die Adresse von Emily Stein. Die Sängerin vermietet Zimmer an Einzelpersonen.

Der Polizist lässt sich zu dem beschriebenen Haus bringen. Ein pittoreskes, verwunschen wirkendes Bauwerk liegt vor ihm. Die besseren Zeiten sind ihm noch anzusehen. Es fehlen nur Farbe und Pflege. Die Front- und Seitengiebel sind mit Türmchen besetzt, Säulen schmücken die hohen Fenster.

Von Kleists Schuhe knirschen auf dem Kiesweg. Er betätigt die Glocke. Durch das Fensterchen in der Tür kann er erkennen, dass sich ein Lichtschimmer nähert.

Von Kleist stellt sich vor und fragt nach einem Zimmer. Er kann das schönste bekommen, auch für länger.

Der Mann aus Berlin entlohnt den Kutscher und nimmt seine Reisetasche.

Das Zimmer liegt zum Garten, ist sauber und geräumig. Bett, Tisch, zwei Stühle und ein Paravent. Dazu ein Schrank und ein Waschtisch.

»Ich hole Ihnen sofort frisches Wasser«, kündigt Emily

Stein an und kehrt wenig später mit einer großen Kanne und zwei Handtüchern zurück.

Der Gast hat sich seines Reisemantels schon entledigt und Schreibutensilien auf dem Tisch ausgebreitet.

»Darf ich fragen, was Sie nach Morgenthal verschlagen hat?«, fragt die Sängerin.

»Der Mord an dem Fabrikanten Emil Hartenau«, antwortet von Kleist.

Emily nickt. Sie hat sich Ähnliches schon gedacht, denn dieser Mann wirkt entschlossen und selbstbewusst. Und wenn er von einer Polizeibehörde in Berlin kommt, wird er pünktlich zahlen. Und auch sonst keinen Ärger machen. Der Anmeldung hat sie entnommen, dass er dem Adel angehört. Von Kleist, eine Familie mit Geschichte.

Er bedankt sich für die Gastlichkeit. Emily lässt ihn allein.

Die Musik ist zu edel für den Mann. Lilly Hartenau hat für die Trauerfeier ihres dahingerafften Gatten einen der besseren Organisten bestellt. Er intoniert eine Bach-Fuge, ein Ricercar zu sechs Stimmen. Das Thema ist traurig und verhalten, einmalig in seinem düsteren Schmerz.

In der Trauerhalle anwesend sind außer Lilly ihr Stiefsohn Moritz Hartenau, Heinrich Graf von Überall und alle anderen Mitglieder des *Vaterländischen Vereins.*

Von der Arbeiterschaft ist Harry Roth gekommen. Er ist schon sehr lange in der Weberei tätig. Josefine und Karl, seine Kinder, und seine Frau Marie würden nicht verstehen, dass er an der Trauerfeier teilnimmt. Also hat er ihnen davon nichts gesagt.

Der Pastor jubelt Hartenaus Leben in den Himmel. Lillys Gesicht bleibt ungerührt. Moritz steht neben ihr und seine Anwesenheit lässt sie Ekel fühlen. Sie spürt, dass sein Blick sich frech und begehrlich auf ihrer Oberweite festfrisst. Aber noch mehr – Lilly hat Angst. Immerhin ist sie es gewesen, die Vater und Sohn entzweit hat.

Das Mädchen, das Moritz Trude nennt, hat ihr erzählt, wie er sie brutal genommen hat im Badezimmer. Und dabei schrecklich geweint.

Lilly weiß, dass sie eine Lösung für ihr Problem finden muss. Ihr Problem ist nicht der Mörder ihres Gatten, sondern der Sohn des Verstorbenen.

Die Vaterländischen beginnen mit ihren Reden. Lilly hört nicht hin. Und ist froh, als alles vorbei ist.

Nach der Zeremonie macht Harry Roth einen Umweg über den ärmeren Teil des Friedhofs. Hier ist kaum ein Grab geschmückt. Nur eins fällt auf. Frische Rosen leuchten. Es ist ein großes Grab. Sieben Namen sind grob in den schlichten Naturstein geritzt. Und alle haben dasselbe Sterbedatum. Harry steht eine Weile reglos davor.

Der Arm kommt in ein anderes Grab. Dem Redakteur ist nichts zu schwer. Die Polizei ist nicht am Platz. Eine junge Frau singt vom Kaffee und wird Journalistin. Die Witwe lügt wie ein Bierkutscher.

Moritz Hartenau erwacht. Er ist froh, dass der Alte unter der Erde ist. Er will an diesem Morgen die Fabrik besuchen und nach dem Rechten schauen. Dreihundert Arbeitern gibt er Brot. Mit ihren Familien dürften es über tausend Menschen sein, die von *Hartenau und Söhne* abhängig sind.

Früher hat die Weberei anders ausgesehen. Die Regeln sind so gewesen: Jeder Arbeiter hatte den Webstuhl im eigenen Haus und brachte das Tuch einmal die Woche ins Kontor. Das Garn zum Weben kauften die Weber zu einem überhöhten Preis bei einem Händler, der es von Hartenau bezog.

Am Ablieferungstag prüfte der Werkmeister den Stoff auf Schussfehler, hielt ihn gegen das Licht und urteilte dann. Natürlich waren Hartenaus Spattenkieker besonders genau. Auch wenn sie nichts zu beanstanden hatten – sie suchten so lange, bis sie etwas fanden, um die Weber im Preis zu drücken. Die Ellen wurden schließlich ausgemessen, der Lohn ausgezahlt. Oft nur in Lebensmittelgutscheinen, die dann in den Läden einzulösen waren, die ebenfalls der Firma gehörten.

Die Zeiten des Kontors sind längst vorbei. In England ist der mechanische Webstuhl erfunden worden. Ein Handwebstuhl nach dem anderen wurde stillgelegt. Die Weber müssen nun in die Fabrik gehen. Seine hat Hartenau um das ehemalige Kontor herumgebaut. Der Morgen treibt die Räder an und nimmt die Abfälle auf.

Die Fabrik lockt die Männer aus der Umgebung. Ihre Familien folgen. Die Frauen arbeiten mit. Heimarbeit. Sie säumen Taschentücher, die Hartenau aus den minderen Webbahnen herstellen lässt. Auf Raten schaffen sich die Weberfamilien die notwendigen Maschinen an. Die Firma *Singer Nähmaschinenfabrik* stellt die Geräte her und die Weber können sie ohne Anzahlung erhalten. Ab und zu besuchen Vertreter von *Singer* die Familien und treiben die Raten ein. Die kommen nicht immer pünktlich. Natürlich nicht.

Moritz Hartenau kennt das alles. Jedenfalls ungefähr. Einen moralischen Denkprozess hat das aber nicht in Gang gesetzt. Er wird die Geschäftsbücher prüfen und weitere Möglichkeiten zur Einsparung von Kosten und zur Steigerung des Profits suchen.

So viel weiß er aber schon: Er besitzt einhundertfünfundfünfzig Webstühle, sogenannte Power Looms. Die Firma *Hartenau und Söhne* stellt baumwollene und halbwollene Futterstoffe her. Würde er die neuen französischen Jacquard-Webmaschinen anschaffen, könnte die Fabrik wunderbare Seidenstoffe fertigen. Aber werden seine Mittel reichen?

Die Firma hat einen stillen Teilhaber, der einmal im Jahr seinen Gewinnanteil ausgezahlt bekommt. Das Geld wird auf eine Bank in England transferiert.

Moritz Hartenau spekuliert: Vielleicht kann mir dieser Mann das Geld für die Investition leihen. Leider kennt er den Namen des Teilhabers nicht. Aber er wird bei der Bank nachfragen.

Am Frühstückstisch trifft er auf die Stiefmutter. Lilly Hartenau steht der Schock über die Vermögensverteilung noch ins Gesicht geschrieben. Ein starker Kopfschmerz hat die Nacht zur Folter gemacht. Warum hat ihr verstorbener Mann sie an seinen Sohn gekettet? Es liegt ganz in seiner Hand, wie hoch die Apanage sein wird.

Er wird mich betrügen, denkt sie, und die Bücher frisieren. Am liebsten würde sie ihn aus dem Haus werfen.

Nur knapp antwortet Lilly auf das »Guten Morgen, liebe Stiefmutter«.

Die Köchin bringt Rührei mit Speck, wie Moritz es verlangt hat. Mit Ekel sieht Lilly zu, wie er sich die Riesenportion zwischen die wulstigen Lippen schaufelt.

»Ich werde gleich in die Firma fahren und mir einen Überblick verschaffen«, kündigt Moritz an. Etwas Ei klebt in seinem Oberlippenbart. »Aber vorher hole ich die neue Kutsche ab.«

»So, so. Eine neue Kutsche. Das ging ja schnell.«

»Geht dich nichts an. Ich bin jetzt der Chef der Weberei. Das Geld ist nun weg und damit der Profit. Also ist für dich nichts mehr da. Das tut mir natürlich in der Seele weh.« Er grinst sie breit an.

Lilly kann es nicht glauben. Hoffentlich zieht er wenigstens aus. »Wo wirst du künftig wohnen?«

Erstaunt blickt er sie an. »Na, hier. Was dachtest du denn?«

»Die Villa gehört mir. Nur mir.«

»Das weiß ich sehr wohl, liebe Stiefmutter«, kaut Moritz. »Aber ich schätze die Annehmlichkeiten hier. Und ich bin in diesem Haus aufgewachsen. Im Gegensatz zu dir.«

»Ich will aber nicht, dass du hierbleibst«, beharrt sie. Der Schmerz im Kopf nimmt zu.

Hartenau sagt nichts. Der Berg Rührei ist fast vertilgt. Er schiebt den Teller von sich und rülpst.

Lilly zuckt zusammen. Das halte ich nicht aus, denkt sie. Der Kerl muss weg.

Hartenau steht auf. Mit einer Schnelligkeit, die ihm schwer zuzutrauen ist, baut er sich hinter Lilly auf, packt brutal ihr Haar und reißt den Kopf zurück. Sie stöhnt.

»Wenn du Krieg willst, kannst du ihn bekommen«, zischt Hartenau. »Und wenn du mich rauswirfst, hast du Krieg. Geht das in deinen dummen Kopf?«

Lilly nickt. Er drückt ihr Gesicht ins Marmeladenbrot auf dem Teller und verlässt das Zimmer.

Die Augen des Mädchens, das Trude genannt wird, weiten sich vor Schreck.

Mit bebendem Herzen steht Ludwig Immermann vor der Villa Grünblatt. Er ist den Weg zu Fuß gegangen. Natürlich kennt er das schöne, gelb getünchte Haus. Georg Wenzeslaus von Knobelsdorff, der Architekt im Dienste von Friedrich II. von Preußen, hat es vor etwa hundert Jahren gebaut. Der Eingang erinnert an das Pantheon in Rom. Das Gebäude hat einfache und klare Formen, die rechteckigen Fenster sind weiß eingesäumt. Die Villa hat keine Erker und Türmchen, wie sie gerade en vogue sind, weder niedliche Stuckverzierungen noch falsches Fachwerk.

Der Redakteur weiß nicht viel über die Grünblatts. Das Familienoberhaupt verfügt wohl von Hause aus über Vermögen. Deshalb kann sich Ruben Grünblatt die Finanzierung eines Orchesters leisten. Die Laienmusiker sind froh über das Zubrot, das er ihnen verschafft.

Immermann, noch immer gezeichnet von Hartenaus Fausthieb, zieht an der Klingel.

Luise öffnet. Er folgt ihr in den Salon. Das Mobiliar entspricht der Mode der Zeit, jedoch fehlen Nippes jeder Art. Die Gemälde an den Wänden sind von guter Qualität. Nichts Verspieltes, nichts ohne Zweck.

Immermann denkt an das Goethe-Wort von der Nützlichkeit des Schönen und der Schönheit des Nützlichen.

Der Hausherr steht am Fenster des Salons. Er kommt erfreut auf Immermann zu und schüttelt ihm die Hand.

»Was darf ich Ihnen anbieten?«, fragt er und erzählt sogleich von dem Arabica-Kaffee, den er sich vorrätig hält.

Immermann trinkt gern Kaffee, aber nur das billige Zeug aus Zichorie. Luise knickst und verschwindet.

»Kaffee ist ein Gottesgeschenk«, sagt Ruben Grünblatt.

Die beiden setzen sich an den Kamin, in niedrige englische Herrensessel.

»Ich möchte Ihnen danken, lieber Immermann, dass Sie meiner Tochter im *Goldenen Bären* so zur Seite gesprungen sind.«

»Ich hielt sie zunächst für ein leichtes Mädchen«, gesteht Immermann. »Und sie schien eine diebische Freude daran zu haben.«

»Rachel ist fantasievoll und leidet an Langeweile«, erklärt der Vater. »Aber seien Sie versichert: Kaschemmen dieser Art gehören trotzdem nicht zu ihren bevorzugten Ausflugszielen. Sie ist ihrem Cousin Elias gefolgt, der nach einem unerfreulichen Abend in diesem Hause die Flucht ergriffen hat und in jenem Etablissement gelandet ist.«

Luise erscheint mit einem Tablett. Sie stellt drei hohe Tassen mit dampfendem Kaffee auf das Tischchen am Kamin.

»Bitte, bedienen Sie sich!«

Immermann wundert sich über die Anzahl der Tassen. Aber vielleicht kann das Mädchen nicht bis zwei, sondern nur bis drei zählen.

»Honoré de Balzac trinkt sehr viel starken Kaffee, um wach zu bleiben – so hört man aus Paris«, plaudert Ruben Grünblatt. »Und Ludwig van Beethoven hatte sich angewöhnt, genau sechzig Kaffeebohnen abzuzählen, um daraus eine Tasse Mokka zu brauen. Und kennen Sie Johann Sebastians possierliche Kaffeekantate?«

Des Kaffees leichte Herbe ist nicht mit der krassen Bitterkeit der Zichorie zu vergleichen. Die dritte Tasse dampft noch immer auf dem Tisch vor sich hin.

Ruben bemerkt Immermanns Blick. »Rachel wird gleich erscheinen«, kündigt er an. »Sie will sich selbst bei Ihnen bedanken.«

»Ei! wie schmeckt der Coffee süße, lieblicher als tausend Küsse, milder als Muskatenwein.« Rachel steht im Salon. »Coffee, Coffee muss ich haben, und wenn jemand mich will haben, ach, so schenkt mir Coffee ein!«

Immermann springt auf. Wird rot, ist irritiert. Er sieht in Rachels spöttisch blickende Augen. Veilchenblau. Sie trägt ein dunkelrotes Kleid, das raffiniert wirkt in seiner exquisiten Schlichtheit. »In Wahrheit heißt es ›laben‹, nicht ›haben‹, lieber Herr Redakteur – so schnell geht das mit mir nun doch nicht. Auch wenn in jener unbeschreiblichen Stätte mein Beruf falsch erraten wurde.«

Sie reicht ihm die Hand. Ihr Druck ist kräftig, das Lächeln spitzbübisch.

»Das waren ein paar Worte aus der Bach-Kantate«, erklärt sie. »Ich hörte Vater das Musikstück erwähnen. Setzen Sie sich doch wieder, Herr Immermann.«

Ruben holt einen Hocker heran.

»O weh«, fährt Rachel fort. »Ihr Gesicht sieht ja noch übel aus. Haben Sie Schmerzen?«

Nein, Immermann hat jetzt keine Schmerzen mehr. Er will etwas Witziges sagen, doch es will ihm nichts einfallen.

Ruben registriert die Befangenheit. »Der *Volksfreund* ist ein leidlich lesbares Blatt«, sagt er. »Wie finanziert es sich?«

»Manchmal ist es schwierig«, gibt Immermann zu. »Die Ausgaben sind konstant, die Einnahmen wechselhaft. Ich muss oft mehr Annoncen akquirieren, als dem Blatt guttut. Hartenaus Tod hat den Verkauf gefördert und war ein Segen für meinen Geldbeutel. Als Alleinredakteur trage ich auch alle Risiken allein.«

»Sie schreiben alle Artikel selbst?«, fragt Rachel.

»Ja, und ich formuliere auch die Annoncen. Egal ob Schönheitspulver oder Hühneraugentinktur. Nur selten lasse ich mir von Redaktionsgehilfen zuarbeiten. Sie liefern mir Artikel über eine Tanzveranstaltung oder einen Opernabend in Berlin. Und Heimatdichter wollen sich gern selbst lesen und schicken mir ihre zweifelhaften Ergüsse.«

»Das hört sich nach Böttger und seinem Kartoffelgedicht an«, kichert Rachel.

»Wie sind Sie politisch aufgestellt?«, will Ruben wissen.

»Das Licht der Aufklärung muss bis in die letzte Hütte dringen«, antwortet Immermann. »Die Arbeiter müssen ihr von der Knechtschaft gebeugtes Haupt stolz aufrichten. Sie müssen ihre Niedergeschlagenheit ablegen. Die herrschende Kaste hat sie seit vielen Jahren in einem Zustand der Verzweiflung gehalten. Es gibt keine Freiheit, wenn es an Brot fehlt. Es gibt keine Gleichheit, solange skandalöser Reichtum bitterem Elend gegenübersteht. Es gibt keine Brüderlichkeit, solange sich eine Arbeiterfrau mit ihren halb verhungerten Kindern an den Türen der Paläste vorbeischleppt.«

»Bravo!«, ruft Ruben. »Und jetzt komme ich zu dem Angebot, das ich Ihnen machen will, lieber Immermann. Ich möchte bei Ihnen einsteigen. Wenn es in diesem stockkonservativen Preußen Hoffnung gibt, dann durch solche Männer wie Sie.«

Das geht zu schnell, denkt der Redakteur. »Welche Bedingungen sind mit Ihrem Angebot verbunden?«, fragt er.

»Nichts Ehrenrühriges«, versichert Ruben. »Nur die Bitte, meiner Tochter die Möglichkeit zu geben, sich mit ein paar Artikelchen bei Ihnen nützlich zu machen. Und vielleicht auch meinem Neffen Elias. Er musste wegen revolutionärer Umtriebe aus Paris fliehen. Er könnte ja vielleicht Zeitungen austragen oder die Druckmaschine in Ordnung halten, nicht wahr?«

Rachel strahlt ihren Vater an. Er hat ihr zuvor nichts von seinem Plan gesagt. Aber er kennt die Tochter, spürt ihre innere Unruhe und hat insgeheim Angst davor, dass sie ausbrechen könnte aus diesem unaufregenden Morgenthaler Frauenleben.

»Über ein solches Angebot muss ich nicht lange grübeln, Herr Grünblatt. Ich nehme an«, sagt Immermann.

»Das freut mich sehr. Morgen spreche ich mit Notar Aufgiebel. Darauf genehmigen wir uns einen Cognac«, lächelt Ruben. »Und noch etwas: Meiner lieben Gattin werde ich empfehlen, Sie zum nächsten Salonabend zu bitten. Wir hatten da gerade einen nicht wirklich bedauerlichen Abgang.«

Justus von Kleist hat sich von der anstrengenden Fahrt erholt. Er hat gut geschlafen. Das Haus liegt ruhig.

Ihm zuliebe hat die Sopranistin sogar auf ihr morgendliches Übungsträllern verzichtet. Von Kleist ahnt sehr genau, was ihm erspart geblieben ist.

Der Zimmerpreis enthält das Frühstück. Von Kleist kleidet sich an und geht in die gute Stube. Auf dem Vertiko zeugen eingerahmte Plakate von früheren Erfolgen der Sängerin. Der Höhepunkt ihrer Karriere ist die Partie der Susanna in Mozarts *Hochzeit des Figaro* gewesen. An einsamen Abenden denkt Emily Stein an diese goldene Zeit zurück. Sie war damals die Leichtfüßigkeit in Person und für die Herren im Publikum die Verheißung von Wildheit und Abenteuer.

»Machen Sie sich keine Umstände«, sagt von Kleist. »Eine Tasse Tee oder zwei und ich bin glücklich.«

Sie beeilt sich, ihren Pflichten nachzukommen, und schleppt den Tee heran. Ein paar Kekse dazu. Sie hat noch keine Gelegenheit gehabt, den Bäcker aufzusuchen.

Schon am vorigen Abend hat sie das Bändchen mit Kleists *Zerbrochenem Krug* aus dem Schrank gekramt. Das Geschenk eines längst vergessenen Liebhabers. Jetzt kommt das Büchlein doch noch zu Ehren.

»Heinrich von Kleist. Ich liebe seine Werke!«, schwärmt sie.

Und um zu beweisen, dass es sich tatsächlich so verhält, rezitiert sie gleich: »*In Eurem Kopf liegt Wissenschaft und Irrtum geknetet, innig, wie ein Teig, zusammen. Mit jedem Schnitte gebt Ihr mir von beidem*. Haben Sie mit Heinrich von Kleist ein verwandtschaftliches Verhältnis?«

»Nur entfernt«, hält sich der Ermittler bedeckt. »Ganz entfernt.«

Emily hält diese Aussage für pure Bescheidenheit. Spontan schließt sie den Gast ins Herz. Einer solchen Familie zu entstammen und nicht überheblich zu sein – das findet man nicht oft.

Der Ins-Herz-Geschlossene lässt sich den Weg zur Gendarmerie erklären. Er zieht den leichten Gehrock über, verzichtet aber auf den Zylinder. Mit federnden Schritten nimmt er die Treppe nach unten. Die Luft ist mild. Es atmet sich sauberer als in Berlin.

Die leicht abschüssige Straße ist von Linden gesäumt, ab und zu klappern Pferdehufe auf dem Pflaster. Von Kleist versucht, ein Gefühl für die Stadt zu bekommen.

Hier an diesem Denkmal soll er die Richtung ändern. Von Kleist betrachtet das Reiterstandbild. Es ist aus Bronze gefertigt und stellt Friedrich Wilhelm III. dar, den Vorgänger des aktuellen Monarchen. Der König sitzt in Generalsuniform auf dem Pferd und hält die Zügel locker in der rechten Hand.

Doch besonders frisch sieht er nicht mehr aus: Der federgeschmückte Zweispitz ist mit Vogeldreck besudelt; zwischen Hals und Epauletten lugt ein Grasbüschel hervor.

Von Kleist lächelt in sich hinein: Preußen ist nicht im Bestzustand. Aber solange nur Gras und Vogeldreck die Macht stören, scheint eine ernsthafte Gefahr in einiger Ferne zu sein. Zumindest in dieser Provinz.

Der Polizeidirektor läuft weiter. Es ist eine Gewohnheit von ihm, sich in fremden Städten zunächst einen Überblick zu verschaffen. Er braucht ein Gefühl für den Ort. Scheinbar ziellos flaniert er durch die Straßen, betrachtet die Fassaden. Der Fluss hilft ihm, sich zu orientieren. Schließlich nimmt er eine Mietdroschke und weist den Kutscher an, ihm die wichtigsten Gebäude zu zeigen. Zuletzt lässt er sich zum Rathaus bringen. Dort ist auch die Gendarmerie untergebracht.

Von Kleist steht vor verriegelter Tür – Mittagszeit. Er wartet, erkundigt sich dann im Rathaus nach den Öffnungszeiten der Wache. Die Herren nehmen den Mittagstisch im *Goldenen Bären*. Keine fünf Minuten zu Fuß.

Anni hat eine Genehmigung zur Gastwirtschaft unter freiem Himmel. Hans Kürten und die beiden Hilfsgendarmen sitzen an einem langen Tisch im Schatten einer Rosskastanie. Auf dem Tisch eine Schüssel mit dampfenden Kartoffeln. Bratenfleisch auf einer Platte. Gerade bringt die Wirtin die Sauciere und drei Humpen Bier.

Von Kleist erkennt die Gendarmen an der Uniform. Sie tragen dunkelblaue Röcke mit einer Reihe von acht goldenen Knöpfen und rotem Unterfutter. Ihre Mützen haben sie auf die Holzbank gelegt. Kürten sticht sofort hervor, denn als Zeichen seines höheren Dienstgrades prangt oberhalb der Brigadenummer eine quer über die Achselklappe laufende, silbern mit Schwarz durchwirkte Offizierstresse.

Zielstrebig steuert von Kleist auf die drei Männer zu und stellt sich vor. Die Hilfsgendarmen springen auf und greifen nach den Mützen. Auch Kürten erhebt sich, aber nicht so beflissen. Er verbeugt sich knapp und bittet von Kleist, sich doch zu setzen.

Anni fragt nach den Wünschen des Neuankömmlings. Nach dem kargen Frühstück verspürt von Kleist Hunger und fragt, was es gibt.

»Das Stammessen«, meint Anni. »Steht vor Ihnen auf dem Tisch. Schweinebraten mit Kartoffeln. Essen alle hier.«

Von Kleist bestellt eine Portion und ein Bier dazu. Er merkt, dass die Augen der anderen Gäste auf ihn gerichtet sind. Dem Aussehen nach zu urteilen, handelt es sich um einfache Menschen, Handwerker, Kaufleute oder kleine Beamte.

»Nach dem Essen bitte ich Sie alle zu einer Dienstbesprechung«, erklärt der Sonderermittler.

»Sie sind allein gekommen?«, fragt Kürten.

»Meine Nachhut ist im Anmarsch«, teilt von Kleist mit. »In einer Woche sind sie da. Bis dahin sollten wir schon einiges geschafft haben, Wachtmeister Kürten. Als Erstes gehen wir Ihren Bericht durch, danach schaue ich mir die Leiche an.«

Kürten erstarrt, die Hilfsgendarmen schauen betreten zur Seite.

»Und den Obdukteur möchte ich auch sehen. Aber – zuerst genehmigen wir uns das Morgenthaler Schwein. Die Herren können sich als eingeladen betrachten.«

Elias Leclerc stimmt dem Vorschlag des Onkels, sich für den *Morgenthaler Volksfreund* nützlich zu machen, mit Freude zu. Natürlich wird er die Zeitung nicht austragen oder die Redaktionsstube putzen. Er wird schreiben, wie er es in Paris getan hat.

Elias und sein Vater sind Mitglieder im *Bund der Gerechten,* der 1839 maßgeblich am Umsturzversuch gegen den französischen König Louis Philippe beteiligt gewesen ist. Der Interessengegensatz zwischen Arbeiterschaft und Bürgertum ist im letzten Jahrzehnt durch den Einzug von Maschinen in den Produktionsprozess immer größer geworden. Nur eine Revolution vermag dieses Unrecht zu ändern. Elias will dazu beitragen, die Arbeiter politisch aufzuklären.

Derart beseelt setzt Elias die rote Jakobinermütze auf und geht in die Küche hinunter. Er hat Hunger. Die Köchin will ihm ein schnelles Gericht bereiten, doch Elias hat etwas anderes im Sinn. Er nimmt sich ein Stück Brot und einen kleinen Käse.

Jetzt fehlt nur noch ein Bier. Er verlässt die Villa Grünblatt und denkt an Josefine. Sie wirkt so traurig und verletzbar. So ganz anders als die Mädchen in Paris. Die sind kokett, lebenslustig und zu jedem Spaß bereit, wenn die Francs nur rollen.

Elias erreicht den Biergarten des *Goldenen Bären.* Wirtin

Anni begrüßt ihn freundlich. Sie mag den jungen ungestümen Kerl.

Justus von Kleist erkennt die revolutionäre Kopfbedeckung und mustert den Ankömmling skeptisch. Revolutionen und ihre Folgen mag von Kleist nicht. Sie bringen Unordnung ins Land und stören den Frieden.

»Sie fahren zurück zur Villa«, verabschiedet Moritz Hartenau seinen Kutscher.

Da vorn steht seine neue Kutsche *Viktoria*, mit angespannten Pferden. Der Lack glänzt in der prallen Sonne. Der Stellmacher wartet schon auf ihn. Gemeinsam klappen sie das Verdeck nach hinten. Höchstselbst wird Hartenau in die Fabrik fahren. Sollen die Leute ruhig sehen, wie gut es ihm geht, dem Erben der Weberei. Und er kann sich die Stadt anschauen.

Aber bester Stimmung ist Moritz Hartenau nicht. Der Streit mit der Stiefmutter hat ihm gezeigt, dass er an mehreren Fronten kämpfen muss. Mit dem Weberpack ist einfacher umzugehen als mit der krawalligen Blondine.

Der bessere Teil der Stadt liegt jetzt hinter ihm. Viel hat sich nicht verändert in den letzten Jahren. Einige Häuser sind dazugekommen, andere sind dem langsamen Verfall ausgesetzt. Die Straße wird abschüssig. Hartenau zieht die Bremse an. Sie quietscht erbärmlich. Da muss der Stellmacher aber noch nachbessern!

Der Fabrikant schaut nach rechts. Hier, zwischen Ober- und Unterstadt, umgeben von einem gepflegten Park, befindet sich die gelbe Villa des Juden.

Grünblatt, denkt Hartenau. Frau, Tochter und ein bisschen Personal. Reiche Familie mit Geldverleiher-Hintergrund. Wie alle Juden. Die Tochter ist ledig, also noch zu haben.

Nimmt vermutlich jeden in ihrer Not, das späte Mädchen. Nein, entscheidet Hartenau, keine Jüdin. Die sind zum Spaßhaben da. Die Villa, ja, die wäre ihm genau recht. Aber dazu muss ich den Vater ruinieren, überlegt er. Mal sehen, was ich für den Alten tun kann …

Er treibt die Pferde an.

Das Eisentor zur Fabrik öffnet sich wie von Zauberhand. Moritz Hartenau fährt auf seinen Besitz. Die Kutsche übergibt er der Obhut des Pförtners. Das alte Kontor ist noch zu erkennen. Der dreistöckige Neubau hat dicht nebeneinanderliegende, vergitterte Fenster und beherbergt die Fabrikationssäle. Die *Loom*-Webstühle brauchen Platz.

Der Werkmeister empfängt den neuen Herrn. Er sorgt für Arbeitsdisziplin und überprüft die Qualität der Ware. Ein Werkmeister verdient zehn Taler in der Woche, ein Weber nur drei. Die Kinder an den Maschinen bekommen fünfzehn Groschen. Einige Arbeiter unterbrechen ihre Tätigkeit, als sie Hartenau erblicken. Die Maschinen verursachen einen Höllenlärm, rattern unermüdlich. Pausen kosten Geld.

Moritz hustet. Winzige Baumwollteilchen schweben in der Luft. Die Partikel bilden eine schwere Wolke über den Arbeitern. Diese sind grau gekleidet, die Kopftücher und Mützen überzogen mit feinem Staub.

»Das ist euer neuer Herr«, schreit der Werkmeister gegen den Lärm an.

Hartenau betrachtet das graue Heer aus Männern, Frauen und Kindern. Der Ausdruck ihrer Augen ist auf eine merkwürdige Art und Weise leer.

Hartenau fühlt sich unwohl. Der Lärm ist unerträglich. »Ich will mit dem Prokuristen sprechen«, verlangt er.

Der Werkmeister nickt und deutet nach oben zum Bürotrakt. Dort haben die Werkmeister, der Prokurist und der Inhaber der Firma ihre Räume. Auch einen Konferenzraum gibt es. Emil Hartenau hat darin den Mitgliedern des *Vaterländischen Vereins* Vorträge gehalten, dass man als Fabrikant nur ein Gesetz kennt: Preise rauf und Kosten runter.

An das alles kann sich Moritz noch erinnern. Doch den Prokuristen kennt er nicht mehr.

Der Mann ist so grau wie die Arbeiter. Nur besser genährt. Devot nähert sich Herr Pfeiffer dem neuen starken Mann.

»Ich will die Bücher sehen. Soll und Haben. Abrechnungen. Ausgaben.«

Pfeiffer wieselt zum Schrank, schließt ihn auf und kehrt mit Papieren zurück.

»Wie viel kostet uns das Pack da draußen?«, will Hartenau wissen.

»Wir haben dreihundert Leute, Frauen und Kinder nicht mitgerechnet. Dann noch die Heimarbeiterinnen. Sie stellen die Taschentücher her.«

»Wie viel zahlen wir?«

»Das kann ich nicht sagen. Das ist von Monat zu Monat verschieden, gnädiger Herr. Wir zahlen den Lohn ja nicht wirklich aus, sondern arbeiten mit Gutscheinen.«

»Ach, ja. Die Gutscheine.«

»Für Essen und Kleider. Die Leute können sie eintauschen in den Läden.«

»Und die Läden gehören hoffentlich *Hartenau und Söhne*, oder?«

»So ist es.«

Das hat der Alte clever angestellt, denkt der Sohn. Früher, bei der Heimweberei, mussten die Leute das Garn bei ihm kaufen, jetzt die Lebensmittel.

»Lassen sich die Leute das gefallen?«, fragt er.

Pfeiffer zuckt mit den Schultern. »Ein bisschen Maulen kommt schon auf«, entgegnet er. »Aber was wollen die schon machen? Die Gutscheine gelten nur in unseren Läden und dort, wo wir beteiligt sind.«

»Unseren? Wohl eher meinen! Und jetzt will ich in den Saal zurück. Die Papiere studiere ich später. Kommen Sie mit!«

Die Arbeiter stehen nicht mehr alle an den Maschinen. Eine Abordnung hat sich gebildet und wartet vor der Treppe, die zur oberen Etage führt.

Hartenau erkennt Harry Roth. Der alte Mann ist als Vertreter der Arbeiterschaft bei der Beerdigung seines Vaters gewesen. Dann kann es ja nicht so schlimm werden.

Doch Roth hat keinen unterwürfigen Blick. Er schaut dem neuen Besitzer voll und offen ins Gesicht.

Hartenau ahnt, dass er diesen Mann, der offenbar Einfluss auf seinesgleichen hat, auf seine Seite ziehen sollte.

Bevor er ein Wort an ihn richten kann, macht der alte Roth eine Handbewegung. Nach und nach verlangsamen sich die Webstühle. Der Lärm ebbt ab.

Der Werkmeister schreit herum. Er verlangt, dass die Maschinen in Gang gehalten werden. Aber niemand achtet auf ihn.

Was ist, wenn die mich jetzt totschlagen wie einen Hund, denkt Hartenau. Plötzlich spürt er die Bedrohung, die von der Arbeiterschicht ausgehen könnte. Aber nur, wenn sich diese Menschen selbst darüber bewusst werden. Und das mögen der preußische König und sein Militär verhindern.

Harry Roth geht auf Hartenau zu. Langsam sinken die Stäube.

»Herr Direktor!«, sagt Roth barsch. »Wir haben in dieser Woche noch keinen Lohn und keine Gutscheine bekommen.«

Hartenau sieht Pfeiffer an. Der zuckt wieder mit den Schultern und flüstert Hartenau zu, dass er keine Bankvollmacht habe.

»Ich kümmere mich darum«, verspricht Hartenau.

»In der letzten Woche gab es auch schon nichts.« Roth wendet sich an die Arbeiter. »Und wenn es in der nächsten Woche auch kein Geld gibt, und zwar das Geld für drei Wochen, dann werden wir uns unseren Lohn holen.«

»Aber liebe Leute!« Hartenaus Stimme hat einen beschwichtigenden Klang. »Was soll der ganze Aufstand? Geht in die Läden und holt euch, was ihr braucht.«

»Wir kriegen nur etwas auf Gutscheine«, sagt ein anderer Mann.

»Dann lasst anschreiben.«

»Die Ladenbesitzer schreiben nicht an«, entgegnet Roth. »Und wir haben nichts zu essen.«

»Dann werde ich den Läden entsprechende Anweisungen geben. Kümmern Sie sich darum, Pfeiffer. Noch heute.«

Die Männer murmeln miteinander. Die Aggressivität klingt ab.

»Kameraden«, ruft Harry Roth. »Lasst euch nicht betrügen. All das dient nur dazu, unser Elend bis zum Jüngsten Tag festzuschreiben. Wir wollen einen gerechten Lohn und keine Papiere, für die wir schlechte und teure Ware von Hartenaus Gnaden bekommen. Und denkt an Werner Langhans, der hier vor drei Tagen zusammenbrach. Er ist letzte Nacht gestorben. Er ist nur siebenundvierzig Jahre alt geworden.«

»Wollen Sie mir drohen, Sie Demagoge?« Hartenau schreit – weniger aus Wut, sondern vor Angst.

»Gnädiger Herr«, Roth steht mit durchgedrücktem Rücken. »Wir haben unseren Teil geleistet. Wir wollen nur das, was uns zusteht.«

Hartenau verspricht, über das Gutscheinsystem nachzudenken. Harry Roth nickt bedächtig. Seine Augen verraten Zweifel. Doch dann gibt er mit der Hand das Zeichen.

Langsam beginnen die Webstühle wieder mit ihrem Lärm. Nach und nach wenden sich die Arbeiter von Pfeiffer und Hartenau ab. Der Staub bekommt neuen Auftrieb, verteilt sich in der Halle.

Moritz Hartenau hustet und winkt den Prokuristen an seine Seite: »Geben Sie Roth die Papiere. Ich will ihn nicht mehr hier sehen.«

Nach dem Mittagsmahl im *Goldenen Bären* gehen Kürten, von Kleist und die beiden Hilfspolizisten in die Gendarmerie.

»Ich brauche einen Schreibtisch«, sagt der Mann aus Berlin.

Kürten bietet ihm seinen an und räumt ihn sogleich frei.

»Bitte erstatten Sie kurz Bericht.«

Die Hilfsgendarmen verdrücken sich.

Kürten fasst zusammen: Wie der Leichnam aus dem Morgen gefischt wurde, in welchem Zustand er war. Auch die aufgeweichte Zeitungsseite erwähnt er.

Von Kleist hört aufmerksam zu. Er hat intelligente graue Augen, eine schmale aristokratische Nase und einen spöttischen Mund. Gegen ihn wirkt der gesundgesichtige, rothaarige Kürten wie ein Bauernlümmel.

Kürten hat die Zeitungsseite geglättet und zu den Akten genommen.

Von Kleist fischt sie heraus und liest halblaut: *Und wo es noch Tyrannen gibt, die lasst uns keck erfassen. Wir haben lang genug geliebt und wollen endlich hassen.*

Er kennt fast alle revolutionären Gedichte, kennt die Namen der Dichter, die sich in ihrem naiven Freiheitsglauben vor den Karren der Umstürzler spannen lassen.

»Wie hat Hartenau seine Firma geführt?«, will von Kleist wissen. »Sind Ihnen Unruhen bekannt?«

Kürten zögert. Soll er von Kleist berichten, dass Harry Roth und sein Sohn sich für die Anliegen der Arbeiter starkmachen? Er würde sie damit vielleicht in Verdacht bringen. Das haben sie nicht verdient. Alles in allem sind sie keine Aufrührer. Aber das kann der Mann aus Berlin ja nicht wissen. Der will einen Mörder finden und schnell wieder in die Hauptstadt zurück.

Kürten antwortet lauwarm: »Es hat ab und zu mal Streit über den Lohn und die Gutscheine gegeben. Aber niemals ist Gewalt gegen Menschen oder Maschinen ausgeübt worden.«

»Na, dann ist Morgenthal ja ein wirkliches Paradies!«, höhnt von Kleist. »Leider stört der Hartenau mit der Kugel im Hirn diese Idylle.«

»Vor einigen Monaten hat uns Hartenau ein paar Aufrührer gemeldet. Aber es hat sich nichts ergeben. Wir haben die Männer befragt und wieder gehen lassen. Sie machten nicht den Eindruck, als ob sie eine Revolution anzetteln wollten.«

»Eindruck? Lieber Mann, ich möchte diese unrevolutionär beeindruckenden Herren Weber sprechen. Laden Sie sie vor.«

»Hartenau hatte vielleicht andere Feinde als ausgerechnet seine Arbeiter«, wirft Kürten ein. »Sein Lebenswandel war nicht der, der einem gnädigen Herrn entsprochen hat.«

»Was soll das heißen?«

»Nun ja … er war dem lockeren Leben zugetan«, druckst der Gendarm herum. »Es gibt gewisse Häuser in der Nachbarstadt. Mit gewissen Damen. Und die hat Herr Hartenau regelmäßig aufgesucht.«

»Bordelle. Seine Frau sagt nichts davon.« Von Kleist deutet auf den Bericht. »Oder haben Sie sie gar nicht dazu befragt?«

»Sie war unpässlich«, entschuldigt sich Kürten. »Ich konnte das Verhör nicht zu Ende bringen.«

»Unpässlich? So, so. Eine Witwe, die von ihrem Gatten gedemütigt worden und jetzt vermutlich sehr reich ist. Ist Ihnen da keine Idee gekommen?«

Kürten antwortet nicht. Er fühlt sich behandelt wie ein Idiot.

»Ich möchte den Arzt sprechen, der die Leichenöffnung vorgenommen hat«, fordert von Kleist.

Der Herr Doktor sei im Leichenhaus, teilt Doktor Wiesners Haushälterin mit.

»Das trifft sich ja gut«, meint Justus von Kleist. »Dann kann ich bei der Gelegenheit gleich den Toten in Augenschein nehmen. Ich hoffe, er wird ordentlich gekühlt bei diesem Wetter.«

Der Gendarm schluckt, dann wird ihm heiß und kalt. Er hätte die Beerdigung verhindern müssen, das weiß er jetzt. Aber der Doktor und die Witwe haben so gedrängelt. Denn auch in den Keller des Krankenhauses ist die Hitze inzwischen eingezogen. In solchen Sommern hält man sich bei der Betrachtung von toten Menschen nicht lange auf.

Kürten hat den Zeitpunkt verpasst, von Kleist die Wahrheit zu sagen. Nun wird er es dem Zufall überlassen müssen. Oder dem Wiesner.

Der Doktor blinzelt seinen Besuch an.

»Aus Berlin kommt er also«, murmelt er, nachdem sich von Kleist vorgestellt hat. »Und was will er hier?«

»Mit Ihnen reden. Und den Leichnam sehen.«

Der Arzt schaut den Gendarmen an. »Reden ja«, meint er. »Aber für den Leichnam braucht er einen Spaten.«

Von Kleist will nicht glauben, was er hört. »Heißt das …?«

Doktor Heinz Wiesner nickt. »Heißt es. Hartenau liegt in seinem Grab.«

»Wer hat das veranlasst?«

Wiesner registriert Kürtens Betroffenheit. »Ich. Seuchengefahr. Wir konnten den Kerl nicht kühlen. Das Natureis im Leichenhaus ist schon längst verbraucht und die Äthereismaschine hat nach der letzten Explosion ihren Geist aufgegeben.«

Von Kleist ist außer sich. »Sie behindern die Ermittlung!«, schnarrt er. »Das ist Ihnen hoffentlich klar. Ich werde Sie zur Verantwortung ziehen.«

»Junger Mann«, sagt Wiesner mit milder Stimme. »Ich bin für die Gesundheit der Bürger dieser Stadt verantwortlich. Wir sind hier nicht in Ihrem eleganten Berlin. Aber …«, Wiesner geht zum Leichenschrank, öffnet die Klappe und zieht eine Bahre heraus, »ein bisschen was haben wir noch vom guten Hartenau.«

Er schlägt das Tuch zurück. Mit weit aufgerissenen Augen starren Kürten und von Kleist auf ein längliches Stück Fleisch. Es ist an manchen Stellen rot, an anderen aufgequollen und wellig. Grünliche Flüssigkeit schimmert in den Dellen und Hunderte von weißen Maden wimmeln. Der Gestank ist bestialisch.

Kürten würgt. Von Kleist beherrscht sich gerade noch.

»Voilà, sein Arm«, sagt der Doktor. »Die Herren Polizeidiener haben vergessen, ihn in den Sarg zu legen. Nun gehört er ganz Ihnen, Herr von Kleist. Soll ich ihn für Sie einpacken?«

Die Witwe des Armes verschwendet schon jetzt keinen Gedanken mehr an den Verstorbenen. Sie hat andere Probleme. Sie leidet am Sohn ihres Gatten. Noch mehr: Sie hat Angst vor ihm. In seiner Kindheit ist es umgekehrt gewesen, da hat er Angst vor ihr gehabt, der blonden, herrschsüchtigen Person, die den Vater im Griff hatte.

Er nimmt jetzt Rache an mir, denkt sie und es verwundert sie nicht. An seiner Stelle würde sie ebenso handeln. Auge um Auge, Zahn um Zahn. Das ist das Spiel.

Vielleicht kann sie ihm den Mord an seinem Vater anhängen? Immerhin ist Moritz jetzt ein reicher Mann.

Das Mädchen stört ihre Tagträume. Es kündigt einen Besucher an: Justus von Kleist, Polizeidirektor aus Berlin. Er leite die Untersuchungen im Mordfall. Der gnädige Herr warte im Salon.

Lilly sagt, dass sie in fünf Minuten gesprächsbereit sei. In ihrem Hirn entsteht ein neuer Gedanke. Warum Kürten auf ihre Seite bringen, wenn sich ein leibhaftiger Polizeidirektor in der Stadt aufhält?

Von Kleist betrachtet die protzigen Silberleuchter, die in Gold gefassten Gemälde und die Porzellanfigürchen aus Meißen. Die Gardinen sind aus schwerem Brokat, dessen rostige Farbe mit den zahlreichen Rottönen in den türkischen Teppichen um die Wette grellt. Ihn gruselt. Solch Interieur kennt er nur von seiner pommerschen Großtante. Dass er nun wieder darauf trifft, lässt ihn fast am Sinn seiner Mission zweifeln. Ein Mann, der sich derart einrichtet, gehört einfach unter die Erde. Gespannt erwartet von Kleist die Witwe.

Er wird nicht enttäuscht. Lilly hat sich in ein zitronengelbes Kleid gezwängt. Ihr Busen schwebt durch die zu gewissenhafte Schnürung des Korsetts fast unter dem Kinn.

»Endlich kommt Bewegung in den Fall meines unglücklichen Gatten«, flötet Lilly Hartenau. »Bis jetzt waren ja nur Dilettanten am Werk.«

Von Kleist verbeugt sich über ihre Hand. Das Wort ›unglücklich‹ in Zusammenhang mit dieser Frau macht Sinn.

Der Polizist ruft sich zur Disziplin. Ein preußischer Beamter muss ohne Ansehen der Person unabhängig und streng nach Gesetz vorgehen.

Er stellt ihr die üblichen Fragen zum Verschwinden ihres Gatten und kommt dann zur Sache: »Führten Sie eine glückliche Ehe?«

Lilly Hartenau seufzt. Greift zum Fächer und wedelt. »Mein Mann hat zu viel gearbeitet, sodass ich mich manchmal einsam fühlte«, gesteht sie. »Er hat sich Tag und Nacht um die Arbeiter in seiner Fabrik gekümmert.«

»Nachts auch?«, fragt von Kleist. »Alle Achtung. Ein sehr fürsorglicher Fabrikant. Beispielhaft.«

»So meinte ich das doch nicht.« Lilly fächert weiter. Der Mann ist ihr nicht geheuer. Die Kälte in Person. »Die Abende hat er oft im *Vaterländischen Verein* verbracht«, korrigiert sie ihre Aussage.

»Und nach den Sitzungen?«

»Ich weiß nicht, was Sie meinen«, behauptet Lilly. Das Kleid drückt ihr fast die Luft ab.

»Ich meine die Besuche Ihres Gatten in den Bordellen der Umgebung«, erläutert von Kleist.

Lilly lässt den Fächer sinken. »Ich habe nichts davon gewusst«, lügt sie.

»Hätte es Sie denn gestört?«

»Natürlich!«, jammert sie. »Aber was hat das mit dem Mord an meinem Mann zu tun?«

»Alles, was Ihr Mann getan und nicht getan hat, kann mit der Tat zu tun haben«, klärt von Kleist. »Und deshalb bitte ich Sie, mir frank und frei Auskunft zu geben. Hatte Ihr Mann Feinde?«

Jetzt oder nie, denkt sie. »Er hat sich nicht besonders gut mit seinem Sohn aus erster Ehe verstanden. Schon vor Jahren hat er ihn aus dem Haus geworfen. Und ich habe gehört, dass es Moritz seitdem nicht besonders gut gegangen ist.«

»Wo befindet sich Moritz Hartenau?«

»In Morgenthal. Er hat die Fabrik geerbt.«

Von Kleist ist überrascht. »Das hört sich aber nicht feindselig an.«

»Mein Mann hatte eben ein gutes Herz«, schwadroniert Lilly. »Moritz wohnt zurzeit in diesem Haus.«

»Glauben Sie, dass er mit dem Tod seines Vaters etwas zu tun haben könnte?«

Vorsicht, denkt Lily, wenn ich jetzt zu deutlich werde, ist alles verloren.

»Ich weiß nur, dass Emil sich mit Moritz treffen und aussöhnen wollte. Das hat er mir kurz vor seinem Tod gesagt.«

»Hat es dieses Treffen gegeben?«

»Das weiß ich nicht.« Lilly hat feuchte Augen. »Aber meinem lieben Gatten war es ein Bedürfnis, mit seinem Sohn endlich Frieden zu machen.«

Doktor Heinz Wiesner überlegt. Was, zum Teufel, soll er mit dem faulenden Arm machen?

Der Berliner Fatzke und Kürten sind zu schnell verschwunden und haben diesen Rest von Hartenau einfach liegen lassen. Der Arzt hält die Entsorgung eines Leichenteils eigentlich für eine polizeiliche Aufgabe. Als Mediziner hat er damit nichts zu schaffen. Und der Witwe kann er ja schlecht ein Paket ins Haus schicken.

Es klopft.

Wiesner öffnet die Tür. Zwei Männer tragen einen Sarg herein. Sie wollen den Leichnam eines Mannes abholen, der in der vergangenen Nacht gestorben ist.

Wiesner hat die Leichenschau an dem Toten abgeschlossen. Unterernährung und eine Lungenschwäche. Vermutlich Lungenentzündung. Der Weber ist vor drei Tagen in der Fabrik zusammengebrochen und jetzt gestorben.

Armer Kerl, denkt Wiesner. Jede Kleinigkeit haut diese Leute um. Das liegt an ihrem miserablen Allgemeinzustand.

Der Arzt bittet die Männer, den Sarg hereinzuschaffen. Der tote Weber liegt nackt auf dem Seziertisch.

Seine Kleider haben Wiesners Gehilfen in ein großes Stück Papier gewickelt.

»Helft mir«, befiehlt der Arzt. Der Tote ist leicht, noch leichter als im Leben. Seine Seele ist gegangen, denkt Wiesner, und Seelen haben bei den armen Schluckern fast mehr Gewicht als ihre Leiber. Weil sie voller Wut und Trauer sind.

Wiesner packt Hartenaus Arm, legt ihn zu dem Mann in den Sarg und schließt sofort den Deckel. Die Sargträger haben nichts bemerkt.

»So, ihr könnt ihn mitnehmen«, sagt der Arzt. »Und nagelt die Kiste sorgfältig zu. Es besteht Infektionsgefahr.«

Als einer der Leute dumm schaut, sagt Wiesner: »Er hatte eine Krankheit der Lunge. Hoch ansteckend. Wollt ihr auch krepieren? Also nehmt ein, zwei Nägel mehr.« Die Männer verschwinden.

Wiesner geht zu einem Schrank und holt eine Flasche Cognac hervor. Er setzt sie an den Hals und nimmt einen kräftigen Schluck. Der Arm des Peinigers im Sarg seines Opfers, denkt er. Hartenau drückt dem armen Kerl bestimmt noch im Tod die Gurgel zu.

Bei den Grünblatts verspricht dieser Abend heiter und harmonisch zu werden. Nach einem leichten Abendessen sitzen die vier im großen Salon verteilt. Die Tür zum rückwärtigen Balkon, der zum Park führt, steht offen. Der Wind bauscht die zarten Gardinen. Rachel und Ruben sind in Bücher vertieft. Elias lümmelt sich unbekümmert auf dem Sofa. Er hat sich seit Tagen nicht rasiert und fast schon einen Vollbart. Jetzt versucht er auch noch, Tabak in seiner Meerschaumpfeife zu entflammen.

Marlene hustet auf Vorrat. Ruben sieht von seinem Buch auf, erkennt die heraufziehende Gefahr und bittet Elias, auf dem Balkon zu rauchen, falls er seine Pfeife in Gang bekäme.

Marlene entspannt sich wieder. Sie hat sich den *Morgenthaler Volksfreund* genommen und studiert die Annoncen. An ihrer Seite steht ein Gläschen Chartreuse. Madame Grünblatt ist der Ärger der letzten Tage ein wenig auf den Magen geschlagen. Der grüne Likör ist Medizin. Er enthält nicht nur eine Menge Alkohol, sondern auch Heilkräuter wie Arnika, Thymian, Melisse, Muskat, Pfefferminz und weitere gesundheitsfördernde Ingredienzien.

Die drei anderen trinken frisch gepressten Orangensaft.

»Wisst ihr schon, dass ein Mann aus Berlin angekommen ist?«, unterbricht die Dame des Hauses die Stille. »Ein Polizeidirektor. Er soll den Mord an Hartenau aufklären.«

Ruben sieht überrascht auf: »Woher weißt du das?«

»Fräulein Stein hat es mir erzählt«, antwortet Marlene. »Er logiert in ihrem Haus. Ein sehr feiner Herr von Adel. Er hat schon einige unangenehme Fragen gestellt.«

Elias ahnt etwas. Er denkt an den Mann, den er mittags im *Goldenen Bären* am Tisch der drei Gendarmen gesehen hat.

»Ich werde mit dem Mann reden«, begeistert Rachel sich. »Und dann in der Zeitung über ihn schreiben.«

»Zeitung?«, fragt Marlene irritiert.

»Rachel und Elias werden den hiesigen Redakteur bei seiner wichtigen Arbeit unterstützen«, erklärt Ruben Grünblatt.

»Welche Zeitung?«

»Die, in der du gerade so hingebungsvoll gelesen hast, meine Liebe«, sagt Ruben. »Du warst nur auf der falschen Seite, sonst hättest du dort erfahren können, dass ein Polizeidirektor aus Berlin kommen wird. Der *Morgenthaler Volksfreund* ist ein angenehmes und aktuelles Blatt.«

»Und deine Tochter wird darin schreiben?«, fragt Marlene.

»Deine Tochter auch, *maman*«, mischt sich Rachel ein. »Und ich habe mir auch schon ein Thema ausgedacht. Du wirst überrascht sein.«

»Ein Thema? Lass mich raten, um was es geht.«

Alle warten auf Marlenes Erleuchtung.

»Da du keine Ahnung von der neuesten Pariser Mode hast, dich auch nicht für Kochrezepte oder gar Handarbeit begeistern kannst, kann es ja nur etwas sein, das mich auf keinen Fall interessiert. Habe ich recht?«

»Ich werde über das Leben der Menschen in Morgenthal schreiben«, verrät Rachel. »Und mich niemandem verpflichten – außer der Wahrheit.«

»Reimt es sich wenigstens hinten?«, fragt Marlene.

Ruben schaut amüsiert auf seine beiden Frauen. Er liebt diese Gefechte.

»Als Erstes schreibe ich über das Leben der Weber«, redet Rachel weiter. »Was reimt sich auf Weber, *maman*? Da fällt mir partout nichts Gefälliges ein.«

Marlene entdeckt den Schwachpunkt in Rachels Plan. »Du kennst das Leben dieser Leute doch gar nicht. Wie willst du dann davon schreiben?«

»Ich werde zu ihnen gehen. In ihre Wohnungen, in die

Fabrik. Mit ihnen reden, mir ihre Sorgen anhören. Versuchen, sie und ihre Nöte zu verstehen.«

»Papperlapapp. Du gehst doch nicht zu diesen Leuten!«

»Nun sei nicht so streng mit unserer Tochter, meine goldene Sonne«, beschwichtigt Ruben. »Du bist doch eine große Verehrerin von Langewiesches Schauerromanen. Dabei war auch er nicht Mitglied einer marodierenden Räuberbande, die Klöster überfällt und Nonnen schändet. Trotzdem schreibt er drüber. Rachel wird ihre Sache gut machen.«

»Nein, nein, ich glaube das nicht. Ihr macht Witze mit mir«, murrt Marlene. Ihr sind die Gegenargumente ausgegangen.

»Wie wäre es denn, wenn der Redakteur des *Volksfreundes* künftig an deinen Salonabenden teilnehmen würde?«, fährt Ruben fort. »Als Ersatz für den Grafen. Dann hättest du Gelegenheit, ihn kennenzulernen. Wie findest du diese Idee?«

Marlene fühlt sich zunächst überrumpelt, erkundigt sich aber dann, ob jener Herr Immermann das Piano beherrsche. »Wegen der Stein.«

Ruben verspricht, das zu klären.

Marlene schenkt sich ein weiteres Gläschen Chartreuse ein. »Ich habe ja schon einiges über schreibende Frauen gehört«, plappert sie. »Viele von ihnen haben ein schlimmes Ende genommen. Eine Dichterin aus Frankfurt hat sich sogar am Rheinufer erdolcht.«

»Das lag aber nicht an der Qualität der Poesie des Fräulein von Günderrode«, erklärt Ruben, »sondern an einem verheirateten Mann. Und Herr Immermann ist meines Wissens nicht verheiratet.«

Rachel lacht. Elias hat seine Pfeife endlich in Gang bekommen. Marlene rümpft die Nase.

Der hohe Polizist lädt Gemüse ab. Der Erbe will heiraten. Der Busen der Polizei wird verhaftet. Die junge Frau lügt. Das Leichentuch für Alt-Deutschland wird entdeckt. Der Redakteur stellt sich in den Regen.

Sorgfältig notiert von Kleist die Aussage der Lilly Hartenau. Er ist früh aufgestanden und sitzt in der Wache. Kürten hat ihm den Schlüssel überlassen.

Die Kugel aus dem Kopf des Mordopfers liegt in einer Schale auf dem Tisch. Sie könnte wirklich aus einer älteren Percussionspistole stammen, vielleicht sogar einer französischen.

Aber davon gibt es viele. Nicht nur in Berlin. Diese Handfeuerwaffen sind zierlich, leicht bedienbar und bei guter Ölung fast unverwüstlich.

Von Kleist schreibt den Namen Hartenau in die Mitte eines Blatts Papier. Um ihn herum notiert er die Namen der Personen, die einen Vorteil vom Tod des Fabrikbesitzers haben könnten: Lilly Hartenau, Moritz Hartenau – und den Begriff ›Arbeiter‹. Diese Liste wird er vervollständigen, wenn seine Ermittlungen fortschreiten.

Er will mit dem Kind sprechen, das die Leiche im Morgen entdeckt hat. Kürten hat versäumt, den Jungen zu befragen. Die Polizeiausbildung in den Provinzen ist miserabel. Das ist bekannt. Im Präsidium wird gerade an einer Renovierung und Verbesserung des Polizeiwesens gearbeitet.

Der Junge heißt Max. Viel mehr hat Kürten nicht festgehalten. Nur noch, dass der Kleine in der Webersiedlung wohnt und der Schulpflicht nicht nachkommt.

Von Kleist tritt vor die Tür der Wache. Gegenüber auf dem Trottoir stehen zwei Frauen. Sie sehen zu ihm herüber und tuscheln. Er verbeugt sich. Die Damen nicken huldvoll zurück.

Meine Präsenz hat sich schon herumgesprochen, denkt von Kleist, ich werde beobachtet.

Er geht zum Kutscherplatz und nimmt einen offenen Wagen. Als er das Ziel bekannt gibt, stutzt der Mann. Ein so feiner Herr fährt zu den Webern?

Die Webersiedlung liegt nahe zur Fabrik und zum Fluss. Hartenau hat sie schnell und zu einem günstigen Preis hochgezogen. Blockhäuser, die Wände aus übereinandergelegten Stämmen, roh behauen, die innen und außen mit Lehm bestrichen sind. Die Dächer oft nur aus Stroh. Die Fenster sind winzig und können nicht geöffnet werden. Natürlich gibt es keine gepflasterte Straße. Jetzt, im Sommer, staubt der Wind alles zu. Wenn es regnet, verwandelt sich der Weg in einen zähen Sumpf.

Der Kutscher hält. Von Kleist bittet ihn zu warten. Er steigt aus und schaut sich um. Die Arbeiter sind in der Fabrik. Ein paar Kinder spielen auf der Straße. Ein ausgemergelter Köter schnüffelt an den Beinen des Polizisten. Eine hohläugige, hochschwangere Frau nähert sich misstrauisch. Sie ist noch keine zwanzig, schätzt von Kleist, und hält ein Kind an der Hand. Es trägt nur ein zerlumptes Hemdchen.

Von Kleist fragt nach einem Jungen namens Max. Die Frau reagiert nicht. Vielleicht denkt sie, dass Max etwas ausgefressen hat, schießt es ihm durch den Kopf. Und sie will ihn nicht verraten.

»Ich will mit dem Max nur reden«, beschwört er die Frau. »Sagen Sie mir, wo ich ihn finden kann.«

Es hat keinen Sinn. Er kommt aus einer anderen Welt, spricht eine andere Sprache, denkt anders.

Jeder soll nach seiner Façon selig werden. Dieser berühmte Satz Friedrichs II. kommt von Kleist plötzlich wie Hohn vor. Bevor man selig werden kann in irgendeiner Façon, muss man ja erst einmal eine haben. Und wie soll man die entwickeln, wenn Hunger und Elend einem die Gedärme zerreißen.

Marie Antoinette hat dem französischen Volk geraten, Kuchen zu essen, wenn es an Brot fehle. Ihr wurde der Kopf abgeschlagen. Preußen, Preußen, wohin gehst du?

Eine Geste der Frau holt von Kleist aus diesen schweren Gedanken. Sie streckt ihm bettelnd die Hand hin. Er legt einen Taler hinein. Dass sie ihm die Hand küssen will, ist ihm peinlich. Er wendet sich dem Kind zu. Unbeholfen streicht er ihm über das Haar. Es fühlt sich nicht seidig an wie bei seinen kleinen Nichten und Neffen, sondern stumpf und strohig. Das Kleine blickt zu ihm hoch. Die Greisenaugen des Hungers, denkt von Kleist.

Ein Geräusch lässt ihn aufschrecken. Eine weitere Kutsche nähert sich der Webersiedlung. Auf dem Kutschbock sitzt eine junge Frau. Sie hat schwarzes Haar, trägt ein braunes Kleid und eine violette Stola.

Mit einem gewagten Sprung landet sie auf der staubigen Erde. Sie reißt die Türen des Kutschwagens auf und zerrt an irgendetwas.

»Helfen Sie mir doch mal«, ruft sie von Kleist zu.

Er zögert.

»Nun machen Sie schon!«

Der Polizist eilt zu ihr. Er staunt: Im Innern der Kutsche

befinden sich Lebensmittel: ein ganzer Sack Kartoffeln, einige Körbe Äpfel, Blumenkohl und mehrere Kisten Möhren.

»Wir stellen alles auf den Boden«, sagt die Frau. »Dann kann sich jeder das nehmen, was er braucht.«

Von Kleist nickt und folgt ihren Anweisungen. Es ist ihm, als täte er etwas völlig Selbstverständliches.

Nach und nach füllt sich die Straße. Kinder halten Maulaffen feil, Frauen und Greise tuscheln. Katzen und Hunde schleichen sich heran.

Dann ist alles ausgeladen.

»Das ist für euch«, ruft Rachel. »Ich komme später wieder. Bitte erzählt mir dann etwas über euch. Ich schreibe für die Zeitung. Die Leute sollen wissen, wie ihr lebt.«

Zögernd nähern sich die Menschen den Gaben und stehen herum. Verwundert blicken sie auf die Dinge. Dann ruft eine junge Frau: »Kartoffeln sind Kartoffeln!«, und sammelt sich welche in die Schürze.

Das löst den Bann. Die Weberfrauen greifen zu.

Rachel lächelt. »Danke für Ihre Hilfe, mein Herr«, sagt sie zu von Kleist. »Ohne Sie wäre es nicht so schnell gegangen. Was führt Sie eigentlich hierher?«

»Ich benötige eine Auskunft«, meint er.

Rachel mustert ihn ungeniert. »Sie sind der Polizeimensch aus Berlin. Habe ich recht?«

Von Kleist stellt sich korrekt vor. Fragt dann nach ihrem Namen.

»Finden Sie ihn heraus! Sie sind doch Polizist«, grinst Rachel.

Von Kleist lacht. »Und was sagt Ihr Gatte zu Ihren guten Taten, Frau Unbekannt?«

»Ich habe keinen Gatten«, entgegnet sie. »Und will auch keinen. Es gibt schon genug Unfreiheit auf dieser Welt. Die

Frauen stehen gleich hinter den Arbeitern. Finden Sie nicht, Herr Polizist?« Rachel schwingt sich auf den Kutschbock.

»Wenn Sie den Mord an Hartenau aufklären wollen«, ruft sie, »dann sollten Sie den Mörder nicht bei diesen armen Menschen suchen, Herr von Kleist.«

»Ich suche hier nur einen Zeugen, mein Fräulein«, erwidert er.

Rachel schnalzt mit der Zunge, nickt dem Polizisten zu und fährt davon.

Die Läden geben den Arbeitern nun großzügig Kredit. Die Menschen sind so ausgehungert, dass sie die Regale leer räumen. Sie machen Schulden. Mehr, als sie sollten.

Harry Roths Appell hat nicht gewirkt. Er geht am späten Vormittag durch die Webersiedlung.

Die Frauen berichten ihm von der überraschenden Spende der jungen Dame aus der Oberstadt. Und vom Besuch des Polizisten.

Harry Roth weiß, dass die Obrigkeit ihre Sündenböcke gern bei den armen Leuten sucht. Er verbietet allen, mit dem Polizisten zu reden.

»Und die Frau? Sie will wiederkommen und über uns schreiben.«

»Holt mich, wenn sie da ist«, befiehlt der alte Mann. »Ich werde sie mir ansehen.«

Er überlegt. Es gibt viele Frauen in der gehobenen Klasse, die Mitleid haben mit den Proletariern. In vielen Städten, in denen es Fabriken gibt, werden Armenspeisungen organisiert.

Doch das Verteilen von Esswaren reicht nicht. Das Wissen über das Unrecht muss über die Grenzen einer Stadt hinaus in die Welt. Zeitungen sind ein Mittel dazu. Nur wer die Wirklichkeit kennt, hat das Bedürfnis, sie zu ändern.

Harry Roth und sein Sohn Karl haben Kontakt zum *Bund der Gerechten.* Dieser Zusammenschluss rechtschaffener Männer hat sich die Befreiung Deutschlands von der Unterdrückung und die Entsklavung der Menschheit auf den Schild geschrieben. Die Roths sammeln Informationen und leiten sie weiter.

Selbstverständlich wissen die Kameraden im Bund daher auch, dass Hartenau ermordet, der Sohn aufgetaucht und ein politischer Polizist eingetroffen ist. Von der Schlägerei im *Goldenen Bären* kennen sie die Details. Sogar, dass einer der Beteiligten, Elias Leclerc, ebenfalls Mitglied im *Bund der Gerechten* ist.

Der neue Herr wird nichts bessern, davon ist Harry Roth überzeugt. Die Arbeiter werden sich weiterhin schinden müssen und täglich den Kampf mit dem Hunger führen.

Roth weiß auch, was den Armen vom Proletarier unterscheidet: das Wissen um seine Lage. Der Arme nimmt sein Schicksal als gottgegeben hin, der Proletarier aber will teilhaben an der Schönheit des Lebens und dem Glück. Der Proletarier fühlt in sich die Kraft, sein Dasein zu verändern. Der schlesische Weberaufstand ist zwar letztendlich gescheitert, denkt Roth, aber eine Zeit lang haben die großen Fabrikherren gezittert. Ja! Die Erinnerung daran macht mutig.

Der alte Mann sitzt längst schon wieder in seinem Häuschen. Das Mittagsmahl ist karg gewesen: gestampfte Kartoffeln mit Zwiebeln und einem Ei. Seit ein paar Jahren kann sich die Familie zwei Hühner halten. Sie scharren auf dem Stückchen Land und geben ihr Bestes bei der Eiproduktion.

Josefine hat Spaß am Eiersuchen gehabt. Da ist sie noch so klein gewesen. Ein hübsches, aufgewecktes Kind. Das hat sich schnell geändert, als sie in die Fabrik musste. Das Licht in ihren blauen Augen war nach zwölf oder vierzehn Stunden Arbeit erloschen. Dann kam der Husten. Und dann Hartenau.

Harry Roth weint. Er hat seine Familie nicht beschützen können. Aber jetzt will er diejenigen bestrafen, die mit Menschen umgehen, als seien sie Vieh. Hartenau ist schon bestraft. Der Sohn hat noch eine Gnadenfrist.

Roth nimmt ein Blatt Papier und den Federkiel. Er denkt zurück. Er ist froh, dass er damals das Buch gefunden hat. Zur Schule hat ja auch er nicht gehen können. Aber durch zähes Fragen und mit viel Mühe hat er sich das Lesen beigebracht. Da war er vierzehn. Später hat er auch das Schreiben eingeübt. Jetzt setzt er langsam Buchstaben neben Buchstaben.

Lilly Hartenau geht ihrem Stiefsohn aus dem Weg. Sie hat das Personal angewiesen, ihr Bescheid zu geben, wenn er das Haus verlässt. So lange bleibt sie in ihrem Zimmer. Sie kommt sich vor wie eine Gefangene im eigenen Haus.

Auch jetzt wartet sie in ihrem Schlafgemach auf die Nachricht, dass der Stiefsohn weg ist. Lillys voluminöser Morgenmantel ist aus matter, orangefarbener Seide. Ihn zieren an Kragen und Ärmeln Straußenfedern. Emil hat ihr das Teil aus Paris mitgebracht.

Es klopft und das Mädchen tritt ein.

»Na endlich«, meint Lilly.

»Er ist noch da«, berichtet Thekla. »Der Polizeidirektor ist avisiert. Er will eine Befragung an dem gnädigen Herrn durchführen.«

Lilly überlegt. Sie würde zu gern wissen, ob ihre Intrige Früchte trägt.

»Wo findet die Befragung statt?«, fragt die Witwe.

»Im Herrenzimmer. Der gnädige Herr hat Saft und Cognac hinbringen lassen.«

»Sag nicht immer ›gnädiger Herr‹ von diesem Mann!«, sagt Lilly ärgerlich. »Jedenfalls nicht in meiner Gegenwart. Der ist nicht gnädig und schon gar kein Herr.«

Thekla denkt, dass keiner der Männer, die sie bisher so bezeichnen musste, gnädig und ein Herr war. Sie fragt, wie sie den Herrn Hartenau denn sonst nennen solle.

»Irgendwie halt.« Lilly kommt eine Idee. »Ich glaube, Vatermörder wäre der richtige Ausdruck.«

Das Mädchen reißt entsetzt die Augen auf.

»Der Polizeidirektor ermittelt in diese Richtung«, lügt die Witwe. »Aber – zu niemandem ein Wort. Hast du das verstanden?«

Thekla verspricht zu schweigen.

Lilly ist zufrieden. Das Mädchen wird es schon weitertratschen. Und was in Küche und Kneipe erzählt wird, findet unweigerlich den Weg nach oben in die *belles étages.*

Elias Leclerc ist überrascht. Er bekommt einen Brief.

Zunächst glaubt er an eine Nachricht seiner Mutter oder Freunde – obwohl ausgemacht ist, dass niemand die Pariser Polizei auf seine Spur bringen soll.

Luise verrät nicht, dass es der kleine Max Roth gewesen ist, der die Botschaft am Haus abgegeben hat. Sie behauptet, den Brief zufällig gefunden zu haben. Er habe vor der Tür gelegen.

Elias schickt Luise fort. Er reißt den Brief auf.

Lieber Genosse, liest er. *Wir sind Männer und wie Du im Bund der Gerechten. Es tut not, miteinander zu sprechen. Heute Abend um halb sieben im* Goldenen Bären.

Das Schreiben trägt keine Unterschrift.

Elias lächelt. Er wird da sein.

Von Kleist wirft nur einen Blick auf Moritz Hartenau und weiß, dass heute nicht sein Tag ist. Die Suche nach dem Jungen Max ist erfolglos geblieben und nun hat er es mit einem schlauen und skrupellosen Kerl zu tun.

Der Polizeidirektor lehnt Saft und Cognac ab und kommt gleich zur Sache: »Wann haben Sie Ihren Vater zum letzten Mal gesehen?«

»Vor vier Jahren. Wir hatten uns zerstritten.«

»Worum ging es bei dem Streit?«

»Um die da oben.« Hartenau zeigt mit dem Daumen hinauf. »Wirft seinen eigenen Sohn raus wegen des Flittchens.«

»Wo haben Sie in den letzten vier Jahren gelebt?«

»Mal hier, mal da. Mein Vater hatte Freunde. Bei denen hab ich sozusagen studiert.«

»Studiert?«

»Nicht richtig«, räumt Hartenau ein. »Ich hab mir das Wissen um das Geschäftliche angeeignet. Bei einer Bank und einer Seefahrtsgesellschaft.«

»Ihr Vater hat Sie unterstützt?«

Hartenau nickt. Der Polizist gefällt ihm nicht.

»Wie hoch waren die Zuwendungen?«

»Das geht zu weit, mein Herr«, braust Hartenau auf. »Sie befinden sich in meinem Haus.«

»Falsch«, sagt von Kleist. »Das Haus gehört Ihrer Stiefmutter. Noch mal meine Frage: Wie hoch waren die Zuwendungen, die Sie erhalten haben?«

»Das geht Sie nichts an!«

»Herr Hartenau! Ich stelle diese Fragen nicht aus persönlichem Interesse, sondern weil ich einen Mörder finden will. Das sollte doch auch in Ihrem Interesse sein, oder nicht?«

»Was hat diese dumme Frage mit dem Mord an meinem Vater zu tun?«

Justus von Kleist ist ärgerlich. »Dies ist ein polizeiliches Verhör. Ich verbitte mir Gegenfragen und Bewertungen Ihrerseits. Ich kann Sie genauso gut in die Polizeiwache bestellen, in Handschellen legen und einsperren, bis Sie antworten. Man nennt das Beugehaft.«

Einen solchen Ton ist Moritz Hartenau nicht gewöhnt. Er läuft rot an.

»Bekomme ich jetzt eine Antwort?«

Er bekommt sie.

»Ich werde Ihre Angaben bei Ihrer Bank nachprüfen«, versichert von Kleist. »Geldsorgen haben Sie ja jetzt nicht mehr. Als Eigentümer der Fabrik und eines Teils des Vermögens.«

»Sie sind gut informiert«, murrt Hartenau.

»Das gehört zu meinen Pflichten.«

Hartenau springt auf. »Wollen Sie mich beschuldigen, meinen Vater umgebracht zu haben? Ich war gar nicht in Morgenthal!«, schreit er. »Ich werde mich in Berlin über Ihre unverschämte Art beschweren!«

»Das bleibt Ihnen unbenommen«, meint von Kleist ungerührt.

Von Kleist verabschiedet sich knapp und öffnet die Tür. Das Mädchen kann gerade noch das Ohr wegziehen.

Ausgestattet mit Papier und Bleistift machen sich Rachel und Elias zur Webersiedlung auf. Nach dem Abladen einer neuen Gemüsespende schickt sie den Kutscher wieder zurück. Er soll in zwei Stunden wiederkommen. Beide sind voller Elan und Entdeckerfreude. Wie Kinder, die eine Maus aufschneiden, um zu sehen, was in ihr verborgen ist.

Harry Roth sieht Rachel und Elias auf der Staubstraße stehen. Sie wirken sehr fremd hier.

Natürlich wird Roth nicht verraten, dass er der Verfasser des Briefes an Elias ist. Diese Frau ist dabei. Und er weiß nicht, ob sie der Lieblingsbeschäftigung der Frauen nachgeht – dem Ausplaudern.

Roth geht den Besuchern entgegen, heißt sie mit einer Verbeugung willkommen.

»Sie wollen etwas über die romantischen Wohnverhältnisse der arbeitenden Klasse verfassen, gnädiges Fräulein?«

Rachel ist überrascht. Sie hat mit vielem gerechnet, nur nicht mit Ironie. Der Mann ist hager, eher ausgemergelt, einfach gekleidet. Aber die Augen haben Feuer. Sein Blick ist der eines Wissenden.

Elias grinst. Der Mann hat die Cousine aus der Fassung gebracht.

»Ich will die Wirklichkeit beschreiben«, meint Rachel ernst.

»Sehr löblich. Dann zeige ich Ihnen unsere Villen mal. Kommen Sie!«

Rachel und Elias folgen Roth über die staubige Straße.

»Rechts und links sehen Sie unsere Häuser. Die gehören natürlich nicht uns, sondern *Hartenau und Söhne.* Der Alte hat sie bauen lassen – eigens für uns. Damit wir es nicht so weit zur Arbeit haben. Wie früher im Mittelalter: Da lebte das Vieh parterre und die Besitzer genau darüber. Allerdings wollte uns der gnädige Herr Hartenau nicht im Erdgeschoss seines Palais wohnen lassen.«

»Und die Miete?«, fragt Elias. »Wird die vom Lohn abgezogen? So war es bei den Seidenwebern in Lyon.«

»So ist es auch in Morgenthal«, nickt Harry Roth. »Lohn gibt es meistens nicht. Hartenau hat das Gutscheinsystem eingeführt. Die Läden, die diese Papiere annehmen, gehören auch dem gnädigen Herrn Fabrikbesitzer. Wenigstens ist er an ihnen beteiligt. Und so kehrt auf wundersame Weise aller

Lohn wieder zurück in die Tasche des Herrn Hartenau. Im Grunde arbeiten wir für Kost und Unterkunft.«

Rachel ist verunsichert. Sie kann den sarkastischen Ton nicht kontern. Aber sie wird alles so darstellen, wie der Weber es erzählt. »Wie viel braucht eine Familie zum Leben?«

»Das kommt auf die Größe der Familie an«, antwortet der alte Mann. »Je mehr Kinder der Weber hat, desto mehr Münder wollen gefüllt werden. Also müssen auch die Kinder in die Fabrik geschickt werden.«

»Aber es gibt doch die Schulpflicht«, wendet Rachel ein.

»Ja, Preußen sei gesegnet!« Harry Roth lacht bitter. »Manchmal – so etwa alle zwei Jahre – werden die Fabriken kontrolliert. Die Kinder werden dann zusammengetrieben, damit sie ihre Namen sagen. Den Eltern wird eine Buße auferlegt. Dem Fabrikherrn auch. Sind die Kontrolleure gegangen, kehren die Kinder in die Fabrik zurück.«

»Wie alt sind die Kinder?«, fragt Rachel, sichtlich erschüttert.

»Manche erst sechs, die meisten zwischen elf und vierzehn Jahren. Als meine Tochter Josefine als Fadenmädchen in die Fabrik kam, war sie dreizehn Jahre alt. Sie hat davor die Schule besucht, sodass sie lesen und schreiben kann.«

»Sie sind Josefines Vater?«, fragt Elias. Auch Rachel ist überrascht.

»Ja, Josefine ist mein Kind. Sie hat eine verdorbene Lunge. Wir atmen ja den ganzen Tag den Staub ein. Mein Sohn Karl arbeitet ebenfalls bei Hartenau.«

Rachel denkt, dass sie nicht über die Weber allgemein, sondern über diese Familie schreiben wird. Die Wahrheit. Aber wie soll sie Josefines jetzigen Beruf in dem Artikel unterbringen?

Roth unterbricht ihre Überlegungen. »Eine Familie mit fünf Personen braucht im Jahr sechzig Taler. Und die Unterkunft. Ist es darunter, wird gehungert.«

»Was ist mit denen, die nicht mehr arbeiten können?«

»Die müssen eigentlich verhungern oder sich mit Betteln am Leben halten, mein Fräulein. Aber es ist hier noch niemand Hungers gestorben. Wir teilen unser elendes Brot.«

Sie sind am Ende der Straße angelangt. Der Weg biegt ab und führt weiter am Fluss entlang. Die Fabrik ist von dieser Stelle aus schon zu sehen.

Sechzig Taler, denkt Rachel. Das geben wir jeden Monat für Wein aus.

Nur etwa dreihundert Meter Luftlinie entfernt sitzt Moritz Hartenau über den Firmenpapieren. Prokurist Pfeiffer hat ihm alles zurechtlegen müssen.

Die Feinheiten von Soll und Haben sind dem neuen Fabrikherren nicht besonders vertraut. Seine Lehrzeit hat er nicht übermäßig intensiv genutzt. Hauptsache, am Ende steht Profit. Und das tut er. Aber wo ist das Geld? Er findet keine Barmittel. Und die Konten bei der Bank sind dünn.

Hartenau kramt weiter in den Unterlagen und findet ein Bankpapier. Es trägt das Zeichen der Londoner Bank, an welche die Gewinne des stillen Teilhabers von *Hartenau und Söhne* überwiesen werden.

Es ist eine Aufstellung der jährlichen Zahlungen. Auch der Inhaber des Kontos ist genannt. Hartenau liest. Die Synapsen in seinem Hirn können die Information nur zeitverzögert verarbeiten.

Der Jude! Moritz Hartenau ist fassungslos. Über die Tatsache an sich, aber auch darüber, dass sein Vater gemeinsame Sache mit einem Itzig gemacht hat.

Er schreit nach Pfeiffer. Der Prokurist muss erst gesucht werden. Hartenau schäumt vor Wut. Tritt gegen den Ohrensessel. Der fällt polternd um.

Geduckt kommt Pfeiffer durch die Tür – Schlimmes erwartend.

»Der Jude ist an der Firma beteiligt«, brüllt Hartenau. »Grünblatt. Wussten Sie das, Pfeiffer?«

Pfeiffer verneint.

»Rechnen Sie nach, Mensch! Kann ich ihn auszahlen? Nun machen Sie schon!«

Pfeiffer braucht eine halbe Stunde. Er rechnet aus, was der plötzliche Verlust von fünfzigtausend Talern für die Firma bedeuten würde: den Konkurs.

Der Prokurist teilt das Ergebnis seiner Berechnungen mit und fügt an: »Wir haben außerdem ein Problem in der Fabrikation, Herr Hartenau.«

»Kann hier denn gar nichts richtig gehen? Was ist es?«

»Einige der *Looms* müssen neu eingestellt werden und die Arbeiter bekommen es nicht richtig hin. Die Ware ist fehlerhaft. Wir brauchen Harry Roth. Der kennt sich am besten aus. Aber den haben Sie entlassen.«

»Dann stelle ich ihn eben wieder ein. Lassen Sie ihn holen, verdammt noch mal!«

Hartenau schickt Pfeiffer weg. Er muss sich beruhigen. Wieder einen klaren Kopf bekommen. Einen Plan entwerfen. Und durchführen. Das Ziel: Der Jude muss weg. Aber sein Geld muss bleiben. Erst mal Cognac. Und dann noch einen. Und noch einen.

Auch Lilly Hartenau verfolgt Pläne. Fünftausend Taler, denkt sie. Wieso bekommt eine stadtbekannte Hure fünftausend Taler? Was hat die Frau dafür tun müssen? Durch ihr Hirn toben Bilder und Töne. Nackte Leiber, die Glieder in- und miteinander verwoben, Schreie und Stöhnen, Fesseln und Bettgestelle, Wimmern und Flehen.

Lilly Hartenau verlässt das Haus und besteigt die Kutsche. Sie trägt von Kopf bis Fuß schwarz. Auch der neue Schmuck aus Gagat glänzt schwarz. Sie hat ihn zum ersten Mal angelegt. Ihr Gesicht ist durch einen dünnen schwarzen Schleier verhüllt.

Durchs Fenster sieht sie, dass der Kutsche immer mehr Blicke folgen, je weiter sich das Gefährt der Unterstadt nähert. Ja, alle sollen sehen, dass die gnädige Frau Hartenau unterwegs ist. Unterwegs zu einer Hure.

Redakteur Immermann hängt seinen Gedanken nach. Eine unerklärliche Schwermut hat ihn befallen. Er weiß nicht, wie er sich aus ihr befreien kann. Er weiß noch nicht einmal, ob er es überhaupt will. *Amor bleibet ein Schalk, und wer ihm vertraut, ist betrogen!*

Er genießt den Schmerz. So süß ist er! Am Nachmittag will sie mit ihm über den Artikel sprechen. Der Cousin wird auch da sein. Also wird er sich keine Andeutung, keinen tiefen Blick, keine zufällige Berührung anmaßen dürfen.

Selbstzweifel: Wer bin ich denn schon? Was habe ich zu bieten? Die Antworten lauten ›niemand‹ und ›nichts‹. Aber Immermann weiß, dass er sich belügt. Er will sich kleinmachen, damit er keinen Mut hat, das Unerreichbare zu wagen.

Mut beeindruckt Frauen. Aber schätzen sie auch den Mut der Verzweiflung?

Immermann ist verstört. Er hat einige Frauengeschichten hinter sich. Ist verliebt gewesen, ja. Aber nicht so. Der heilige Ernst hat gefehlt bei der Sache. Den spürt er jetzt. Und das ändert alles. Er hat die Rüstung abgelegt.

Immermann tritt auf die Straße. Eine schwarze, glänzende Kutsche fährt an ihm vorbei. Auf der Tür sind die Initialen E und H ineinander verschlungen. Er kann nicht erkennen, wer in dem Wagen sitzt. Das Gefährt nimmt die Straße in die Unterstadt.

Innere Stimme und journalistische Neugier sagen ihm, dass er der Kutsche folgen soll.

Die Kutsche hat das bescheidene Häuschen erreicht. Betont langsam entsteigt die schwarze Witwe dem Wagen, greift nach Handtasche und Sonnenschirm.

Eine alte Frau schlurft an Lilly Hartenau vorbei und drückt die Tür auf. Die Alte ist fast blind, registriert nur einen dunklen Schatten und ist irritiert. Lilly nutzt die Chance und fragt nach Fräulein Roth. Unterm Dach wohnt sie, die Treppe hoch.

Es ist schon früher Nachmittag. Josefine Roth ist bis spät in die Nacht ihrer Arbeit nachgegangen und jetzt erst aufgestanden. In ihrem Zimmer ist es unerträglich heiß. Sogar das Wasser in der Waschkanne ist warm. Sie schüttet einen Teil davon in die Schüssel, wäscht sich und kleidet sich an. Doch mehr als ein Hemdchen trägt sie nicht.

Kürtens Geschenk liegt auf dem Vertiko. Josefine bekommt oft kleine Aufmerksamkeiten von Männern. Der Schildpattkamm mit den roten Glassteinen ist jedoch etwas Besonderes.

Sie ordnet ihr Haar zu einem lockeren Knoten und steckt ihn mit dem Kamm fest. Bis zum Abend hat Josefine frei. Sie will entspannen.

Ihre Gedanken sind bei den Eltern. Damals hat die Mutter fast ein Jahr lang nicht mit ihr gesprochen. Josefine versteht das. Wer will schon eine Tochter, die für Geld mit Männern schläft? Auch dem Vater hat es das Herz gebrochen. Doch diese Zeiten sind vorbei. Wenn sie ihre Eltern und den Bruder besucht, wird über den Beruf der Tochter nicht gesprochen. So bleibt der Familienfrieden erhalten.

Es klopft. Ein Freier, der es nicht bis zum Abend aushalten will? Nein, jetzt passt es nicht. Sie ist erschöpft und hat sich gerade von Kopf bis Fuß gesäubert.

Doch der Freier lässt sich nicht abweisen. Stärkeres und längeres Klopfen. Josefine wird ärgerlich, ist mit wenigen Schritten an der Tür und öffnet sie.

»Fräulein Roth?«, fragt die Frau in Schwarz.

Josefine nickt.

Die Frau drängt sich in den Raum und schließt die Tür hinter sich. »Mein Name ist Hartenau. Der Name wird Ihnen etwas sagen.«

Josefine wird schummrig. »Warum sind Sie hier?«

»Mein verstorbener Mann hat Sie in seinem Testament bedacht, mein Fräulein.« Lilly Hartenaus Stimme ist so kalt, dass die Temperatur in dem heißen Zimmer sinkt.

»Sie sagen ja gar nichts«, fährt die Witwe fort. »Aber vielleicht wissen Sie schon davon. Hat mein Mann es Ihnen erzählt, ja? Fünftausend Taler. War er oft in diesem schäbigen Zimmer?«

Sie sieht sich um. Das Bett dominiert den Raum. Natürlich. Schrank, Tisch, Vertiko, zwei Stühle. Armselig. Aber das war Emil auch – mit seinen widerlichen Gelüsten.

»Nun reden Sie schon«, fordert Lilly.

»Ihr Mann war nie in diesem Zimmer«, flüstert Josefine. »Und ich weiß nichts von Geld.«

»Sie bekommen noch Nachricht von meinem Notar. Keine Sorge. Fünftausend Taler. Ein schöne Summe, nicht wahr?«

Das Mädchen ist schön, denkt Lilly, üppig, rosig, ein Männertraum. Was hat er wohl mit ihr gemacht? Was machen die alle mit ihr? Der Gedanke erregt sie.

Mit Wohlwollen bemerkt sie Josefines Verunsicherung. »Sie waren eins der Fadenhürchen, nicht wahr? Ja, davon hatte er viele. Jedes Jahr neue. Und die aufgebrauchten hat er an seine Freunde weitergereicht. Aber keiner hat er Geld hinterlassen – nur Ihnen.«

Josefine sagt nichts. Ihre Brust schnürt sich immer weiter zusammen. Sie hustet.

»Morgenthal ist ein kleines Städtchen«, Lilly hört nicht auf zu reden. »Und die Leute haben Spaß am Klatsch. Vielleicht kommt ja jemand auf die Idee zu glauben, dass Sie meinen Mann ermordet haben. Oder einer Ihrer Kumpane.«

Josefine dreht sich zur Seite und hustet heftiger.

»Sie Arme«, flötet die Witwe. »Ja, der viele Staub in der Fabrik.«

Genüsslich liegt ihr Blick auf dem Mädchen. Das läuft besser als erhofft.

Der Husten will nicht aufhören. Josefine drückt ein Tuch vor den Mund. Der Körper wird durchgeschüttelt. In den Augen stehen Tränen.

Ein Glitzern im blonden Haar des Mädchens zieht Lillys Aufmerksamkeit auf sich.

»Mein Kamm!«, schreit sie los. »Wie kommen Sie zu meinem Kamm?« Sie stürzt sich auf Josefine, versucht, ihr den Schildpattkamm aus dem Haar zu reißen.

Josefine taumelt und weicht zurück.

»Hat mein Mann Ihnen diesen Kamm gegeben?«, schrillt Lilly weiter. »Ich vermisse ihn seit dem Tag, an dem er verschwand!«

»Aber nein! Was reden Sie denn da?« Mit weit aufgerissenen Augen starrt Josefine die schwarze Witwe an.

»Mörderin!«, kreischt diese. »Mörderin!«

Immermann sieht Lilly Hartenau aus dem Haus stürzen und die Kutsche abfahren. Soll er hinterher oder ins Haus? Er entscheidet sich für das Haus.

Das Ziel der Witwe ist ihm schnell klar gewesen. Immermann kennt Josefines Zimmer. Was hat die Hartenau von dem Mädchen gewollt? Schnell ist er oben. Die Tür steht halb offen.

»Josefine?«, ruft er.

Keine Antwort.

Er tritt ein. Das Mädchen sitzt auf dem Bett – in der Hand einen mit Blut befleckten weißen Lappen. Josefine ist bleich. Aus dem Mundwinkel rinnt es rot.

»Was ist passiert?« Immermann kniet vor ihr, schüttelt sie. »Was wollte diese Frau von dir?«

Stockend berichtet Josefine von der Erbschaft. Der Husten zerhackt die Sätze. Doch Immermann kann den Zusammenhang begreifen.

»Josefine! Dann freu dich doch!«

Aber das Mädchen sieht nicht erfreut aus.

Es dämmert dem Redakteur: »Dich stört, dass die fünftausend Taler von Hartenau kommen, stimmt's?«

Josefine nickt.

»Das ist aber doch gleichgültig«, meint Immermann. »Du kannst dieses Leben hier endlich aufgeben. Zum Arzt gehen. Eine bessere Wohnung nehmen.«

»Sie kommen mich gleich holen«, flüstert sie.

Er versteht nicht. »Wer kommt dich holen?«

»Die Polizei. Wegen Hartenau.«

»Warum? Was hast du getan?«

Lilly Hartenau rauscht in die Polizeiwache. Sie verlangt den Polizeidirektor aus Berlin zu sprechen.

Kürten führt die gnädige Frau zunächst in einen Warteraum. Doch sie muss nicht lange warten. Justus von Kleist erscheint. Der Gendarm hat ihm eine »aufgelöste Witwe« angekündigt.

»Gnädige Frau!« Von Kleist verbeugt sich über Lillys Hand und führt sie ins Büro.

Kürten hat recht, denkt er. Aufgelöst. Frau Hartenau hat das schwarze, hochgeschlossene Kleid etwas aufgeknöpft. Wegen der Hitze, schätzt er. Mit einem schwarzen Fächer wedelt sie sich Luft zu. Ihr blondes Haar ist an den Schläfen gekringelt. Am Haaransatz bilden sich Schweißperlen.

»Ich muss eine Aussage machen«, beginnt sie. Zunächst berichtet sie empört von der Tatsache, dass ihr verstorbener Mann einem leichten Mädchen eine solch erkleckliche Summe vermacht hat. »Und die trägt, frech und putzsüchtig, wie solche Weiber sind, einen Kamm im Haar. Einen wertvollen Kamm, mit Granatsteinen und aus Schildpatt. Ich habe ihn sofort erkannt! Er gehört nämlich mir und ich vermisse ihn seit dem Tag, an dem mein Gatte spurlos verschwunden ist.« Triumphierend schaut Lilly Hartenau von Kleist an.

»Haben Sie Fräulein Roth gefragt, wie sie in den Besitz des Kammes gekommen ist?«

»Natürlich! Was glauben Sie? Aber sie hat abgestritten, dass sie ihn von meinem Gatten hat. Solches Pack lügt ja immer.« Lillys Stimme hat eine Tonlage erreicht, die von Kleist in den Ohren schmerzt.

»Danke für die Information«, meint er. »Wir werden uns darum kümmern.«

»Sie müssen sofort etwas unternehmen«, fordert die Witwe. »Sonst schafft sie den Kamm beiseite! Und alle Beweise sind vernichtet.«

»Beweise wofür?«

»Dass sie meinen Mann ermordet hat. Oder es war irgendein Kerl, der ihr hörig ist.«

»Aber liebe gnädige Frau! Wenn das Mädchen einen Kamm besitzt, der angeblich der Ihre ist, dann kann Ihr verstorbener Gatte ihn Fräulein Roth auch geschenkt haben.«

»Mein Mann verschenkt nichts, was mir gehört«, empört sie sich. »Das hat nicht mal der fertiggebracht.«

»Ihr Gatte hat seine Zuneigung ja auch anderen Damen geschenkt«, erinnert von Kleist sie. »Und ein Kamm beweist nichts.«

Das kann Lilly nicht kontern. Sie schnappt nach Luft. Die Augen treten leicht hervor.

Justus von Kleist hat Mitleid mit Josefine Roth. Aber auch mit sich. Fünf Minuten mit dieser Frau im Nahkampf sind schlimmer als drei Stunden Mörderjagd im Dauerlauf, denkt er.

»Ich werde mich um die Sache kümmern, gnädige Frau«, verspricht er. »Sie werden Ihren Kamm zurückerhalten, falls es wirklich der Ihre sein sollte.«

»Es ist meiner!« Lilly Hartenau springt auf. »Und dieses Weib hat meinen Mann auf dem Gewissen.«

»Sie wiederholen sich, Gnädigste! Und jetzt bitte ich Sie, mich zu entschuldigen. Ich habe einen Mord aufzuklären.«

»Das merke ich«, zischt sie und blickt den Polizisten böse an. Ihr Fächer hat die Luft im Büro schon mehrfach von vorn nach hinten und von oben nach unten bewegt. Lillys Parfum hängt im Zimmer.

Von Kleist spürt eine leichte Übelkeit. Er erhebt sich und öffnet die Tür zum Vorraum. Dort sitzen die drei Gendarmen und glotzen.

Lilly stampft an ihnen vorbei. Die Männer bekommen ebenfalls eine Ladung Eau de Cologne verpasst.

Als Lilly Hartenau verschwunden ist, sagt von Kleist: »Ich möchte ein Fräulein Josefine Roth sprechen. Ich nehme an, Sie alle wissen, wo sie zu finden ist.«

Immermann hat Josefine beruhigt. Natürlich will er wissen, wer ihr den Kamm geschenkt hat.

Sie sagt es nicht. Aber sie stellt sich die Frage, wieso Hans Kürten einen Kamm der Frau Hartenau dabeigehabt hat. Vielleicht hatte er ihn bei der Leiche gefunden, grübelt sie, und noch keine Zeit gehabt, ihn in der Wache zu deponieren. Sie hatte sich ja, als er zu Boden gefallen war, gleich auf ihn gestürzt.

»Ein Kamm allein genügt nicht, dir einen Mord unterzuschieben«, meint Immermann. »Und von den fünftausend Talern hast du ja nichts geahnt. So schnell wandert selbst in Preußen niemand ins Gefängnis.«

Der Redakteur verabschiedet sich. Das Fräulein Grünblatt wird gleich in seinem Büro auftauchen.

Nachdenklich geht er durch die Stadt. Die Menschen, die ihm begegnen, sieht er kaum.

Am vergangenen Abend hat er Gedichte gelesen. Rachel. Wenn er an sie denkt, zieht ein wehes Sehnen durch seinen Körper. Wie soll er die Treffen mit ihr gestalten? Wie soll er sich geben, wenn er im Hause Grünblatt zum Salonabend gebeten wird?

Hans Kürten ist feige. Er schickt die beiden Hilfsgendarmen zu Josefines Wohnung. Er möchte seine Verbundenheit mit dem leichten Mädchen nicht öffentlich machen.

Eine halbe Stunde später sitzt sie auf dem Stuhl, auf dem zuvor die Witwe gethront hat. Das Mädchen trägt ein einfaches, hellgrünes Kleid. Das Corpus Delicti ist in der Handtasche.

Josefine ist bleich. Der Bluthusten und die Beschuldigungen der Frau Hartenau haben ihr zugesetzt. Von Kleist stellt sich vor und berichtet von der gegen sie erhobenen Anschuldigung.

Josefine holt den Kamm aus der Tasche und legt ihn auf den Schreibtisch. »Sie kann ihn wiederhaben«, sagt sie leise. »Ich will ihn nicht mehr.«

»Wer hat Ihnen den Kamm gegeben?«

»Herr Hartenau war es nicht.«

Von Kleist mag keine käuflichen Frauen. Auch den eleganten Berliner Kokotten kann er kein Interesse entgegenbringen. Die hier, denkt er, sieht allerdings eher aus wie ein hübsches Bauernmädchen.

»Also – von wem haben Sie den Kamm?«

Josefine will Kürten nicht belasten. »Ein Freier hat ihn mir gegeben. Aber es war nicht Herr Hartenau. Ich weiß nicht mehr, wer es war.«

»Nahm Herr Hartenau Ihre Dienste in Anspruch?«, fragt der Polizeidirektor.

Josefine schüttelt den Kopf.

»Sie erben fünftausend Taler. Er hat sie also gekannt.«

»Aus der Fabrik kennt er mich. Aber das ist lange her«, bringt Josefine mühsam hervor. »Ich hab als Kind dort gearbeitet. Mit dreizehn Jahren. Vierzehn Stunden. Als Fadenmädchen.«

»Fadenmädchen?« Von Kleist kennt diesen Begriff nicht.

»Ja«, erklärt Josefine. »Die Fadenmädchen knoten gerissene Fäden zusammen.«

»Ihre Arbeit damals in der Fabrik erklärt aber die fünftausend Taler nicht«, sagt von Kleist. »Und Sie sollten schleunigst darüber nachdenken, wer Ihnen den Kamm geschenkt hat.«

»Ich habe es vergessen.«

»Keine Frau vergisst den Mann, der ihr ein solches Geschenk macht. Damit Sie Ihr Gedächtnis auffrischen können, nehme ich Sie erst einmal in Gewahrsam.«

Josefine sinkt im Stuhl zusammen. Sie beginnt wieder zu husten und ist kurz davor, alles zu sagen. Noch nicht, denkt sie, ich muss erst mit Hans sprechen.

Von Kleist bittet Kürten ins Zimmer.

»Stecken Sie das Fräulein in die Zelle«, befiehlt er. »Und nehmen Sie das hier zu den Beweisen.«

Hans Kürten starrt auf den Kamm. Dann auf Josefine. Sie schaut in seine Augen. Er versteht nur langsam, dass der Kamm eine Rolle spielt.

Josefine erhebt sich. Bleibt unschlüssig stehen.

Kürten ruft nach einem der Hilfsgendarmen und weist ihn an, die Frau wegzubringen. Von Kleist registriert Josefines Enttäuschung. Sie dreht sich in der Tür noch einmal um. Schaut zu Kürten.

Da ist doch was, denkt der Polizeidirektor, die beiden kennen sich näher. Kein Wunder in einer Kleinstadt.

»Setzen Sie die Angehörigen der Verdächtigen von der Festnahme in Kenntnis«, weist von Kleist Kürten an.

»Was ist denn der Grund für ihre Festnahme?«, erkundigt sich der Gendarm.

»Zuerst einmal Verschleierung. Vielleicht auch Fluchtgefahr«, antwortet von Kleist. »Das Fräulein spielt die Schweigsame. Aber das wird sich bald ändern.«

»Hat es mit dem Kamm zu tun?« Kürten deutet zum Tisch, auf dem das Ding liegt. Die roten Steine glitzern bösartig.

»Der Kamm kann eine Rolle spielen. Frau Hartenau behauptet, er gehöre ihr und sie vermisse ihn seit dem Verschwinden ihres Mannes. Wenn das stimmen sollte, wie ist er dann in den Besitz des Mädchens gelangt?«

Kürten sagt nichts.

»Nun denken Sie doch mal nach!«, fordert von Kleist.

Als wieder nichts kommt, fährt von Kleist fort: »Entweder hat ihr jemand den Kamm gegeben oder geschenkt. Sie kann ihn aber auch gestohlen haben. Aus der Tasche einer Leiche. Dann aber, bevor diese ins Wasser kam.«

Kürten bleibt stumm. Er beginnt zu schwitzen. Wenn bekannt wird, dass er Josefine den Kamm gegeben hat, bekommt er Schwierigkeiten. Vielleicht gerät er in Mordverdacht. Mindestens wird man ihm die Unterschlagung eines Fundstückes anlasten.

»Ich glaube, dass sie ihn dem Toten abgeschwatzt hat. Bei der Arbeit sozusagen«, sagt von Kleist. »Nur eins wundert mich: Warum gibt sie es nicht zu? Hartenau kann es doch nicht mehr bestreiten. Und seine Witwe hätte keine Möglichkeit, das Gegenteil zu beweisen.«

»Vielleicht hat sie ihn ja wirklich nicht von Hartenau erhalten«, meldet sich Kürten endlich. »Sondern von einem anderen Freier.«

»Und wie sollte der an einen Kamm kommen, der der Frau Hartenau gehört? Nein, Kürten, das Mädchen lügt. Hartenau war ihr Kunde. Dafür spricht ja auch, dass sie eine Menge Geld von ihm erbt. Bestimmt nicht, weil sie in seiner Fabrik so schön die Fäden zusammengeknüpft hat.«

Von Kleist überlegt, ob er den Wachtmeister zu seiner Beziehung nach dem Mädchen befragen soll. Er entscheidet sich dagegen. Aber da ist etwas, denkt er, und es wird ans Tageslicht gelangen. Früher oder später.

Auch Kürten ahnt, dass die Sache mit dem Kamm nicht unentdeckt bleiben wird. Noch schweigt Josefine. Doch er hat ihren Blick gesehen. Zwischen Enttäuschung und Hoffnung. Wenn er nicht die Wahrheit sagt, dann wird sie es tun.

Kürten erinnert sich an seinen Auftrag, die Familie Roth zu informieren, und bittet darum, das Zimmer des Polizeidirektors verlassen zu dürfen.

Von Kleist sieht dem Gendarmen nach und lächelt in sich hinein. Endlich tut sich in diesem verzwickten Fall etwas, denkt er.

Immermann beobachtet Rachel durchs Fenster der Druckerei. Eine der grünblattschen Kutschen hat sie gebracht. Sie hat eine schmale Tasche bei sich und spricht ein paar Worte mit dem Kutscher. Mit schnellen Schritten ist sie an der Tür, drückt sie auf und steht ihm vis-à-vis.

»Gnädiges Fräulein«, stammelt er und beugt sich unbeholfen über ihre Hand. Sonnenlicht fällt durch die geöffnete Tür und versieht sie mit einer Aura. Ihr tomatenrotes Kleid leuchtet.

»Das gnädige Fräulein gehört nicht hier hin«, lächelt sie. »Ich bin jetzt doch angestellt bei Ihnen. Eine collega.«

»Aber zahlen kann ich Ihnen nichts, Fräulein Grünblatt.«

»Lieber Herr Immermann, ich will etwas lernen und meine Zeit mit sinnvollen Dingen füllen. Können Sie sich vorstellen, wie langweilig es ist, eine Existenz wie die meine zu führen? Wäre ich ein Mann, wäre ich längst auf hoher See, in der Wüste oder in den Sternen.«

Immermann findet ihre Äußerungen charmant, aber naiv. Die typische Tochter reicher Eltern, denkt er.

Er ist auf einem Bauernkotten aufgewachsen, hat Ställe ausgemistet und auf dem Feld geschuftet. Ein alter Pastor hat ihm Lesen und Schreiben beigebracht. Und mit sechzehn ist er abgehauen in die Stadt, hat sich irgendwie durchgeschlagen, bis er sein Talent fürs Schreiben entdeckte. Das preußisch Biedere fehlt Immermann, er trägt ein wenig Revolution zur Schau. Der Zopf im Nacken ist längst nicht mehr Mode, auch die langen Hosen nicht, die in den Stiefeln stecken.

Das weiße Hemd mit den weiten Ärmeln erinnert Rachel an einen Schauerroman von Langewiesche. Die Piraten haben solche Hemden an, wenn sie die Schiffe mit den schönen, jungen Adelstöchtern kapern.

»Ich will alles tun, Sie aus Ihrem schrecklich langweiligen Leben herauszureißen«, sagt Immermann und deutet eine Verbeugung an. »Deshalb sollten wir an die Arbeit gehen. Haben Sie schon einen Entwurf dabei?«

Rachel zieht ein paar Blätter aus der Tasche. »Ich habe es gerade geschrieben. Es ist bestimmt nicht gut geworden«, baut sie vor. Ihre Hände vibrieren, als sie ihm das Manuskript reicht.

Immermann bemerkt ihre Aufregung. Sein Selbstwertgefühl steigt. So überlegen, wie sie sich gibt, ist sie doch nicht. Er setzt sich hinter seinen Schreibtisch. Sie nimmt den Stuhl auf der gegenüberliegenden Seite.

Immermann liest. Rachel lässt ihn nicht aus den Augen. Versucht aus jedem Atemzug, jedem Wimperzucken und jeder Mundbewegung Gefallen oder Kritik zu erkennen.

Einige Male zieht er die linke Augenbraue hoch, kratzt sich am Kopf und bewegt die Lippen. Dann wieder scheint er völlig versunken zu sein, runzelt die Stirn, schaut zu ihr. Einen Augenblick nur. Rachel meint, Spott zu entdecken oder Mitleid. Er liest mein Geschreibsel bestimmt nur, weil Papa ihm Geld gegeben hat, denkt sie.

Immermann würde Rachel am liebsten in den Arm nehmen. Mehr als Freund, denn als Mann. Doch er will sie noch ein bisschen zappeln lassen, lächelt fast unmerklich und wendet sich wieder dem Text zu.

Sie hat es sehr geschickt gemacht, denkt er, wenn auch aus dem Blickwinkel der bürgerlichen Klasse. Andererseits sind es die Menschen dieser Klasse, die seine Zeitung lesen. Sie haben Geld, sie zu kaufen und Inserate aufzugeben.

In der Unterstadt heißen die Hütten Häuser, doch sie haben mit den Backsteingebäuden in der Oberstadt nichts gemein. Notdürftig aus Baumstämmen und Lehm zusammengewerkelt, auf dem Dach Stroh. In den kleinen Stuben hausen die Arbeiter. Es gibt einen Tisch und Stühle aus einfachem Holz und schmale Betten. Die winzigen Fenster sind nicht zu öffnen. Die Kinder schlafen in einem Bett, der Weber und seine Frau liegen nebenan. In der Küche steht der Holzkasten mit den Kartoffeln. Das Küchengerät ist spärlich. Eine Weberfamilie mit fünf Personen braucht im Jahr sechzig Taler zum Leben. Die verehrten Leser mögen sich selbst ausrechnen, wie viel sechzig Taler in der eigenen monatlichen Haushaltplanung ausmachen.

Hier treffen wir Harry Roth. Er ist sechzig Jahre alt und arbeitet seit fünfzig Jahren als Weber. Als kleiner Junge half er seinen Eltern zu Hause am Hauswebstuhl und lernte auch das Spinnen. In die Schule ging er selten. Seine Eltern brauchten jeden Groschen, um sich und ihre acht Kinder am Leben zu erhalten.

Harry Roth bezeichnet die Häuser, in denen die Arbeiter leben, als Villen. Das ist bittere Ironie. Aus grobem Holz sind sie gefertigt, nachlässig mit Lehm verschmiert und mit winzigen Fenstern ausgestattet. Im Sommer ist es zu heiß. Im Winter pfeift der Wind durch die Ritzen. In der Oberstadt haben die Pferde bessere Unterkünfte.

Die Häuser gehören dem Fabrikherrn. Er zieht den Mietzins vom Lohn ab. Geld sehen die Arbeiter selten. Der Herr ihrer Arbeit ist auch der Herr ihres Essens. Statt Taler und Groschen gibt es Gutscheine für Lebensmittel. Sie gelten nur in den Geschäften, die im Besitz der Firma sind. Dort müssen die Arbeiter einkaufen. Die Preise sind um ein Drittel höher als in anderen Läden. Geld zum Sparen bleibt so nicht. Der Weber lebt von der Hand in den Mund.

Harry Roth hat das Prinzip durchschaut. Er will mit dem Fabrikbesitzer über das Gutscheinsystem verhandeln. Die Arbeiter sollen frei entscheiden können, was sie mit ihrem Lohn machen. Doch im Moment liegen die Verhandlungen auf Eis. Der alte Fabrikbesitzer ist tot. Harry Roth wird weiter für Gerechtigkeit kämpfen. Mit leuchtenden Augen kündigt er an, nicht eher ruhen zu wollen, bis Elend, Unterdrückung und Ungerechtigkeit ein Ende haben.

Immermann lässt das Papier sinken.

»Und? Was sagen Sie?«, platzt es aus Rachel heraus.

»Mein Fräulein«, sagt der Redakteur, »die rohe Bauweise mit dem Holz und die kleinen Fenster haben Sie doppelt beschrieben. Wir streichen die zweite Erwähnung, ja?«

»O – jetzt, wo Sie es sagen, Sie haben recht.« Rachel errötet.

Immermann fährt mit dem Stift über das Blatt. »Ansonsten kann ich nicht umhin, Ihnen ein großes Kompliment zu machen. Eine junge Frau Ihres Standes – die so wunderbar und korrekt die Lage der arbeitenden Menschen beschreibt.«

»Was hat ein Stand mit der Wahrheit zu tun?«, fragt Rachel. »Macht ein höherer Stand den Menschen blind?«

»Nein, aber er kann die Wahrnehmung einschränken«, entgegnet Immermann. »Je nachdem, auf welcher Seite der Mensch steht.«

»Wissen ist doch unabhängig vom Stand«, widerspricht sie. »Wenn ich weiß, wie viel ein Mensch essen muss, um nicht zu sterben, und erfahre, wie viel Geld er im Beutel hat, kann ich beurteilen, ob es ihm gut geht oder ob er verhungern wird.«

»Das wissen die gnädigen Herren Fabrikbesitzer auch alles«, sagt Immermann. »Aber sie drücken die Löhne trotzdem. Woran das wohl liegt?«

»Weil sie bösartig, mitleidlos und gierig sind«, schnaubt Rachel.

Er lächelt. Genau da will er sie haben. Ihre Augen sprühen Feuer. Schon wieder würde er sie am liebsten in den Arm nehmen. Diesmal als Mann.

»Drucken Sie den Artikel denn ab?«, stört sie seine romantischen Gedankengänge.

»Ja, natürlich.« Er atmet tief. »Er wird in der nächsten Ausgabe des *Volksfreundes* erscheinen. Wollen Sie, dass Ihr Name erwähnt wird?«

»Natürlich!«, strahlt sie. »Eine Bitte habe ich aber: Lassen wir die Förmlichkeiten weg und kommen zum Du.«

Sie erhebt sich und reicht dem Redakteur die besiegelnde Hand. Er greift zu, zieht sie ein wenig zu sich hin.

»Ludwig, nicht wahr?«, fragt sie.

Ihre körperliche Nähe erregt ihn. Er legt seine Hände um ihre Taille. Sie lässt es geschehen.

Die Tür zum Büro wird aufgedrückt. Immermann und Rachel schrecken aus ihrer Zweisamkeit auf. Elias steht vor ihnen. Er atmet schwer, ist wohl gerannt.

»Ich habe den Gendarmen getroffen«, keucht er. »Der Polizeidirektor aus Berlin hat Josefine verhaften lassen. Wegen Diebstahl und Mordverdacht. Wir müssen sie rausholen!«

»Langsam«, meint Immermann.

Elias lässt sich in einen Stuhl fallen.

»Ich war vor einer Stunde noch bei ihr«, erklärt der Redakteur.

Er erwähnt Lilly Hartenaus Auftritt, das Gezeter um den Kamm und die Erbschaft.

»Sie braucht Beistand«, wiederholt Elias. »Wer soll ihr helfen, wenn nicht wir?«

Rachel überlegt. Sie hat ja schon einmal mit dem Polizeidirektor gesprochen. »Ich werde Herrn von Kleist aufsuchen«, entscheidet sie. »Und mit ihm reden. Einen Rechtsbeistand besorge ich auch, wenn es nötig sein sollte.«

Energisch steht sie auf. Zwischen ihren Augenbrauen zeigt sich die kleine Ärgerfalte. Sie streicht ihr Kleid glatt und fragt: »Will mich einer der Herren begleiten?«

Nicht nur einer will, sondern gleich beide.

In der Zelle stinkt es noch immer nach Urin. Josefine kauert auf der Pritsche. Angst ist das einzige Gefühl, das sie beherrscht. Nein, ein wenig Hoffnung hat sie doch noch: dass Hans Kürten die Sache mit dem Schildpattkamm aufklärt.

Sie grübelt, warum der alte Hartenau ihr so viel Geld hinterlassen hat. Späte Reue? Oder eine erneute Demütigung?

Als sie die Fabrik damals verlassen hat, ist er ihr noch eine Weile nachgestiegen. Ist sogar einmal wiedergekommen, als sie ihr Zimmerchen bezogen hatte. Er hat gebettelt. Sie hat ihn rausgeworfen. Er hat ihr viel Geld angeboten. Sie hat ihn verspottet. Dann hat er gedroht, Vater und Karl zu entlassen. Selbst dadurch hat sie sich nicht einschüchtern lassen.

Vater und Karl sind geblieben. Sie wurden gebraucht. Die neuen Webstühle aus England sollten in Betrieb genommen werden.

Sie denkt an den rauen Ton in der Fabrikhalle. Die Mädchen sind nicht nur den Frechheiten des Werkmeisters oder des gnädigen Herrn ausgesetzt. Auch unter den Arbeitern gibt es rücksichtslose Burschen.

Josefine hat die Bilder vor sich: Der Herr kommt in die Fabrik, spaziert durch die Halle und bleibt neben den Webstühlen stehen. Manchmal geht er weiter. Das Mädchen, das für heute davongekommen ist, atmet auf. Die anderen versuchen, sich ganz klein zu machen. Eines vergeblich.

Er winkt ein Kind heran und es folgt ihm nach oben. Manche Arbeiter schlagen die Augen nieder. Weben stumm weiter. Andere machen dumme Bemerkungen.

Die Kinder, die nach oben müssen, bekommen Extragutscheine für die Läden. Und manchmal ein paar Groschen in die Hand gedrückt.

Zuweilen wird später ein Mädchen weinend und in eine Decke gewickelt aus der oberen Etage nach unten getragen.

Hartenau hat sich gewöhnlich eine Gruppe von vier bis sechs Mädchen gehalten. Er nannte sie »meine kleinen Fadenhürchen«.

Josefine fühlt sich klein und einsam. Wie damals. Die Mutter ist krank. Karl arbeitet schon eine ganze Schicht mit seinen sechzehn Jahren. Sie erinnert sich an Hartenau. An den Mundgeruch und die groben Hände.

Sie schüttelt sich.

Die Gendarmerie liegt nicht weit vom Redaktionsbüro entfernt. Rachel stürmt voran. Immermann denkt, dass sie keinen sehr weiblichen Gang hat. Kein Frauengetrippel, sondern energische, schnelle Schritte. Würde sie weicher wirken, wenn sie Seite an Seite lägen, erschöpft von der Liebe?

Plötzlich bleibt sie stehen. »Ich werde doch besser allein mit dem Polizeidirektor reden«, entscheidet sie. »Beim Abladen der Lebensmittel hat er auch gleich gemacht, was ich wollte. Wenn ihr mitkommt, fühlt er sich überfallen. Ich rufe euch allerdings, wenn er mich auch verhaften will. Wegen Unbotmäßigkeit oder Beamtenbeleidigung. Dann müsst ihr mich befreien.«

Elias lacht. »Dann nehmen wir den Polizisten aus Berlin als Geisel und tauschen ihn gegen Josefine aus. Nicht übel!«

Immermann sieht Rachels erhitztes Gesicht. Aus dem Knoten im Nacken haben sich einige Haarsträhnen gelöst, die sich wie Schlangen auf dem Rot ihres Kleides kringeln. Ihr Busen hebt und senkt sich. Zwischen den Brüsten schimmert es feucht.

»Den Polizeidirektor als Geisel! Ist das nicht ein wunderbarer Gedanke, Herr Immermann?«, fragt Rachel. »Einmal in meinem Leben möchte ich etwas völlig Wahnsinniges tun!«

»Mit der Geiselnahme eines Polizeidirektors könnten Sie sich Ihren Wunsch sicherlich erfüllen«, meint der Redakteur trocken. »Aber wie wollen Sie den Mann in Schach halten?«

»Sie hört einfach nicht auf zu reden«, frotzelt Elias. »Dann ist er betäubt und wir führen ihn ab.«

»Ich bitte um mehr Ernst, meine Herren«, spielt Rachel die Empörte. »Ich muss mir noch eine Strategie überlegen. Oder soll ich mich auf meine weibliche Intuition verlassen?«

»Dann solltest du dein Kleid vorn ein wenig mehr aufknöpfen«, rät Elias. »Nicht wahr, Immermann?«

Der Angesprochene lächelt etwas gequält. Wie die Kinder, denkt er. Glaubt sie wirklich, dass sie mit ihrem Charme einen hohen preußischen Beamten beeindrucken kann? Er spürt leise Eifersucht.

»Herr Kollege«, sagt Rachel und hakt Immermann unter. »Warum machen Sie ein Gesicht wie drei Tage Regenwetter?«

»Sie sind eine wilde Frau«, sagt Immermann. Er spürt die Wärme ihres Armes. Das hält er nicht aus und zieht seinen Arm zurück. Rachel geht ebenfalls auf Distanz.

»Also weiter«, sagt sie. »Wir sind ja gleich da.« Sie wird jetzt ernst. »Wie sieht dieser Kamm eigentlich aus?«, fragt sie.

Immermann beschreibt ihn, so gut er kann.

Hans Kürten ist wieder zurück in der Polizeiwache und brütet vor sich hin. Harry Roth hat die Nachricht von Josefines Verhaftung ziemlich ruhig aufgenommen. »Meine Tochter stiehlt nicht«, hat er gesagt.

Als ob Kürten das nicht wüsste. Hätte ich ihr bloß diesen Kamm nicht gegeben, denkt er.

Die Tür öffnet sich: Fräulein Grünblatt. »Ich möchte Herrn von Kleist sprechen.«

»Darf ich den Grund Ihres Besuchs erfahren?«, fragt der Gendarm.

»Es geht um die Josefine Roth«, erklärt sie. »Sie haben sie eingesperrt. Ich habe Informationen, die von Wichtigkeit sind.«

»Was für Informationen?«

Die beiden anderen Gendarmen schauen ebenfalls interessiert.

»Wer führt diese Untersuchungen?«, bleibt sie eine Antwort schuldig.

»Der Herr Polizeidirektor von Kleist.«

»Dann würde ich ihn gern persönlich sprechen.«

Kürten nickt. Er kann nicht einschätzen, ob die Frau Josefine helfen oder sie noch weiter belasten will.

Er klopft an von Kleists Tür und hört: »Herein.«

Der Polizeidirektor sitzt lesend hinter dem schäbigen Schreibtisch.

»Fräulein Grünblatt möchte Sie im Fall Roth sprechen.«

Justus von Kleist ist überrascht. Kürten tritt zur Seite und lässt die Besucherin ins Zimmer. Unschlüssig wartet der

Gendarm. Vielleicht braucht von Kleist ihn ja, um das Protokoll aufzunehmen.

»Schließen Sie die Tür, Wachtmeister«, ordnet von Kleist an. »Von außen bitte.«

Von Kleist weiß inzwischen, wer die Grünblatts sind. Emily Stein hat ihm die gesellschaftlichen Zusammenhänge in Morgenthal bei einigen Likörchen ausführlich geschildert. Von Kleist ruft sich die Fakten über Ruben Grünblatt ins Gedächtnis: reiche jüdische Familie, mit einigen Bankhäusern in Europa verbunden, Musikliebhaber mit einem mehr oder weniger dilettantisch agierenden Orchester, einer christlichen Gattin und einer unverheirateten Tochter. Diese steht jetzt vor ihm und es ist dieselbe Frau, die er in der Webersiedlung getroffen hat. Da hat sie den Menschen Lebensmittel gebracht, um sie danach besser ausfragen zu können.

»Gnädiges Fräulein«, sagt von Kleist und reicht ihr die Hand. »Was kann ich heute für Sie tun? Gibt es wieder etwas abzuladen?«

»Heute bin ich da, um Ihnen zu helfen«, strahlt Rachel. »Und ich hoffe sehr, dass Sie meine Hilfe annehmen.«

Von Kleist bietet ihr einen Stuhl an. Erstaunt stellt er fest, dass er sie gern ansieht. Frauen sind für ihn normalerweise inhaltsleere Wesen, die mehr oder weniger hübsch verpackt sind. Gekicher und albernes Getue sind ihm genauso zuwider wie die weibliche Verschlagenheit. Keiner ist es bisher gelungen, ihn einzufangen.

»Sie machen mich neugierig«, lächelt von Kleist.

»Ich habe gehört, dass Sie Josefine Roth wegen Mordes ins Gefängnis gesteckt haben«, beginnt sie.

»Sie sitzt in einer Zelle, ja. Aber nicht wegen Mordes, sondern wegen eines entsprechenden Verdachts. Ich bin immer wieder aufs Neue überrascht, wie schnell sich Begebenheiten herumsprechen.«

»Morgenthal ist eben nicht Berlin«, stellt sie fest. »Und ich weiß auch, dass Frau Hartenau Josefine Roth des Diebstahls bezichtigt. Sie soll einen Kamm gestohlen haben.«

»Auch das ist noch nicht erwiesen«, entgegnet von Kleist.

»Den Kamm habe ich ihr geschenkt«, behauptet Rachel. »Er gehörte mir.«

»Sie verkehren mit stadtbekannten Prostituierten, mein Fräulein?«

»Ich habe Fräulein Roth zufällig in einer Gaststätte getroffen und kam mit ihr ins Gespräch.«

»Zufällig?«

»Ja. Es war am Salonabend meiner Mutter. Es gab Streit mit dem Neffen meines Vaters. Mein Cousin lief aus dem Haus und ich bin hinterher, um ihn zurückzuholen.«

»Sie meinen den jungen Mann, der eine Jakobinermütze auf dem Kopf zu tragen pflegt?«

Rachel lächelt von Kleist an. »Sie sind ja bestens im Bilde.«

Es geht doch nichts über eine schwatzhafte, einsame Zimmerwirtin, denkt er.

»Ich fand Elias schließlich im *Goldenen Bären*«, fährt sie fort. »Und Fräulein Roth war ebenfalls anwesend. Sie hielt sich in der Nähe meines Cousins auf. Also kamen wir ins Gespräch.«

»Und weil das Gespräch so anregend war, zogen Sie den Kamm aus Ihrem Haar und schenkten ihn dem Fräulein Roth«, sagt von Kleist. »Sie haben ein großes Herz, Fräulein Grünblatt. Den Webern schenken Sie ein Kutsche voller Lebensmittel, einer Hure einen Kamm. Jetzt bin ich sehr gespannt auf die Fortsetzung Ihrer guten Taten.«

»Wenn Sie länger in Morgenthal bleiben, kommen Sie vielleicht auch in den Genuss meiner milden Gaben«, entgegnet Rachel entwaffnend. »Aber ich bin ja eigentlich schon dabei, auch Ihnen Gutes zu tun. Ich verhindere, dass Sie in die falsche Richtung ermitteln.«

»Untertänigsten Dank!« Er deutet im Sitzen eine Verbeugung an.

Der glaubt mir kein Wort, denkt sie, aber ich muss das zu Ende bringen.

»Können Sie den Kamm beschreiben?«, fragt von Kleist.

»Schildpatt und geschliffene Granatsteine aus Böhmen«, antwortet Rachel.

»Liebes Fräulein Grünblatt!« Er lehnt sich entspannt zurück. »Ich hoffe, Sie sind nicht verstimmt, wenn ich Ihnen jetzt sage, dass ich kein Wort von dem glaube, was Sie mir gerade so charmant auftischen.«

»Und warum nicht?«

»Sie tragen dieses rote Kleid. Es passt perfekt zu Ihrem Haar und zu Ihrer Haut. Sie wissen also, was Ihnen steht.«

»Und was hat das mit dem Kamm zu tun?« Rachel ist verunsichert.

»Böhmische Granate sind dunkelrot«, erklärt er. »Sie fallen in dunklem Haar überhaupt nicht auf. Granate sind für die Haare von Blondinen gemacht. Nur dort kommen sie zur Geltung. Und Ihr Haar ist pechschwarz.«

»Das ist es ja!«, ruft Rachel aus. »Ich hatte danebengegriffen. Und ich dachte, dass Fräulein Roth sich über den Kamm freuen würde. Sie ist ja schließlich blond. Und über das Pech in meinem Schwarz denken Sie bitte noch einmal nach.«

»Die Haarfarbe von Fräulein Roth ist mir genauso wenig entgangen wie die Ihre«, erwidert er ironisch.

»Ein Segen, dass man gerade Sie zu uns in die Provinz geschickt hat. Sie haben ein scharfes Auge.«

»Was nützt ein scharfes Auge, wenn man faustdicke Lügen serviert bekommt?«

»Ich habe Ihnen die Wahrheit gesagt«, behauptet sie mit großen Augen. »Und ich verlange, dass Sie meine Aussage berücksichtigen. Fräulein Roth hat den Kamm nicht gestohlen.«

»Und warum sagt sie es dann nicht frank und frei?«, fragt er – nicht mehr plänkelnd. »Sie behauptet, ihn von einem Freier erhalten zu haben, an dessen Namen sie sich nicht mehr erinnern kann.«

»Sie wollte mich wohl nicht in Verlegenheit bringen.«

Von Kleist bemerkt ein paar Schweißperlen auf Rachels Stirn. Jetzt wäre der richtige Zeitpunkt, ihre Aussage auseinanderzupflücken, doch er bringt es nicht fertig.

»Ich werde Ihre Aussage in meine Ermittlungen einbeziehen«, sagt er. »Aber ein Protokoll werde ich nicht anfertigen lassen. Das müssten Sie nämlich unterschreiben.«

»Lassen Sie Fräulein Roth jetzt nicht frei?«, will Rachel wissen.

»Nein. Warum sollte ich? Die Sache mit dem Kamm wird sich klären – und zwar sehr bald.«

»Warum wollen Sie nicht zur Kenntnis nehmen, dass es mein Kamm war?«

»Sie tun sich keinen Gefallen mit diesem Freundschaftsdienst«, seufzt von Kleist. »Eine bewusste Falschaussage ist kein Gesellschaftsspiel für verwöhnte Bürgertöchter. Und jetzt entschuldigen Sie mich. Ich habe zu arbeiten.«

Er wendet sich den Papieren auf dem Schreibtisch zu. Rachel überlegt fieberhaft, wie sie die Situation retten kann, kommt aber zu keinem Ergebnis.

»Josefine hat nichts getan«, sagt sie leise. »Wäre sie keine Hure, säße sie nicht in der Zelle.«

Von Kleist nimmt die Augen von den Papieren. »In Preußen gibt es Gesetze. An die müssen sich alle halten.«

»Die Reichen auch?«

»Ja, die Reichen wie die Armen. Ich hab keine Skrupel, ein gnädiges Fräulein Grünblatt in die Zelle zu verfrachten, wenn ich es für angebracht halte. Oder wenn es mich anlügt.«

»Das glaube ich Ihnen aufs Wort!« Rachel erhebt sich so heftig, dass der Stuhl umkippt. »Ihre Arroganz ist unerträglich.«

»Ich habe mich über Ihren Besuch sehr gefreut«, sagt von Kleist förmlich. »Sie haben mir geholfen, gewisse Zusammenhänge zu begreifen.«

Rachel fragt nicht, um welche Erkenntnisse er reicher geworden ist. Will nur noch raus aus diesem Zimmer. Ihr Kleid bleibt an einem Bein des umgefallenen Stuhls hängen. Sie taumelt. »Verdammt!«

Von Kleist ist schnell bei ihr, bückt sich und befreit den tomatenroten Stoff.

Sie sieht den amüsierten Blick. Ja, dieser Mann ist unerbittlich. Und eben ein Beamter. Und das reicht, um ihn nicht zu mögen.

Von Kleist ist ihr so nah wie Immermann vor einer Stunde. Sein Vorname kommt ihr in den Sinn: Justus. Der Gerechte. Welch ein Hohn!

»Danke, dass Sie mich befreit haben«, sagt sie und rückt den roten Rock zurecht.

»Womit der Beweis erbracht wäre, dass ich junge Frauen nicht ohne Grund festsetze«, lächelt er.

»Glauben Sie mir doch, dass Josefine unschuldig ist!«

»Glauben ist nicht wissen.«

»Darf ich ihr etwas vorbeibringen?«, fragt sie. »Essen, frische Kleidung?«

Von Kleist nimmt Rachels Hand. »Sie haben ein gutes Herz, mein Fräulein.«

»Also erlauben Sie es?«

Er hält ihre Hand noch immer in seiner. »Fräulein Roth wird zwar auf Staatskosten versorgt, aber ich habe nichts dagegen. Geben Sie die Sachen einfach in der Wache ab.«

Von Kleist begleitet sie nach draußen. Die Gendarmen glotzen.

Auf dem Rückweg in die Redaktion gesteht Rachel Immermann und Elias kleinlaut und noch immer wütend, dass sie bei von Kleist keinen Erfolg gehabt hat. »Dieser Mann ist unmöglich!«, schimpft sie. »Eiskalt und eingebildet. Ein Berliner Schnösel.«

Immermann stellt zwei Flaschen Bier und drei Gläser auf den Tisch der Redaktion. Die Wut macht sie noch schöner, denkt er.

»Warum hat er mir bloß nicht geglaubt, dass es mein Kamm war«, regt sie sich wieder auf.

»Weil er Lügen erkennt«, antwortet Elias. »Der Mann ist ein erfahrener Polizist. Und bist du eine Anfängerin, *ma cousine.*«

Rachel schmollt. Aber nicht lange.

Hans Kürten ist nervös. Er muss herausbekommen, was das junge Fräulein Grünblatt von dem Polizeidirektor wollte. Und er muss dringend mit Josefine sprechen. Er wartet, bis von Kleist wieder in seinem Büro verschwunden ist. Die Hilfsgendarmen müssen die Wache verlassen, denn der Diebstahl einer Kutsche ist gemeldet worden. Kürten atmet auf, als er endlich allein ist. Nur ruhig bleiben, denkt er. Auch von Kleist wird irgendwann gehen.

Doch Kürten denkt falsch. Von Kleist steht plötzlich vor ihm.

»Geht es der Gefangenen gut, Kürten?«, fragt er. »Hat sie alles, was sie braucht?«

»Jawohl, sie ist versorgt worden«, antwortet der Wachtmeister.

»Fräulein Grünblatt wird ein paar Dinge für die Roth abgeben. Sorgen Sie dafür, dass sie alles bekommt.«

»Was wollte das Fräulein denn?«, traut sich Kürten zu fragen.

»Sie hat einige interessante Angaben zur Herkunft des Kammes gemacht.«

Kürten wird bleich. Hat Josefine der Grünblatt etwa von seinem Geschenk erzählt?

Das kann nicht sein, beruhigt er sich, seines Wissens sind die beiden nur einmal aufeinandergetroffen. Im *Goldenen Bären.* Bevor sich Immermann mit Moritz Hartenau geprügelt hat. Aber vielleicht steckt das Fräulein mit Frau Hartenau unter einer Decke?

Er kommt nicht dazu, sich mit weiteren Fragen zu befassen.

»Bringen Sie Fräulein Roth in mein Zimmer«, ordnet von Kleist an. »Und kein Wort zu der Gefangenen, verstanden?«

Josefine liegt zusammengekauert auf der Pritsche. Eine karge Mahlzeit steht unberührt auf einem Tischchen.

Schritte nähern sich. Sie setzt sich auf und starrt zur Tür. Das Herz geht ihr auf, als sie Hans sieht. Gleich ist dieser Albtraum vorbei, denkt sie.

»Ich soll dich zu ihm bringen«, sagt er und meidet ihren Blick. »Zum Verhör! Beeil dich.«

»Hast du es ihm erzählt?«

»Ich darf nicht mit dir sprechen«, entgegnet er unwirsch. »Also, komm!«

Josefine streicht ihr Haar glatt und schüttelt ihr Schultertuch auf. Sie ist bleich und hat tiefe Schatten unter den Augen. Er sieht ihr zu. Das schlechte Gewissen schnürt ihm fast die Luft ab.

Sie folgt dem Gendarm mit gesenktem Kopf. Wie ein Schaf dem Schlächter.

Von Kleist schaut kurz auf, als die beiden eintreten. Sein Blick ist nichtssagend.

»Setzen Sie sich bitte.« Er deutet auf den Stuhl.

Hans Kürten will verschwinden. »Bleiben Sie, Wachtmeister«, ordnet von Kleist an. »Ich brauche einen Zeugen für diese Vernehmung. Es geht noch einmal um den Kamm«, wendet er sich an Josefine. »Die Person, die Ihnen den Kamm geschenkt hat, hat sich bei mir gemeldet. Es stimmt also, dass Sie ihn dem Opfer nicht gestohlen haben.«

Josefine schaut ungläubig. Zuerst auf den Polizeidirektor, dann zu Hans Kürten. Der steht stramm an der Wand und rührt sich nicht. Er spürt eine Katastrophe auf sich zukommen.

»Dann hast du es ihm doch gesagt, du Guter!«, jubiliert Josefine.

Kürten schließt die Augen. Das Strammstehen gleicht jetzt einer Erstarrung.

Aha, denkt Justus von Kleist, jetzt wird es interessant. »Kürten! Was ist hier los?«, fragt er streng.

»Ich möchte ein Aussage machen«, bricht es aus Kürten heraus. »Ich habe Fräulein Roth den Kamm geschenkt. Und ich war zu feige, es Ihnen zu sagen.«

Josefine versteht nichts von dem, was sich hier abspielt.

»Oh«, sagt von Kleist. »Jetzt gibt es also schon zwei Kämme. Fräulein Grünblatt war vor einer halben Stunde hier und hat behauptet, dass sie den Kamm verschenkt hat. Weil er nicht zu ihrem dunklen Haar passt.«

»Nein. Fräulein Roth hat ihn von mir.«

»Ich glaube, der Wert eines solchen Stückes übersteigt den Lohn eines Wachtmeisters«, überlegt von Kleist. »Echtes Schildpatt und böhmische Granaten.«

»Er gehört ja eigentlich Frau Hartenau.« Mit knappen Worten schildert Kürten, wie der Kamm der Witwe aus dem Haar fiel.

»Unterschlagung eines Fundstückes«, stellt von Kleist fest. »Das wird Folgen haben.«

»Das ist mir klar«, sagt Kürten fast ohne Stimme.

»Jetzt frage ich mich nur, was Fräulein Grünblatt dazu bewogen hat, eine Falschaussage zu machen«, sinniert von Kleist.

»Sie hat ein gutes Herz«, sagt Josefine.

»Sie ist wohl eher aufmüpfig und kann sich mit der Rolle der Frau in dieser Gesellschaft nicht abfinden«, entgegnet von Kleist.

Kürten hat sich schützend hinter Josefine gestellt und legt die Hände auf ihre Schultern. »Ich habe doch alles klargestellt, Herr Polizeidirektor. Kann Fräulein Roth nun nach Hause gehen?«

Die beiden erscheinen von Kleist wie ein Gemälde von Vermeer: still, entspannt und intim. Fast empfindet er Rührung.

»Fräulein Roth ist entlassen«, nickt von Kleist. »Aber Sie bleiben noch, Kürten.«

Josefine holt ihre Tasche aus der Zelle und stürmt aus der Wache. Draußen atmet sie durch. Es dämmert schon. Sie ist müde. Der Weg zu Fuß in die Unterstadt ist beschwerlich und weit. Sie geht zum Kutschplatz und nimmt sich einen Wagen. Als Adresse gibt sie das Haus der Eltern an. Sie will sich verkriechen, schlafen und nachdenken. Und dann mit den Eltern und Karl reden. Fünftausend Taler. Aber von wem! Darf man Geld vom Teufel nehmen?

Der Kutscher treibt die Pferde an.

Fünftausend Taler. Der Teufel verschenkt kein Geld, denkt Josefine. Er will Seelen dafür. Und meine hat er schon vor Jahren bekommen. Und nichts dafür gegeben. Also wäre es nur gerecht.

Es geht bergab. Der Kutscher bremst. Die Pferde schnauben.

Fünftausend Taler. Hat der Teufel ein Gewissen?

Die Kutsche hält vor dem rothschen Fachwerkhäuschen. Josefine bezahlt.

Wir alle könnten weg hier, denkt sie. In eine andere Stadt, in der uns niemand kennt. Ein bisschen Land, ein kleines Haus. Mehr braucht es nicht.

Fünftausend Taler. Der Teufel lockt.

Sie strafft ihren Körper und klopft an die Tür. Der Schein einer Lampe dringt durch das Fenster. Sie erkennt die Mutter am mühsamen Schritt.

Fünftausend Taler. Der Teufel hat seine Strafe schon bekommen und im Morgen das Schwimmen gelernt.

Endlich öffnet die Mutter die Tür. Die verweinten Augen strahlen auf, als sie die Tochter erblickt.

Von Kleist nimmt sich den Wachtmeister vor.

»Das ist Unterschlagung eines Fundstücks und Behinderung der polizeilichen Ermittlungen«, stellt der Polizeidirektor fest. »Sie haben mich in die Irre laufen lassen, Kürten. Sind Sie eigentlich noch ganz bei Trost? Was ist nur los in dieser Stadt hier?«

Kürten weiß, dass er mit Folgen für sein Verhalten rechnen muss. Doch er wird jetzt alles sagen. Feig ist er lang genug gewesen. »Ich kenne Fräulein Roth seit meiner Kindheit«, erzählt er. »Sie hat es nicht leicht gehabt im Leben.«

»Schwer haben wir es ja alle in der einen oder anderen Richtung«, entgegnet von Kleist. »Die Frage ist immer nur, wie ehrlich man damit umgeht.«

»Ehrlich?« Kürten lacht bitter. »Sie haben gut reden, Herr Polizeidirektor! Was wissen Sie schon von dem Leben der Menschen hier?«

»Ich habe Augen zu sehen und Ohren zu hören!«

»Dann hören Sie mir mal zu!«, fordert Kürten. Er hat seine Habtachthaltung aufgegeben. Er rechnet sowieso mit der Entlassung.

»Welchen Ton erlauben Sie sich?«, schnarrt von Kleist.

»Entschuldigen Sie bitte. Fräulein Roth stammt aus einer armen Familie. Sie hat schon mit dreizehn Jahren in der Fabrik gearbeitet. Ich mag sie sehr gern. Das sollte sicher keinen Einfluss haben auf meinen Dienst hier, aber ich lehne sie nicht nur darum ab, weil sie auf die Straße geht. Und das mit dem Kamm war ja ohne Absicht. Sie hat ihn gesehen und sich so gefreut, dass ich es nicht fertigbekam, ihr das Ding wieder wegzunehmen.« Kürten spricht mit Überzeugung und macht eine kleine Pause.

»Solche private Zuneigung ist etwas sehr Menschliches«, reagiert von Kleist, »und sie kann uns immer mal in den Dienst hineinsteuern, Kürten. Aber man muss aufpassen, dass die Menschlichkeit nicht den Polizeimenschen regiert.«

»Ich möchte noch etwas sagen, Herr von Kleist. Unter anderen Umständen hätte aus Josefine eine richtige Dame werden können. Aber sie war ausgeliefert. Ausgeliefert einem zügellosen Machtmenschen. Und Hartenau war hart. Er machte sich eigene Regeln und Gesetze, und wer muckte, flog raus. Wie ein Tyrann. Der hat sie in dieses Leben gestoßen.«

Von Kleist lächelt. »Kürten, Kürten! Sie reden sich um Kopf und Kragen. Jetzt präsentieren Sie ja ein Motiv, den alten Weberchef umzubringen!«

Kürten erschrickt. »Aber Herr von Kleist, ich bringe doch niemanden um!«

»Ich trage Sie ja auch nicht in die Liste der Verdächtigen ein«, beruhigt der Polizeidirektor den Gendarmen. »Und nun sollten wir den Tag ausklingen lassen.«

»Was wird jetzt?«, fragt Kürten. »Muss ich Säbel und Pistole abgeben?«

»Nein. Wir vergessen die Geschichte mit dem Kamm. Ich brauche Sie bei den Ermittlungen. Meine Leute aus Berlin treffen in Kürze ein und sie kennen sich ebenso wenig in dieser Stadt aus wie ich. Ich brauche Sie, Kürten. Aber mit den krummen Sachen ist es jetzt aus, verstanden?«

Kürten nickt.

»Und nun machen Sie, dass Sie hier rauskommen.«

Rachel, Elias und Immermann reden über die nächste Ausgabe des *Morgenthaler Volksfreundes.*

»Ich habe eine prächtige Idee, Immermann«, sagt Elias. »Kennen Sie das Gedicht von Heinrich Heine? Über die schlesischen Weber? Es ist vor einem Jahr im *Vorwärts* erschienen. Wir könnten es neben Rachels Artikel setzen.«

»Es ist nicht ungefährlich, das abzudrucken«, gibt Immermann zu bedenken. »Über den Text entscheidet gerade das Königlich Preußische Kammergericht. Das Gedicht wird bestimmt verboten.«

»Aber noch ist es nicht so weit«, entgegnet Elias.

Rachel kennt das Gedicht nicht.

Immermann hat das Flugblatt schnell zur Hand. Er reicht es ihr. Sie liest:

Im düstern Auge keine Träne,
Sie sitzen am Webstuhl und fletschen die Zähne:
Deutschland, wir weben dein Leichentuch,
Wir weben hinein den dreifachen Fluch –
Wir weben, wir weben!

Ein Fluch dem Gotte, zu dem wir gebeten
In Winterskälte und Hungersnöten;
Wir haben vergebens gehofft und geharrt –
Er hat uns geäfft, gefoppt und genarrt –
Wir weben, wir weben!

Ein Fluch dem König, dem König der Reichen,
Den unser Elend nicht konnte erweichen
Der den letzten Groschen von uns erpresst
Und uns wie Hunde erschießen lässt –
Wir weben, wir weben!

Ein Fluch dem falschen Vaterlande,
Wo nur gedeihen Schmach und Schande,
Wo jede Blume früh geknickt,
Wo Fäulnis und Moder den Wurm erquickt –
Wir weben, wir weben!

Das Schiffchen fliegt, der Webstuhl kracht,
Wir weben emsig Tag und Nacht –
Altdeutschland, wir weben dein Leichentuch,
Wir weben hinein den dreifachen Fluch,
Wir weben, wir weben!

Rachel lässt den Zettel sinken. Immermann und Elias sehen ihre Erschütterung.

»Ja, das ist es«, sagt sie. »Das Elend in einfache Worte gefasst.«

Und Elias fügt hinzu: »Zugleich verbunden mit einer schrecklichen Vision vom Ende dieses Staates, der all das zulässt. *Altdeutschland, wir weben dein Leichentuch* …«

Er stellt das Bierglas auf den Tisch. »Ich habe noch eine Verabredung im *Goldenen Bären*«, sagt er dann. »Mit einem Genossen vom *Bund der Gerechten.* Sorgen Sie dafür, dass meine Cousine wohlbehalten nach Hause kommt, Immermann?«

Rachel schaut überrascht. Bevor sie um Aufklärung bitten kann, ist Elias schon weg. Sie ist mit Immermann allein. Und sie fragt.

»Der *Bund der Gerechten* ist eine Gruppe von mutigen Männern und Frauen, die der Ungerechtigkeit ein Ende bereiten wollen«, erklärt der Redakteur. »Wir sind in ganz Europa miteinander verbunden.«

»Eine geheime Gesellschaft?«, fragt sie. Ihre Augen glänzen.

»Ganz geheim sind wir leider nicht«, lächelt Immermann. »Dazu sind wir zu viele. Aber mehr brauchen Sie nicht zu wissen.«

»Dass Frauen immer zu dumm sein sollen, politische Dinge zu begreifen!« Die Ärgerfalte erscheint.

»Nicht zu dumm«, grinst er. »Nur zu geschwätzig.«

Sie nimmt einen Schluck Bier. Schaum klebt an ihrem Mund. Sie wischt ihn mit dem Handrücken ab.

»Aber das Biertrinken gelingt Ihnen schon ganz possierlich«, neckt er weiter.

»Immermann!« Sie erhebt sich und nähert sich ihm mit einer angedeuteten Drohgebärde. »Ich warne Sie!«

Sie steht dicht vor ihm. Er nimmt ihre Arme und drückt sie nach hinten. Ihr Leib berührt den seinen. Diese Augen!

»Wir waren doch schon beim Du, Rachel ...«

Violett, denkt er, woher nur dieses Violett kommt? Hoffentlich vererbt sie es ihren Kindern. Er spürt eine jähe Hitze.

Er lässt ihre Arme los, greift nach ihrer Taille. Sie entspannt sich, weicht nicht zurück.

Ihre Lippen sind weich. Sie öffnen sich bereitwillig.

»Ach du«, murmelt er. Oft geküsst hat sie noch nicht, jubelt er. Sie weiß nicht so recht, was sie mit seiner Zunge in ihrem Mund anfangen soll. Er zeigt es ihr.

Rachel denkt an den Kuss von Elias. Spürt den Unterschied. Das Spielerische fehlt jetzt. Elias Küsse waren wild und frisch. Immermann küsst mit Ernsthaftigkeit und Verzweiflung.

Er hält ihren Kopf mit der einen Hand, die andere macht sich an ihrem Dekolleté zu schaffen. Die Knöpfe widersetzen sich seinen Fingern.

»Herr Redakteur, das sind Haken unter den Knöpfen«, flüstert sie. »Die werden nicht geknöpft. Sondern gehakt.«

Er fühlt sich ermutigt. Doch er findet nicht heraus, wie sich das Kleid öffnen lässt. »Verdammt!«, flucht er leise.

Rachel gluckst. Seine Hand streichelt ihren Busen, knetet ihn. Sie stöhnt auf. Will weg.

Er zieht sie enger an sich heran. »Nicht so«, hört er. Er lässt ihre Brust in Frieden, drückt seinen Unterleib gegen den ihren. Die Unterröcke verhindern, dass sie seine Erektion spürt.

Rachel wendet den Kopf ab. Seine Lippen sind an ihrem Hals. »Bitte«, flüstert er.

»Lass mich«, fordert sie. Schiebt ihn von sich.

»Was ist?«, fragt er.

»Ich muss nach Hause«, antwortet Rachel. »Es ist schon spät. *Maman* und Papa machen sich bestimmt schon Sorgen.«

Seufzend greift er nach seiner Jacke. »Ich begleite dich.«

Sie nickt. Sieht ihm nicht in die Augen.

Sie verlassen die Redaktion. Seine Hände zittern, als er die Tür abschließt. Die Erregung ist noch da.

Die Straßen sind noch belebt. Es ist ja Sommer.

Immermann ist nicht wohl. »Rachel, bitte sag etwas.«

Sie bleibt stehen. »Wir haben uns geküsst und es hat mir gefallen.«

»Und wie geht es weiter?«, fragt er.

»Ich weiß nicht. Alles geht weiter. Panta rhei.«

Den Rest des Weges fällt kein Wort mehr. Vor der grünblattschen Villa verabschiedet er sich. Artig. Mit dem üblichen angedeuteten Handkuss.

Im *Goldenen Bären* herrscht gute Stimmung. Bier fließt in Strömen und Annis Mann kommt mit dem Zapfen kaum nach. Reisende Gesellen haben in Morgenthal Quartier genommen. Die paar Groschen, die sie auf der Walz verdient haben, setzen sie in Bier und Essen um. Anni hat einen riesigen Topf Kartoffelsuppe gekocht. Ein paar Schweinsfüße hinein und mit reichlich Majoran gewürzt. Die Fettaugen drehen sich auf der Oberfläche.

Die Männer löffeln die Suppe, holen sich immer wieder Nachschlag und spülen mit viel Bier. Anni bekommt derbe, aber gut gemeinte Komplimente über ihre Kochkunst und ihre forsche Art.

Harry Roth kommt herein. Nur schwer hat er sich heute Abend von seiner Familie losgerissen. Josefine hat den Eltern von den fünftausend Talern erzählt. Und von dem üblen Missverständnis mit dem Kamm. Auch wenn Josefine jetzt in Freiheit ist, ahnt Roth, dass es noch nicht vorbei ist. Der Polizeidirektor aus Berlin wird weiter forschen, alles Vergessene ans Tageslicht zerren. Harry Roth hat sich geschworen, die Tochter diesmal zu schützen. Egal, was zu tun ist.

Er gesellt sich zu den Männern am Tresen – die Tür im Blick. Anni stellt ihm ein Bier hin. Roth prüft die Spitzeldichte und identifiziert zwei. Harmlose Kerle, die sowieso nichts behalten und berichten können, weil ihnen am nächsten Tag der Schädel brummt.

Der Stimmpegel schwillt weiter an.

»Ich brauche gleich ein ruhiges Plätzchen«, raunt Roth Anni zu.

Die Wirtin nickt. Sie kennt das schon: Harry und die Politik. »Geh einfach durch die Küche nach hinten durch.«

»Schick ihn mir nach«, sagt Roth. »Den Jungen mit der roten Mütze.« Er verschwindet.

Elias tritt durch die Tür. Er ist pünktlich. Schaut sich suchend um. Anni lächelt. Er geht zu ihr und bekommt sofort ein Bier gereicht. »Du wirst schon erwartet«, sagt sie.

Die Gesellen sind satt und fröhlich. Einer beginnt zu singen.

Die Wirtin zieht Elias hinter sich her. In der Küche werkeln zwei Mädchen. Die eine schält Kartoffeln, die andere kratzt in einem Topf herum.

Hinter der Küche führt eine Tür ins Freie. Der Privatgarten der Wirtin. Von außen nicht einsehbar.

Harry Roth sitzt auf einer Bank, die Küchentür im Blick. Elias stutzt zunächst, versteht dann aber. Anni lässt die beiden allein und verspricht, weiteres Bier zu bringen.

»Du bist also der Genosse«, stellt Elias fest. »Josefines Vater. Es tut mir leid, dass sie im Gefängnis ist.«

»Sie ist wieder frei und zu Hause«, berichtet der alte Mann. »Und da bleibt sie auch. Sie wird aufhören mit ihrem elenden Gewerbe. Und jetzt setz dich. Wir müssen etwas bereden.«

Elias tut, was Roth sagt. Er ist verblüfft, dass er einem einfachen Arbeiter gegenübersitzt. In Paris dominieren die Intellektuellen den *Bund der Gerechten.*

»Die Lage in der Weberei hat sich verschlechtert«, sagt Harry Roth. »Wir kriegen kaum noch Lohn, sogar die Gutscheine für Hartenaus Läden bleiben aus. Wir lassen anschreiben, haben unbegrenzten Kredit. Die Familien sind verschuldet. Verschulden sich immer mehr. Das wird übel enden, wenn Hartenau abrechnet.«

»Dann sag ihnen, sie sollen damit aufhören, Genosse.«

Harry Roth seufzt. »Ich hab es versucht. Aber was ist dem Menschen näher, wenn er hungert? Das Brot oder das Wort?«

»Was schlägst du vor?«

»Wir müssen Hartenau zwingen, das Gutscheinsystem abzuschaffen. Und er muss allen die Kredite in den Läden erlassen.«

Elias überlegt. Das klingt nach Aufruhr. »Hast du einen Plan?«

Harry Roth nickt.

In dieser Nacht findet Immermann keinen Schlaf. Aber er sucht ihn auch nicht. Seine Gedanken sind bei Rachel. Er war ihr schon so nahe. Doch dann ihr jäher Rückzug.

Frauen sind launisch und kompliziert, denkt Immermann. Er hat sich auf das Notbett neben der Druckmaschine gelegt. Ohne Hemd. Es ist einfach zu heiß. Das Fenster steht offen. Ein fernes Gewitter grollt.

Er sehnt sich nach Linderung. Die Luft bewegt sich nicht. Regen muss kommen.

Sie wird mich nie lieben! Immermann steht auf und geht zu dem kleinen Fenster. Die Unterschiede sind zu groß. Aber sie hat ein gutes Herz. Dessen ist er sich sicher. Oder ist alles nur die Attitüde einer verwöhnten, reichen Tochter?

Ein Blitz zuckt über den Himmel. Donner knallt in die stehende Luft. Immermann hält es nicht mehr in seiner Stube. Er läuft ins Freie. Und schon prasselt der Regen auf Morgenthal.

Er richtet den Kopf dem Wasser entgegen, breitet die Arme aus und empfängt den Segen. Es schüttet. Immermann genießt jeden Tropfen. Das Wasser verfängt sich im Haar, findet den Weg zum Hals und rinnt über die nackte Brust. Ja. Abkühlen muss er sich.

Ein Landauer rollt langsam über die Straße. Im Schummerlicht der Gaslaternen glänzt das Fell der Pferde. Der Kutscher versteckt sich unter dem Mantel.

Immermann steht immer noch im Regen. Plötzlich überkommt ihn ein Gefühl der Verlorenheit. Was ist das nur? Die Liebe macht ihn schwach und empfindsam. Er hat die Dichter, die von Sehnsucht und Herzschmerz schreiben, insgeheim verlacht. Doch jetzt ertappt er sich dabei, schöne Worte zu erfinden und sie Rachel zuzueignen.

Der Himmel hat sich ausgeweint. In den Kuhlen der Straßen stehen kleine Seen. Um sie herum dampfen die Steine.

Elias kehrt spät ins Haus Grünblatt zurück und findet Ruben in der Bibliothek. Marlene und Rachel schlafen längst. Auch Luise hat sich in ihr Dachkämmerchen zurückgezogen.

»Setz dich doch noch zu mir«, fordert Ruben. »Wo kommst du her?«

Elias überlegt einen Moment. Lügen will er nicht. »Ich habe mich mit einem Genossen getroffen«, erklärt er.

»Genosse?«

Elias sieht in Rubens liebenswürdige Augen. Es ist der Blick seiner Mutter. Dem konnte er immer vertrauen.

»Es geht um die Fabrik«, berichtet er. »Wir werden da etwas ändern müssen.«

Ruben schweigt.

»Das Gutscheinsystem knebelt die Menschen und macht sie zu Sklaven. Moritz Hartenau scheint noch schlimmer zu sein als sein Vater. Man hätte beide umbringen sollen.«

»Dann wäre ein Dritter gekommen«, wirft Ruben ein. »Böse Menschen sind immer zu ersetzen.« Er geht zum Fenster und öffnet es. Ihm ist nicht wohl. Niemand weiß, dass er selbst Nutzen aus der Fabrik zieht. Er wird die stille Beteiligung so bald wie möglich kündigen.

»Rachel hat einen wunderbaren Artikel geschrieben«, erzählt Elias. »Über das Leben der Weber. Ich bin froh, dass ich so eine herzensgute Cousine habe.«

»Sie hat den Artikel schon fertig?«

»Wir waren in der Unterstadt. Haben uns alles angesehen und zeigen lassen. Harry Roth hat uns geführt. Er arbeitet seit vielen Jahren in der Fabrik und kennt die Sklaverei dort.«

»Wie willst du sie ändern? Durch eine Revolution?«

»Ein kleiner Aufstand tut es auch, Onkel«, lacht Elias. »Morgenthal ist nicht Lyon oder Paris.«

»Der Aufstand der schlesischen Weber fand auch nicht in den großen Städten statt«, erinnert Ruben. »Es gibt zu viele Pulverfässer in diesem Land, an die man die Lunte legen kann.«

»Wir legen die Lunte in Hartenaus Fabrik«, sagt Elias mit leuchtenden Augen. »Ich werde ab Montag dort arbeiten.

Um mir einen Überblick zu verschaffen. Harry Roth braucht Hilfe bei der Agitation.«

»Hast du dir das auch gut überlegt?«, fragt Ruben.

»Das Schicksal hat mir diese Rolle zugeteilt.«

»Geht es nicht etwas weniger pathetisch?« Ruben ist ärgerlich. Diese Kinder! Seine Tochter treibt sich in Kneipen und in Arbeitersiedlungen herum und der Neffe heuert als Spion in der Weberei an, um Unruhe zu schüren.

Immermann steht den Rest der Nacht an der Druckmaschine. Rachel Grünblatts Artikel steht auf der ersten Seite des *Volksfreundes.* Die Überschrift lautet: *Bei den Webern.* Auf derselben Seite das Heine-Gedicht. Der Name des Dichters wird nicht genannt. Zu gefährlich. *Unbekannter Verfasser* – so steht es unter den Zeilen.

Der Redakteur legt jeweils fünfzig Exemplare aufeinander. Die richtige Menge für die Bauchläden der Zeitungsjungs.

Immer wenn er eine Zeitung auf den Stapel legt, erblickt er ihren Namen. Streicht sanft mit dem Zeigefinger darüber. Immer wieder. Kein Exemplar bleibt unberührt.

Nach zwei Stunden ist der Finger schwarz und Immermann so erschöpft, dass er aufhören muss. Benommen von Arbeit und Seelenaufruhr torkelt er auf die Pritsche. Lässt sich einfach fallen. Sein Schlaf ist dumpf.

Der Erbe tut unappetitliche Dinge. Die junge Frau debütiert als Journalistin. Die Salonière träumt von einem Dichter aus Paris. Der Graf wird abgewiesen. Der hohe Polizist merkt, dass er ein Mann ist.

Ein hässliches Geräusch in der Villa Hartenau. Glas splittert. Das Mädchen schreit und verkriecht sich hinter einen Ohrensessel.

Moritz Hartenau lässt die Gabel mit dem Rührei sinken. Springt vom Tisch auf und läuft in den Herrensalon. Ein schwerer Gegenstand ist durchs Fenster geflogen und liegt auf dem Orientteppich. Das Dienstmädchen wimmert.

»Komm da raus, du dummes Ding!«

Hartenau geht zum Fenster, meidet die Flugbahn. Vorsichtig schaut er zur Straße. Natürlich ist der Attentäter längst verschwunden.

Er hebt das Geschoss auf. Es ist ein großer Pflasterstein – in eine Zeitung eingewickelt. Es ist der *Morgenthaler Volksfreund* und er trägt das Datum vom heutigen Tag.

»Schick nach der Polizei, Trude«, herrscht Moritz Hartenau das Mädchen an. »Sag ihnen, dass ein Anschlag auf mein Leben stattgefunden hat.«

Sie knickst und macht sich davon. Er war doch gar nicht im Zimmer, denkt sie, sondern ich. Sie verfolgt den Gedanken aber nicht weiter. Ist immer froh, die größtmögliche Entfernung zwischen sich und dem gnädigen Herrn herstellen zu können.

Hartenau streicht das Papier glatt. *Bei den Webern.* Der Instinkt für Gefahr funktioniert. Er versteht schneller, als es sonst seine Art ist. Nach den ersten Sätzen weiß er Bescheid. Er blickt zum Ende des Artikels. Liest ihren Namen. Die Judenhure erdreistet sich, sich mit ihm anzulegen? Die Wut verändert seine Gesichtsfarbe. Das teigige Beige weicht einem hektischen Rot.

Die Häuser gehören dem Fabrikherrn, liest er. *Er zieht den Mietzins vom Lohn ab. Geld sehen die Arbeiter selten. Der Herr ihrer Arbeit ist auch der Herr ihres Essens. Statt Taler und Groschen gibt es Gutscheine für Lebensmittel. Sie gelten nur in den Geschäften, die im Besitz der Firma sind. Dort müssen die Arbeiter einkaufen. Die Preise sind um ein Drittel höher als in anderen Läden. Geld zum Sparen bleibt so nicht. Der Weber lebt von der Hand in den Mund.*

Das habe ich von meiner Gutmütigkeit, schnaubt er innerlich. Das Pack frisst sich auf meine Kosten durch. Die Ladenbesitzer maulen schon, dass ich unbegrenzte Kredite zugesagt habe. Ich werde andere Saiten aufziehen. Die nächsten Wochen gibt es weder Lohn noch Gutscheine. Sollen die elenden Schweine und ihre Brut doch verhungern.

Aber da steht ja noch etwas. *Unbekannter Verfasser.* Hartenau überfliegt das Gedicht.

Ein Fluch dem falschen Vaterlande,
Wo nur gedeihen Schmach und Schande,
Wo jede Blume früh geknickt,
Wo Fäulnis und Moder den Wurm erquickt –
Wir weben, wir weben!

Er spürt die Drohung, die es enthält. Und die Prophezeiung.

Lilly Hartenau traut sich aus ihrem Zimmer. Der Anblick der Scherben vor dem Fenster lässt sie hysterisch aufjaulen.

Moritz mustert die Witwe seines Vaters. Sie ist kaum älter als er. Sie lässt sich ein wenig gehen in den letzten Tagen. Den Haaren fehlt der Glanz.

»Hau endlich ab aus meinem Haus!«, schreit sie den Stiefsohn an.

Wenn sie so spricht, baumeln ihre Brüste. Ein Korsett trägt sie auch nicht mehr. Schlampig sieht sie aus. Irgendwie findet er das gar nicht so schlecht. Etwas Speichel tritt in seinen Mundwinkel.

Sie keift weiter: »Warum sagst du nichts? Seit du da bist, ist mein Leben die Hölle. Und jetzt noch dieser Mordanschlag!«

Moritz überhört die Worte. Achtet nur auf den Ton der Stimme. Herrisch und schrill. Das wird er beenden. Sofort und ein für alle Mal.

Er erhebt sich schwer vom Sessel und geht zur Tür.

»Schade, dass dich der Stein nicht erwischt hat!«

Moritz dreht den Schlüssel um, steckt ihn in seine Weste. Er geht langsam auf Lilly zu.

Zuerst ist sie nur überrascht. Was hat er vor? Irritiert weicht sie zurück. Er kommt immer näher. Im Gesicht ein böses Lächeln. Die Augen noch wässriger als sonst. Die wulstigen Lippen leicht gespitzt. Und er schwitzt. Diesen Ausdruck kennt Lilly. Von seinem Vater. Der ist meistens aus dem Haus gegangen, wenn er so aussah. Sie denkt an Josefine. Für so was sind doch diese Weiber da.

Nun spürt sie im Rücken die Wand. Das hat sie nicht bedacht. »Lass mich«, krächzt sie. »Oder ich schreie.«

Er packt ihr Haar und zwingt sie brutal zu Boden. Die Knie knallen auf den Teppich. Verzweifelt schlägt sie nach ihm. Sie trifft seinen Bauch, doch genauso gut könnte sie einen Baumstamm traktieren.

Jetzt kniet sie vor ihm. Die Angst lässt sie zittern. Sie starrt in seine Augen.

Moritz Hartenau lässt ihren Blick nicht los. »Nie wieder. Nie wieder redest du so zu mir.« Ganz langsam öffnet er mit der freien Hand seinen Gürtel.

Lilly erstarrt.

»Na los«, knurrt er sie an. »Die Knöpfe!«

Sie gehorcht.

»Mach den Mund auf«, zischt er zu ihr hinab. »Trude!«

Im Hause Grünblatt wird ausgiebig gefrühstückt. Der Tisch ist reichlich und gut gedeckt. Kaffee, Tee, verschiedene Säfte. Mehrere Sorten Brot und Blätterteiggebäck. Feine Konfitüre. Rachel denkt an das harte Brot, das sie in den Weberstuben gesehen hat. Sie ist noch nicht vollständig angekleidet. Ihr üppiges, dunkles Haar liegt ungebändigt auf den Schultern. Ihr Morgenmantel ist aus rotem Samt und hat einen spitz zulaufenden Ausschnitt. Elias riskiert einen Blick.

Ruben ist schweigsamer als sonst. Die Nacht ist kurz gewesen. Er fühlt ein Damoklesschwert über sich schweben. Wenn er die stille Beteiligung an der Weberei nicht bald abstößt, wird er seiner Familie gegenüber in Erklärungsnot kommen.

Marlene sorgt für Aufregung. Sie hat ehrgeizige Pläne. Ihr nächster Salonabend soll ein kulturelles Ereignis comme il faut werden.

»Ich will das alles nicht mehr so provinziell gestalten«, plappert sie über den Tisch. »Künstler aus dem Ausland müssen nach Morgenthal kommen. Böttgers Kartoffelromantik wirkt ja doch manchmal etwas arg bieder.«

Ruben mustert seine Gattin. Ihm schwant Schlimmes.

»Wie heißt dieser Dichter in Paris noch gleich?«, fragt sie Elias.

»In Paris gibt es viele Dichter, *ma tante*«, bleibt der Neffe unbestimmt.

»Der Deutsche! Der emigriert ist.«

»Heinrich Heine?«

»Ja, der! Kannst du ihm nicht einen Brief schreiben und ihn zu uns einladen?«

Ruben stöhnt leise auf.

»Er lebt schon seit über zehn Jahren in Paris – und das nicht ohne Grund«, gibt Elias zu bedenken. »Er ist in Deutschland verfolgt und angegriffen worden.«

»Ein Grund mehr, ihn in unser Haus zu holen!«

Rachel denkt an das Weber-Gedicht. »Kennst du denn seine Werke, *maman?*«, fragt sie.

»Nein. Deshalb lade ich ihn ja ein. Er soll sie in meinem Salon zum Besten geben.«

»Du solltest trotzdem erst ein Buch von ihm lesen, meine Liebe«, schlägt Ruben vor. »Er wird enttäuscht sein, wenn er merkt, dass du noch keine Zeile von ihm genossen hast.«

»Das werde ich erst tun, wenn er zugesagt hat«, schnippt sie. »Sonst würde ich die Bücher ja umsonst lesen.«

Elias will dem Onkel beistehen. »Heine ist aber sehr krank«, erklärt er. »Das Reisen wird ihm zu beschwerlich sein.«

»Aber versuchen können wir es doch!« Marlene hat Tränen des Trotzes in den Augen. »Immer, wenn ich eine gute Idee habe, wird sie von euch zunichte gemacht! Schreibst du nun einen Brief oder nicht?«

Luise verhindert durch ihr Erscheinen die völlige Zerrüttung des morgendlichen Friedens. Sie trägt einige Ausgaben des *Morgenthaler Volksfreundes* in den Händen. Ein Bote habe sie angegeben.

Rachel springt erfreut auf. »Die Zeitung ist da!«

Der Kakao dampft und ist mit Schlagsahne verziert. Justus von Kleist hebt mit dem Löffel den weißen Schaum ab und schleckt ihn sauber. Emily Stein kümmert sich wie eine ältere Schwester um ihren Hausgast. Jeden Morgen bereitet sie ihm ein köstliches Frühstück im kleinen Salon. Hier steht auch der Flügel.

Von Kleist nimmt Fürsorge und Klatsch amüsiert hin. Seine Zimmerwirtin ist ein nie versiegender Quell an Informationen. Nur eins hat er sich nach einem quälenden Morgen verbeten: ihre Gesangsübungen, während er im Haus weilt. Er hat eine Geschichte erfunden. Wieder einmal musste seine pommersche Großtante herhalten. Die habe ihn im Kindesalter mit schräg gesungenen Arien für Emily Steins Kunst unbrauchbar gemacht.

Das gemütliche Frühstück wird jäh gestört. Die Glocke schlägt Alarm. Die Sängerin läuft selbst zur Tür. Ein Dienstmädchen gibt es in ihrem Haus nicht.

Wenig später steht Hans Kürten im Salon. Er berichtet vom Attentat auf Moritz Hartenau.

Die Kutsche wartet. Kurze Zeit später verlassen von Kleist und der Gendarm das Haus.

Bei den Grünblatts wird gelesen. Marlene starrt auf die Buchstaben. Sie hat die Angewohnheit, beim Lesen die Lippen zu bewegen:

In der Küche steht der Holzkasten mit den Kartoffeln. Das Küchengerät ist spärlich. Eine Weberfamilie mit fünf Personen braucht im Jahr sechzig Taler zum Leben. Die verehrten Leser mögen sich selbst ausrechnen, wie viel sechzig Taler in der eigenen monatlichen Haushaltsplanung ausmachen.

Woher weiß Rachel nur all diese Einzelheiten? Sie stellt die Frage laut.

»Ich habe die Menschen gefragt«, bekommt sie zur Antwort. Marlene wird klar, dass sich ihre Tochter wirklich in der Unterstadt herumgetrieben hat.

»Ich habe auf Rachel aufgepasst«, liest Elias ihre Gedanken. »Wir haben nur nette Menschen getroffen.«

»Genau«, strahlt Rachel. »Sogar der Polizeidirektor aus Berlin war bei einem meiner Besuche anwesend.«

»Du warst in Begleitung dieses Herrn?«

»Nein, so kann man das nicht sagen. Er war schon da.«

»Hast du mit ihm gesprochen?«, fragte Marlene.

»*Maman!* Natürlich habe ich das!«

»Wie ist er denn so?«

»Hochmütig und uneinsichtig«, antwortet Rachel. »Aber fürs Schleppen von Gemüse eignet er sich gut.«

Ruben lächelt. Er kennt die Geschichte.

Marlene wundert sich nicht weiter über Rachels Bemerkung. Sie denkt schon wieder an ihren Salon.

»Wir sollten den Mann bald in unser Haus einladen«, meint sie. »Er ist fremd hier und fühlt sich bestimmt einsam in Morgenthal.«

»Emily Stein wird schon für die entsprechende Unterhaltung sorgen«, widerspricht Ruben. »Wahrscheinlich singt sie ihm immerzu etwas vor.«

»Fräulein Steins Repertoire ist nicht besonders umfangreich. Also wird er sich inzwischen mit Sicherheit langweilen«, meint Marlene unbeeindruckt. »Außerdem kennt er ja unsere Rachel schon. Was also spricht gegen einen zwanglosen Abend?«

»Dagegen spricht, dass deine Abende nie zwanglos sind«, sagt Rachel ärgerlich. »Ich bin es leid, mich mit jedem halbwegs heiratsfähigen Mann, der dir über den Weg läuft, herumärgern zu müssen. Würdest du endlich damit aufhören, *maman*?«

»Er hat Frau und Kinder«, wirft Elias ein.

»Woher weißt du das?«, fragen Rachel und Marlene unisono.

»Das hat mir ein Vögelchen geflüstert«, antwortet er. »Frau von Kleist lebt mit acht Kindern, fünf Katzen und drei Hunden auf einem Landsitz bei Potsdam.«

»Dann wird er froh sein, dass er mal seine Ruhe hat«, meint Rachel trocken. »Und wir sollten ihn wirklich nicht mit dummen Einladungen traktieren.«

»Ruben! Könntest du deiner Tochter bitte sagen, dass sie nicht so mit mir reden soll?«

»Ich versuche seit einiger Zeit, mich auf diesen Artikel zu konzentrieren«, seufzt der Vater. »Leider ist das bei eurem ständigen Geplapper nicht möglich. Ich verschwinde also in die Bibliothek.«

Justus von Kleist bittet Kürten, vor dem Haus zu warten. Das Mädchen geht voran. Die geschmacklose Fülle der hartenauschen Inneneinrichtung nimmt dem Polizisten erneut den Atem.

Hartenau wartet im Salon. Spielt den Jovialen. Bedankt sich überschwänglich für die schnelle Reaktion des Polizeidirektors.

»Wer war im Zimmer, als der Stein flog?«, fragt von Kleist.

»Ich! Er hat mich nur knapp verpasst«, lügt Hartenau. »Das war ein Anschlag. Ein Mordanschlag.«

»Nur wenn der Attentäter durch Wände schauen kann«, stellt von Kleist klar. »Ich werde mir das Corpus Delicti mal etwas näher ansehen.«

»Der Stein war in diese Zeitung gewickelt.« Hartenau nimmt den *Volksfreund* vom Tisch und reicht ihn von Kleist.

Dem sticht sofort der Name Grünblatt ins Auge. Er überfliegt den Text. Sie schreibt gut. Ohne Schnörkel und Larmoyanz. Aber was hat es zu bedeuten, dass der Stein ausgerechnet in diese Zeitung eingewickelt worden ist?

Der alte Fabrikbesitzer ist tot. Harry Roth wird weiter für Gerechtigkeit kämpfen. Mit leuchtenden Augen kündigt er an, nicht eher ruhen zu wollen, bis Elend, Unterdrückung und Ungerechtigkeit ein Ende haben.

Steckt in diesen Sätzen eine Drohung? Harry Roth. Josefines Vater. Von Kleist wird ihn sich vornehmen müssen. Vielleicht ist der Stein der erste Schritt, die angebliche Unterdrückung abzuschütteln? Politische Straftaten oder Revolutionen beginnen oft mit einem solchen Zeichen. Das weiß der Polizeidirektor.

Ein Gedicht gleich daneben: *Unbekannter Verfasser.* Doch von Kleist kennt die aufrührerischen Worte. Ihr Verfasser ist ihm keineswegs unbekannt. Heine. Er hat es vorgezogen, ins Land der Franzosen zu flüchten. Dass ihm diese Worte ausgerechnet in diesem Provinznest wiederbegegnen! Dazu das *Lied vom Hasse* in der Weste des Erschossenen. All das weist tatsächlich auf einen politischen Hintergrund der Taten hin.

»Haben Sie vor dem Haus jemanden beobachtet?«, fragt von Kleist.

»Als ich aus dem Fenster blickte, war der Attentäter natürlich schon geflüchtet«, berichtet Hartenau.

Von Kleist dreht den Stein. Er sieht aus, wie dem Straßenpflaster entnommen. Der Strick ist aus Hanf. Nichts Besonderes und vermutlich in nahezu jedem Haushalt vorhanden.

»Ich werde die Dinge sicherstellen und sie noch einmal intensiv auf Spuren untersuchen«, kündigt von Kleist an. »Da ich schon einmal hier bin ... wäre es möglich, Ihre Stiefmutter zu sprechen?«

»Frau Hartenau ist unpässlich«, sagt Hartenau. Er wirft einen eiligen Blick auf Trude. Was hat sie mitbekommen? Ihr Gesicht verrät ihre Gedanken nicht.

»Das tut mir leid.« Ich muss hier raus, denkt von Kleist. Hartenau dünstet strengen Schweißgeruch aus.

»Noch eine letzte Frage. Welchem Ihrer Feinde würden Sie eine solche Aktion zutrauen?«

Hartenau stutzt. »Wie kommen Sie darauf, dass ich Feinde habe?«

»Haben Sie nicht?«, lächelt von Kleist.

»Ich gebe den Menschen in Morgenthal Brot und Lohn«, japst Hartenau.

»Lohn?« Von Kleist greift nach der Zeitung und liest laut vor: *»Der Herr ihrer Arbeit ist auch der Herr ihres Essens. Statt Taler und Groschen gibt es Gutscheine für Lebensmittel. Sie gelten nur in den Geschäften, die im Besitz der Firma sind.* – Das hört sich nicht gerade nach tiefer Freundschaft zwischen Ihnen und Ihren Arbeitern an.«

»Was diese freche Jüdin schreibt, tut nichts zur Sache«, schnaubt Hartenau. »Die Familie Grünblatt ist selbst Nutznießerin der Fabrik, müssen Sie wissen.«

Von Kleist wird hellhörig. »Wie soll ich das verstehen?«

»Der alte Grünblatt ist über ein Londoner Bankhaus stiller Teilhaber von *Hartenau und Söhne.*«

Das weiß die Tochter bestimmt nicht, denkt von Kleist, sonst hätte sie diesen Artikel nicht geschrieben. In seinem Gesicht ist Betroffenheit zu erkennen.

»Da staunen Sie, was?« Hartenau sieht, dass er einen Haken gelandet hat. »Und ich gedenke, Grünblatt um die Hand seiner Tochter zu bitten. Dann bleibt alles in einer Familie.«

Nun ist von Kleist amüsiert. Er stellt sich das schöne, freche Mädchen an der Seite dieses grobschlächtigen Kerls vor. »Weiß sie denn schon von ihrem Glück?«, fragt er süffisant.

Hartenau antwortet nicht.

»Wohl kaum«, fährt von Kleist fort. »Fräulein Grünblatts Zeitungsartikel ist ja nicht gerade eine Liebeserklärung an den zukünftigen Ehemann.«

»Die Flausen werde ich ihr schon austreiben!« Hartenau lacht dröhnend.

Ekel packt von Kleist. Hartenaus Hände sind fleischig, die Finger kurz. Die Nägel bis zum Anschlag abgekaut. Diese Hände auf ihrer weißen Haut? Nein!

Der Polizeidirektor packt Stein und Zeitung, verabschiedet sich schnell und schreitet an Thekla vorbei zur Tür.

Wieder an der frischen Luft weist von Kleist den Gendarmen an, in den Nachbarhäusern Erkundigungen einzuziehen. Vielleicht hat ja jemand den Attentäter vor der Villa herumlungern sehen.

Die Straßen sind noch feucht vom Regen der Nacht. Doch bis zum Mittag wird die Sonne alles wieder getrocknet haben. Er geht zu Fuß zum Büro zurück.

Er fühlt den Stein in der Hand. Und stellt sich eine Sekunde lang vor, dass er auf Moritz Hartenaus Haupt prallt.

Auch Heinrich Graf von Überall liest die Zeitung. Noch mehr als der Artikel entsetzt ihn das Gedicht. Auch er spürt den Zündstoff, den es birgt.

Der Redakteur wird diese Sache nicht unbeschadet überstehen, schwört sich der Graf. Dafür wird er sorgen. Er muss den Vorfall dem *Vaterländischen Verein* melden.

Ruben Grünblatt. Er hat es gewagt, ihn aus dem Haus zu werfen. Jude. Schwerreich. Verdammte Koofmichs. Der Gedanke daran macht ihn heiß. Das wird dem Itzig schlecht bekommen. Ein Leichentuch wäre genau das Richtige für ihn!

Er selbst – ein deutscher Graf mit beeindruckendem Stammbaum – ist verarmt. Seine Leute gründeten Städte auf dem Balkan, nahmen an den berühmtesten Schlachten teil. Einer seiner Vorfahren kämpfte gegen die Türken, als sie vor Wien lagen. Ein türkischer Soldat stach dem Ahnen eine Lanze durchs Auge ins Hirn. Gregor Baci. Er überlebte und lief den Rest seines Lebens mit dem Spieß im Kopf herum.

Der Graf haust in einer kleinen Wohnung. Seine finanziellen Reserven sind fast aufgebraucht. Wenn er nicht ab und zu einen Auftrag für ein Bild hätte, sähe es noch finsterer aus.

Tierporträts bestimmen seine künstlerische Arbeit. Er malt fette Möpse in den Betten ihrer Besitzerinnen, Rad schlagende Pfaue in den Gärten reicher Emporkömmlinge und bunte Papageien auf nachempfundenen Palmen.

Der Graf hat von der Anwesenheit des Polizeibeamten aus Berlin gehört. Der ist von Adel wie er selbst und wird ihm zuhören. Als Mitglied des *Vaterländischen Vereins* muss von Überall sich um Ordnung und Königstreue in Morgenthal kümmern. Er wird den Mann aufklären über die Verhältnisse und ihm wichtige Hinweise geben.

Der junge Mann im Hause Grünblatt hat aus seinen Ansichten ja keinen Hehl gemacht. Und jetzt die Tochter. Der

Redakteur Immermann steht wegen seiner Kritik an König und Militär schon lange auf der schwarzen Liste der *Vaterländischen.* Mit dem Abdruck des Hetzgedichtes hat er es eindeutig übertrieben. Heinrich Graf von Überall sieht Anzeichen für eine Verschwörung. Der Mord an Hartenau war nur der Anfang, denkt er.

Er kleidet sich sorgfältig an. Die Offiziersuniform ist abgetragen. Das Tuch ist an den Ellenbogen abgeschabt. Die Epauletten haben ihren goldenen Glanz fast eingebüßt. Dafür ist die Haltung des Grafen tadellos: aufrecht, eine durchgedrückte Brust. Preußisch eben.

Seit einem schweren Reitunfall unterstützt eine Versteifung der unteren Lendenwirbel die perfekte Attitüde. Leider hat damals auch des Grafen Männlichkeit Schaden genommen. Mehrere Monate hat er keine engen Hosen mehr tragen können. Die Kameraden haben hinter seinem Rücken über die schwere Hodenquetschung gelästert. Der Graf hat sich ihre Namen gemerkt. Er ist nachtragend.

Von Überall prüft sein Aussehen im Spiegel. Er ist zufrieden. So kann er sich sehen lassen!

Er verlässt das Haus. Sein Schritt ist zackig. Er mag es, so durch die Stadt zu marschieren. Die Menschen bemerken ihn und grüßen mit Achtung und Bewunderung.

Am Droschkenplatz steigt er in einen Landauer. Der Weg zu Hartenaus Villa ist zu weit für seinen kranken Rücken.

Der Kutsche kommt eine andere entgegen. Von Kleist hat sich entschlossen, noch heute mit Ruben Grünblatt zu sprechen. Und er gesteht sich ein, dass er auch die Tochter wiedersehen will.

Der Kutscher hält vor dem grünblattschen Palais. Von Kleist nimmt ein paar Groschen heraus und zahlt.

Luise meldet den Polizeidirektor an. Von Kleist bleibt solange im Entree zurück.

Ruben Grünblatt begrüßt seinen Besucher. Die Männer taxieren einander.

Von Kleist blickt in gütige Augen. Die Tochter hat sie von dem Vater geerbt. Mit kleinen Abweichungen. Die ihren stehen ein wenig schräger. Ihre Augäpfel sind weißer. Und ihr Blick ist eher aufmüpfig. Auch die Nase vor ihm kennt der Polizeidirektor schon in einer verkleinerten Version.

Ruben ahnt die Intelligenz seines Gegenübers. Von Kleist. Eine alte Familie mit einem Stammbaum, der bei Adam und Eva beginnt. Wie sein eigener.

»Herr von Kleist«, sagt Ruben. »Seien Sie willkommen in meinem Haus. Was verschafft mir das Vergnügen?«

»Meine Ermittlungen im Mordfall Emil Hartenau.«

»Wie kann ich Ihnen behilflich sein?«

»Ich habe nur ein paar Fragen.«

»Kommen Sie! Die Bibliothek ist ein guter Ort, um Fragen zu stellen.«

Ruben geht voran. Auch von Kleist fühlt sich zwischen Büchern wohler als in Plüsch. Die Bücher hier werden benutzt. Keine Staubfänger, die jede Woche einmal vom Dienstmädchen sauber gewischt werden. Auf mehreren kleinen Tischen und der Fensterbank liegt die aktuelle Lektüre, mit Lesezeichen versehen. Von Kleist liest den Namen Heine und hebt die Brauen.

Grünblatt bietet dem Polizeidirektor den Ohrensessel an. Er selbst nimmt einen gepolsterten Stuhl.

»Was kann ich für Sie tun?«

»Es geht um Ihre Teilhaberschaft bei *Hartenau und Söhne*«, kommt von Kleist unumwunden zur Sache. »Wie ist es dazu gekommen?«

Ruben bewahrt Haltung. »Mein Londoner Bankhaus hat mir vor Jahren eine stille Beteiligung nahegelegt. Die Stofffabrikation galt als sehr lukrativ, als die mechanischen Webstühle in Deutschland eingeführt wurden. Und der alte Hartenau hatte Schwierigkeiten, die Mechanisierung zu finanzieren.«

»Sind Sie auf Ihre Kosten gekommen, Herr Grünblatt?«

»Ja. Ich habe keinen Grund zu klagen. Dennoch werde ich die Beteiligung so bald wie möglich abstoßen.«

»Wie eng war Ihr Kontakt zu Emil Hartenau?«

»Ich hatte keinen Kontakt zu ihm. Er wusste zwar, dass ich Anteile besitze, aber sonst gab es keinerlei Verbindungen. Auch keine gesellschaftlichen. Wir sind Juden.«

»Warum wollen Sie jetzt plötzlich Ihr Engagement beenden?«, will von Kleist wissen.

Die Ärgerfalte erscheint auf Rubens Stirn. »Sie wollten doch Fragen zum Mordfall Hartenau stellen. Was haben meine geschäftlichen Pläne damit zu tun?«

»Ein Mörder ist meist im Umfeld des Mordopfers zu finden«, erklärt von Kleist.

»Ich habe ihn nicht in den Fluss geworfen! Aber ich würde zu gern wissen, von wem Sie Ihre Informationen beziehen. Meine Bank ist diskret.«

»Moritz Hartenau. Er ist voll im Bilde.«

»Hartenaus Sohn?«

»Kennen Sie ihn persönlich?« Von Kleist bemerkt Grünblatts Nervosität.

»Ich sagte doch, dass ich zu der Familie keinerlei persönlichen Kontakt habe. Ich habe den Sohn allerdings kürzlich zufällig in einer Gaststätte getroffen, ohne zunächst zu wissen, wer er ist. Er zettelte eine Schlägerei an.«

»Was war Grund für die Schlägerei?«

Ruben berichtet von dem unglücklich verlaufenen Salonabend, Elias' Flucht in das Wirtshaus und Rachels Versuch, den Neffen wieder einzufangen.

»Dann kennen sich Herr Hartenau und Fräulein Grünblatt bereits näher?«, grinst von Kleist.

»Sie hat ›fettes Schwein‹ zu ihm gesagt«, antwortet Grünblatt trocken. »Und er hat sie als ›Judenhure‹ bezeichnet. Ich glaube nicht, dass ›näher kennen‹ die passende Bezeichnung für diesen knappen verbalen Austausch ist.«

Von Kleist schmunzelt. Er kann sich die Szene wahrlich gut vorstellen. Rachel mit Ärgerfalte und Blitzen in den Augen. ›Fettes Schwein‹. Wunderbar!

»Ihre Tochter betätigt sich ja wacker als Zeitungsschreiberin«, fährt von Kleist fort. »Und beklagt das bittere Leben der Arbeiter. Ich nehme an, dass sie nicht weiß, dass ihr Vater aus diesem Elendsdasein Vorteil zieht.«

Ruben seufzt. »Sie haben recht. Auch deshalb will ich meine Anteile abstoßen. Zur Not auch unter Wert.«

»Das wird Herrn Hartenau aber nicht erfreuen. Ich glaube, dass er die Verbindungen zu Ihrem Haus künftig enger gestalten möchte. Er scheint kein solcher Antisemit zu sein wie sein Vater.«

Ruben versteht nicht. Er fragt nach.

»Herr Hartenau will Sie um die Hand Ihrer Tochter bitten.«

Ruben ist für eine Sekunde wie vom Donner gerührt. Dann kann er sich nicht beherrschen und lacht. Von Kleist hält an sich, drückt das Glucksen im Bauch zurück, doch ein Grinsen kann auch er sich nicht verkneifen.

Der Lachanfall verebbt. Ruben zieht ein Taschentuch heraus und tupft sich die Augen trocken.

»Auf Hartenau ist heute früh ein Anschlag verübt worden«, berichtet von Kleist ernst. »Ein Stein flog durchs

Fenster. Er war in eine Zeitung eingewickelt. In die Ausgabe des *Volksfreundes* von heute.«

»Ist Hartenau verletzt?«

»Nur Sachschaden. Ihm ist nichts passiert.« Fast hätte von Kleist das Wort ›leider‹ hinzugefügt. »Haben Sie eine Idee, wer dahinterstecken könnte?«

Ruben schüttelt den Kopf. »Ich kümmere mich zu wenig um die Vorgänge in Morgenthal, um Ihnen helfen zu können. Klatsch und Gerede sind mir verhasst.«

Von Kleist glaubt ihm. Er sehnt sich plötzlich danach, Rachel zu sehen, doch er weiß nicht, wie er es erreichen kann.

»Ich habe Ihre Tochter gestern zufällig getroffen«, sagt er. »In der Webersiedlung.«

»Ja. Sie haben ihr beim Abladen der Kisten geholfen. Sie hat erzählt, wie zuvorkommend Sie gewesen sind.«

»Ich hatte keine andere Wahl«, hört von Kleist sich sagen. »Ihre Befehle waren unmissverständlich. Ich hatte nicht den Mut, mich ihr zu widersetzen.«

Ruben lacht erneut. Von Kleist erkennt Wärme und Stolz darin. Ein wenig davon überträgt sich auf ihn.

»Ihre Tochter ist klug und schön«, stellt er fest. »Eine besondere junge Frau.«

Ruben denkt an Elias' Behauptung: Von Kleist habe eine Frau, acht Kinder und allerhand Viehzeug. Wahrscheinlich nur ein Witz. Der Mann im Ohrensessel wirkt nicht wie ein Familienoberhaupt.

»Und jetzt hätte ich noch ein paar Fragen zu Ihrem Hausgast. Elias Leclerc.«

»Was ist mit ihm?«

»Was hat ihn nach Morgenthal verschlagen?«

Ruben weiß, dass Vorsicht angebracht ist. »Elias ist der Sohn meiner Schwester Sarah. Er ist zu Besuch.«

»Nur zu Besuch?«

»Ich habe keinen Grund, die Angaben meines Neffen anzuzweifeln.«

»Er trägt die Jakobinermütze. Hat das einen tieferen Sinn?«

»Jugendliche Schwärmerei«, antwortet Ruben. »Haben Sie in Ihrer Jugend niemals etwas Verrücktes getan?«

Von Kleist überlegt. Nein – ein Mitglied der Familie von Kleist sündigt nicht öffentlich. Nur im Geheimen. Aber noch nicht einmal das hat er getan.

»Meine Jugend ist lange vorbei«, antwortet von Kleist. »Ich kann mich nicht mehr so genau erinnern.«

Ruben betrachtet ihn. Die vierzig hat der Polizeidirektor zwar überschritten, aber er wirkt energiegeladen und gesund. Auch eine gewisse Eleganz geht ihm nicht ab. Er hat die Nonchalance der Adelsklasse. Immer oben gewesen zu sein, gibt Stärke.

Er selbst dagegen ist nur auf Abruf stark. Das weiß Grünblatt genau. Unter dem aktuellen König haben er und seine Glaubensbrüder nichts zu befürchten. Aber manchmal träumt er. Grausame Begebenheiten. Er sieht sein Volk wie eine Herde Schafe von Wölfen in den Abgrund getrieben. Das macht ihm Angst.

Er ist froh, dass er nur ein Kind hat. Und dieses Kind ist nicht verheiratet. So muss er sich um die kommenden Generationen keine Sorgen machen.

Von Kleist spürt, dass Grünblatt weit weg ist. In diese Stimmung hinein fragt er: »Ist Ihre Tochter zu Hause? Ich würde sie gern sprechen.«

»Hat Rachel gegen ein Gesetz verstoßen?«, fragt Ruben.

»Ich möchte nur mit ihr reden und sie nicht verhören«, stellt von Kleist klar.

Graf von Überall und Moritz Hartenau sprechen nicht dieselbe Sprache. Das vaterländische Gerede von Ordnung, Untertanentugenden und Preußensinn rauscht am Sohn von Emil Hartenau vorbei. Nur für die Denunziationen, die von Überall zum Besten gibt, ist er zu begeistern. Der Semit Ruben Grünblatt, der das Staatsgebilde durchlöchert wie ein Maulwurf die Erde. Der bestimmt auch noch bei den Freimaurern heidnischen Ritualen nachgeht und mit seinem Reichtum Umstürzler und Demagogen finanziert. Wie diesen jungen Kerl, der zurzeit in seinem Haus untergekrochen ist.

Von Überall redet sich in Rage. Unterstellt der Judenbande sogar, verantwortlich für den Anschlag auf den Fabrikbesitzer zu sein. Und die Tochter, so weiß die ganze Stadt, liest Bücher und schreibt in der Zeitung. Kein Wunder, dass sie noch nicht unter der Haube ist. Die will nämlich keiner.

»Woher wissen Sie das alles, verehrter Graf?«, brummt Hartenau. Er hat sich in einen Sessel gefläzt und lässt den Wortschwall über sich ergehen.

»Bis vor Kurzem war ich mit Grünblatt gesellschaftlich verbunden«, räumt von Überall ein. »Aber ich habe mich zurückgezogen.«

»Wie sah dieser gesellschaftliche Kontakt aus?«, fragte Hartenau.

Der Graf erzählt vom Salon, von seinem Klavierspiel, Emily Steins herrlichem Gesang und von Marlene Grünblatt, jener verirrten Frau, die sich an einen Juden verschenkt hat.

Moritz Hartenau will das Gespräch nun beenden. »Warum sind Sie zu mir gekommen, lieber Graf?«

»Wegen der Informationen.« Graf Überall ist etwas irritiert. »Der Mörder Ihres Vaters und meines Kameraden kommt aus dieser Ecke, glauben Sie mir.«

»Haben Sie Beweise oder reden Sie nur wie ein Waschweib daher?«

Von Überall springt auf. »Was erlauben Sie sich für einen Ton?«, schnarrt er.

»Den Ton, der zu Ihnen passt. Fressen und saufen sich jahrelang beim Itzig durch! Vater hat Sie schon damals richtig so beschrieben.«

Als Heinrich Graf von Überall Hartenau verlässt, enthält seine Liste von Feinden einen neuen Namen.

Natürlich ist es Marlene, die zuerst in der Bibliothek auftaucht. Sie hat Luise ausgefragt. Der Polizeidirektor! Aufgeregt hat sie ihr Aussehen überprüft, es für salonfähig befunden.

Von Kleist schaut zur Tür, als es klopft – Rachel erwartend.

»Meine Liebe!« Ruben geht seiner Frau entgegen. »Darf ich dir Herrn von Kleist vorstellen?«

Marlene reicht ihm lächelnd die Hand. Welch interessanter Mann! Sie schätzt ihn auf etwa vierzig Jahre. Seine Haltung ist korrekt, sein Blick ohne Angst und Unterwürfigkeit.

»Willkommen in unserem Hause«, flötet Marlene. »Haben Sie sich in Morgenthal eingelebt?«

Alle verteilen sich auf die Fauteuils. Von Kleist beeilt sich zu versichern, dass Morgenthal ein gemütliches kleines Städtchen sei.

»Kommen Sie mit Ihrer schweren Arbeit voran?« Marlenes blonde Löckchen über den Schläfen tanzen auf und ab. »Ist es nicht gefährlich, sich ständig mit Mördern und anderen Spitzbuben abgeben zu müssen? Haben Sie nicht manchmal Angst um Ihr Leben und Ihre Gesundheit?«

Ruben lächelt milde. Er findet die Auftritte seiner Gattin

manchmal ein wenig anstrengend. Was sie zu viel hat an oberflächlicher Nettigkeit, fehlt der Tochter.

»Danke für Ihre Sorge, gnädige Frau«, antwortet von Kleist. »Aber ich passe auf mich auf.«

»Haben Sie schon herausbekommen, wer den Fabrikbesitzer in den Fluss geworfen hat?«

»Leider noch nicht. Sie werden mich also noch eine Weile in Morgenthal dulden müssen.«

»Die lange Trennung wird Frau von Kleist sicherlich schmerzen«, insistiert Marlene.

»Meine liebe Frau Mutter hat genug Abwechslung«, versichert der Polizeidirektor. »Durch drei unverheiratete Schwestern und die heftige Beschäftigung mit fraulichen Kulturtechniken.«

»Was sind frauliche Kulturtechniken?«, fragt Rachel. Sie steht plötzlich im Raum.

Justus von Kleist springt auf. »Fräulein Grünblatt! Ich hatte Ihren Vater gebeten, mich Ihnen anzukündigen. Was macht das journalistische Gewerbe? Planen Sie schon einen neuen Artikel?«

»Lieber Herr von Kleist«, lächelt Rachel zuckersüß. »Nehmen Sie mich doch einmal mit zu Ihrer Mörderjagd. Dann beschreibe ich, wie Sie den Verbrecher in die Enge treiben. Mit Geschicklichkeit und preußischer Härte. Und jetzt zu den Kulturtechniken der Frauen. Oder soll ich raten?«

Aha, denkt Ruben. Er sieht den leicht verschleierten Blick der Tochter, wenn sie den Mann anschaut.

»Raten Sie bitte«, nimmt von Kleist das Spiel auf.

»Kochen? Stricken? Waschen?«

Von Kleist lächelt und schweigt.

»Nähen? Putzen? Plappern?«, versucht sie es weiter.

Wieder sagt er nichts.

»Lesen? Schreiben? Denken?«

»Das Wichtigste fehlt noch, mein Fräulein«, grinst von Kleist.

»Dem Gatten die Pantoffeln hinterhertragen? Ihm jeden Tag versichern, dass er die Krone der Schöpfung sei?«

»Wunderbar getroffen«, lacht von Kleist. »Wenn Sie das alles beherzigen, liebes Fräulein Grünblatt, dann dürften Sie die beste Partie in ganz Preußen sein. Jeder Mann tut gut daran, sich eine sanfte und gehorsame Frau zu suchen.«

»Meine Liebe«, sagt Ruben freundlich und bestimmt. »Herr von Kleist möchte mit Rachel etwas besprechen. Ich schlage vor, dass wir uns jetzt zurückziehen.«

Sein Ton lässt keine Widerworte zu. Marlene wirft noch einen wehen Blick auf Rachel und von Kleist. Hoffentlich verdirbt dieses Mädchen nicht wieder alles! Sie seufzt leise und trippelt hinter ihrem Mann her.

Rachel hat sich gegenüber von Kleist in einen breiten Sessel gegossen. Sie trägt ein rostbraunes Kleid mit schmalen Ärmeln, die über dem Handrücken spitz zusammenlaufen und dort mit schwarzem, glänzendem Band eingefasst sind. Das schwere Haar ist nur einmal hochgenommen und mit einem Kamm aus Elfenbein festgesteckt.

»Ich sehe, Sie haben Ihren Schmuck dem Dunkel Ihres Haares entsprechend gewählt«, lächelt von Kleist. »Elfenbein passt einfach besser zu schwarz.«

»Ja, ich habe gelogen. Aber das dürfte Ihnen ja bekannt sein. Sind Sie gekommen, um mich daran zu erinnern?«

»Verzeihen Sie. Das war nicht meine Absicht. Aber Sie müssen einfach wissen, dass ich meine Ermittlungen unabhängig vom Ansehen einer Person führe. Es geht um die Wahrheit. Und bei der Suche danach machen es mir die

Morgenthaler nicht gerade leicht.« Von Kleist zögert. »Sie auch nicht.«

»Sie haben mein ehrliches Mitleid. Soll ich einen Aufruf in der Zeitung schreiben mit der herzlichen Bitte, dass sich der Mörder von Herrn Hartenau im Redaktionsbüro einfinden möge?«

»Das wäre doch mal eine lobenswerte Aktion, verehrtes Fräulein Grünblatt. Ich stelle mich dann neben Sie und nehme den Mörder fest, wenn er sich aufgrund Ihrer eloquenten Schreibkunst offenbart.«

»Haben Sie mir sonst noch etwas Wichtiges mitzuteilen?«, schnippt sie.

Sie könnte ja ein bisschen weniger kompliziert sein, seufzt von Kleist innerlich. »Ich habe Fräulein Roth freigelassen«, berichtet er.

»Das weiß ich schon. Aber danke für die offizielle polizeiliche Mitteilung. Werden Sie die Sache mit dem Kamm weiterverfolgen?«

»Die Geschichte ist geklärt.«

»Wissen Sie, was ich mir von Herzen wünsche?« Rachel erhebt sich und geht ein paar Schritte. Ihr Kleid rauscht, und aus der hochgerafften Frisur löst sich eine Strähne und folgt der Linie des Nackens. »Ich wünsche mir, dass dieses Mädchen endlich einmal auf der guten Seite der Straße des Lebens stehen darf. Dieses Gewerbe, dem sie nachgeht, dürfte das Schlimmste sein, was es für eine Frau gibt. Sich jedem Mann hingeben zu müssen, der ein paar Taler auf den Tisch legt.«

»Ist eine Ehe denn besser?«, fragt von Kleist. »Der Mann sucht sich eine Frau nach seinem Gusto aus und zahlt für den Rest seines Lebens dafür. Und zwar jeden Tag. In der Prostitution wird jeweils nur einmal für die bestimmte Gelegenheit gezahlt. Das kommt im Laufe eines Männerlebens billiger.«

»Sie vergleichen die Ehe mit der Hurerei?« Rachel ist empört.

»Ich wollte Ihnen nur begreiflich machen, wie naiv es ist, Freudenmädchen zu bedauern. Sie haben sich ihr Schicksal freiwillig ausgesucht. Es gibt genug andere Beschäftigungen für Frauenzimmer in Preußen.«

»Ja: Dienstmädchen oder Arbeiterin!«

»Was, zum Teufel, ist gegen ehrliche Arbeit einzuwenden?«

»Sie betrachten die Welt vom Thron des Adels! Deshalb fehlt Ihnen der Blick für die Details.«

»Sie irren sich!« Von Kleist ist jetzt ebenfalls erregt. Er tritt an Rachel heran, fasst sie an den Oberarmen und schüttelt sie leicht. »Werden Sie erwachsen! Die Privilegierten sind nicht alle böse und die Armen nicht alle gut. Ich weiß, wovon ich rede. Ihre romantisch verklärte Sicht auf die Welt entspricht nicht Ihrem Verstand. Oder glauben Sie, Sie lindern die Not der Menschen, indem Sie ihnen einmal im Jahr Obst und Gemüse vorbeibringen?«

Rachel entzieht sich seinem Griff. »Jetzt haben Sie sich selbst in die Irre geführt, Herr von Kleist. Die Verhältnisse selbst müssen geändert werden, ja! Dann brauche ich kein Essen zu verschenken, sondern die Leute können es sich selbst kaufen. Mit Geld. Hartenau nimmt ihnen nicht nur die Lebenskraft, sondern drängt ihnen über das Gutscheinsystem noch seine teuren Lebensmittel auf. Er wird immer reicher und die Menschen haben immer weniger. Machen wir also eine politische Revolution!«

Von Kleist erinnert sich an Ruben Grünblatt und seine Beteiligung an der Ausbeutung. Aber davon will er nichts kundtun. Sie wird es noch früh genug erfahren und sich dann vielleicht an das peinliche Gespräch erinnern, das sie gerade führen.

Sie ist schön, denkt er. Der Blick. Funken sprühend. Die Haut. Rosig erhitzt. Die Haltung. Stolz und kühn.

»Also keine Revolution?«, lässt Rachel nicht locker.

»Liebes Fräulein Grünblatt! Das Aufrührerische ist Ihre Sache. Ich bin nur ein langweiliger preußischer Beamter. Ich habe auf das Königreich einen Eid abgelegt. Das habe ich gern getan. Und ich gedenke, ihn zu halten.«

»Warum sind Sie eigentlich in unser Haus gekommen? Um mich von der Unsinnigkeit eines Umsturzes zu überzeugen?«

»Nein«, sagt Justus von Kleist ernst. »Ich hatte etwas mit Ihrem Vater zu bereden.«

»Und was hat das mit mir zu tun?«

»Mein Vorfahr Heinrich von Kleist hat einmal Folgendes geschrieben: *Man müsste wenigstens täglich ein gutes Gedicht lesen, ein schönes Gemälde sehen, ein sanftes Lied hören – oder ein herzliches Wort mit einem Freund reden, um auch den schöneren, ich möchte sagen, den menschlicheren Teil unseres Wesens zu bilden.*«

»Oje«, sagt Rachel. »Da hat der Vorfahr aber trefflich abgeschrieben vom Herrn Goethe.«

»Ich wusste, dass Sie damit kommen würden«, lächelt von Kleist. *»Man sollte alle Tage wenigstens ein kleines Lied hören, ein gutes Gedicht lesen, ein treffliches Gemälde sehen und, wenn es möglich zu machen wäre, ein vernünftiges Wort sprechen. Die beiden Herren Dichter haben wohl ähnlich gedacht.«*

»Haben Sie denn heute schon ein ›vernünftiges Wort‹ gesprochen, Herr von Kleist?«

»Natürlich nicht, mein Fräulein. Ich bevorzuge ja auch die Fassung von Kleist und nicht die von Goethe. Und im Zitat des verehrten Heinrich ersetze ich die beiden Wörter ›schönes Gemälde‹ durch ›schöne Frau‹. Dann passt es wieder.«

Rachel fällt keine Entgegnung ein. Ein wenig hilflos schaut sie ihn an. Aha, denkt von Kleist, viele Komplimente hat man ihr noch nicht gemacht.

Es ist noch hell. Die Tür zur Polizeiwache öffnet sich ganz leise, sozusagen konspirativ. Kürten bemerkt es an dem Luftzug und dreht sich um.

Zwei Gestalten. Sie bewegen sich vorsichtig. »Sind Sie allein?«

Kürten schaut genauer hin. Ach so: Horst und Heinz. Zwei der Dreigroschenjungs. Sie kommen näher. Heinz hat ein halsloses Fuchsgesicht, Horst stark hervorstehende Augen.

»Was gibt es denn?«, fragt Kürten leicht ungehalten. Er mag die beiden nicht. Erfolgreichen Spitzeln sieht man den Beruf nicht auf den ersten Blick an. Diese beiden kennt jedes Kind in Morgenthal. Mehr als einmal hat man sie im *Goldenen Bären* absichtlich mit erfundenen und widersinnigen Informationen gefüttert und sich anschließend köstlich amüsiert.

»Guten Abend, Herr Polizeigendarm.« Heinz verbeugt sich devot. »Wir haben Neuigkeiten über staatsfeindliche Subjekte und ihre politischen Umtriebe.«

Kürten bietet keinen Platz an. Je schneller die Kerle wieder weg sind, desto besser.

»Ich höre!«, sagt er streng.

»In der Stadt rotten sich die Demagogen zusammen«, fistelt Horst. »Sie bekommen Unterstützung aus dem Ausland. Frankreich.«

Kürten unterdrückt ein Gähnen. Er kann dem Kerl nicht in die übergequollenen Augen sehen.

»Aus Paris!«, ergänzt Heinz wichtig. »Und das Subjekt ist Jude.«

»Wirklich?«

»Er hat Obdach bei den Grünblatts gefunden. Man spricht sogar von Verwandtschaft.«

Kürten nickt bedächtig. »Onkel und Neffe sowie Cousin und Cousine. Endlich habt ihr beiden das mitbekommen, was schon ganz Morgenthal weiß. Gibt es sonst noch etwas, was alle wissen, nur ihr zwei Trottel nicht?«

Heinz' Fuchsgesicht zeigt sich beleidigt. »Das ist nicht alles, Herr Gendarm. Die Jüdin war bei den Webern und hat ihnen Obst und Gemüse gebracht. Und ein Unbekannter hat beim Verteilen geholfen. Wir haben das genau beobachtet.«

»Und was schließt ihr beiden daraus?«, fragt Kürten.

Heinz und Horst schauen sich hilflos an.

»Na, heraus damit!«

»Schlüsse zu ziehen ist unsere Sache nicht«, lässt Horst verlauten. »Wir geben geheime Informationen weiter.«

»Die Juden verbrüdern sich mit den Webern!«, antwortet Heinz. »Das ist eine Gefahr für die öffentliche Sicherheit.«

»Dann bekommt heraus, wer der unbekannte Mann in der Webersiedlung war, damit ich ihn wegen Hochverrats festnehmen kann!«, sagt Kürten aufmunternd. »Und danach verhafte ich den Franzosen. Und der Jude kommt auch noch an die Reihe. Habt ihr euch das so vorgestellt?«

»Wir machen uns sofort an die Arbeit!«

Kürten grinst und die beiden trollen sich.

Der Gendarm bleibt noch eine Weile in der Polizeiwache. Immer wieder gehen seine Gedanken zu Josefine. Sie ist schon lange mehr für ihn als eine gelegentliche Kopulationspartnerin. Gesagt hat er es ihr noch nicht. Und ob er es jemals tun wird, steht in den Sternen geschrieben.

Von Kleist lässt den Abend im Salon seiner Wirtin ausklingen. Emily Stein hat ihrem Hausgast ein leichtes Abendessen bereitet.

Sie wundert sich, dass der adelige Herr aus Berlin so bescheiden ist. Er isst das, was sie ihm hinstellt. Brot, Butter, eingelegte Gurken und kalten Braten oder Käse. Nur auf guten Wein legt er Wert. Den bezahlt er gesondert.

Emily schlürft ihren Tee. Sie sitzt auf dem Sofa, neben sich Strickzeug. Sie darf ja nicht Klavier spielen, also müssen ihre Hände etwas anderes tun. Leider kann sie nur gerade Stücke fertigen. Also kurze oder lange Schals.

Von Kleist hat das Mahl beendet. Die Sängerin stört seine elegische Stimmung durch ständiges Plappern. Er setzt ein freundliches Gesicht auf und stellt die Ohren auf Durchzug. So kann er seinen Gedanken nachhängen.

Die drehen sich weniger um den Mordfall als um Rachel. Musste er erst in diesem Provinzdorf landen, um zu erkennen, dass auch er sich nach einer Frau sehnt?

Emily Stein philosophiert gerade über Literatur. Sie gesteht dem Polizeidirektor, eine passionierte Leserin romantischer Romane zu sein. Besonders mag sie die Zeichnungen in den Büchern.

Von Kleist nickt zustimmend. Die pommersche Großtante hat solches Zeug massenhaft im Haus. Auch sie goutiert die Bilder. Die zeigen wilde Räuberszenen, zerklüftete Landschaften mit oder ohne See. Und sehnsüchtige Herren, die sich über die Nacken noch sehnsüchtigerer junger Damen beugen, als überlegten sie, ihre Zähne in deren weißes Fleisch zu schlagen.

Von Kleist horcht auf. Fräulein Stein hat den Namen Rachel Grünblatt genannt. Leider hat er den Zusammenhang nicht mitbekommen.

»Das Fräulein Grünblatt?«, murmelt er.

»Ja. Es ist einfach ungehörig, wie sie sich gibt!«

»Was meinen Sie?«

»Seitdem sich der Herr Redakteur für sie geprügelt hat«, klärt Emily Stein auf, »schreibt sie sogar in seiner Zeitung. Dürfen Frauen das eigentlich?«

»Ich wüsste nicht, dass in Preußen den Frauen das Schreiben untersagt ist«, antwortet von Kleist.

»Auch Politisches?«

»Auch das! Aber nicht viele Frauen verstehen politische Zusammenhänge.«

»Ja, und das ist auch gut so.« Die Pensionswirtin legt das Strickzeug zu Seite und macht sich ans Abräumen des Geschirrs.

»Ich habe die Familie kennengelernt. Ein vornehmes Haus.«

»Ja, Geld haben die Grünblatts. Von Hause aus. Wie die meisten Juden. Aber trotzdem bekommt der Alte die Tochter nicht unter die Haube.«

Justus von Kleist mustert seine Wirtin. Ob sie ihm zu einer Einladung zu Frau Grünblatts Salonabend verhelfen kann?

Der hohe Polizist begeht eine Heldentat. Der Erbe schreibt einen kurzen Brief. Max hat eine Mutter.

Die Sonne ist gerade aufgegangen und verspricht den Morgenthalern einen schönen Samstag. Aber sie kann sich noch so sehr anstrengen, denkt Ruben Grünblatt, die Dinge des Lebens stehen nicht für alle sonnig. Er ist im Garten. Trägt noch den Schlafrock. Die Füße sind nackt. Er mag das feuchte, weiche Gras unter den Sohlen. Er muss dann immer an das Paradies denken. Als die Menschen sich noch nicht erkannt hatten in ihrer Bösartigkeit.

Ihm und seiner Familie geht es gut. Geborgtes Glück, denkt er. Zurzeit werden die Juden in Preußen in Ruhe gelassen. Doch das muss nicht immer so bleiben. Geschichte hat ihre Abläufe. Auf sieben fette Jahre können genauso viele magere folgen.

Natürlich hat er sich ein Netz von Sicherheit gesponnen. In mehreren Ländern ist Vermögen deponiert, sogar in Übersee. Außer ihm und den Bankhäusern weiß niemand etwas davon.

Inzwischen ist der Park in sanftes Licht gehüllt. Ein Stockentenpaar fliegt gegen die Sonne. Es hat den Morgen verlassen und ist auf Futtersuche.

Im Haus rührt sich noch nichts. Oder doch? Ruben sieht genauer hin. Marlene! Ihr Haar leuchtet in der Sonne. Sie ist im Nachthemd, hat ein Tuch um die Schultern gehüllt.

»Liebster, was machst du so früh hier draußen?«, fragt sie sanft und legt ihren Kopf an seine Brust.

»Ich fand keinen Schlaf mehr.«

»Du grübelst zu viel.«

»Es muss nicht immer bleiben wie jetzt«, murmelt Ruben.

»Ich weiß.«

Überrascht schaut er zu ihr hinab. »Was?«

»Dass alles sich ändern kann«, antwortet sie. »Aber eines sollst du wissen: Ich werde immer an deiner Seite sein. Und jetzt komm! Wir wollen noch ein wenig schlafen.«

Marlene nimmt seine Hand und zieht ihn mit sich. Zusammen gehen sie zum Haus zurück. Über das feuchte Gras. Auch Marlene hat keine Schuhe an den Füßen.

Max hat die Stelle am Morgen, an welcher der tote Mann angeschwemmt worden ist, einige Tage lang gemieden. Doch sein Netz ist noch dort. Das kann er nicht für immer allein lassen. Der Junge will nun nach dem Rechten sehen. Niemand sonst ist zu dieser frühen Zeit am Fluss unterwegs.

Max klettert die Böschung hinab. Ein Glück: Sein Netz ist noch da. Doch einer der Stöcke, an denen er es befestigt hatte, ist weggetrieben.

Max zieht Hose und Jacke aus. Widerwillig prüft er mit dem Fuß die Temperatur des Wassers. Aber es hilft nichts. Solange sein Netz in einem solchen Zustand ist, verfangen sich die Fische zwar, können aber auch leicht wieder entfliehen.

Das Kind steht bis zur Brust im Fluss. Macht sich verbissen an dem Netz zu schaffen. Der Schlick unter Max' Füßen wabert. Die Strömung ist stark. Er muss aufpassen, dass er nicht mitgerissen wird.

Den Mann hinter der Kopfweide bemerkt Max nicht. Der hält sich gut verborgen.

Moritz Hartenau hat noch nicht geschlafen, sondern die Nacht in einem Freudenhaus verbracht. Gleich zwei Huren hat er sich bestellt. Eine von ihnen hat eine entfernte Ähnlichkeit mit Rachel. Die hat er sich besonders lange vorgenommen.

Jetzt will er einen Brief schreiben und sucht Papier. Torkelt durch den Raum und findet schließlich ein paar Blätter im Sekretär. Auch Feder und Tinte liegen dort. Er trägt alles zum Tisch. Lässt sich schwer auf einen Stuhl fallen. Er schraubt die Flasche mit der Tinte auf und setzt nach und nach einige Worte aufs Papier.

Dann klingelt er nach Trude. Mit bleichem Gesicht betritt sie das Zimmer.

»Bring den Brief zum Juden!«, herrscht er sie an.

Er schafft es gerade noch bis zur Chaiselongue. Das Holz ächzt, als er sich fallen lässt.

Max vermag der Strömung nicht länger standzuhalten. Er kann nicht schwimmen, versucht, sich an Wasserlilien festzuklammern. Der Mann hinter der Kopfweide erkennt die Gefahr. Der Junge wird untergehen und ertrinken.

Von Kleist handelt. Eilig legt er seine Kleidung ab und springt in den Morgen. Wo ist der Junge?

Er schwimmt mit weit ausholenden Bewegungen flussabwärts. Schaut nach rechts und links. Der Sog des Wassers macht selbst ihm zu schaffen.

Der Junge schreit. Er hält sich an einem Ast fest, der flach über den Morgen ragt.

Von Kleist schwimmt zu ihm hin. Er packt ihn um die Taille und versucht, mit seiner Last eine flache Stelle zu erreichen.

Max krallt sich wimmernd an seinen Retter.

»Alles wird gut«, ruft von Kleist. »Hab keine Angst.«

Er schafft es ans Ufer, legt das Kind ins Gras. Max hustet und spuckt Wasser. Von Kleist hebt den Jungen hoch und hält ihn mit dem Kopf nach unten. Der Kleine krampft und gibt noch mehr Flusswasser von sich.

»Wie heißt du?«

»Max«, keucht das Kind.

»Ich bringe dich nach Hause«, sagt von Kleist. »Wo wohnst du?«

Der Junge antwortet nicht. Will sich losreißen, doch von Kleist lässt es nicht zu. Er greift den Arm des Kindes und geht am Ufer entlang bis zu der Stelle, an der die Kleider liegen.

»Du läufst nicht weg«, befiehlt der Mann dem Kind. »Wir ziehen uns beide an und dann bringe ich dich zu deinen Eltern.«

Der Kleine zittert.

»Hier«, sagt er dann plötzlich, reißt sich los und läuft zu einem Fachwerkhaus. Er drückt die Tür auf und verschwindet im Inneren.

Von Kleist schaut an sich herab. Ein preußischer Beamter sieht anders aus. Aber er ist nun einmal hier, hat den Jungen gefunden und wird die Chance, endlich ein paar Fragen zu stellen, nicht ungenutzt verstreichen lassen.

Er öffnet die Tür einen Spalt und ruft, ob da wer sei. Er vernimmt aufgeregte Stimmen. Erwachsene reden auf Max ein. Entschlossen tritt der Polizeidirektor in das Haus.

Josefine Roth. Das Kind sitzt auf ihrem Schoß. Sie drückt seinen Kopf an ihren Busen.

»Was wollen Sie hier?«, fragt Harry Roth. Er geht auf von Kleist zu. Bemerkt dessen verrutschte Kleidung und das feuchte, wirre Haar. »Haben Sie ihn aus dem Wasser gezogen?«

»Das ist der Herr Polizeidirektor«, erklärt Josefine.

»Ist Max Ihr Kind, Fräulein Roth?«

»Nein, meins«, antwortet Harry Roth. »Max ist ein Nachkömmling. Bringst du deinen Bruder ins Bett, Josefine? Es kann nicht schaden, wenn er ein paar Stunden schläft nach dem Schrecken.«

Der alte Mann wartet, bis Josefine und Max das Zimmerchen verlassen haben. Er bietet von Kleist einen Stuhl an.

»Ich möchte mich in aller Form bei Ihnen bedanken«, sagt Roth dann. »Der Junge ist erst sechs. Es ist an dem Netz an der Biegung des Morgen passiert, oder?«

Von Kleist nickt. »Er wollte das Netz wohl befestigen. Und kam in die Strömung. Wäre es nicht besser, einen Arzt kommen zu lassen?«

»Ein Arzt kostet Geld«, entgegnet Roth.

»Ich würde die Kosten übernehmen.«

»Das ist sehr edel von Ihnen, mein Herr. Aber Max ist ein zäher kleiner Bursche.«

»Er ist der Junge, der Hartenaus Leiche entdeckt hat?«

»Ja. Seitdem hat er sich nicht mehr zum Fluss getraut.«

»Die Angst scheint sich gegeben zu haben«, stellt von Kleist fest. »Wo ist eigentlich die Mutter von Max, Ihre Gattin?«

»Meine Frau Marie ist leider bettlägerig. Josefine versorgt die Familie, so gut es geht. Sie ist wieder nach Hause zurückgekommen.«

»Das mit Ihrer Frau tut mir leid.«

»Dem Schicksal hat es so gefallen.«

»Schicksal? Da hätte ich jetzt einen anderen Satz von Ihnen erwartet, Roth. Ich habe den Artikel im *Morgenthaler*

Volksfreund gelesen. Darin wirkten Sie nicht so sanft wie jetzt.«

»Ich habe der gnädigen jungen Dame nur das gezeigt, was alle sehen können. Und ihr das erzählt, was alle wissen.«

»Sie benennen Ungerechtigkeiten und kündigen den Kampf dagegen an«, sagt von Kleist. »Wie wollen Sie denn dagegen kämpfen?«

»Jedenfalls nicht mit Mord«, antwortet Roth.

»Was hat Max erzählt, als er damals die Leiche fand? Ich würde ihn gern befragen.«

»Er wird Ihnen nichts weiter sagen können.« Roth erhebt sich. »Er wartete auf die Barben. Und dann kam der Herr Fabrikbesitzer dahergeschwommen. Das alles hat ja schon der Wachtmeister aufgeschrieben.«

Hat er nicht, denkt von Kleist. Und fragt sich, warum. In den Protokollen wird der Junge nur mit dem Vornamen erwähnt. Er wird sich diesen pflichtvergessenen Kürten noch einmal ernsthaft vornehmen müssen.

»Ich bitte Sie, mich jetzt zu entschuldigen«, sagt Harry Roth und öffnet die Tür. »Und nochmals meinen untertänigsten Dank, dass Sie Max aus dem Wasser gezogen haben.«

Das Wort ›untertänig‹ passt gar nicht zu Roth, denkt von Kleist. Wie er das sagt, das hat eine ironische Note.

Nachdenklich geht er zum Fluss zurück und nimmt den Weg hinauf zur Oberstadt. Der Spaziergang in der Sonne tut ihm gut. Ob der Junge nicht doch Josefines Sohn ist? Vom Alter her wäre es gut möglich. Er muss ins Kirchbuch schauen. Dort muss die Geburt von Max verzeichnet sein. Was wäre, wenn Max zudem der Sohn des alten Hartenau ist?

Dann würden die fünftausend Taler Sinn machen. Aber das Kind sieht so anders aus. Es ist nicht grobgeschlacht. Kommt nach der rothschen Sippe.

Der Weg geht jetzt hart bergauf. Von Kleist ist auf halber Höhe zwischen Unter- und Oberstadt. Wenn er nach rechts schaut, schimmert der Morgen unter ihm. Schaut er nach oben, sieht er die weiß getünchten Villen mit silbrig glänzendem Glas.

Eigentlich ist es schön hier, denkt er. Unvollkommen und provinziell, ja. Aber ehrlicher als in Berlin. Da trägt jeder eine Maske und richtet sein Streben danach, sie nur nicht ablegen zu müssen.

Ungewollt schweifen seine Gedanken ab. Rachel Grünblatt. Ihr Gesicht ist unverhüllt und strahlend. Er schließt die Augen und erinnert sich an den Geruch ihrer Haut, als er ihren Rock vom Stuhlbein befreit hat. Zimt.

Er schilt sich einen romantischen Idioten. Den Rest des Weges rennt er. Als ob Atemnot Sehnsucht ersticken könnte.

Ein Heiratsantrag sorgt für Stimmung. Geschäftliche Pläne scheitern. Der Fabrikant lernt etwas dazu.

Es muss wohl sein, denkt Ruben Grünblatt. Dann eben heute. Hartenau hat in dem Brief sein Erscheinen angekündigt. Ob er es wirklich wagen wird, um Rachels Hand anzuhalten?

Ruben informiert Marlene und Rachel über den angekündigten Besuch. Er bittet beide, sich zurückzuhalten.

»Warum kommt dieser Kerl hierher?«, fragt Rachel. »Was will er von dir?«

»Es ist geschäftlich«, antwortet der Vater.

»Du machst Geschäfte mit Hartenau?« Die Ärgerfalte erscheint.

»Liebes Kind«, sagte Ruben. »Ich weiß, was ich tue. Ich bitte euch, mir zu vertrauen und diesem Menschen aus dem Weg zu gehen. Sein Besuch wird nicht von langer Dauer sein.«

»Soll ich der Köchin sagen, dass sie etwas zu trinken bereitstellen soll?«, fragt Marlene.

»Das ist nicht nötig.«

Luise hat zugehört. Thekla, das Mädchen im Hause Hartenau, hat von dem groben Menschen erzählt.

Die Klingel wird betätigt. Das Mädchen eilt zur Tür.

Marlene und Rachel gehen in den Salon. Ruben wird Hartenau in der Bibliothek empfangen.

Wenig später betritt der massige Mann den Raum. Ruben

sitzt hinter seinem Schreibtisch. Er begrüßt Hartenau, ohne ihm die Hand zu geben.

»Was führt Sie zu mir, Herr Hartenau?«

»Was denn wohl, Grünblatt? Ihre Beteiligung an *Hartenau und Söhne.* Hab ja nicht schlecht gestaunt über meinen Vater. Lässt er einen wie Sie in die Geschäfte rein.«

»Es ist mir bekannt, dass ich an der Fabrik beteiligt bin«, sagt Ruben. »Ich dachte, Sie sagen mir etwas, was ich noch nicht weiß und mich interessieren könnte.«

»Kommt schon noch«, grinst Moritz Hartenau. Ungeniert mustert er das Interieur.

»Kommen Sie bitte zur Sache.« Rubens Ton bleibt neutral.

»Gemach, gemach.« Moritz hustet. Er ist von der Orgie immer noch gezeichnet. Die Augenlider sind geschwollen, die Stimme belegt. »Sie haben eine Tochter. Ich will sie heiraten.«

»Sie sind gekommen, um mich um die Hand meiner Tochter zu bitten?« Jetzt zittert Rubens Stimme ein wenig. Er spürt eine Mischung aus Empörung und Amüsement.

»Warum nicht? Sie hat keinen Mann und auch keinen im Wartestand. Dadurch bleibt das Geld in der Familie. Sie können Ihre Einlage erhöhen und Ihren Profit auch. Die Einlagen wären dann die Mitgift Ihrer Tochter. Wir können das ganz schnell vertraglich regeln.«

»Mitgift? Sie sagen das mit Gift in der Stimme, verehrter Erbe«, entgegnet Ruben. »Was bringt Sie zu der Auffassung, dass meine Tochter Sie heiraten würde?«

Hartenau versteht die Frage nicht. »Geld zu Geld«, sagt er. »Gibt es noch was anderes bei euch Juden?«

»Ich denke, Sie sind sich über die Lage nicht ganz im Klaren.«

»Ihr Judengeld ist bei mir gut aufgehoben, Sie können sich darauf verlassen. Und Ihre Tochter wird schon keinen

Grund für Beschwerden haben. Ich hab bisher alle Frauen lammfromm gekriegt«, lacht er dreckig.

»Sie haben nicht nur keine Manieren, Sie sind auch schlecht informiert, Herr Hartenau.«

»Kommen Sie mir nicht mit Spitzfindigkeiten!«

»Sie sollten einmal die Kündigungsbedingungen meiner Einlage studieren, Herr Fabrikant«, lächelt Ruben. »Ich habe den Betrieb Ihres Herrn Vaters damals gerettet. Ohne die Umstellung der Produktion auf die *Power Looms* wäre es aus gewesen. Ich habe diese Investition bezahlt. Aber ich tat das nicht für Ihren Vater, sondern für die Weber. Sie sollten ihre Arbeit behalten.«

»Ach? Sie sind ein Wohltäter des Volkes? Ausgerechnet Sie? Jeder weiß doch von der Raffgier Ihrer Rasse.«

»Sie verstehen die Zusammenhänge immer noch nicht. Aber ich habe Geduld und werde sie Ihnen erklären. Ganz langsam natürlich.«

»Was gibt es dann da zu verstehen?«

»Ich kann meine Einlage jederzeit zurückrufen. Mit Monatsfrist. Und wenn ich so handle, sind Sie pleite. Punktum.«

»Oh!«

»Ja ›oh‹, Herr Hartenau. Und bevor Sie meine Tochter heiraten, steht Ihr Erzeuger wieder aus dem Grab auf! Also keine Heirat. Erneut Punktum.«

»Sie sollten froh sein über meinen Vorschlag, Grünblatt. Immerhin biete ich Ihnen und Ihrer Brut die Gelegenheit, zu einer rein deutschen Familie zu werden. Nicht immer wird es euch Juden so prächtig gehen wie jetzt.«

Ruben denkt für eine Sekunde an seine Zukunftsängste. Nein, auch dann nicht! »Ich mache Ihnen einen Vorschlag und den sollten Sie annehmen.«

»Ich wusste, dass wir ins Gespräch kommen«, feixt Moritz.

Der Mann verursacht Ruben körperliches Unwohlsein.

»Sie haben den Webern Kredit eingeräumt in Ihren Läden?«, fragt er.

»Ja, da wartet ein fetter Gewinn auf uns, Herr Itzig. Wenigstens das wird Ihnen ja gefallen.«

»Sie haben noch immer nicht begriffen, Hartenau. Sie sind mir ausgeliefert. Ich kann Sie mit einem Federstrich vernichten. Aber das will ich gar nicht, denn dann verlieren die Weber ihr Brot.«

Moritz wird blass. Grünblatts Ruhe ist ihm unheimlich. Vielleicht kann der ihm wirklich drohen. Heiser stößt er hervor: »Was wollen Sie?«

»Sie werden die Rechnungen der Arbeiter bezahlen.«

»Was?« Moritz weiß nicht, wie ihm geschieht. Mit offenem Mund starrt er sein Gegenüber an.

»Ich kündige meine Einlage, Herr Hartenau. Es sei denn, Sie erlassen den Webern ihre gegenwärtigen Schulden in Ihren Läden. Und entlohnen sie ab sofort mit Geld statt mit Gutscheinen.«

»Ich verstehe nicht richtig!« Hartenau hält es vor Empörung nicht mehr auf dem Stuhl.

»Dafür kann ich nichts, Hartenau. Ich habe durch die Einlage ja Einkünfte gehabt. Allerdings ist das schmutziges Geld. Diese Summe stelle ich gerne zur Verfügung, um die Schulden der Weber bei Ihnen zu tilgen. Aber den Rest tragen Sie.«

»Was ist meine Wahl?«

»Sie haben keine. Meine Einlage ziehe ich so oder so heraus. Aber wenn Sie handeln, wie ich sage, mache ich es gleitend. Damit die Weber ihre Arbeit behalten. Und nun verlassen Sie mein Haus. Darauf, Ihnen einen Guten Tag zu wünschen, verzichte ich.«

Ein junger Held aus Frankreich konspiriert mit alten Webern. Ein Messer wird gezückt. Der Redakteur wird mit Salat überfüttert. Die Polizei sucht ein Schwein und geht zu leichten Mädchen.

Die neue Woche beginnt. Es ist Elias' erster Tag in der Weberei. Er wird die Schicht von Karl Roth übernehmen. Harry Roth hat dafür gesorgt, dass der Vorarbeiter keinen Anstoß nehmen wird.

Die Anwesenheit jedes Arbeiters und jeder Arbeiterin wird notiert. Elias geht als Karl Roth durch. Er wird in Harrys Nähe bleiben, bis er sich eingearbeitet hat. Der alte Mann hat die Leute im engeren Umfeld informiert. Harry hat einen guten Namen unter den Webern. Man tut, was er sagt, auch wenn man nicht weiß, warum es so sein soll. Die Rückkehr an seinen Platz hat seine Stellung unter den Arbeitern gestärkt.

Die Dunkelheit der Halle überrascht Elias. Die Fenster sind komplett zugestaubt. In dem Dämmerlicht tanzen Stoffpartikel. Elias hat sich theoretisch mit den Arbeitsbedingungen der Weber befasst, doch erlebt hat er sie noch nie.

»Hier ist dein Platz«, sagt Roth knapp. Er erklärt ihm den *Power Loom,* zeigt ihm, wie er mit den anderen Hand in Hand arbeiten muss, damit es nicht zu Störungen im Ablauf kommt.

Elias versteht schnell. Weben bedeutet das rechtwinkelige Verkreuzen von Fadensystemen nach einer bestimmten Ordnung. Die Längsfäden heißen Kettfäden. Sie werden gleichzeitig angehoben oder gesenkt. In den entstehenden Zwischenraum, das Fach, wird ein Querfaden eingeschossen. Im nächsten Moment werden die angehobenen Fäden gesenkt und die gesenkten Fäden angehoben. So entsteht ein verkreuztes Gewebe.

Das Anheben der Längsfäden machen die Maschinen. Diese werden von unten angetrieben. Durch die Wasserkraft des Morgen.

Die Bewegungen sind Elias bald vertraut, doch die Geschwindigkeit macht ihm zu schaffen. Und die stickige Luft ist die Hölle. Er bemüht sich, flach zu atmen, doch dann verliert er Kraft.

Er beißt die Zähne zusammen. Es ist doch ein Unterschied, ob man gegen ungerecht bezahlte Arbeit polemisiert oder sie am eigenen Leib spürt.

Eine Woche muss er mindestens durchhalten. So ist es mit Harry Roth abgesprochen. Am Freitag soll der Lohn ausgezahlt werden. Wenn Hartenau die Weber wieder vertröstet oder sie mit Papierchen oder Krediten in seinen Ausbeuterläden abspeisen will, wird Elias den Einpeitscher spielen.

Natürlich wird Hartenau ihn wiedererkennen. Aber das gehört dazu. Elias will dem Feind der Arbeiterklasse Auge in Auge gegenüberstehen und ihn in seiner ganzen Schäbigkeit vorführen!

Harry beschäftigt sich mit der Einstellung der *Looms.* Bald laufen sie wieder mit voller Leistung.

Die neue Woche beginnt für Wachtmeister Hans Kürten alles andere als angenehm. Polizeidirektor Justus von Kleist hat ihn zu sich befohlen, ihn die Tür schließen lassen und ihm keinen Stuhl angeboten.

»Es geht um das Kind, Kürten«, beginnt von Kleist. »Der Junge, der Hartenaus Leiche gefunden hat. In Ihrem Protokoll steht nur der Name Max. Aber Sie wissen genau, wer das ist.«

Kürten antwortet nicht.

»Das Kind ist der Sohn des alten Harry Roth. Der hat doch Einfluss auf die Weber. Warum haben Sie das verschwiegen? Wegen Ihrer Dame Josefine? Antworten Sie gefälligst!«

»Das Kind hat nichts gesehen«, stammelt Kürten. »Und die Roths haben schon genug Probleme.«

»Probleme? Welche Probleme meinen Sie?«

»Mit der Fabrik und den Hartenaus. Und den ganzen Umständen.«

»Setzen Sie sich«, befiehlt von Kleist.

Der Gendarm gehorcht.

»Wer sind die Eltern von Max?«

»Harry Roth und seine Frau.«

»Kürten, verdammt! Der Junge ist sechs Jahre alt! Der Zeitpunkt seiner Geburt passt zum Ausscheiden der Josefine Roth aus der Fabrik. Was ist da passiert?«

»Ich weiß es nicht«, krächzt Kürten. »Marie und Harry Roth sind die Eltern von Max. So steht es im Geburtenregister und im Kirchenbuch.«

»Mann! Sie sind wirklich reif für die Entlassung aus dem Polizeidienst. Was soll ich bloß mit Ihnen anstellen?«

Kürten schweigt.

»Begreifen Sie doch endlich, dass ich nur die Wahrheit herausfinden will! Ich habe nichts gegen die Familie Roth. Und ich ahne, dass sich Hartenau Schlimmes hat zuschulden kommen lassen. Die fünftausend Taler für Josefine Roth kommen ja wohl nicht von ungefähr.«

Kürten bleibt stur.

»Mit Ihrer Bockigkeit helfen Sie niemandem«, sagt von Kleist resigniert. »Meine Mitarbeiter aus Berlin müssten heute in Morgenthal ankommen. Ich werde ihnen freie Hand lassen. Die beiden sind jung und wollen Karriere machen. Da fällt das gute Benehmen schon mal aus. Und Sie, Kürten, sind ab sofort beurlaubt. Ich kann mir keinen Gendarmen leisten, der wichtige Fakten verschweigt. Ich werde den zuständigen Landrat umgehend in Kenntnis setzen.«

»Warten Sie, Herr Polizeidirektor!«

Von Kleist sieht Kürtens Kampf. »Also los«, ermuntert er ihn. »Rücken Sie endlich mit der Wahrheit heraus.«

Die Auseinandersetzung mit Ruben Grünblatt hat Hartenaus Selbstbewusstsein angegriffen. Der eilig herbeigerufene Notar hat die Angaben des Juden bestätigt. Wenn er will, kann Grünblatt *Hartenau und Söhne* ruinieren.

Das Geld für die notwendigen Investitionen in die Jacquard-Webstühle muss woanders herkommen. Hartenau weiß auch schon, woher. Er wird den Lohn noch weiter drücken. Und trotz der Drohung des Juden von den Webern die Rückzahlung der Ladenschulden verlangen. Wenn Grünblatt seine Beteiligung mit Monatsfrist kündigt, verlieren alle ihre Arbeit, und das will der Itzig ja nicht. Also wird er es bleiben lassen. Dass er die Tochter nicht bekommen wird, ärgert Hartenau.

Er lässt anspannen. Er hat ein Gespräch mit dem Prokuristen Pfeiffer zu führen.

Als er die Fabrik betritt, machen die Arbeiter gerade Pause. Nach fünf Stunden Arbeit ist ihnen das erlaubt. Manche gehen an die Luft, andere packen ein Brot aus und essen direkt neben den Maschinen. Die Arbeit geht derweil weiter.

Stehen die Maschinen still, gibt es weniger Stoff. Das ist für keine Seite gut.

Hartenau geht durch die Halle. Auf dem Weg zu der Treppe, die nach oben in die Büroräume führt, schaut er nach rechts und links.

Elias verbirgt sich hinter zwei Kollegen. Der Fabrikant bemerkt ihn nicht. Er schaut ja auch nicht auf die Männer, sondern auf die Fadenmädchen.

Eine ist dabei, die ihm ins Auge sticht. Sie ist besser genährt als die anderen und hat schon einiges an Busen zu bieten. Hartenau schätzt sie auf vierzehn oder fünfzehn Jahre. Schwere blonde Zöpfe sind auf dem Kopf zu einem Kranz geflochten.

Pfeiffer kommt dem Fabrikanten entgegen und begrüßt ihn unterwürfig.

»Wer ist die da?«, fragt Hartenau und deutet auf das Kind.

»Ein Mädchen«, erwidert der Prokurist dümmlich.

»Das seh ich, Sie Depp«, schnauzt Hartenau. »Schicken Sie die Kleine mal gleich zu mir rauf. Und fragen Sie sie nach ihrem Namen!«

Elias hat die Szene aus sicherer Entfernung beobachtet. Erst der gierige Blick auf die Kleine, dann das Gespräch mit dem Prokuristen. Als auch der auf das Mädchen schaut, weiß Elias Bescheid. Empörung steigt in ihm hoch. Genauso hat es der alte Hartenau damals mit Josefine gemacht!

Er geht zu Harry Roth. Der ist immer noch dabei, *Looms* einzustellen. Elias erzählt ihm, was er beobachtet hat und was er befürchtet. »Wir müssen das verhindern«, schreit er gegen den Lärm der *Power Loom* an.

Hartenau ist mittlerweile in seinem Büro in der ersten Etage verschwunden. Nun geht der Prokurist auf das Kind zu und redet auf es ein. Er deutet nach oben.

Das Mädchen schüttelt heftig den Kopf. Pfeiffer packt es am Arm. Zerrt es vom Webstuhl weg.

Pfeiffer hat die Kleine schon bis zur Treppe geschleppt. Elias folgt dem Prokuristen. Der bleibt irritiert stehen. Das Mädchen wimmert.

»Hab keine Angst«, sagt Elias. »Dir wird nichts passieren.«

Eine Frau rennt mit fliegendem Haar auf das Kind zu. Reißt es in die Arme.

Elias holt aus und streckt den Prokuristen zu Boden. Dann steigt er mit ernstem Gesicht die Treppe hinauf.

Viele Augenpaare folgen ihm. Über Harry Roths Gesicht fließen Tränen. Er ist damals nicht da gewesen, als Josefine zum ersten Mal nach oben musste.

Jetzt kennt von Kleist die ganze elende Geschichte. Josefine ist noch nicht einmal fünfzehn gewesen, als sie Max gebar. Während dieser Zeit ist sie närrisch gewesen, nicht ansprechbar. Harry und Marie Roth haben Max als ihren Sohn ausgegeben. Zum Glück hat der Kleine keine Ähnlichkeit mit seinem Vater. Und so hat irgendwann jeder die Lüge geglaubt. Auch Josefine ist damit einverstanden, dass Max als ihr Bruder gilt.

Von Kleist muss an ein Sonett von Andreas Gryphius denken: *Tränen des Vaterlandes.*

Wir sind doch nunmehr ganz, ja mehr dann ganz verheeret!
Der frechen Völker Schar, die rasende Posaun,
Das vom Blut fette Schwert, die donnernde Karthaun
Hat aller Schweiß und Fleiß und Vorrat aufgezehret.

Die Türme stehn in Glut, die Kirch ist umgekehret,
Das Rathaus liegt um Graus, die Starken sind zerhaun,

Die Jungfraun sind geschänd't, und wo wir hin nur schaun,
Ist Feuer, Pest und Tod, der Herz und Geist durchfähret.

Hier durch die Schanz und Stadt rinnt allzeit frisches Blut;
Dreimal sind's schon sechs Jahr, als unsrer Ströme Flut,
Von Leichen fast verstopft, sich langsam fortgedrungen;

Doch schweig' ich noch von dem, was ärger als der Tod,
Was grimmer denn die Pest und Glut und Hungersnot:
Dass auch der Seelenschatz so vielen abgezwungen.

Der Seelenschatz ist es, denkt von Kleist. Genau das hat Hartenau mit Josefine und vielen anderen gemacht: Er hat ihre Seelen zerstört.

Er weiß, dass jeder Mensch – egal welcher Herkunft er ist – einen eigenen, unverwechselbaren Seelenschatz besitzt. Manche Perlen daraus gibt er freiwillig her. Aus Liebe oder Freundschaft. Doch niemand hat das Recht, einen Seelenschatz zu rauben oder zu zerstören. Und wenn er es doch tut, schwimmt er irgendwann als Toter in einem Fluss mit dem Namen Morgen.

Schluss – so darf er nicht denken. Es ist verboten, einen Menschen zu töten. Von einigen Ausnahmen abgesehen. Im Krieg. Und in Notwehr.

Eine Postkutsche hält vor der Polizeistation. Zwei Männer steigen aus: Schwarz und Escher, die beiden Kollegen aus Berlin.

Elias drückt die Tür zu Hartenaus Büro auf.

Der Fabrikant schaut ihn an. »Was soll das?«, fragt er unwirsch.

Auf dem Schreibtisch steht neben einigen Papieren und

dem in Bronze gegossenen König eine Schale mit Süßigkeiten. Für das Mädchen, denkt Elias. Unbändige Wut steigt in ihm auf. »Das Kind bleibt unten.«

»Was, du Judenbengel?« Hartenau lacht dröhnend. »Wie kommst du überhaupt hier rein?«

»Ich bin hier, um Ihnen etwas klarzumachen«, sagt Elias.

»Darauf scheiß ich«, erwidert der Fabrikant. »Raus hier oder ich schlag dich tot wie einen räudigen Hund! Und jetzt schick mir endlich das Mädchen hoch.«

»Sie werden kein Kind mehr schänden«, sagt Elias ruhig.

»Willst du mir etwa stattdessen deinen Arsch anbieten?«, grinst Hartenau.

Elias geht auf Hartenau zu. Der springt vom Stuhl und stürzt sich auf Leclerc. Das Messer sieht der Fabrikant nicht.

Mit Sorge hat Harry Roth beobachtet, wie Elias die Treppe hinaufgeschritten ist. Doch er bleibt unten. Elias wird es schon richten.

Aber dann hält es ihn nicht mehr. Er läuft nach oben und betritt das Büro.

Hartenau liegt auf dem Boden und hält sich den Unterleib. Wimmert. Die Augen weit aufgerissen.

Elias steht da und starrt auf den am Boden liegenden Mann. In der Hand das blutige Messer.

»Junge, was hast du gemacht?«

Elias wacht auf. »Das hab ich nicht gewollt«, stammelt er. »Er kam auf mich zu und …«

»Du musst hier weg!«

»Und wenn er stirbt?«

»So schnell stirbt es sich nicht«, meint Roth. »Gib das Messer!« Er steckt es ein. »Und jetzt geh nach unten. Langsam. Zum Webstuhl zurück. Arbeite. Und lass dir nichts anmerken. Und wenn jemand fragt, sag, dass ich mit Hartenau über die Gutscheine verhandle.«

»Und was wird mit ihm? «

»Das lass meine Sorge sein. Jetzt raus hier!«

Nachdem Elias den Raum verlassen hat, überzeugt sich Roth davon, dass Moritz Hartenau nicht in Lebensgefahr ist. Der geringe Blutverlust wird ihn nicht töten. Mit einem Schal fesselt Roth den Fabrikanten an den Schreibtisch.

Hartenau starrt ihn an. Schreit.

»Sie wird niemand hören«, sagt Harry Roth. »Die Maschinen sind zu laut.«

»Was wollen Sie?«

»Der Junge hat Ihnen nichts getan. Ich werde bezeugen, dass Sie in Ordnung waren, als er hier rausging. Und eben haben Sie mich angegriffen – ich habe Ihnen das Messer in der Hand umgedreht.«

»Freche Lüge! Der Kerl wollte mich abstechen! Ich hab Schmerzen! Holen Sie einen Arzt.«

»Abstechen? Ich kenne keinen, der es mehr verdient hätte!«, sagt Roth bitter.

»Sie sind ein saudummer Kerl, Roth! Sie können mich nicht ewig hier angebunden lassen.«

Roth überlegt. Sieht das Blut zwischen Hartenaus Beinen. Hätte ihn der Stich nur etwas anders getroffen, wäre es aus gewesen.

Hartenau zerrt an den Fesseln. Schimpft. Stößt Beleidigungen aus.

Roth zieht das Messer über den eigenen Oberarm. Tief. Der Stoff des Hemdes klafft auf und die Baumwolle saugt sich mit Blut voll.

Langsam geht Roth zur Tür, öffnet sie und steigt die Treppe hinab.

Prokurist Pfeiffer wartet unten an der Treppe. Was ist da oben los? Jetzt sieht er den alten Roth. Das Blut am Ärmel.

»Holen Sie die Polizei«, fordert der Verletzte. »Der Herr Fabrikbesitzer hat geruht, mich mit dem Messer anzugreifen. Ich habe ihn fesseln müssen.«

Wachtmeister Kürten ist nach wie vor im Dienst. Er nimmt das Protokoll auf. Harry Roths Aussage ist eindeutig. Hartenau hat wegen der Schmerzen nicht mehr viel sagen können. Man hat ihn in eine Kutsche geschleppt und zum Arzt gefahren. Kürten wird ihn später befragen.

»Was sollte ich tun?«, fragte Harry Roth. »Er hatte plötzlich das Messer in der Hand und ging auf mich los. Muss ich mich von ihm abstechen lassen?«

»Das hast du richtig gemacht«, nickt Kürten. »Ich werde jetzt dieses Zimmer nach Beweisstücken durchsuchen. Das ist so üblich bei Ermittlungen.«

»Beweisstücke?«, fragt Roth.

»Ja. Wenn jemand eine Straftat begangen hat, muss sein Umfeld in Augenschein genommen werden«, erklärt Kürten. »Das sind die modernen Ermittlungsmethoden. Herr von Kleist hat mir kürzlich die entsprechende Anweisung aus Berlin gezeigt.«

Zu den Hilfsgendarmen, die ihn zur Fabrik begleitet haben, sagt er: »Sichert die Tür!« Und zu Roth: »Du kannst gehen.«

Roth nickt. »Er wird behaupten, dass ich ihn bedroht habe«, sagt er müde. »Wer wird mir schon glauben?«

»Wart's ab.«

Harry Roth wird am Fuß der Treppe von den Arbeitern umringt. Sie wollen wissen, was los ist. Harry erzählt seine Geschichte und weist auf die Wunde an seinem Arm.

Die Leute wieder an die Webmaschinen zu bringen, scheint unmöglich. Für einen Fabrikherrn arbeiten, der seine Angestellten mit dem Messer angreift? Niemals. Es riecht nach Aufruhr.

Prokurist Pfeiffer schlägt vor, alle nach Hause zu schicken, und so geschieht es.

Kürten brennt darauf, die Schränke, Schubladen und Regale zu durchsuchen. Er will seine Sache gut machen. Von Kleist soll in ihm endlich den korrekten preußischen Beamten erkennen.

Papiere über Papiere. Im Schrank Süßigkeiten und eine Flasche Cognac.

Das Fach im Sekretär ist abgeschlossen. Der Gendarm nimmt einen Brieföffner und bricht es auf.

In einem Futteral liegt eine Waffe. Eine herkömmliche Percussionspistole. Ins schwarze Leder der Umhüllung sind zwei miteinander verschlungene Buchstaben gestanzt. *M* und *H*.

Kürten beschlagnahmt die Waffe. Wenig später verlassen er und die Kollegen das Büro des Fabrikanten. In der Maschinenhalle herrscht Ruhe. Sogar die Luft scheint still. Der Staub ist nach unten gesunken und bedeckt die Webstühle mit einer grauen Schicht. Wie ein Leichentuch, denkt Kürten.

Doktor Heinz Wiesner kann nur schwer an sich halten. Moritz Hartenau sitzt mit gespreizten Beinen vor ihm. Ohne Hose. Eine köstliche Situation. Wiesner mimt den professionellen Arzt.

»Na ja«, sagt er. »Mit einem Hoden geht das Leben ja auch irgendwie weiter.«

Hartenau heult auf.

»Nun jammere er nicht so«, blafft der Arzt. »Der Rest seiner Ausstattung reicht fürs Morgenthaler Frauenvolk. Die sind ja eh fast alle über fünfzig. Und kurzsichtig. Also fasse er sich!«

»Was wird denn jetzt?«, fragt Hartenau ängstlich.

»Das Ding muss ab!« Wiesner feixt verhalten. »Aber nur, wenn sich die Wunde entzündet. Sonst könnte er Glück haben. Unverschämtes Glück. Also halte er sich sauber und ruhig. Und komme er wieder, wenn's pocht. Dann hol ich den Tierarzt. Der kann das besser als ich. Und nun fasse er mal sein Zipfelchen und bleibe ansonsten schön stille. Das Wichtigste soll ja herausschauen. Also ordentlich ziehen. Er will doch sicher mal Wasser lassen.«

Mit Leinenstreifen verbindet Wiesner die Wunde. Es soll nichts verrutschen. Darum geht er am Ende mit einer Schlinge um den verbliebenen Rest und zurrt den Verband fest.

Hartenau jammert auf. Es zwickt und drückt.

»Stelle er sich nicht so an. Er ist doch kein Mädchen. Noch nicht ganz.« Wiesner verkneift sich erneut das Grinsen. »Morgen will ich nach ihm sehen. Bis dahin Bettruhe. Hat er mich verstanden? Wer hat ihm eigentlich die besten Teile fast zerstückelt?«

Hartenau bleibt stumm und Wiesner denkt an Lilly Hartenau. Die ist am Sonntag in seinem Haus gewesen. Heimlich. Hat heftig geweint. Und dann geredet. Er hat ihr etwas zur Beruhigung gegeben.

Als Hartenau eben gekommen ist mit der Wunde zwischen den Beinen, hat Wiesner sofort an Lilly gedacht.

»Erst mein verehrter Vater«, jammert Moritz, »und jetzt ich. Die Verhältnisse in Preußen lassen sehr zu wünschen übrig.«

»Lamentier er nicht so«, muffelt der Arzt. »Lasse er nur sein Gehänge verpackt und halte es an der Kandare.«

Emily Stein ist begeistert. Jetzt hat sie schon drei Hausgäste. Für sie hat der Mord an Hartenau nur angenehme Seiten. Sie selbst zieht in das Zimmer unterm Dach und richtet den Neuankömmlingen das eigene Zimmer her.

Die Polizeibeamten sind jung und hungrig nach Erfolg. Escher hat Juristerei studiert und Schwarz ist einem Militärgericht beigeordnet gewesen. Sie sind noch nicht lange in Berlin.

Von Kleist unterrichtet die beiden gerade über die bisherigen Ermittlungen, da stürmt Kürten in die Polizeiwache.

»Hartenau ist mit dem Messer verletzt worden«, erzählt der Gendarm atemlos. »Aber vorher wollte er Roth angreifen. Und das hier hab ich gefunden – die Waffe lag in Hartenaus Büro in der Fabrik.«

Er legt die Pistole auf den Tisch. Von Kleist nimmt sie aus dem Lederetui und schnuppert am Lauf.

»Daraus ist vor Kurzem geschossen worden«, murmelt er. »Sieh an, da hat der glückliche Erbe also eine Pistole.«

»Vielleicht hat Hartenau junior seinen Vater in den Kopf geschossen«, meint Kürten. »Und ihn dann ins Wasser geworfen. Immerhin ist seine Situation jetzt eine bessere.«

»Vielleicht, vielleicht ...«, stöhnt von Kleist. »Zu viele Vielleichts, Kürten! Aber den Vielleichts werden wir jetzt Beine machen. Darf ich Ihnen meine Mitarbeiter Escher und Schwarz vorstellen?«

Kurze Zeit später hat von Kleist die Aufgaben verteilt. Escher wird versuchen, die Stelle auszumachen, an der Emil Hartenau ins Wasser verbracht wurde. Auf einer Karte studiert er den Lauf des Morgen. Der Fluss erreicht bei Morgenthal seine größte Breite. Kurz vor der Fabrik verengt er sich nach einer Biegung wieder.

»Wo ist der Körper angeschwemmt worden?«, fragt Escher. Kürten deutet auf die entsprechende Stelle der Karte.

»Wir kennen die Fließgeschwindigkeit nicht«, gibt von Kleist zu bedenken.

Kürten staunt. Die ermitteln ganz anders, als er es bisher getan hat. Er stellt den Menschen Fragen – mehr schlecht als recht. Die Berliner Polizisten denken nach, finden sachliche Klärungspunkte und kümmern sich dann um Methoden, diese Punkte zu erhellen.

Escher bemerkt Kürtens Verblüffung und versteht sie falsch. »Das ist die Geschwindigkeit, mit der sich das Wasser in seinem Bett bewegt. Dabei spielen natürlich die Menge des transportierten Wassers sowie Breite und Tiefe des Flusses eine Rolle«, erklärt er, »und ob ein mitgeführter Körper die Biegung innen oder außen passiert.«

»Hartenau muss flussaufwärts ins Wasser gelangt sein. Und diese Brücke hier ...«, Escher legt den Finger auf das Brückensymbol, »... befindet sich in der Provinzhauptstadt. Gibt es in Weilenberg etwas, was den Toten dorthin gezogen haben könnte?«

»Oh«, antwortet Kürten. »Frauen. Natürlich, Frauen! Schauen Sie: Das Bordell ist hier, gleich neben der Brücke. Der *Vaterländische Verein* verkehrt dort. Und Hartenau tat sich dabei besonders hervor.«

»Schwarz! Sie sind der Hübscheste von uns allen«, grinst von Kleist. »Das Bordell übernehmen Sie. Natürlich nur dienstlich. Und nehmen Sie den Wachtmeister mit. Der brennt darauf, etwas zu lernen, nicht wahr, Kürten?«

Der Erwähnte nickt.

»Und ich treib mich am Fluss herum«, kündigt Escher an. »Irgendeiner muss doch was gesehen haben. Am 19. war Vollmond, die ganze Woche zuvor gab es ausreichend Licht und das Wetter war bestens.«

Kürten kommt aus dem Staunen nicht heraus.

»Für mich selbst habe ich den schlimmsten Teil der Arbeit reserviert. Ich werde mir die Verletzungen des neuen Herrn Fabrikanten schildern lassen«, sagt von Kleist. »Und mir seine Version des Vorfalls anhören.«

»Warum hast du das für mich getan?« Elias Leclerc und Harry Roth haben sich in den Privatgarten des *Goldenen Bären* zurückgezogen. Anni hat den beiden ein Bier hingestellt.

»Es gab keine andere Lösung«, antwortet Roth. »Jetzt steht Aussage gegen Aussage. Und mir werden sie glauben. Aber nur, weil du gemacht hast, was ich sagte. Wenn du geflüchtet wärst, hätte jeder deine Schuld erkannt.«

»Ich weiß.« Elias ist zerknirscht. »Aber dieses Mädchen ...«

»Es war doch schon gerettet.«

»Er hätte es aber immer wieder gemacht«, widerspricht Elias. »Mit ihr oder einem anderen Kind.«

»Wir haben andere Ziele. Höhere.«

»Und dafür hättest du das Kind geopfert?« Elias knallt das Bierglas auf den Tisch. »Wie kann eine Politik ein gutes Ziel haben, wenn sie das Leid des schwächsten Gliedes hinnimmt?«

»Das ist immer so in der Geschichte«, entgegnet Roth.

»Ich verstehe! So ist das also!«

»Was verstehst du?«

»Hast du bei Josefine auch zugesehen? An dein großes Ziel gedacht? Und zugehört, wie sie wimmert?«

Harry Roth wird bleich. »Sprich nicht so mit mir«, fordert er mit zitternder Stimme.

»Du hast mir heute geholfen, Roth!«, sagt Elias und erhebt sich. »Dafür danke ich dir. Aber unsere Wege trennen sich jetzt wieder. Kümmere du dich um das große Ziel. Ich kümmere mich um die kleinen Menschen. Damit sie auf dem Weg dorthin nicht zertreten werden.«

Im Redaktionsbüro des *Morgenthaler Volksfreundes* formuliert Ludwig Immermann Anzeigentexte.

In den letzten Wochen sind neumodische Damenkorsetts sehr gefragt. Sie sind vollständig gewebt und kommen fast ganz ohne das teure Fischbein aus. Und sie tragen sich angenehmer als die üblichen Luftabschnürer. In der nächsten Ausgabe wird der Händler, der sie aus Frankreich einführt, im Inserat einen absoluten Tiefpreis bekannt geben, sodass sich auch Dienstmädchen und Arbeiterfrauen diese Korsetts leisten können.

Eigentlich will Elias heute kommen und über seinen ersten Tag in der Weberei berichten. Immermann hofft, dass er die Cousine mitbringt.

Die Tür öffnet sich. Immermann schaut erfreut, wird aber enttäuscht. Weder Elias noch Rachel. Es ist Fritz Böttger, der Heimatdichter. Ein lästiger Zeitgenosse, denkt der Redakteur, warum kann er mich nicht mit seinen leer gedroschenen Gedichten verschonen?

»Der Herr Redakteur!«, poltert Böttger. »Schon wieder im Dienst der Informationsverbreitung?«

»Was führt Sie zu mir, Herr Böttger?«

»Die Kunst, mein Lieber, die Kunst.«

Bitte nicht, fleht Immermann. Doch schon zieht Böttger ein Papier aus der Jacke.

»Sie drucken ja gelegentlich Gedichte ab«, strahlt der Poet. »Das letzte stammte sogar von einem unbekannten Verfasser. Und ich dachte mir so, abends bei einem oder mehreren Schoppen, dass es Ihrer Zeitung guttäte, einmal das Gedicht eines bekannten Dichters zu veröffentlichen.« Böttger lacht über seinen gelungenen Scherz. »Und da, mein Bester, dachte ich so vor mich hin. Und dachte. Und schrieb. Verwarf. Dachte wieder. Schrieb weiter. Und dann kam dies dabei heraus.«

Immermann ergibt sich in sein Schicksal und streckt die Hand nach dem Papier aus.

»Aber nicht doch!« Böttger fingert eine Brille aus der Westentasche und setzt sie sich umständlich auf die Nase. »Ich werde zu einer kleinen Rezitation schreiten.«

Die Tür wird erneut aufgestoßen – Rachel! Sie ist allein. Immermanns Herz vollführt einen Freudensprung. Warum muss ihn dieser Möchtegernpoet ausgerechnet jetzt behelligen?

»Herr Böttger«, lächelt Rachel und gibt ihm die Hand. »Wie nett, Sie zu treffen.«

Immermann klappt den Mund wieder zu. Rachel begrüßt ihn ebenfalls.

»Gnädiges Fräulein Grünblatt«, ruft Böttger. »Sie kommen zur rechten Zeit. Gerade wollte ich mein neuestes poetisches Werk vortragen. Seien Sie willkommen zu einer Uraufführung.«

Rachel erkennt Immermanns Unbehagen.

»Ich kann mich vor Spannung kaum noch halten.« Sie beschenkt Böttger mit einem süßen Lächeln. »Dann darf ich mich setzen, Herr Immermann?«

Hastig schiebt ihr der Redakteur einen Stuhl an die Kniekehlen.

»Das Gedicht trägt den Titel *Lob der Salate.* Und es geht so:

Vorzüglich ist der Kopfsalat,
Wenn er dem Mittagstische naht;
Auch der aus Gurkenkost besteht,
ist ein Deliziosität.
Endivia ist als Salat
Nicht minder gut und delikat,
Sogar der Sonnenwirbele
Taugt viel, sobald er mürbele.
Kartoffel- und Heringsalat
Macht mich bisweilen desperat,
Denn, krieg' ich beide zeitiglich,
Komm' ich vor Freud' fast außer mich.
Schneckensalat mit Zwiebelschnitz,
Ihn ess' ich oft auf einen Sitz,
Wenn mich ein Glas Braunbier erfreut
Stammtischlings und in Einsamkeit.
Dann aber Ochsenmaulsalat
Steht bei mir in der höchsten Gnad',
Zichorie, Lattich, Sellerie,
Fast wie mich selber lieb' ich sie.
Doch Brunnenkresse mild und keusch
Zum wohlgesottnen Ochsenfleisch,
Die macht vor Dankbarkeit mich stumm,
Die ist das Nonplusulterum.«

Rachel applaudiert mit extrasüßem Lächeln. Immermann steht hinter ihr und stützt sich auf der Stuhllehne ab.

»*Zichorie, Lattich, Sellerie, fast wie mich selber lieb' ich sie.* Wunderbar, lieber Herr Böttger«, strahlt Rachel. »Wie Sie die wunderbaren kleinen Dinge des häuslichen Mittagstisches mit dieser vollkommenen Metrik in Einklang bringen. Fleisch reimt sich auf keusch, Salat auf Gnad und Schnitz auf Sitz. Sehr gekonnt, das Ganze.«

Der alte Mann hängt an Rachels Lippen. »Ich werde es noch ein weiteres Mal zur Aufführung bringen«, verspricht er. »Bei Ihrer lieben gnädigen Frau Mutter beim nächsten Salonabend. Bald ist es ja wieder so weit.«

»*Maman* wird außer sich sein vor Freude«, prophezeit Rachel. »Wollen Sie es drucken, lieber Herr Immermann?«

»Aber dann ist ja die ganze Überraschung für Frau Grünblatt dahin«, kommt dem Redakteur ein Gedanke. »Wollen Sie der verehrten Frau Mutter die Freude verderben?«

Böttger nickt zustimmend, faltet das Papier und steckt es wieder in die Jacke.

Immermann atmet auf.

»Jedenfalls weiß ich jetzt, dass es gefällt. Mein kleines Salatgedicht.«

»Ja, das tut es«, bestätigt Rachel.

»Dann werde ich zu gegebener Zeit erneut an Sie herantreten, lieber Freund.« Heimatdichter und Redakteur verbeugen sich.

Als beide allein sind, geht Rachel zum vertrauten Du über. »Hast du Elias gesehen?«

»Ich warte auf ihn.«

»In der Fabrik hat es einen Vorfall gegeben. Hartenau hat Harry Roth mit dem Messer angegriffen und sich dabei selbst verletzt. Luise hat es von Wiesners Köchin erfahren. Die Fabrik ist leer, die Arbeit ruht.«

»Ist Roth verletzt?« Immermann ist beunruhigt.

»Ich weiß es nicht. Deshalb frage ich ja nach Elias. Er muss doch alles mitbekommen haben.«

»Lass uns zu Roths Haus gehen«, schlägt Immermann vor. »Da erfahren wir bestimmt genau, was geschehen ist.«

Das Schlafzimmer ist abgedunkelt. Hartenau liegt im Bett. Thekla hat ihm dicke Kissen bringen müssen. Auf dem Tisch neben dem Krankenlager steht eine Karaffe Samoswein.

Er sieht aus wie Tantchens Mops im Hundekörbchen, denkt Justus von Kleist. »Wie geht es Ihnen, Herr Hartenau?«, fragt er.

»Sie fragen, wie es mir geht?« Hartenau lallt. »Ich wäre fast verblutet. Haben Sie den Kerl schon in den Kerker gejagt?«

»Wen sollte ich in den Kerker jagen?«

»Diesen Judenbengel!«

»Bitte?«

»Er kam zu mir ins Büro. Hat mich beschimpft und mit dem Messer auf mich eingestochen.«

»Ich habe die Geschichte anders gehört.«

»Ja, vom Roth, diesem Hundsfott. Er will den Jungen schützen.«

Von Kleist seufzt. Er muss Ordnung in das Gestammel bringen. Er fordert Hartenau auf, den Vorfall von Anfang an zu erzählen.

»Warum kam Leclerc in Ihr Büro?«, fragt er dann.

Natürlich will Hartenau nichts von dem Mädchen erzählen, das er mit Pralinen und seinen Fingern hat gefügig machen wollen.

»Er wollte mich töten.«

»Warum hat er dann nicht in Ihre Brust gestochen?«, fragt der Polizeidirektor. »Sondern zwei Etagen tiefer?«

»Was weiß denn ich?«, brüllt Moritz und greift zum Samos.

»Ich werde Ihnen den Stand der Ermittlungen mitteilen.« Von Kleist hält es nicht mehr auf dem rosafarbenen Stuhl im

Louis-quatorze-Stil. »Was sollte Elias Leclerc in Ihrer Fabrik zu suchen haben? Harry Roth war in Ihrem Büro, um mit Ihnen über den Lohn zu verhandeln. Es kam zum Streit und Sie sind mit dem Messer auf den alten Mann losgegangen.«

Hartenau spuckt den Süßwein in hohem Bogen über die Kissen. »Sie sind ja wahnsinnig!«, schreit er.

»Roth ist es gelungen, das Messer umzudrehen. Sie haben sich selbst in den Unterleib gestochen, Herr Hartenau. Und noch etwas! Wir haben eine Percussionspistole in Ihrem Büro gefunden. Und zwar eine Waffe, aus der kürzlich ein oder mehrere Schüsse abgefeuert worden sind. Könnten Sie mir das bitte erklären?«

Escher schlendert am Ufer des Morgen entlang. Von der Stelle aus, an der die Leiche angeschwemmt wurde, führt ein Trampelpfad nach Osten. An den Spuren sieht er, dass auch Reiter diesen Weg nehmen. An einigen Stellen flacht die Böschung ab. Dort ist es möglich, direkt zum Wasser zu gelangen. Schilf und Rohrkolben gedeihen prächtig, ebenso Glanzgras und Froschlöffel. Drüben wachsen auch Wasserlilien. Der Hahnenfuß mit seinen weißen Blüten wirkt wie ein Teppich. Ein Blesshuhn flüchtet über die Wasserlinsen auf den offenen Fluss.

Es ist fast Mittag. Escher setzt sich auf ein umgedrehtes Boot und nimmt einige Schlucke Wasser aus seiner Feldflasche. Der Karte nach hat er erst ein Drittel des Weges bis zur Brücke geschafft. Zurück wird er sich kutschieren lassen.

Der Mann muss mitten im Fluss ins Wasser gelangt sein, denkt Escher. Die Strömung hat nur da Kraft, wo viel Wasser fließt. Und das dürfte die Mitte des Morgen sein und in der Biegung die Außenseite. Aber niemand schleppt einen solch massigen Fleischberg mühsam durch dichtes Schilf.

Und einen Leichnam ins Boot zu schaffen und mit ihm hinauszurudern, um ihn dann auszukippen, wäre sehr auffällig.

Ein Rascheln. Der Polizist schnellt herum. Vor ihm steht eine alte, krumme Frau. Sie hat nur Fetzen am Leib. An den Paddeln in ihrer Hand erkennt er, dass sie das Boot benutzen will.

»Entschuldigen Sie«, sagt er. »Ich war müde, deshalb habe ich mich hierher gesetzt.« Escher steht auf.

Die Alte nähert sich nicht, packt die Paddel fester.

»Ich tue Ihnen nichts, gute Frau«, lächelt er. »Sie wollen hinaus auf den Fluss?«

Wieder keine Antwort.

»Ich bin Polizeibeamter im Dienste des preußischen Königs.«

Er zückt seine Legitimation und hält sie ihr vor die Nase. Die Frau wirft zwar einen Blick darauf, doch er vermutet, dass sie nicht lesen kann.

»Hier!« Escher holt ein paar Groschen hervor. »Nehmen Sie mich bitte mit zur Mitte des Flusses.«

Wenigstens Geld hat sie schon mal gesehen, denkt er, als sie die Münzen nimmt.

»Dann dreh ich mal das Boot um«, sagt der Polizist. »Und das Rudern nehme ich Ihnen auch ab.«

Natürlich hat Moritz Hartenau eine passende Erklärung für die Notwendigkeit der Waffe.

»Sie sehen ja, welcher Gefahr ich ausgesetzt bin«, lamentiert er.

»Wann haben Sie zum letzten Mal mit der Pistole geschossen?«, fragt Justus von Kleist.

»Was weiß denn ich?«, greint der Dicke. »Ist das wichtig? Was sind Sie für ein dummer Bursche, von Kleist! Halten sich mit Nebensächlichkeiten auf, während der Attentäter lustig herumspaziert und neue Verbrechen ausheckt. Denken Sie daran, dass meine Steuern Sie ernähren! Also kommen Sie endlich Ihren Pflichten nach. Stecken Sie den nachgemachten Franzosen ins Loch!«

»Wann haben Sie die Waffe das letzte Mal benutzt?«, wiederholt von Kleist ungerührt. »Wenn Sie die Antwort verweigern, nehme ich Sie in Beugehaft, Herr Hartenau.«

»Sie sind ein grausames Tier, Herr von und zu. Ich bin schwer verletzt und Sie quälen mich.«

»Sie werden die Sache einigermaßen überleben, nicht wahr?« Von Kleist verkneift sich ein hämisches Grinsen nicht. »Nur Ihre Eheschließungspläne hinsichtlich Fräulein Grünblatt könnten ins Wanken geraten. Auf mich wirkt die junge Dame, als ob sie keine halben Sachen schätzt.«

Hartenau läuft rot an. Schnappt nach Luft.

»Ich schone Sie heute, Herr Hartenau. Aber bald werden Sie mir Rede und Antwort stehen müssen. Sonst werden Sie wieder einmal das Morgenthaler Gefängnis beehren. Wie ich hörte, sind Ihnen die Räumlichkeiten dort nicht gänzlich unbekannt.«

Immermann und Rachel sind an Roths Haus angelangt. Die grünblattsche Kutsche hat sie dorthin gebracht. *Maman* wird ärgerlich sein, schießt es Rachel durch den Kopf. Sie wollte nach Weilenberg fahren, um Einkäufe zu machen. Rachel schickt den Kutscher zurück.

Harry Roth hat die beiden bemerkt und tritt vor die Tür.

»Elias ist nicht hier«, beantwortet er Rachels Frage. »Wir haben uns gestritten. Im *Goldenen Bären.*«

»Und wo ist er jetzt?«

»Ich weiß es nicht, gnädiges Fräulein.«

Er bittet beide hinein. In der Stube sitzt Josefine. Sie hält einen Brief in der Hand.

Rachel geht auf sie zu. »Josefine! Ich freue mich. Geht es dir gut?«

Josefine erhebt sich. Die beiden Frauen umarmen sich. Niemand sagt etwas.

Harry Roth quält der Gedanke, dass Elias recht hat. Es kommt auf die kleinen Gesten an. Sie machen den Menschen gut und das Leben erträglich.

Auch Immermann wird von einem merkwürdigen Gefühl ergriffen, als er die Frauen in der innigen Umarmung sieht. Es ist, als habe eine geheime Kraft einen dunklen Vorhang beiseitegezogen und damit einen kurzen Blick in eine wunderbare Landschaft freigegeben.

Max poltert in die Stube. Er ist voller Staub und Stroh. Bleibt wie angewurzelt stehen.

Josefine löst sich von Rachel. Zu Max sagt sie lachend: »Du gehörst in den Waschzuber.«

Harry zupft einen kleinen Zweig aus Max' blondem Haar.

»Das ist mein Bruder Max«, erklärt Josefine. »In die Schule geht er nur, wenn es regnet.«

»Dann hattest du ja jetzt viele Tage schulfrei«, lächelt Rachel.

Max sieht die fremde Frau mit großen Augen an. So ein schönes Kleid hat er noch nie aus der Nähe gesehen. Es ist so gelb wie die Butterbirne im Garten. Und unten am Rock ziert es ein schwarzer, glänzender Streifen.

Er kann sich nicht sattsehen.

»Er mag schöne Stoffe«, erklärt Harry Roth. »Ein echter Weberjunge. Manchmal bring ich ihm Proben mit.«

»Ich schenke dir auch mal welche«, verspricht Rachel. »Unsere Schneiderin hat Berge von Resten in ihrem Laden.«

»Wir müssen mit Ihnen sprechen, Roth«, sagt Immermann.

Roth nickt. »Lassen Sie uns nach hinten in den Garten gehen. Kannst du uns etwas zu trinken bringen, Josefine?«

Im Garten sagt der Vater: »Sie hat einen Brief vom Notar bekommen. Die fünftausend Taler liegen bereit für sie.«

»Wird sie das Geld annehmen?«, will Immermann wissen.

»Ja«, antwortet Harry knapp. »Und dann gehen wir vielleicht hier weg. Alle.«

»Was war heute Morgen in der Fabrik los?«, mischt sich Rachel ein. »Was hat Elias getan?«

»Nichts. Er war bei Hartenau, hat aber nur mit ihm geredet. Hartenau wollte sich ein Mädchen nach oben holen. Und Elias hat es verhindert.«

»Das hat Elias gut gemacht«, murmelt sie. »Aber wieso dann der Streit zwischen Ihnen?«

»Ein Missverständnis. Die Schuld war auf meiner Seite«, antwortet Harry Roth. »Als ich nach oben zu Herrn Hartenau ging, war er noch unversehrt. Ich forderte Verhandlungen über Lohn und Gutscheine. Er regte sich schrecklich auf und hielt plötzlich ein Messer in der Hand. Ich wehrte mich und er verletzte sich in der Unterleibsgegend.«

Immermann grinst.

Josefine kommt mit den Getränken. Sie hat Apfelsaft mit ein wenig Wasser verdünnt.

»Da ist noch jemand gekommen«, berichtet sie. »Der Polizeidirektor.«

Das Boot schwimmt flussabwärts und Escher weiß, dass er die Brücke so nicht erreichen kann. Aber er sieht, dass seine Vermutung stimmt. Nur mitten im Fluss hat die Strömung die Kraft, einen schweren Körper bis zu der Stelle zu schwemmen, an der die Leiche ins Netz gegangen ist.

Die Fischerin beobachtet ihn neugierig bei seinen Tests mit Papierstreifen und Kordeln. Er erklärt ihr den Hintergrund.

»Die Brücke ist bei der Stadt«, sagt sie. »Da springen manche runter in den Fluss. Und die kommen immer in Morgenthal an. Irgendwann. Der Hartenau war ein großer Brocken. Bei dem ging es schneller.«

»Schneller?«

»Ja. Das Wasser hatte was zu packen. Und in den Großen bildet sich oft viel Gas. Haben Sie schon mal eine tote Kuh gesehen, die herabtreibt? So was hakt sich nicht fest. Die Leichteren bleiben manchmal einige Tage im Schilf hängen.«

Escher überlegt. Mehr Masse. Schneller. Weniger Masse. Langsamer.

Wenn also Hartenau eine Zeitung vom 10. Juli in der Tasche gehabt hat und am 19. Juli gefunden worden ist, könnte er etwa in der Mitte – also am 14. oder 15. Juli – getötet worden sein. Neun Tage hat der Körper nicht bis zu dieser Stelle gebraucht, denkt Escher. Auch der Arzt hat, trotz der Verwesung, den Todeszeitpunkt nur vier oder fünf Tage zurück geschätzt.

Escher rudert ans Ufer. »Vielen Dank für Ihre freundliche Hilfe, liebe Frau. Und noch einen guten Fang.«

»Ich platze doch nicht mitten in eine Redaktionssitzung?«, fragt von Kleist.

»Die fände ja nicht im Garten statt«, kontert Immermann. »Sondern in den Räumen des *Morgenthaler Volksfreundes.*«

»Herr von Kleist ist uns immer willkommen«, klärt Harry Roth die Lage. »Er hat Max aus dem Fluss gezogen. Setzen Sie sich bitte zu uns.«

»Sie sind ein Lebensretter, Herr Directeur?«, fragt Rachel spöttisch.

»Ich war so frei, gnädiges Fräulein.« Von Kleist deutet eine Verbeugung an. »Der kleine Max purzelte in den Morgen und wurde mitgerissen. Aber das war nicht der Rede wert.«

»Wie bescheiden Sie doch sind«, lächelt sie. »Sie hätten dabei ertrinken können, Herr von Kleist.«

»Manchmal sind Polizisten doch zu etwas nutze«, wirft Immermann ein.

»Vor allem sind sie in bester körperlicher Verfassung.« Von Kleist wirft einen Blick auf Immermanns Bauch und wendet sich dann Rachel zu. »Wie schön, auch Sie hier zu treffen, Fräulein Rachel. Sie sehen wieder einmal zauberhaft aus in diesem gelben Kleid. Haben Sie eigentlich schon von dem Unfall gehört, der sich in der Fabrik abgespielt hat? Eine passende Geschichte für einen weiteren Artikel aus Ihrer Feder.«

»Ja, der Hartenau. Der hat mein Mitleid nicht«, entgegnet Rachel.

»Herr Hartenau bezichtigt übrigens Elias Leclerc des Mordversuches«, verrät von Kleist.

»Wie bitte?«, fragen Immermann und Rachel zugleich.

»Und er behauptet, Sie hätten eine Falschaussage gemacht, Herr Roth.«

Mit ernsten und gut gesetzten Worten wiederholt Harry Roth seine Darstellung der Sache.

Justus von Kleist ist überzeugt, dass der alte Mann die Wahrheit sagt. Doch eine Frage hat er noch: »Was hatte Leclerc in der Fabrik zu suchen?«

»Wir planten einen Artikel über die Arbeit in der Fabrik«, antwortet Rachel. »Die schweren Bedingungen und die Ungerechtigkeiten. Der Staub, der die Lungen krank macht.«

Sie lässt nicht locker, denkt von Kleist. Ich würde zu gern wissen, wie sie ist, wenn sie in meinen Armen liegt. Er verscheucht die Gedanken. »Ich glaube Ihnen, Herr Roth«, sagt er. »Hartenau ist nicht der Mann, der sich von einem Jüngling überraschen und die Hoden lädieren lässt. Pardon, Fräulein Rachel.«

Die Frau des Hauses stellt die Gästeliste für den nächsten Salonabend zusammen. Ludwig Immermann ersetzt Heinrich Graf von Überall. Langewiesche und Böttger gehören zum Inventar. Emily Stein und Grethe von Muffe geben dem Salon eine einigermaßen weibliche Note.

Gerne würde sie den Polizeidirektor dazubitten. Dann wäre der Adel wieder vertreten. Dem ›von‹ im Namen der Grethe von Muffe traut Marlene nicht über den Weg. Aber der Name ›von Kleist‹, ja, der macht was her!

Ruben kehrt heim. Er hat mit dem Orchester geprobt. Noch immer hört sich die große C-Dur-Sinfonie von Franz Schubert wie kollektives Hühnergegacker an. Nichts gelingt. Die Bratschen übertönen die Violinen, die Celli fideln sich einen Wolf und die Blechbläser scheppern, was das Zeug hält.

Den Premierentermin hat Ruben schon verschoben. Üben, üben, üben – diese Losung hat er seinen Musikern auch heute wieder ins Stammbuch geschrieben.

Marlene eilt ihm entgegen. Das macht sie seit vielen Jahren so. Er soll sich willkommen fühlen in seinem Haus.

»Wie war dein Tag?«, flötet sie.

»Frag mich nicht«, entgegnet er müde.

Zum ersten Mal entdeckt sie Graues an seinen Schläfen. Auch die Falte vom Nasenflügel zum Mundwinkel scheint sich tiefer eingegraben zu haben. Sie streicht mit ihrem Finger an der Falte entlang.

»Kannst du mir einen Kaffee beschaffen?«, fragt er. »Der könnte mich wieder etwas in Schwung bringen.«

»Natürlich, Liebster!«

Marlene läuft selbst in die Küche. Sie weiß am besten, wie Ruben den Kaffee schätzt. Sehr stark, mit einem Schuss Karamelsirup und einem Stück Schokolade. Die Mädchen schlampen immer, besonders Luise.

Am Nachmittag berichtet Escher seinem Vorgesetzten von Kleist von den Entdeckungen am Fluss. Die beiden schließen die Tür.

Kürten fühlt sich ausgeschlossen. Der Polizeidirektor hat ihm aufgegeben, das Protokoll über seine Vernehmungen in der Fabrik und die Durchsuchung des Büros in einwandfreiem Deutsch aufzuschreiben. Zuvor hat von Kleist die Rechtschreibfehler im alten Protokoll korrigiert. Hans Kürten kommt sich vor wie in der Schule. Und jetzt darf er noch nicht einmal mithören, was Escher am Fluss getrieben hat.

Endlich geht die Tür wieder auf. Escher bedankt sich bei von Kleist und kündigt an, im *Goldenen Bären* Essen zu gehen.

»Ach ja, Kürten«, sagt der Polizeidirektor. »Ich brauche morgen früh ein Schwein. Um die zweihundertfünfzig Pfund. Können Sie das irgendwo auftreiben?«

»Tot oder lebendig?«

»Lebendig. Um neun Uhr an der Wache. Auf einem Wagen.«

Der Auftrag des Polizeidirektors ist eindeutig. Ein Schwein. Kürten hat noch einige Stunden Zeit, bis er mit Schwarz zum Bordell aufbricht. Er hat sich nicht getraut, nach dem tieferen Sinn des Schweinebefehls zu fragen.

Das Pferd ist schnell gesattelt und er stürmt los. Schweine gibt es bei den Bauern in der Gegend. Aber nicht jeder züchtet welche. Er braucht Hilfe und macht Halt am *Goldenen Bären.* Escher sitzt entspannt im Biergarten und schwingt Reden. Kürten findet Anni in der Küche. Aus den Töpfen dampft es und der Geruch macht ihm Appetit.

»Ich brauche morgen früh ein Schwein.«

Die Gastwirtin nimmt die Hände vom Topf und wischt sie an der karierten Küchenschürze ab. »Was willst du denn mit einem Schwein?«

Er überlegt. Will nicht zugeben, dass er keine Ahnung hat. »Das ist geheim.«

»Ein geheimes Schwein?«, grinst Anni.

»Ja. Mindestens zweihundert Pfund.«

»Und warum?«

Kürten erinnert sich an Escher. Der sitzt draußen und lässt es sich gut gehen. »Moment.«

Anni schaut dem Gendarmen nach, dann durchs Fenster. Der neue Gast und Kürten sprechen miteinander.

»Es handelt sich um eine geheime Staatssache«, stellt Kürten fest, als er wieder in der Küche steht. »Anni! Ich fordere dich jetzt im Namen des Königs auf, mir zu sagen, wo ich ein Schwein finden kann!«

»Überall«, sagt Anni trocken.

»Den Grafen?«

»Nee!« Anni lacht schallend. »Überall heißt überall. Schweine auf zwei Beinen kannst du auf der Straße aufsammeln. Jede Menge.«

Wenig später redet Kürten mit einem Bauern, der ein Schwein verkaufen kann. Anni hat ihm doch noch einen Hinweis gegeben.

Kürten begutachtet die rosa Sau im Stall. Ein mächtiges Tier, weit schwerer als zweihundert Pfund.

Der Mann verpflichtet sich, das Schwein am nächsten Morgen zur Wache zu karren.

Die Provinzhauptstadt Weilenberg liegt flußaufwärts von Morgenthal. Schwarz und Kürten, beide zu Pferde, nähern sich der Stadt vom gegenüberliegenden Ufer aus. Die Brücke stammt aus der napoleonischen Zeit. Die Besatzer haben die Holzbrücke abgerissen und eine Steinbrücke errichtet, für die Kanonenwagen.

Davon profitieren heute die Menschen in der Stadt. Die Transportwege für Händler sind weniger kompliziert. Auch die Bauern haben es einfacher, ihre Erzeugnisse der Kundschaft nahe zu bringen.

Am Ende der Brücke öffnet sich ein großer Platz. Das Rathaus liegt schwer und breit inmitten der schmalen Bürgerhäuser.

Es dämmert. Trotzdem ist das Leben noch in vollem Gange. Frauen mit Kindern hasten über den Platz zu den Marktständen. Kleine Jungen raufen sich mit viel Geschrei. Männer ziehen polternd Bollerwagen hinter sich her. Kürten denkt, dass die Menschen hier ein wenig anders sind als im nicht weit entfernten Morgenthal. Die Armut zeigt sich nicht so offen.

Die Polizisten steigen ab. Schwarz zieht ein Pfeifchen aus der Satteltasche und stopft Tabak hinein. Er ist ein hübscher Mann. Gut gebaut, mit schöner Haut und dunkelblondem, leicht lockigem Haar, das unter der Uniformmütze hervorlugt. Kürten bemerkt, dass sich die Blicke junger und älterer Damen im Vorübergehen an Schwarz' Gestalt erfreuen.

Schwarz schaut keck zurück. Die Lider der Frauen senken sich.

»Wo müssen wir hin?«, qualmt er Kürten an.

»Nach rechts. Das gelbe Haus dort hinten.« Der Gendarm deutet auf ein Gebäude. Es hat drei Stockwerke, Erker mit Türmchen und verhangene Fenster.

»Das Bordell befindet sich in der zweiten und dritten Etage«, erklärt Kürten.

»Sie sind gut informiert«, grinst Schwarz.

»Das gehört zu meinen Aufgaben«, gibt Kürten zurück.

»Aber natürlich. Dann lassen Sie uns unseren Pflichten nachkommen.«

Die Pferde trotten mit tief gesenkten Köpfen hinter den Polizisten her.

Ein alter Mann kümmert sich um die Pferde der Puffbesucher. Wie selbstverständlich nimmt er den beiden Rappen die Trense aus dem Maul, legt ihnen ein Halfter an und lockert den Sattelgurt. Die Herren Polizisten sehen aus, als wollten sie länger verweilen.

Kürten zieht an der Klingel. Ein Fensterchen in der Tür öffnet sich.

Zwei dunkel umrandete Frauenaugen verengen sich, als sie die Uniformen sehen. »Was wollen die Herren?«

Kürten legitimiert sich und fordert Einlass, um eine Befragung durchzuführen.

Schwarz unterbricht ihn. »Ein bisschen Spaß darf es aber auch heute geben, schöne Frau. Und wir haben einige nette, glänzende Silbertaler mitgebracht.«

Kürten ist entsetzt über die ungewöhnlichen Ermittlungsmethoden. Doch er hört, dass der Riegel zurückgeschoben wird.

»Der Zweck heiligt die Mittel, Kürten«, raunt ihm Schwarz grinsend zu. »Im Dienste des Königs und der Wahrheitsfindung ist mir keine Anstrengung zu groß.«

Eine Frau steht in der Tür. Sie sieht ausländisch aus, fällt

Kürten auf. Augen wie Kohlen und die Haare in schwarze, lange Schnüre gedreht. Ihr offenherziges Kleid hat ein wildes Muster.

»Oh, die Königin von Saba höchstpersönlich!« Schwarz verbeugt sich übertrieben und deutet einen Kratzfuß an.

Kürten fühlt sich unbeholfen wie ein Holzklotz.

Die Königin von Saba lacht nicht königlich. Ein raues Bellen dringt aus ihrer Kehle. Ihr Busen wogt. Schwarz, immer noch an der Pfeife, bläst ihr den Qualm zwischen die Brüste.

»Nun sagt mir, Schönste, wer hier das Sagen hat! Wer kann uns Auskunft geben über ein paar Geschäftsbeziehungen, die hier besiegelt wurden?«

»Fragen stellen?« Sie schüttelt den Kopf. »Das macht die Mutter nicht.«

»Die Königinmutter sollte uns aber empfangen«, lächelt Schwarz. »Verratet, wie Ihr heißt, Majestät.«

»Teresa, Herr Polizeibeamter. Na gut, dann kommt mal mit, ihr zwei.«

Der Flur ist breit. Rechts und links sind die Türen geschlossen. Nur am Ende des Ganges steht eine zweiflügelige Tür offen.

»Unser Boudoir!«

Der Raum ist groß und mit Sofas, Chaiselongues und Ohrensesseln bestückt. An den hohen Fenstern hängen schwere, rote Vorhänge. Auf den Sitz- und Liegemöglichkeiten räkeln sich die Mädchen.

Kürten kennt dieses Bordell nur von außen. So hat er sich eigentlich einen orientalischen Harem vorgestellt. Als Sultan ist er in manchen Träumen durch solche Reihen geschritten und hat für die Nacht seine Auswahl getroffen.

Die Frauen nehmen die beiden Polizisten nur beiläufig wahr. Die Staatsmacht verkehrt hier regelmäßig. Und nicht immer ist Zeit, die blauen Uniformen abzulegen. Manche wollen das auch nicht, denn eine Uniform macht den Mann zum Mann.

»Guten Tag, meine Damen«, lächelt Schwarz in die Runde. Kürten versucht auch ein Lächeln, doch so ganz will es ihm nicht gelingen.

Eine der Damen in mittlerem Alter löst sich aus einem Sessel und nähert sich. Sie ist korrekt gekleidet. Hochgeschlossen und langärmelig. »Guten Tag, die Herren. Schauen Sie sich in Ruhe um.«

Schwarz tut das ungeniert. Aber nur kurz.

»Darf ich Ihren Namen erfahren?«, fragt er.

»Dolly.«

»Frau Dolly.« Schwarz wird dienstlich. »Wo können mein Kollege und ich ungestört mit Ihnen sprechen?«

Dolly versteht. »Kommen Sie mit.«

Sie führt die beiden in ein Zimmer. Kein Harem mehr mit Kissen und Polstern, nur ein Büro mit Schreibsekretär und harten Stühlen.

»Hartenau«, sagt Schwarz, als er sitzt. »Emil Hartenau.«

»Und der *Vaterländische Verein*«, vervollständigt Kürten.

»Hartenau ist tot«, stellt Dolly fest.

»Das wissen wir. Wann war er das letzte Mal hier und welches Mädchen hatte er bei sich?«

Dolly schüttelt den Kopf. »In diesem Haus herrscht Diskretion.«

»Wir haben einen Mord aufzuklären.« Schwarz hat jede Freundlichkeit abgelegt.

»Gehören Sie zur hiesigen Polizeiwache?«, fragt Dolly und fixiert Schwarz. »Ich habe Sie noch niemals hier gesehen. Ihren Vorgesetzten jedoch schon. Der müsste gleich kommen. Es ist seine Zeit.«

»Ich gehöre zur Sonderermittlungsgruppe der Königlich Preußischen Polizei«, erklärt Schwarz. »Und ich werde Ihr Haus schließen lassen, wenn Sie nicht kooperieren. Die Vollmacht dazu kann ich mir schnell beschaffen.«

Kürten ist voll Bewunderung. So führt man Ermittlungen, ja! Verbindlich und sehr freundlich, und wenn die Menschen nicht das tun, was man von ihnen will: mit Worten zuschlagen!

Frau Dolly lächelt. »Was hatten Sie gerade gefragt, Herr Polizist?«, knickt sie ein.

Zehn Minuten später ruft Dolly zwei der Mädchen zu sich ins Büro. Die orientalische Teresa und ein ganz junges Ding namens Elfi. Beide Frauen tragen ein verkaufsförderndes Lächeln zur Schau und präsentieren ihre Waren offen.

»Wann war der Pummel zum letzten Mal da und bei welcher von euch?«

»Emil?«, fragt Teresa.

»Heißt hier sonst noch jemand Pummel?«

»Nein.« Teresa knöpft die Bluse zu und Elfi bedeckt sich mit ihrem Schultertuch.

»Er hat uns beide bezahlt«, erinnert sich Teresa. »Wann war das, Elfi?«

Elfi versucht, nachdenklich zu wirken.

»Wir haben nicht den ganzen Abend Zeit«, sagt Schwarz. »Wenn sich die Damen etwas schneller erinnern könnten.«

»Vor dem Vollmond war's«, grübelt Teresa.

»Vollmond war am Sonntag, dem 19. Juli«, hilft Kürten. »Wie viele Tage vor Vollmond?«

»Na, drei.«

»Also war Pummel am 16. Juli hier. Was war an dem Abend?«

»Der bekam einen Brief gebracht«, erinnert sich Elfi.

»Nachdem er den gelesen hat, ist er weg. Wie vom Teufel gehetzt.«

»Wer hat den Brief gebracht?«

»Der Alte, der bei den Pferden ist.«

Kürten und Schwarz sehen sich an. »Hat Emil was gesagt zum Inhalt des Briefes?«

»Geflucht hat er«, grinst Teresa. »Und etwas vom Frühling gemurmelt. Pummel war erst zehn Minuten da und ja nicht mehr der Jüngste.«

»Um welche Uhrzeit war das?«

»Schon nach Mitternacht«, antwortet Teresa. »Er war der letzte Kunde an dem Tag. Immerhin waren wir so mal früher fertig.«

»Danke«, sagt Schwarz. »Dann holen Sie uns jetzt bitte den Alten her.«

Die Mädchen verschwinden.

Wenig später schlurft der Mann ins Zimmer. Sieht die Polizisten und nimmt die Kappe ab. Schwarz erkundigt sich nach dem Brief. Der Alte erinnert sich. »Den hat mir eine Dame gegeben.«

»Eine Dame? Wie sah sie aus?«

Der Mann kratzt sich am Kopf. »Es war dunkel. Die Dame war verschleiert.«

»Was sie groß? Klein? Jung oder alt? Dick oder dünn? Wie hat sie gesprochen? Was für Kleider trug sie?«

Die vielen Fragen verwirren den Zeugen. Er kann nur sagen, dass sie weder dick noch dünn war und mittelgroß. Deutsch hat sie gesprochen. Noch nicht mal ihre Garderobe kann er beschreiben. Er weiß, dass sie in eine Kutsche gestiegen und Richtung Brücke gefahren ist. Ob Mietkutsche oder ein privates Gefährt – darauf hat er nicht geachtet. Einen Schuss hat er nicht gehört. Er geht ja nur bei Bedarf nach draußen, wenn er Pferde versorgt oder einen Botengang macht.

Kürten denkt an Josefine. Und dann an Lilly Hartenau. Aber vielleicht hat der Brief ja auch keine Bedeutung.

In der Villa Grünblatt brennt in dieser Nacht das Licht länger als üblich. Marlene hat das eheliche Doppelbett verlassen und geistert im Haus umher. Es ist noch so viel zu tun bis zum nächsten Salonabend. Sie muss sich auch noch mit dem Werk dieses Heine befassen. Ruben hat ihr einiges herausgesucht. Jetzt sitzt sie in der Bibliothek, in den großen Ohrensessel gekuschelt. Auf den Knien eine Decke und ein Buch. Sie liest:

In meiner Erinnrung erblühen
Die Bilder, die längst verwittert –
Was ist in deiner Stimme,
Das mich so tief erschüttert?

Sag nicht, dass du mich liebst!
Ich weiß, das Schönste auf Erden,
Der Frühling und die Liebe,
Es muss zuschanden werden.

Sag nicht, dass du mich liebst!
Und küsse nur und schweige,
Und lächle, wenn ich dir morgen
Die welken Rosen zeige.

Marlene denkt über das Gedicht nach. Warum ist dieser Mann so traurig? Sie wird Elias fragen, der kennt ihn ja persönlich.

Sie legt das Büchlein beiseite und geht zurück ins Schlafzimmer. Ruben schnarcht ein wenig. *Sag nicht, dass du mich liebst.*

Im Gegenteil! Sie sollte es ihm viel öfter sagen.

Der Arzt hilft bei einer schweren Geburt. Der Redakteur kämpft mit Luther. Ein Schwein schwimmt. Auf dem Fluss herrscht ruhiger Verkehr.

Der Morgen graut. Der Bauer mit dem Schwein ist unterwegs zur Polizeiwache in Morgenthal. Er hat das Tier auf eine Karre geschafft, die von einem Zossen gezogen wird.

Auch Kürten ist früh aufgestanden. Er hat nicht gut geschlafen. Wilde Träume, in denen er sowohl scharfsinniger Ermittler als auch geiler Sultan gewesen ist, haben ihn umhergeworfen. Und immer war Josefine dabei. Sie fehlt ihm. Aber er kann sie nicht besuchen, solange die Berliner Ermittler in Morgenthal jeden Stein umdrehen.

Kürten wirft sich in die Uniform. Er will das Schwein in Empfang nehmen. Hoffentlich lässt der Bursche ihn nicht im Stich.

Moritz Hartenau sorgt sich um sich selbst. Seine Verwundung lässt ihn nicht einschlafen. Immerzu horcht er, ob da unten etwas pocht. Thekla muss ihm beim Wasserlassen behilflich sein, denn er will sich so wenig wie möglich bewegen. Leider fehlt ihr die Begabung zur Krankenschwester. Ihre Miene wechselt zwischen Schadenfreude und Ekel. Auf sein Klingeln achtet sie darüber hinaus immer weniger. Wenn er wieder gesund ist, wird er neues Personal einstellen.

Erleichtert atmet Kürten auf. Das Schwein ist eingetroffen. Der Bauer will wissen, warum die Königlich Preußische Polizei eine Sau geordert hat. Doch der Gendarm bleibt dabei: »Geheime Staatsangelegenheit.«

Von Kleist erscheint, begleitet von Escher und Schwarz. »Die Sau ist da, Herr Polizeidirektor«, teilt Kürten förmlich mit.

»Bestens, Kürten«, lächelt von Kleist. »Dann kann es ja losgehen.«

Schwarz und Escher grinsen.

»Polizeiliche Ermittlungen bedeuten auch, Situationen nachzuspielen, um so zu Erkenntnissen zu kommen«, doziert Escher. »In Berlin gibt es seit Neuestem eine Abteilung mit dem Namen Kriminalistik.«

Zehn Minuten später verlassen zwei Kutschen die Stadt. Die erste ist geschlossen und beherbergt von Kleist und seine Berliner Beamten. Kürten sitzt auf dem Bock eines offenen Wagens und kutschiert die beiden Hilfspolizisten. Die haben Rucksäcke dabei. Hinten reiht sich der Bauer mit dem Schweinekarren an.

Der Tross bewegt sich Richtung Weilenberg.

Ludwig Immermann wäre ein schlechter Redakteur, wenn er nicht Lunte riechen würde. Einer der Zeitungsjungen hat ihm von dem merkwürdigen Transport eines Schweins unter Polizeibewachung berichtet. Immermann ist schnell zur Gendamerie hinübergerannt und hat gerade noch beobachten können, wie der seltsame Zug die Stadt verlassen hat.

Er hat von Ruben Grünblatts großzügigem Zuschuss ein Pferd gekauft. Die Mietgäule ist er leid. Da er eine Abneigung gegen alles Kirchliche hat, heißt der Zosse Luther. Ein großes, rotes Tier mit drei weißen Fesseln, gesundem Appetit und einem eigenen Willen. Schnell ist Luther gesattelt und gezäumt.

Immermann sitzt auf. Der Richtung nach könnte sich diese seltsame Polizeitruppe zur Provinzhauptstadt begeben. Er schlägt denselben Weg ein. Aber was soll das Schwein dort? Und vor allem: Was haben die vor?

Kutschen und Karre haben die Brücke erreicht. Sie überqueren sie und stoppen auf dem Platz. Schon herrscht hier wieder allerhand Geschäftigkeit. Kürten springt vom Kutschbock.

»Gehen wir zurück auf die Brücke, und zwar so weit, dass man uns von der Stadt aus möglichst nicht mehr sieht«, schlägt Escher vor.

»Gut gedacht«, lobt von Kleist. »Aber bedenken Sie, dass es wohl nach Mitternacht war, als Hartenau zuletzt gesehen wurde. Die Schwärze der Nacht dürfte alles geschluckt haben.«

»Es muss doch irgendwo Blut zu finden sein«, mischt sich Kürten ein. »Er ist ja erst erschossen und dann ins Wasser geworfen worden.«

»Hat das schon jemand überprüft?«, fragt der Polizeidirektor seine Männer.

Kopfschütteln ist die Antwort.

»Ich schaue nach«, bietet Kürten an. »Das Morgenlicht ist inzwischen so hell, dass es jeden Stein gut ausleuchtet.«

»Gut, und wir fahren das Tier jetzt zur Mitte der Brücke«, beschließt von Kleist. »Escher, kutschieren Sie die Sau.«

Endlich hat Kürten auch eine Idee gehabt. Sorgfältig geht er die Brücke ab, achtet auf jeden Stein, sucht das Brückengeländer nach Blutspritzern ab und betrachtet die Hinterlassenschaften der Tauben und den übrigen Unrat. Der Gendarm schaut auch hinunter auf den Morgen. Im Schatten der

Brücke wirkt das Wasser stumpf, dunkel und bedrohlich. Erst die Sonne macht es zu einer glitzernden bewegten Fläche. Nachts muss der Fall in den Fluss dem Fall in ein finsteres Höllenreich gleichen.

Aber das wird der Alte wohl nicht mehr mitbekommen haben, denkt Kürten. Mit einer Kugel im Kopf lässt es sich nicht mehr besonders gut denken.

»Ich finde nichts«, meint er schließlich resigniert. »Das Gewitter vor ein paar Tagen hat wohl alle Spuren zunichte gemacht.«

»Aber es ist gut, dass Sie daran gedacht haben, Kürten«, sagt von Kleist. »Vielleicht wird ja doch noch ein guter Ermittler aus Ihnen. Nur weiter so.«

Escher führt das Pferd, das die Karre zieht, auf die Brücke. Eine weitere Kutsche nähert sich. Als sie die Höhe der Polizisten erreicht, steckt Doktor Wiesner den Kopf aus dem Fenster und ruft seinem Kutscher zu, dass er halten soll.

»Herr von Kleist«, strahlt der Arzt. »Und die anderen polizeilichen Herren. Meinen Gruß! Was treibt Euch in diesen lauschigen Ort?« Neugierig mustert er die Schweinekarre. »Was will er denn mit dem Schwein?«, wundert sich Wiesner.

»Das lernt gleich schwimmen«, grinst Justus von Kleist.

»Er lässt es ins Wasser werfen?«, fragt Wiesner ungläubig. »Ah! Verstehe! Er will herausfinden, wie schnell die Sau nach Morgenthal paddelt.«

»Darf ich fragen, was Sie zu so früher Stunde in diese Stadt führt?«, fragt von Kleist.

»Eine schwere Geburt«, erwidert der Doktor. »Im gelben Haus darf sich eine der einschlägigen Damen zu einem strammen Mädchen gratulieren.«

»Nachschub für den Puff«, grinst Schwarz.

»Halte er sich wohl zurück!«, blafft der Arzt. »Ein neues

Menschenkind ist auf der Welt. Dem Schicksal allein obliegt es zu entscheiden, ob es Königin oder Sklavin wird. Und der preußische Staat wird entscheiden, wie es lebt und stirbt.«

»Preußen ist jeder gute Untertan recht«, nickt von Kleist. »Aber wir wollen Sie nicht länger aufhalten, Herr Doktor.«

Wiesner versteht und trollt sich – nicht ohne noch einmal einen Blick auf die Sau zu werfen.

»Also, los«, sagt von Kleist, als die Kutsche verschwunden ist. Ächzend zerren Schwarz, Escher und Kürten das widerspenstig quiekende Tier an einem Strick zum Geländer der Brücke. Passanten bleiben stehen und glotzen. Nach ein paar Minuten hat sich eine Menschentraube gebildet. Schwarz drängt die Gaffer zurück.

Kürten und Escher schauen auf von Kleist. Der geht zur Kutsche und kommt mit einer dünnen Leine und einer großen, schneeweißen Fischerkugel im Netz zurück. In der Rechten hält er eine Pistole. »So, Kürten, jetzt kommt Ihr Auftritt.«

Kürten versteht nicht.

Von Kleist reicht ihm die Pistole.

Die Zuschauer werden immer unruhiger.

»Was für ein Auftritt bitte?« Kürten schaut auf die Pistole, dann auf das Schwein, das sich immer noch gegen den Strick wehrt.

»Befördern Sie das Tier vom Leben zum Tod, Kürten.«

»Ich soll die Sau erschießen?«

»Lebend würde sie uns ausreißen, Kürten. Also los.«

Kürten schüttelt den Kopf. »Warum wurde es nicht ordnungsgemäß geschlachtet?«

»Weil es dabei ausblutet, Wachtmeister. Wir wollen, dass das Schwein dem seligen Herrn Hartenau in allem so weit wie möglich ähnelt.«

Kürten schaut sich um, aber niemand kommt zu Hilfe. Dann reißt er sich zusammen, prüft die Pistole und zielt auf den Kopf des Tieres. Der Schuss knallt und das Tier bricht zusammen.

Von Kleist tritt näher. Sorgfältig befestigt er das eine Ende der Leine an der Umschnürung der Kugel und knotet das andere um den Hals des toten Tieres. Dann gibt er das Kommando.

Escher und Kürten kippen den Koloss über die Brüstung. Ein Raunen geht durch die Menge, als er ins Wasser klatscht. Gischt spritzt auf. Die Kugel folgt. Das Schwein geht unter. Der weiße Schwimmer leuchtet im Sonnenlicht und zeigt die Position an.

»Die Kugel erkennt man auch in der Nacht, lasst sie nicht aus den Augen.«

Die beiden Hilfsgendarmen eilen zu dem Boot, das unter der Brücke vertäut ist, und klettern hinein. Sie haben Proviant und Wasser dabei und sind auf eine lange Wache eingerichtet.

Der Ritt auf Luther ist anstrengend gewesen. Schnell hat Immermann die Kutschen eingeholt. Der Fuchs wollte sie überholen, um zu zeigen, wer der Schnellere ist. Was hat er sich da für ein Pferd ausgesucht? Immermann ist nass geschwitzt. Doch über Luther wird er später nachdenken. Jetzt geht die Arbeit vor.

Er beobachtet die Szene zunächst aus sicherer Entfernung. Hört den Schuss, sieht das Schwein ins Wasser fallen und ahnt etwas. Der Redakteur bindet Luther am Brückengeländer fest und geht zu den Polizisten.

»Ich grüße Sie«, sagt Immermann. »Darf ich mich als journalistischer Begleiter für Ihre Ermittlungsmethoden empfehlen?«

»Sie stören eine Polizeiaktion, Herr Redakteur«, stellt von Kleist fest.

»Was hat ein Schwein mit einer Polizeiaktion zu tun, Herr Polizist?«, lässt Immermann nicht locker.

Ärger steigt in von Kleist auf. Er mustert Immermann. Das Hemd des Redakteurs ist unter den Achseln durchgeschwitzt und steht halb offen. Mengen von schwarzem Brusthaar sind sichtbar. Das Haupthaar ist eindeutig zu lang, aber in einem vollen Schwarz. Die Figur ist kräftig.

Etwas derb, der Kerl, aber durchaus ansehnlich. Seine Frechheit dürfte dem Fräulein Grünblatt gefallen, denkt von Kleist, aber um ihre Hand anzuhalten, das wird er sich wohl nicht trauen. Außerdem ist er völlig unvermögend und in den besseren jüdischen Familien trifft immer Geld auf Geld. Von Kleist seufzt innerlich. So, wie er das Fräulein einschätzt, wird ihr das aber gleichgültig sein: Immermann ist ein Konkurrent.

»Was passiert jetzt?«, fragt Immermann. »Warten Sie hier, bis die Sau in Morgenthal eintrifft?« Der Redakteur bemerkt, dass von Kleists Wangenmuskeln verspannt sind. Er hat den arroganten Adelsspross tatsächlich aus der Fassung gebracht.

Schwarz und Escher schauen ihren Vorgesetzten an. Sie sind bereit, den Störenfried auf ein Zeichen hin wegzuscheuchen.

»Die Freiheit der Presse hat für mich eine große Bedeutung«, sagt der Polizeidirektor ernst. »Aber langsam habe ich auch Verständnis für andere Meinungen in dieser Angelegenheit.«

Ludwig Immermann versteht die Warnung. Hier ist ohnehin nichts mehr zu erfahren. Die Brücke hat sich geleert und die Menschen gehen wieder ihrer Wege.

»Dann noch viel Erfolg beim Schweinebaden«, grinst Immermann und verzieht sich.

Luthers Zügel haben sich an einem Vorsprung verfangen. Der Gaul bekommt den Kopf nicht mehr nach oben und ist panisch. Immermann nähert sich. Das Tier dreht sich, tritt nach hinten aus und trifft die Hüfte seines Herrn.

»Verdammter Saubock«, jammert der und reibt sich die getroffene Stelle.

Doktor Wiesner ist in sein Morgenthaler Haus zurückgekehrt. Während seiner Geburtshilfe im Bordell hat er mit Dolly ein Schwätzchen gehalten. Über dieses und jenes. Er weiß nun auch von der geheimnisvollen Frau, die Emil Hartenau aus dem Haus gelockt hat. Er weiß von den üblen erotischen Praktiken des Verstorbenen. Der Erbe ist auch nicht besser geraten, denkt Wiesner. Diese Kerle glauben in ihrer Großmannssucht, dass sie sich alles und jede gefügig machen können. Leider klappt es oft. Aber eben nicht immer. Hartenau hat das wohl begriffen, als er die Waffe am Kopf spürte.

Wiesner wird nach unten gerufen. Josefine Roth ist da. Er mag sie. Hat sie von Max entbunden und später als Faktum bestätigt, dass Marie Roth die Mutter des Kleinen sei.

»Wie geht es meinem Mädchen?«, lächelt Wiesner. »Hat sie ein Leiden oder kommt sie nur einen alten Mann besuchen?«

»Max hat Fieber«, sagt Josefine. »Er hat die ganze Nacht gehustet. Können Sie bitte nach ihm schauen?«

Sie erzählt von dem Sturz in den Fluss und von der Rettung durch den Polizeidirektor.

»Sie muss auch auf sich achten«, sagt Wiesner. »Sie sieht sehr mitgenommen aus. Ist es das Gewerbe oder die Angst um den kleinen Bruder?«

»Ich habe das Gewerbe aufgegeben«, erklärt sie.

»Daran hat sie gut getan«, nickt der Doktor. »Die Liebe und der Suff, die reiben den Menschen uff.«

»Nicht die Liebe«, meint Josefine versonnen. »Das andere, was mit der Liebe nichts zu tun hat.«

»Sie hat sich von vielem befreit«, sagt Wiesner. »Ich war grad in der Stadt und hab ein Kind auf die Welt gebracht. Die reine Unschuld. Und die Mutter eine Buhlhure. Aber sie hatte glückliche Augen. Sie wird schon auf das Kleine achtgeben.«

»Kommen Sie zu Max?«, fragt Josefine.

Wiesner prüft ihren Blick. Der ist voller Sorge. Er steht auf. »Dann los.«

Die beiden besteigen einen Landauer.

»Ich war ja – wie sie schon weiß – in der Stadt und habe dort auch die Polizisten beobachtet. Die Herren aus Berlin haben ein Schwein von der Brücke aus ins Wasser geworfen. Das Schwein soll den alten Hartenau darstellen. Sie wollen wissen, wann es unten in Max' Netz anschwemmt. Eine Frau hat Hartenau aus dem Bordell gelockt«, erzählt Wiesner im Plauderton. »Auf die Brücke. Dort muss sie ihn erschossen haben und er plumpste ins Wasser.« Er schweigt einen Moment. Dann: »Ich stelle jetzt mal eine Frage: Josefinchen, war sie die Frau auf der Brücke?«

»Nein!«

»Mir kann sie es doch sagen.«

»Er hat mir fünftausend Taler vererbt«, murmelt Josefine. »Aber deshalb soll ich das gewesen sein? Glauben Sie das?«

Wiesner seufzt. »Sie hätte alle Gründe der Welt gehabt. Und die fünftausend Taler? War das der Ablasszettel, für das, was er ihr angetan hat?«

»Darüber denke ich nicht nach.«

»Und der Max?«

»Was ist mit Max?«

Wiesner besinnt sich. »Nichts. Max ist ein liebes Kind. Und jetzt werden wir den Kleinen mal wieder auf die Beine bringen.«

Das Schwein ist in den Schlick des Flusses gesunken. Dort verweilt es einige Stunden, als wollte es über seinen weiteren Weg nachdenken. Das ungewohnte Etwas im Wasser hat Welse und andere Fische angezogen. Während die Welse das Schwein noch unschlüssig umbarteln, zerrt ein Breitkopfaal bereits an dem Fleisch.

Endlich ergreift die Strömung das Schwein und zieht es mit sich. Langsam steigt es nach oben und nimmt seinen Kurs nach Morgenthal. Die Fische verfolgen die Beute.

Ein Schwein kommt an Land. Der Graf schlägt zu und der Redakteur ist am Boden zerstört. Die Weber feiern ein Fest.

Unter den Webern hat sich die Neuigkeit verbreitet. Ein Schwein kommt flussabwärts, und es heißt Hartenau. Der Koloss ist in der Nacht gut vorangekommen und treibt bereits kurz vor Morgenthal.

Schwarz und Escher warten seit Stunden bei Max' Fischernetz. Müdigkeit hat sie matt gesetzt. Sie gestatten sich gegenseitig ein Schläfchen.

Hundert Meter flussaufwärts und nicht einsehbar von den Polizisten haben es sich sechs kräftige junge Burschen, unter ihnen Karl Roth, bequem gemacht. Zwei Ruderboote dümpeln im Schilf. Auch eine Karre ist organisiert worden. Ein siebter Mann steht weiter oben, ausgestattet mit einer Trillerpfeife. Ertönt sie, wollen vier Weber in zwei Booten auf den Fluss rudern. Die anderen beiden sind die besseren Schwimmer. Sie sollen das Boot der Polizisten aufhalten.

Auch Lilly Hartenaus Gedanken gelten einem Schwein. Das liegt im Bett und scheint sich vom Messerangriff schneller zu erholen, als ihr lieb ist. Beim Notar hat sich die Witwe vorsorglich erkundigt, wer die Fabrik erbt, falls auch Moritz Hartenau vom Sensenmann dahingemäht würde. Immerhin gibt es keine weiteren Verwandten. Zumindest nicht nach Lillys Kenntnis.

Doch der Notar hält sich bedeckt. »Noch weilt der verehrte Herr Stiefsohn doch unter den Lebenden, oder?«

Sie hat flugs genickt und sich ein Lächeln abgequält.

Lilly denkt über ihre Lage nach. Die Freude auf ihr künftiges, sorgenfreies Leben hat der Junior ihr gründlich verleidet. Aber von dem Geld und den Wertpapieren weiß er nichts. Ständig schreit er nach den Frauen. Auch jetzt wieder. Und es ist noch nicht einmal hell draußen.

Thekla kommt in Lillys Zimmer und schaut sie fragend an. Moritz Hartenaus jämmerliche Stimme schallt durchs Haus.

»Gehen wir«, sagt Lilly resigniert. »Irgendwann ist es vorbei, muss es vorbei sein.«

»Ich hoffe, der liebe Gott hat Ihre Bitte gehört, gnädige Frau«, murmelt das Mädchen und knickst.

»Der liebe Gott scheint nicht auf unserer Seite zu sein, Thekla.«

»Auf meiner jedenfalls nicht, gnädige Frau.«

Lilly drückt ein Aufbrausen nieder – sie braucht das Mädchen vielleicht noch. Moritz plärrt erneut.

Die Witwe seufzt. »Lass uns zu dem Schreihals gehen. Wahrscheinlich hat er schon wieder in das Bett uriniert, das Schwein.«

Die beiden Frauen gehen zu dem Verletzten. Im Raum ist es heiß und es stinkt nach Schweiß und Urin.

»Hol frisches Wasser, Thekla«, ordnet Lilly an. »Ich werde versuchen, den bestialischen Gestank aus dem Zimmer zu vertreiben.«

Thekla verschwindet. Lilly schiebt die Vorhänge zur Seite und reißt die Fenster auf. Sie macht es mit Wut im Bauch.

»Mach nicht so einen Lärm«, blafft Moritz. »Ich bin krank.«

Die Witwe geht zum Bett, bleibt einen Meter davor stehen und mustert den Klotz. Fettiges Haar. Ausdünstungen wie ein ranziger Ziegenbock. Angeschwollene Tränensäcke. Das lächerliche Zipfelchen auf einem Kissen. Gelbe Urinflecken.

Zur Wut kommt Hass. Warum hat Wiesner ihn so gut zusammengeflickt, denkt sie. Warum konnte das Messer ihn nicht richtig treffen.

»Was glotzt du so?«

»Du kommst nach deinem Vater, Moritz«, sagt Lilly. »Sogar der Geruch ist der gleiche. Ich wusste nicht, dass sich Gestank vererben kann.«

»Dann weißt du es jetzt, du Hure!«, keift er. »Und jetzt bringt mir was zu essen, ihr dummen Weiber!«

»Hol dir deinen Fraß selbst.«

Thekla ist mit dem Wasserkrug und der Schüssel zurückgekehrt.

»Stell das Zeug neben das Bett«, weist Lilly das Mädchen an. »Waschen kann er sich allein, wenn er will. Und das Frühstück steht in der Küche.«

»Ich darf mich nicht bewegen!«

Die Witwe zuckt die Schultern. Hoffentlich bricht die Wunde auf und entzündet sich, denkt sie. Soll er doch bei lebendigem Leib verfaulen!

Die beiden Hilfsgendarmen folgen der langsam dahintreibenden weißen Fischerkugel. Der eine macht ab und zu einige verlangsamende Ruderschläge, damit sie das Schwein nicht überholen. Der andere döst vor sich hin. Spannend ist dieser Auftrag nicht.

Plötzlich schrillt der Ton einer Trillerpfeife durch die Luft.

»Da ist er«, raunt Karl dem Michel zu und deutet flussaufwärts. Ja, da schwimmt eine weiße Kugel auf dem Wasser. Langsam und stetig kommt sie näher. Das Boot der Polizisten folgt in einigem Abstand.

Leise, aber mit kräftigen Schlägen schwimmen zwei Weber auf das Boot der Polizisten zu. Mit einem großen Ruck kippen sie es um und machen sich wieder davon. Die beiden Gendarmen sind so überrascht, dass sie nicht einmal schreien. Sie lassen ihr Boot im Stich und planschen auf das Ufer zu. Ihre Rucksäcke treiben der Kugel nach und versinken.

Die beiden Boote stellen sich mit dem Bug in die Richtung, aus der die Last auf sie zu treibt. Sie müssen das Schwein zwischen sich bekommen, es mit den Paddeln stoppen und in eines der Boote ziehen. Schaffen sie es nicht, geht es den Polizisten ins Netz und ist verloren.

Nun hat Karl Roth die schwere Sau an einem Bein gepackt, sein Freund Michel hebt das andere Ende an. Eine wackelige Angelegenheit. Das Boot schwankt bedrohlich. Doch dann landet der neue Hartenau mit einem Plumps bei Karl im Boot. Der Aal schlängelt sich über den Bootsrand ins Wasser.

Die Polizisten aus Berlin liegen im Gras. Die Köpfe auf Jacken gebettet. Escher lächelt im Schlaf, Schwarz schnarcht leise. Sie bekommen nicht mit, was sich auf dem Fluss abspielt.

Dann der Platsch. Schwarz und Escher wachen auf. Irritiert blicken sie zum Netz. Da hängt kein Schwein.

»Da!« Escher deutet flussaufwärts. Drüben kriechen zwei Gestalten an Land. Ein umgekipptes Boot treibt heran. Und Männer schleppen das Schwein am Ufer entlang.

»Die klauen uns den Hartenau!«, schreit Schwarz.

Und Escher brüllt: »Halt! Aufhören! Polizei!«

Doch niemand reagiert auf den Befehl. Die Polizisten rennen los, um die Diebe zu erwischen. Aber sie sehen nur noch eine beladene Karre hinter der Hecke verschwinden.

Eine Stunde später. Redakteur Ludwig Immermann weiß von der Aktion der Weber. Er grinst in sich hinein. Der Schweineklau eignet sich sehr schön für einen humoristischen Artikel in der nächsten Ausgabe des *Morgenthaler Volksfreundes.* So kann er den eingebildeten Berliner ein wenig durch den Kakao ziehen.

Er schreibt. Vielleicht schafft er es, den Artikel zu beenden, bevor Rachel und Elias eintreffen.

Plötzlich hört er an der Tür Geräusche. Sie sind zu laut, um einen wohlwollenden Besucher anzukündigen. Er stürzt in den Nebenraum und sieht drei Männer neben der Druckmaschine und einen vierten in der Tür. Dieser hält eine Pistole in der Hand.

»Was ist hier los?«, fragt Immermann verdattert.

Heinrich Graf von Überall hebt die Waffe und richtet sie auf den Redakteur. In seinem hageren Gesicht ist Triumph zu erkennen.

Mit schweren Hämmern schlagen die Männer auf die Druckmaschine ein. Immermann zuckt zusammen, doch die Pistole hindert ihn daran, der Zerstörung Einhalt zu gebieten. Jeden Augenblick können Rachel und Elias kommen. Wenn die beiden diesen Kerlen in die Hände fallen – nicht auszudenken.

Die Hämmer treffen auf Metall. Holz splittert. Die Männer traktieren das Druckpapier mit den Stiefeln. Grölen dabei.

»Ich werde Sie anzeigen«, sagt Immermann zum Grafen.

»Das können Sie gerne tun, Hundsfott«, grinst von Überall. Nicht ohne Wohlwollen betrachtet er Immermanns kräftige Gestalt.

Der Redakteur dreht sich zur Maschine um. Versucht, sich die Gesichter der drei Kerle einzuprägen. Für die Anzeige. Doch er kann nur auf die völlig demolierte Maschine starren.

Ihm ist übel.

Er stürzt in eine tiefe Resignation. Die Druckmaschine ist zerstört, die Bleibuchstaben über den Boden verteilt, die Möbel zertrümmert. Elias und Rachel finden den Redakteur auf dem Boden sitzend.

Mit einem Blick erfassen sie die Situation. Rachel stürzt zu Immermann und geht auf die Knie: »Bist du verletzt?«

Er sieht sie mit verwundeten Augen an. Schüttelt den Kopf. Sie nimmt ihn und drückt ihn an sich. Ein leises Schluchzen verlässt Immermann.

»Wer hat das getan?«, ruft Elias aufgebracht.

»Überall und seine Schergen«, bringt der Redakteur heraus. Er rappelt sich hoch.

»Der *Vaterländische Verein?*«

»Möglich. Es waren vier Kerle. Ich hab nur den Grafen erkannt. Er hat mich mit einer Pistole in Schach gehalten, sonst hätte ich das alles verhindert …«

»Dann hätten sie dich totgeschlagen!« Rachel schaut Immermann voller Sorge an. Er scheint aber tatsächlich keine Verletzungen davongetragen zu haben.

»Wir müssen zur Polizei gehen.« Rachel reißt ihren Blick von Immermanns Körper. »Soll der arrogante Polizist aus Berlin doch mal zeigen, ob er wenigstens Verbrechen aufklären kann, bei denen der Täter sich offen gezeigt hat. Das dürfte sogar ihm gelingen.«

»Das hat doch keinen Sinn«, wehrt Immermann ab. »Der hohe Herr hat im Moment wohl anderes zu tun, als der Presse zu Gerechtigkeit zu verhelfen.«

Schwarz und Escher treffen Justus von Kleist in Emily Steins guter Stube, wo er zu Abend speist. Sie beichten, wie sie sich von den Schweinedieben haben hereinlegen lassen. Schlagen eine Razzia in der Webersiedlung vor, denn nur dahin kann das Schwein ja transportiert worden sein.

Der Polizeidirektor zeigt sein Amüsement nicht. Mit ernster Miene schaufelt er Gewürzgurken auf den Teller und genießt das Saure. »Also hat der hoffnungsvolle Berliner Nachwuchs der Königlich Preußischen Polizei im weichen Gras gelegen und vor sich hin geträumt? Und die Eskorte ließ sich ohne Widerstand ins Wasser kippen?«

»Immerhin ist niemand zu Schaden gekommen. Es sei denn, die Kollegen bekommen einen Schnupfen.« Escher schaut indigniert zu Boden.

Schwarz versucht ein Grinsen. »Diebstahl«, sagt er. »Wenn wir das Schwein finden, haben wir auch die Täter.«

Von Kleist schiebt den Teller von sich weg. »Was wir wissen wollten, haben wir herausgefunden. Das Schwein hat das Netz tatsächlich angesteuert. Wir kennen nun mit Sicherheit den Tatort. Die Brücke. Die Tatzeit kennen wir auch. Es muss nach Hartenaus Besuch in Frau Dollys Etablissement passiert sein. Und wir haben eine Spur. Die Frau mit dem Brief. Das Schwein kann uns nicht mehr helfen. Seine Rückeroberung hätte nur sportlichen Sinn. Dabei habe ich das Gefühl«, murmelt er, »dass der alte Hartenau heute vielen den Magen füllen wird. Riecht es nicht schon nach Holzkohle?«

Das aus dem Morgen gerettete Schwein ist inzwischen gesäubert, ausgeschlachtet und auseinandergeschlagen. Die Frauen haben Kräuter gesammelt. Auf dem zentralen Platz in der Webersiedlung schichten einige Männer Holzscheite auf. An einem kleinen Nebenfeuer halten Kinder Stöcke über die Hitze, auf die sie Kartoffeln gespießt haben.

Ein Halbwüchsiger hat eine Blechtrommel um den Hals hängen und schlägt auf ihr einen einfachen Rhythmus. Mehrere Kinder folgen dem Takt und singen: »Der Hartenau, der Hartenau, der war im Leben schon 'ne Sau. Die Sau fällt in den Morgen, das macht uns keine Sorgen. Die Sau schwimmt mit den Fischen, nun liegt sie auf den Tischen. Der Hartenau, der Hartenau, der war im Leben schon 'ne Sau ...«

Das Lied der Kinder gefällt. Es wird gelacht und geschwätzt. Wirtin Anni hat ein Fass Bier heranschaffen lassen.

Harry Roth kommt mit seiner Frau Marie, Karl und Josefine. Der kleine Max hockt schon bei den Kartoffelkindern am Feuer.

Es beginnt zu dunkeln. Die Flammen erhellen den Platz. Josefine ist zu Max gegangen. Der schiebt seine Kartoffel mit viel Ernst auf den Stock. Der Geruch von gewürztem Fleisch zieht über den Platz. Brocken des gewässerten Schweins liegen schon auf einem über das Feuer geworfenen Rest eines Eisenzauns. Die ersten Gläser Bier werden herumgereicht. Luise hat frei und zapft. Sie verspottet die jungen Männer als mutige Waidleute, die den Ort von einem Drachen befreit haben.

»Auch dir ein Bier, statt Geld, mein Held!« Sie schüttelt sich vor Lachen.

Die jungen Kerle schauen auf sie. Die Stimmung wird immer ausgelassener. Die Sorge um die Arbeit und das Geld wird vergessen. Eine Fiedel erklingt. Im Schein der Feuer winkt Karl Luise vom Zapfhahn weg. Er tanzt mit ihr, dass ihr Rock hochweht. Mit erhitzten Gesichtern und leuchtenden Augen schauen sie sich an.

Die Fiedel setzt zum nächsten Lied an und diesmal tanzen viele.

Karl und Luise holen sich ihre Schweineportion, verzehren sie ein wenig abseits. Dann verschwindet Luise still im Dunkeln. Karl schließt sich wieder seinem Vater an.

Immermann gesellt sich zu den Feiernden. »Sagt mal: Liegt hier etwa der Geruch eines gebratenen Schweins in der Luft? Und sehe ich da nicht ein Fässchen Bier?«

Das Fest dauert noch lange in dieser Nacht. Immermann trinkt viel Bier. Als die letzte Glut des Feuers verlischt, denkt er wieder an Rachel. Wie wunderbar wäre es jetzt, nach Hause zu kommen und sie in seinem Bett vorzufinden. Doch sie würde ihn wohl hinauswerfen, weil sie einen Mann mit Alkoholfahne nicht ertragen will.

Er torkelt zu Luther. Der Fuchs steht mit gesenktem Kopf und döst vor sich hin. Nur mühsam schafft es Immermann in den Sattel. Er gibt Luther einen Klaps und lässt die Zügel locker.

»Nach Hause«, lallt er. Das Pferd trottet los.

Der König erschlägt einen Untertanen. Die Witwe und ihr Mädchen trinken Sekt. Jemand wird erpresst. Der hohe Polizist erklärt moderne Verhörmethoden. Die Salonière und ihre Tochter erfahren die Wahrheit.

Moritz Hartenau hat sein Krankenlager tatsächlich verlassen. Pfeiffer hat ihm eine Nachricht geschickt. Harry Roth verlangt im Namen aller Arbeiter die unverzügliche Abschaffung des Gutscheinsystems und die Auszahlung der Löhne in Talern. Sonst bleiben die Weber der Arbeit fern. In der Fabrik herrscht Leerlauf. Der Prokurist ist ratlos. Moritz Hartenau nimmt durch den Nebel des Alkohols und der Schmerzen nur wahr, dass er in die Fabrik muss.

Lilly und Thekla sehen Moritz aus dem Haus stolpern, langsam die Kutsche besteigen. »In die Firma, aber vorsichtig!«, hören sie den Befehl. Dann rollt das Gefährt davon.

»Du hast den halben Tag frei«, sagt die Witwe. »Heute Mittag erwarte ich dich wieder. Ich muss mich ausruhen.«

Thekla knickst.

Lilly wartet, bis das Dienstmädchen das Haus verlassen hat. Dann geht sie mit hocherhobenem Kopf in ihr Zimmer und kleidet sich an.

Pfeiffer erwartet den Herrn Fabrikanten. Hartenau steigt vorsichtig aus der Kutsche, weist den Fahrer an, vor dem Tor zu warten. Der Erbe geht breitbeinig über den Hof.

Irgendwas ist anders, denkt er. Dann begreift er: Bei *Hartenau und Söhne* stehen tatsächlich die Webstühle still!

Unterwürfig öffnet der Prokurist die Tür zur Halle. »Alle Arbeiter sind weg«, erklärt er überflüssigerweise.

»Und warum?«

»Sie wollen endlich ihren Lohn«, erklärt Pfeiffer.

»Sie bekommen doch Kredit in den Läden.«

»Den wollen sie nicht mehr.«

»Was bildet sich dieses dumme Arbeiterpack ein?«, fragt Hartenau.

»Auch ich brauche Geld«, wagt Pfeiffer zu sagen. »Ich habe Familie und keine Reserven. Wann kann ich mit meinem Lohn rechnen?«

Hartenau würde am liebsten explodieren, doch er traut sich nicht. Die Wunde pocht.

»Hauen Sie ab, Pfeiffer«, befiehlt Hartenau. »Gehen Sie in die Weberställe und sagen Sie dem Pack, dass ich die Fabrik schließe, wenn es morgen nicht vollzählig erscheint. Dann können sie sehen, wo sie bleiben. Es liegt in Ihrer Verantwortung, Pfeiffer. Und wenn die Leute nicht kommen, ist das eine Befehlsverweigerung von Ihnen und auch Sie brauchen sich hier nicht mehr sehen zu lassen.«

»Aber ich habe doch gar keinen Einfluss auf die Leute, Herr Hartenau.«

»Wenn das so ist, sind Sie wohl eine schlechte Besetzung für die Position des Prokuristen, meinen Sie nicht auch, Pfeiffer? Aber das lässt sich ja ändern.«

Der Prokurist starrt den Fabrikanten nur noch an.

Moritz Hartenau fühlt sich nicht wohl. Oben im Büro steht eine Liege. Da muss er hin. Aber Pfeiffer soll seine Schwäche nicht bemerken. »Worauf warten Sie noch? Morgen oder gar nicht mehr. Sagen Sie denen das!«

Pfeiffer macht einen Diener und pariert. Der Fabrikbesitzer wartet, bis die Tür ins Schloss gefallen ist. Die Schmerzen. Das Blut ist vom Kopf in den Unterleib hinabgestiegen und wühlt in seinen verletzten Genitalien.

Mit großer Vorsicht hält Hartenau sich am Geländer fest und steigt die Treppe zum Büro hinauf. Er hat es nicht mehr weit. Jede Bewegung fällt ihm schwer. Wiesner hat ja beschrieben, was geschieht, wenn sich eine Entzündung bildet. Davor hat er Angst.

Hartenau ist im Büro und steuert die Liege an, hält ein und schleppt sich zum Schrank. Hier stehen Schnaps und Glas. Er packt die Flasche und setzt sie an den Hals. Trinkt. Sich an den Möbeln entlangtastend, erreicht er das Liegesofa. Er stöhnt auf, macht sich lang und schließt die Augen.

Der Kutscher bemerkt, dass Pfeiffer die Fabrik verlässt. Dann nimmt er die Beine hoch und rollt sich auf dem Bock der neuen Kutsche zusammen. Den alten Herrn hat er jahrelang jeden Morgen in die Fabrik gefahren – genauso wie den jungen jetzt. Doch niemals war es in der Fabrik so still. Dem alten Mann fallen die Augen zu. Bevor er sie ganz zum Schlaf schließt, sieht er den Rücken einer Frauengestalt, Schutenhut und Schultertuch.

Er hat sich ein Frauenzimmer bestellt, denkt der Kutscher. Dann wird es länger dauern und ich kann in Ruhe ein Schläfchen machen …

Drei Stunden wartet der Kutscher geduldig, dann traut er sich vom Bock hinunter. Er hat die Frau die Fabrik nicht wieder verlassen sehen. Aber er hat ja auch geschlafen.

Das Tor ist nur angelehnt. Der Mann geht in die menschenleere Halle. Er ruft nach Hartenau. Keine Antwort.

Soll er ins Büro gehen? Den gnädigen Herrn vielleicht dabei stören, wie er sich mit der Frau beschäftigt?

Er steigt die Treppe hinauf, bemüht sich, leise zu sein, horcht an der Tür.

Klopft. Nur Stille. Der Kutscher drückt die Klinke hinunter und lugt in das Büro.

Wenig später donnern Pferdehufe über das Pflaster der Morgenthaler Hauptstraße. Der Kutscher klettert vom Bock und stürmt in die Polizeiwache.

»Hilfe!«, schreit der alte Mann. »Zu Hilfe!«

Escher und Schwarz hören das Geschrei und laufen in den Vorraum. Auch von Kleist tritt herein.

Hans Kürten ist schon dabei, den Mann zu beruhigen, um klare Sätze aus ihm herauszubekommen. »Hartenaus Kutscher«, erklärt er den drei Berlinern. »Es ist etwas geschehen.«

»Der gnädige Herr! Tot ist er«, stammelt der alte Mann. »Überall Blut.«

»Wo ist Blut?«, fragt Kürten.

»In der Fabrik.«

»Kümmern Sie sich um den Mann«, befiehlt von Kleist den Hilfsgendarmen. »Und Sie, Kürten, ab aufs Pferd! Und Tempo. Sichern Sie das Gelände! Sorgen Sie dafür, dass keine Spuren vernichtet werden! Wir holen den Doktor Wiesner und kommen mit dem Landauer nach.«

In gestrecktem Galopp prescht Kürten zur Unterstadt. Nimmt den Weg am Ufer und erreicht die Fabrik. Die Gerüchte, die durch die Stadt wabern, stimmen: Die Weber sind zu Hause geblieben und arbeiten nicht. So still ist es auf dem Fabrikgelände sonst noch nicht einmal sonntags. Kürten kann das Rauschen des Morgen hören.

Er reitet auf den Hof und steigt ab. Niemand ist hier und kann Spuren verwischen, denkt Kürten. Überall Blut? Das wird er sich jetzt mal ansehen.

Die Maschinen liegen wie mächtige Schiffe in der Halle. Gestrandet. In den Webstühlen stecken die halb fertigen Stoffbahnen. Garn ist achtlos auf den Boden geworfen worden.

Kürten schaut die Treppe hoch. Dort oben befindet sich Hartenaus Büro, da muss er hinauf. Er macht sich auf ein schlimmes Bild gefasst.

Langsam drückt er die Tür auf. Hält unwillkürlich den Atem an. Ja. Da liegt er. Der Kopf ist zu Brei zerschlagen. Das Polster unter dem Schädel schwarz von Blut. Weißliche Masse dringt aus der Hirnschale.

Das Mittagslicht taucht die makabre Szene in ein helles, versöhnliches Licht. Der Bronzekönig steht aufrecht auf dem Tisch und schaut auf den gefällten Untertanen. Die Sonne lässt das Metall glühen.

Kürten nähert sich dem König. Auf den Epauletten schwarz-klebrige Masse und einige Haare. Helm und Paradebusch verziert durch Knochensplitter. Die Mordwaffe, denkt Kürten. Und der Täter hat sie seelenruhig zurück auf den Tisch gestellt. In den Geruch von Blut und Fleisch mischt sich Alkoholduft. Die Flasche Schnaps liegt umgekippt und ausgelaufen neben dem Sofa. Hartenau war wohl betrunken, denkt der Gendarm. Gewehrt haben wird er sich kaum, so entspannt, wie der auf dem Sofa liegt.

Kürten bemüht sich, nicht in die Blutspritzer zu treten. Sie kleben an den Wänden, haben die Möbel beschmutzt und die Papiere auf dem Schreibtisch. Der Mörder muss viel Wut gehabt haben, als er auf Hartenau eingeschlagen hat.

Die Fliegen kommen. Sie summen erwartungsfreudig und lassen sich dort nieder, wo das Blut dick und geronnen ist.

Kürten beschließt, vor der Tür des Büros zu warten. Von hier aus hat er einen guten Blick in die Fabrikhalle. Mit den Augen sucht er die Gänge zwischen den Webstühlen ab. Vielleicht ist der Mörder noch hier? Nein, der hatte Zeit genug, die Flucht zu ergreifen. Die Stille ist gespenstisch.

Rachel hat Immermann überredet, den Überfall auf das Redaktionsbüro doch zu melden. Aber als sie gemeinsam mit Elias die Wache betreten wollen, ist die Tür verschlossen.

»Die Herren Polizisten sind ausgeflogen«, bemerkt Rachel. »Immer, wenn man diese Leute braucht, verlustieren sie sich irgendwo.«

Immermann geht auf ein paar Jungen zu, die ein Ballspiel unterbrochen haben und neugierig auf der anderen Straßenseite herumlungern.

»Wisst ihr, wo die Polizisten sind?«, fragt der Redakteur.

Er erfährt, dass alle mit Eile in Richtung Unterstadt verschwunden sind. Kurz zuvor sei Hartenaus Kutscher – wie vom Leibhaftigen gejagt – vorgefahren und in die Wache gerannt.

»Hinterher!«, ruft Elias. »Irgendwas muss passiert sein, sonst flattern die preußischen Adler nicht alle zusammen aus ihrem Horst.«

Sie ergattern gerade noch die letzte Mietkutsche.

Doktor Wiesner untersucht den toten Hartenau.

»Sehr unschön«, brummt er. »Jetzt war er mit seinem Zipfelchen schon fast über den Berg. Wäre da nicht diese königliche Mordwaffe gewesen.«

Der Doktor trägt Handschuhe. Er hebt vorsichtig den zerschmetterten Schädel an und setzt die Brille auf.

»Die Schläge sind sehr tief. Dahinter steckte viel Kraft

und Wut. Und er hat sich nicht widersetzt. Was wohl dem Schnaps zuzuschreiben ist.«

Wiesner deutet auf den Unterleib des Toten. »Auch hier hat es ihn getroffen. Am eigenen Tatwerkzeug.«

Von Kleist horcht auf. Er hat das Blut in der Genitalgegend wohl bemerkt, ihm aber keine weitere Bedeutung beigemessen. »Sie meinen, der Täter hat ihn auch am Unterleib verletzt?«

»Ein- oder zweimal sauste Friedrich Wilhelm auch in diese Gegend«, nickt Wiesner.

Der Polizeidirektor denkt an Hartenaus Aussage. Nicht Roth, sondern Elias Leclerc habe ihn mit dem Messer an den Hoden verletzt. Was, wenn das die Wahrheit war und der Franzose sein Werk jetzt vollendet hat?

»Was meinten Sie mit ›eigenem Tatwerkzeug‹?«, fragt Schwarz.

»Manche Männer benutzen ihr Zipfelchen als Mittel, anderen zu schaden«, erklärt der Arzt. »Besonders Frauen und Mädchen.«

»Vergewaltigung?«

»Er kam ganz nach dem Herrn Vater«, sagt Wiesner. »Der Apfel fiel in diesem Fall nicht nur nicht weit vom Stamm, sondern plumpste direkt darunter.«

»Sagen Sie, was Sie vermuten!«

»Der Täter war nicht kalt«, antwortet Wiesner. »Er wollte nicht nur das Leben des Kerls da vernichten. Ein Schlag mit dem König hätte gereicht. Aber er hat immer wieder draufgedroschen. Er hat es auch für sich getan und seine Gelüste.«

»Der Kutscher hat eine Frau gesehen«, gibt von Kleist preis und fixiert Wiesner. »Vielleicht haben wir es mit einer Mörderin zu tun.«

»Warum nicht?« Wiesner schaut auf die Statue. »Ihre Majestät sind schwer und der Hartenau war benommen durch den Schnaps. Der erste Hieb löst einen sofortigen Schock aus. Den zweiten, dritten und vierten wird er kaum noch gespürt haben. Aber nihil fit sine causa.«

»Die Causa suchen wir«, meint von Kleist. »Und ich glaube, dass Sie schon eine genaue Vorstellung vom Grund für diese üble Sache hier haben.«

»Ich kenne die Menschen in dieser Stadt nur besser als der Herr Polizeidirektor«, lächelt der Arzt. »Die meisten hab ich auf die Welt geholt und viele sah ich schon wieder in der Erde verschwinden.«

»Kümmern Sie sich um das Weitere?«

Wiesner nickt und wendet sich dem Toten zu. »Die Leichenkutsche müsste gleich da sein.«

»Die Luft ist unerträglich.« Justus von Kleist hasst den Geruch von Blut. Und hier vermischt er sich noch mit Urin und Schweiß. Er will hier weg und bittet Schwarz und Escher, die Papiere im Büro zu sichern und in die Polizeistation zu schaffen. Dann gehen Kürten und von Kleist durch die menschenleere Halle ins Freie.

»Warum wird hier nicht gearbeitet?«, fragt der Polizeidirektor.

»Es gibt einen Streik«, antwortet Kürten. »Die Weber bleiben zu Hause. Hartenau weigerte sich, ihnen den Lohn in Geld auszuzahlen.«

Immermann bietet dem Fahrer ein paar Groschen mehr, wenn er aus dem Gaul das Maximale herausholt. Der Mann tut sein Bestes, bleibt aber auf dem schmalen Weg zur Unterstadt hinter einer schwarzen, geschlossenen Kutsche hängen.

»Der Leichenwagen!« Immermann kennt das Gefährt. »Wir sind auf der richtigen Spur.«

Der schwarze Kasten nimmt die Einfahrt zum Fabrikgelände.

»Da scheint jemand das Zeitliche gesegnet zu haben«, ruft Elias.

Der Kutscher stoppt vor dem Tor. Immermann entlohnt ihn und schickt ihn weg.

Justus von Kleist sieht Immermann auf den Hof kommen. Zunächst glaubt er an eine Erscheinung. Dieser Redakteur entwickelt sich zu einer echten Pest! Rachels Anblick jedoch versöhnt ihn wieder. Was hat diese Frau nur an sich, dass er sich plötzlich so verhalten will, dass sie ihn mag?

Sie ist erhitzt. Ihr schweres dunkles Haar wird zwar durch einen Chignonknoten gebändigt, doch hier und da haben sich Haarsträhnen gelöst. Ihre Nase glänzt. Der Mund ist leicht geöffnet, die Zähne schimmern. Elias Leclerc wirkt wie ihr jüngerer Bruder. Von Kleist weiß längst, dass ihn seine politischen Umtriebe haben nach Preußen flüchten lassen. Doch das kümmert ihn wenig. Sollen die Franzosen ihre Flüchtlinge selbst einfangen.

»Was verschafft mir diesmal die Ehre Ihrer journalistischen Aufmerksamkeit, Herr Redakteur?«, fragt der Polizeidirektor.

»Was ist hier geschehen, Herr Polizist?«, drängelt sich Rachel vor. »Wir sahen den Leichenwagen und folgten ihm …«

»Treiben Sie sich eigentlich den ganzen Tag auf den Straßen herum, gnädiges Fräulein? Immer auf der Suche nach Sensationen?«

»Wir waren auf dem Weg zu Ihnen«, erklärt Immermann.

»Es hat einen Anschlag auf meine Zeitung gegeben. Mein Büro ist verwüstet. Die Druckmaschine völlig zerstört. Ich wollte den Überfall anzeigen und gleich den Schuldigen benennen: Graf Überall!«

Von Kleist zeigt sich nur mäßig interessiert, verspricht aber, Immermanns Anzeige später aufnehmen zu lassen. Durch Kürten.

Rachel platzt vor Neugierde. Sie beobachtet den Kutscher des Leichenwagens und einen weiteren Mann. Die beiden ziehen eine grob gezimmerte Holzkiste aus dem Wagen und verschwinden mit ihr in der Fabrik.

»Wer ist denn tot?«, fragt sie. »Das ist doch ein Sarg, der da hineingetragen wird.«

Justus von Kleist wird ärgerlich. »Sie haben ein seltenes Geschick, zur falschen Zeit aufzutauchen und die falschen Fragen zu stellen, Fräulein Grünblatt.«

»Und Sie haben eine seltsame Sichtweise, Herr von Kleist!« Rachel strahlt ihn an. »Mag sein, dass die Zeit Ihnen falsch erscheint, aber meine Fragen stelle ich schon richtig. Und wenn ein Sarg in ein Gebäude getragen wird, gehe ich nicht davon aus, dass sich in ihm Verpflegung für die Arbeiter befindet, die übrigens gar nicht da zu sein scheinen. Also frage ich: Wer ist tot? Erscheint Ihnen diese Frage so nicht doch recht logisch?«

Immermann passt es nicht, dass sich Rachel mit dem Polizeidirektor befasst. Er spürt den interessierten Unterton bei beiden. Sie mögen es, sich aneinander zu reiben. Und er weiß, dass bei Reibung Hitze entsteht.

»Es wird uns nicht verborgen bleiben, Rachel.« Immermann nimmt sanft ihren Arm. »Ein paar Fragen an den Kutscher von Hartenau – und wir haben die Antwort. Der Kerl fuhr ja wie von allen Teufeln gehetzt.«

Von Kleists Blick krallt sich an Immermanns Hand, die auf Rachels Arm liegt.

»Dann kommen Sie mal mit, Fräulein Rachel«, sagt der Polizeidirektor ernst. »Ich werde Ihre Neugier stillen.«

Rachel zögert, schaut Immermann an.

»Darf ich bitten? Oder hat der Mut Sie verlassen?« Justus von Kleist reicht ihr den Arm.

Sie will sich nicht blamieren und hakt sich bei ihm unter. Immermann und Elias schauen dem Paar schweigend nach.

»Sie wollen mir wirklich einen Toten zeigen?«, flüstert sie, als beide vor dem Tor der Halle stehen.

»Aber natürlich«, flüstert er zurück. »Dem Forschungsdrang einer ehrgeizigen Journalistin wird die preußische Polizei nicht im Wege stehen.«

Er drückt die Tür auf und sie gelangen in die Halle. »Wir müssen hoch«, sagt von Kleist und deutet nach oben.

»Liegt dort die Leiche?«

»Ich hoffe, Ihr Elan überlebt den Anblick.« Er zieht sie die Treppe hinauf. »Warum so zögerlich?«

Rachel streckt den Rücken. »Ich hab noch nie einen Toten gesehen.«

»Sie dilettieren ja noch nicht lange im Journalismus.«

»Es war mein erster Artikel«, schmollt sie.

»Ihr Debüt war eine recht reife Leistung, verehrte junge Dame.«

Sie erreichen die Bürotür. Rachel hat ein leeres Gefühl im Magen. Nur nichts anmerken lassen!

Von Kleist klopft. »Doktor Wiesner? Erlaubt der Zustand Ihres Patienten eine kleine Visite durch Fräulein Grünblatt und mich?«

»Lebendig wird der nicht mehr«, ruft der Arzt durch die geschlossene Tür. »Also ruhig herein mit der jungen Dame!«

Der Polizeidirektor drückt die Klinke hinunter und geht vor. Rachel atmet auf – kein Toter ist zu sehen. Aber auf dem Sofa ist alles schwarz vor Blut.

»Wenn sie den Kerl in Augenschein nehmen will«, meint Wiesner, »muss sie in die Kiste schauen. Will sie das wirklich?«

Rachel blickt zum Holzsarg. Noch könnte sie auf diese Recherche verzichten. Aber dann bekäme der arrogante Polizist Oberwasser.

»Öffnen Sie den Deckel, Herr von Kleist. Ich kann es kaum erwarten.«

Von Kleist gibt den Sargträgern ein Zeichen.

Rachel macht einen Schritt nach vorn.

Immermann und Elias sind gespannt. Endlich öffnet sich das Hallentor. Zwei Männer schleppen den Sarg ins Freie – gefolgt von Rachel und dem Polizeidirektor.

Immermann stellt erleichtert fest, dass Rachel nicht mehr an dem Arm des Konkurrenten hängt.

»Ich bringe Ihnen die junge Dame wohlbehalten zurück, meine Herren«, lächelt von Kleist. »Sie hat sich erstaunlich gut gehalten und dem Verbrechen offen ins Auge geschaut. Ein wenig bleich um die Nase ist Fräulein Rachel ja schon geworden, aber das ist nicht von Dauer. Und jetzt entschuldigen Sie mich bitte.«

»Wer ist es denn nun?«, fragt Elias, als von Kleist sie nicht mehr hören kann.

»Moritz Hartenau«, antwortet Rachel. »Erschlagen. Von unserem König.«

Die Weber haben sich versammelt und beraten die Lage. Die Fabrik steht still. Pfeiffer ist unverrichteter Dinge wieder abgezogen. Sein Ultimatum, Rückkehr zur Arbeit oder

Schließung der Fabrik, hat Gelächter hervorgerufen. Was soll denn Moritz Hartenau mit einer geschlossenen Fabrik anfangen? Die Arbeiter spüren ihre Macht. Harry Roth soll den Fabrikherrn aufsuchen und mit ihm darüber sprechen, wie es weitergeht. Die Forderung ist: richtiger Lohn. Karl Roth hört den Galopp eines Pferdes. Ein Reiter nähert sich.

Es ist der Redakteur Immermann auf Luther. Das Pferd ist kaum zu bändigen und sein Reiter bekommt den Fuchs erst im letzten Moment zum Stehen.

»Hartenau junior ist tot«, ruft Immermann. »Erschlagen in der Fabrik. Der Mörder ist geflüchtet.«

»Man wird uns verdächtigen«, stöhnt Karl. »Wegen des Streiks und der Verhandlungen über die Gutscheine.«

»Niemand von uns war in der Fabrik«, stellt Harry Roth fest. »Also kann niemand von uns ihn erschlagen haben. Das wird auch der Polizeidirektor aus Berlin zur Kenntnis nehmen müssen.«

»Was wird nun aus uns?«, fragt eine Frau. »Und aus der Fabrik?«

»Das weiß ich nicht«, antwortet der Redakteur.

»Vielleicht wird es mit dem nächsten Besitzer einfacher«, meint Karl.

»Das haben wir auch gehofft, als der Alte hin war«, seufzt ein Weber. »Und was war? Alles noch schlimmer. Und wenn die Weberei geschlossen wird, sind wir alle ohne Arbeit!«

Harry Roth beendet die Zusammenkunft: »Es geht bestimmt weiter. Wie auch immer. Die Fabrik löst sich ja nicht in Luft auf, irgendjemand wird sie schon erben.«

Justus von Kleists Probleme werden nicht weniger. Wer ist die geheimnisvolle Frau, die der Kutscher gesehen hat? Vermutlich hat sie Moritz Hartenau getötet. Aber ist es dieselbe, die Emil Hartenau vor seinem Tod aus dem Bordell gelockt hat?

Der Mann sitzt vor ihm. Ein kleines, ängstliches Wesen, das seit vielen Jahren als Kutscher im Dienst der Fabrikantenfamilie steht. Er hat Vater und Sohn gefahren und die erste Frau Hartenau. Später dann die zweite.

»Die Frau ging in die Halle?«

»Ja, so sah es aus.«

»Wie sah sie aus?«

Der Kutscher beschreibt sie als mittelgroß und prall.

»Was heißt prall?«, erkundigt sich von Kleist.

»Ein bisschen üppig.«

»Wie konnten Sie das erkennen? Sie haben sie doch nur von hinten gesehen.«

Der Kutscher überlegt. »Es kann auch an dem Tuch gelegen haben.«

»Welches Tuch?«

»Na, das Tuch. Über den Schultern. Ein großes Tuch.«

»Haben Sie sonst noch etwas beobachtet?«, fragt von Kleist.

Der Mann schüttelt den Kopf.

»Waren Sie denn die gesamte Zeit aufmerksam? Oder sind Sie zwischendurch eingenickt?«

Ganz ausschließen will Hartenaus Kutscher das nicht. Ein kleines Schläfchen in Ehren – sozusagen. Wenn der gnädige Herr sich auch immer so lange Zeit lässt mit den Damen!

Von Kleist schickt ihn weg. Die Angaben des Kutschers sind nahezu unbrauchbar. Aber – falls es die Frau wirklich gibt, ist sie wahrscheinlich mit einer Kutsche zur Fabrik gekommen. Es sei denn, sie stammt aus der Unterstadt und konnte diesen Weg zu Fuß bewältigen.

Schwarz und Escher sollen alle Mietkutscher der Stadt befragen.

Die beschlagnahmten Unterlagen warten auf von Kleists Schreibtisch. Die Blutspritzer sind getrocknet. Geschäftsunterlagen – auf den ersten Blick. Beschwerdebriefe von Händlern und Schneidereien. *Hartenau und Söhne* haben Lieferschwierigkeiten. Manche Kunden drohen mit Vertragsannullierung, andere weigern sich, die Rechnungen zu bezahlen, weil die Ware minderwertig sei. Der Polizeidirektor ahnt: Diese Weberei steht kurz vor der Pleite.

Durch den Tod Hartenaus wird sich die Lage nicht gerade entspannen, denkt von Kleist.

Er beschließt, noch einmal bei Lilly Hartenau vorzusprechen. Nein, er wird sie ins Büro vorladen. Das grauenhafte Interieur der Fabrikantenvilla tut er sich nicht noch einmal an.

Thekla hat eine Flasche Champagner aus dem Keller geholt. Lilly Hartenau, jetzt nicht nur Witwe, sondern auch verwaiste Stiefmutter eines Hartenau, macht keinerlei Hehl daraus, dass Moritz' abruptes Ableben sie keinesfalls in Trauer stürzt.

Natürlich hat Lillys erster Gedanke der Erbschaft gegolten, aber sie beherrscht sich. Die Sache allzu rasch anzugehen, wird einen schlechten Eindruck machen. Falls sie die Fabrik jetzt doch noch erben sollte, wird sie sie so schnell wie möglich verkaufen. Argentinien lockt.

»Siehst du, Thekla«, sinniert Lilly. »So kommt doch noch alles zu einem guten Ende. Und jetzt darfst du auch ein Glas Champagner trinken. Immerhin hast du ja auch unter diesem Grobian leiden müssen.«

Thekla füllt zwei kristallene Kelche.

»Auf dass er in der Hölle schmore.« Lilly prostet dem Dienstmädchen zu. Thekla trinkt zu schnell, muss husten und prustet den Rebensaft quer über den Tisch.

Ekelhaft, denkt Lilly Hartenau, hält aber an sich. Sie braucht das Mädchen noch. Weiß noch nicht, was Thekla weiß.

»Wenn das alles hier vorbei ist«, sagt sie, »mache ich eine Reise in den Süden. Und du kommst mit, meine gute Thekla.«

Dankbarkeit bestimmt den Blick des Mädchens.

»Wir haben gemeinsam unter den Hartenaus gelitten, jetzt teilen wir auch die Freude, die die beiden uns durch ihre Abwesenheit bereiten.« Die Wärme in Lillys Worten kommt nicht bis zu den Augen.

Das Läuten der Glocke unterbricht das traute Zusammensein. Ein Bote bringt eine förmliche Vorladung zu einer polizeilichen Vernehmung – unterzeichnet von Justus von Kleist.

Die Witwe Hartenau rauscht in die Polizeiwache. Sie ist in sittsames Dunkelblau gekleidet, die blonden Haare streng gescheitelt und die Miene undurchdringlich. Kürten weiß, dass der Polizeidirektor sie vernehmen will, und er hat gebeten, dabei sein zu dürfen. Er hofft, die neuesten Verhörformen, die in Berlin entwickelt worden sind, vorgeführt zu bekommen.

Dazu gehört wohl, dass ein möglicher Delinquent erst einmal warten muss. Das steigert seine Nervosität. Von Kleist lässt die Witwe Hartenau im Vorzimmer sitzen – bei den Hilfsgendarmen. Diese sind angewiesen, die vorgeladene Frauenperson nicht zur Kenntnis zu nehmen.

»Sie hat jetzt noch einmal Gelegenheit, sich zu fragen, ob sie einen Fehler gemacht hat, und sie kann sich den Kopf darüber zerbrechen, was wir wissen könnten«, erklärt von Kleist.

»Falls sie Moritz Hartenau getötet hat«, gibt Hans Kürten zu bedenken. Die beiden sitzen im Büro – nur durch eine Tür von Lilly Hartenau getrennt. Deshalb hören sie auch, dass die Witwe unwirsch fragt, wie lange es wohl noch dauern werde. »Ich habe andere Probleme, als hier herumzusitzen.«

Von Kleist grinst. »Kürten, wir werden gleich sehr verschiedene Rollen spielen. Ich werde Frau Hartenau von oben herab und etwas brutal befragen. Sie schlagen einen milden Ton an, machen vielleicht sogar den Versuch, mich zurückzuhalten. Aus Mitleid mit der armen Frau oder einfach, weil Sie so ein guter Morgenthaler Junge sind.«

»Ich soll also den guten Polizisten spielen.«

»Ja. Und ich den bösen. Sie wird Ihnen vertrauen. Und mir nicht.«

»Und warum machen wir das nicht umgekehrt?«, fragt Kürten.

»Das geht nicht. Ich bin Ihr Vorgesetzter. Wenn ich den guten Polizisten spiele, glaubt Ihnen niemand die Bosheit.«

»Das klingt logisch«, stellt Kürten fest. »Soll ich die Gnädige jetzt hereinholen?«

Lilly Hartenau erwartet, dass von Kleist sich für die ungehörige Wartezeit entschuldigt, doch er erhebt sich noch nicht einmal zur Begrüßung. Er bleibt hinter dem Schreibtisch sitzen, gönnt ihr keinen Blick und schaut in seine Papiere.

Kürten fragt, ob die gnädige Frau Hartenau vielleicht eine kleine Erfrischung möchte.

Sie lehnt ab. »Was soll ich hier?«

»Sie sind hier zu einer Einvernahme.« Justus von Kleist hat den Kopf gehoben.

»Das habe ich gelesen«, zischt sie. »Aber es ist keine Art, eine Dame fast ein halbe Stunde warten zu lassen.«

»Veritable Damen bringen gewöhnlich auch keine Menschen um«, erklärt von Kleist ruhig.

»Was erlauben Sie sich?«, kreischt sie und springt auf.

Kürten steht an ihrer Seite und sagt: »Bitte setzen Sie sich wieder. Wir machen doch nur die Arbeit, die uns vom König auferlegt worden ist. Soll ich Ihnen nicht doch einen Saft holen?«

»Ich will nichts!«

»In Ihrer Familie häufen sich die Morde«, fährt der Polizeidirektor fort. »Kurz vor dem Tod Ihres Stiefsohns wurde eine Frau gesehen – vor der Fabrik. Die Beschreibung dieser Frau passt auf Sie. Wo waren Sie heute Morgen?«

»Sie verdächtigen mich wirklich?« Lilly Hartenau lacht, aber es klingt etwas hohl.

In der Polizeistube ist es unerträglich heiß. Die Witwe öffnet die ersten beiden Knöpfe ihres hochgeschlossenen Kleides und sieht nicht mehr so korrekt aus. Kürten glotzt.

»Auch beim Mord an Ihrem Ehemann spielt eine unbekannte Frau eine Rolle.« Justus von Kleist erhebt sich und geht durch den Raum.

Lilly Hartenau wagt es nicht, ihm hinterherzusehen. »Ach, tatsächlich?«, stößt sie hervor.

»Ja, tatsächlich!« Von Kleist hat den Schreibtisch wieder erreicht, lehnt sich gegen ihn und schaut auf die Witwe hinab. »Ihr Gatte erhielt kurz vor seinem Tod einen Brief. Er befand sich zu dieser Zeit in der Obhut von zwei jungen Damen im Weilenberger Bordell der Frau Dolly. Elfi und Teresa. Dieser Brief hat ihn dazu gebracht, auf die Freuden der käuflichen Lust zu verzichten und überstürzt das Bett zu verlassen. Draußen erwartete ihn eine Frau. Mit der spazierte Ihr verstorbener Gatte auf die Brücke. Da muss es dann passiert sein.«

»Was habe ich mit all dem zu tun?« Lilly Hartenau springt auf und ist jetzt auf Augenhöhe mit von Kleist. »Irgendwelche Elfis, Teresas und Trudes haben im Leben meines Gatten immer eine Rolle gespielt. Aber ich war seine Ehefrau. Muss es bei einem Mord nicht immer ein Motiv geben? Und welches sollte ich haben?«

Hans Kürten bewundert diese Frau fast. Sie lässt sich nicht einschüchtern.

»Eifersucht, Rache, Habgier«, zählt von Kleist auf.

Die Witwe wedelt sich mit dem Fächer Luft zu. »Eifersucht?« Sie lacht. »Glauben Sie wirklich, dass ich nicht gewusst habe, wo der Herr Fabrikbesitzer seine Nächte verbracht hat? Ich kannte seine Passion für Huren, bevor ich ihn geheiratet habe. Auch Rache ist kein Grund. Rache wofür? Dass ich seine widerlichen Gelüste nicht teilen durfte? Ganz im Gegenteil: Ich war froh, dass er mich in Ruhe ließ damit. Kommen wir zur Habgier: Ich habe das Haus und ein wenig Bargeld geerbt. Mehr nicht. Die Fabrik ging an Moritz.«

»Das wussten Sie aber nicht«, entgegnet von Kleist. »Notar Aufgiebel hatte die Anweisung, den Inhalt des Testaments geheim zu halten, bis zu dem Tag, an dem es eröffnet werden musste.«

»Emil hat mit mir darüber gesprochen«, behauptet Lilly. »So geheim war das. Sie sollten Ihre unbekannte Frau woanders suchen. Und ich sage Ihnen auch wo. Bei den Webern! Fragen Sie Josefine Roth. Sie hat den größten Vorteil durch Emils Tod. Für ein solches Weib sind fünftausend Taler eine Menge Geld.«

»Ich fordere Sie auf, mir lückenlos nachzuweisen, wo Sie sich heute Morgen aufgehalten haben.«

»Ich war zu Hause, das Mädchen kann es bezeugen.«

»Dann holen wir jetzt das Mädchen!«, sagt von Kleist.

Lilly bekommt einen spontanen Schweißausbruch und wedelt heftig mit dem Fächer.

»Jetzt gleich?«, fragt Kürten.

»Jetzt gleich!«, bestätigt von Kleist. »Schwarz und Escher überprüfen die Mietkutschen. Schicken Sie also einen der Hilfsgendarmen.«

Kürten geht nach draußen und gibt von Kleists Auftrag weiter.

Justus von Kleist mustert die Witwe. Sie ist nun etwas verunsichert. Aber er muss zugeben, dass sie sich gut schlägt. »Was ist, wenn das Dienstmädchen Ihre Angaben nicht bestätigt?«

»Dann lügt Thekla. Ich war im Haus.«

»Wer erbt die Fabrik denn nun, nach dem Tod Ihres Stiefsohnes?«

Lilly fächelt. »Fragen Sie den Notar«, sagt sie. »Ich hatte noch keine Zeit, mich darum zu kümmern. Sowieso stehen die Webstühle im Moment still. Vom Prokuristen weiß ich, dass die Lage der Firma nicht besonders gut ist. Mein Stiefsohn hat es in ganz kurzer Zeit geschafft, *Hartenau und Söhne* zu ruinieren.«

Kürten betritt wieder den Raum. »Die Befragung der Kutscher ist abgeschlossen«, verkündet er. »Herr Schwarz und Herr Escher warten nebenan.«

»Sehr gut.« Von Kleist schaut zufrieden. »Bleiben Sie bitte bei Frau Hartenau, Kürten.«

Zuerst ist Kürten etwas irritiert, dass von Kleist ihn mit der Witwe allein lässt. Doch dann fällt ihm die Rollenverteilung wieder ein.

»Möchten Sie jetzt ein Glas Saft, Frau Hartenau? Ihnen scheint heiß zu sein.«

Tatsächlich hat Lilly nun Durst. Hastig stürzt sie den Saft hinunter.

»Es tut mir sehr leid, dass Sie so viele Unannehmlichkeiten haben«, sagt Kürten mit sanfter Stimme. »Ich persönlich glaube natürlich an Ihre Unschuld.«

Lilly bekommt feuchte Augen. »Dies ist die schlimmste Zeit in meinem Leben«, flüstert sie, sich mit einem Batisttüchlein die Tränen feudelnd. »Als Frau bin ich solch üblen Verdächtigungen doch schutzlos ausgesetzt.«

»Sie haben Ihren Gatten gehasst, nicht wahr?« Kürten greift nach der Witwe Hand.

Diese sagt nichts, seufzt nur tief.

»Selbst wenn es so wäre«, macht Kürten weiter, »könnte ich es verstehen. Eine solche Frau wie Sie zu betrügen und zu demütigen! Unvorstellbar! Aber das ist ja nur meine Meinung. Die Aussage des Mietkutschers stellt diese üble Sache in ein ganz anderes Licht.«

»Die Aussage des Mietkutschers?« Lilly zieht ihre Hand unter der seinen hervor, greift ihrerseits zu und schaut den Gendarmen eindringlich an. »Was hat der denn gesagt?«

Kürten versinkt in ihre tiefen blauen Augen. Die Tränen sind versiegt. »Dass er heute früh eine Frau in die Unterstadt gefahren hat – in die Nähe der Weberei.«

»Ja, und?«

»Die Kutsche wurde von einer Frau herangewunken«, erzählt Kürten weiter. »Von einer verschleierten Frau.«

»Dann hat er die Frau ja wohl kaum erkannt.«

»Die Frau stand im Eingang eines Hauses. Ihres Hauses.«

Eine halbe Stunde später ist Thekla in der Polizeiwache. Lilly Hartenau sei am Morgen im Haus gewesen. Das bestätigt sie. Die Befragung des Dienstmädchens findet im Beisein der Witwe statt. Lilly Hartenau ist einerseits froh, dass das Mädchen lügt. Andererseits weiß sie, dass diese Lüge eine teure Angelegenheit für sie werden kann.

Von Kleist glaubt dem Mädchen kein Wort. Thekla stottert zu sehr und hat unruhige Augen. Doch er sagt nichts. Er weiß, dass solche Konstellationen innerhalb kurzer Zeit zu Aggressionen führen. Lilly Hartenau ist niemand, der sich auf Dauer erpressen lässt, und das Dienstmädchen ist der gnädigen Frau nicht gewachsen.

Lilly Hartenau darf gehen.

Thekla folgt ihr.

Ihre Forderung stellt Thekla eine Stunde später. Sie will Geld und eine bessere Anstellung im Hause Hartenau. Gesellschafterin will sie sein und nicht mehr Dienstmädchen.

Lilly Hartenau denkt nach. Die Summe, die Thekla fordert, ist gering. Sie könnte sie ihr ohne Probleme geben. Doch sie wäre das ganze Leben in der Gefahr, ausgenommen zu werden wie eine Gans.

»Du bekommst kein Geld und ich setze dich vor die Tür«, kündigt Lilly an. »Und was du der Polizei erzählst, ist mir gleichgültig. Ich habe Moritz nicht erschlagen. Aber ich könnte mir vorstellen, dass du es getan hast. Er hat dich mehrfach vergewaltigt. Und du wolltest Rache. Und jetzt pack deine Sachen! Bei den Gendarmen habe ich nun dir ein Alibi gegeben und nicht du mir. Wer hier wem dankbar zu sein hat, ist wohl klar.«

Prokurist Pfeiffer hat Notar Aufgiebel um eine Aussprache gebeten. Der Familienanwalt der Hartenaus hütet die wichtigsten Geschäftsunterlagen der Firma. Emil Hartenau hat wenig Vertrauen zu Banken gehabt. Und der Sohn hat sich damit nicht mehr auseinandersetzen können.

»Was geschieht mit der Fabrik?«, will Pfeiffer wissen. »Wer bekommt sie jetzt?«

»Nun ja, als Angestelltem der Firma steht Ihnen eine solche Auskunft nicht zu«, brummt der Notar.

»Ich muss das wissen«, entgegnet der Prokurist. »Denken Sie an die Arbeiter und deren Familien.«

»Sie sorgen sich um die Arbeiter?« Aufgiebel lacht dröhnend.

»Auch ich bekomme noch Geld. Hartenau hat mir meinen Lohn nicht gezahlt.«

»Was habe ich damit zu tun, mein Herr?« Aufgiebels Stimme hat einen ärgerlichen Ton angenommen. »Wenden Sie sich an die Witwe für Ihre zurückliegenden Ansprüche. Und jetzt entschuldigen Sie mich.«

Pfeiffer schließt daraus, dass Lilly Hartenau die Fabrik erbt. Er lächelt. Die gnädige Frau wird froh sein, einen erfahrenen und kenntnisreichen Mann wie ihn an ihrer Seite zu haben. Er bedankt sich und verschwindet.

Aufgiebel holt einige Schriftstücke hervor und packt sie in seine Tasche. Er tritt vor die Kanzlei. Die Wetterlage hat sich geändert, die brütende Hitze nachgelassen. Eine gute Gelegenheit, zu Fuß zu gehen. Bis zur Villa Grünblatt ist es ein Spaziergang von dreißig Minuten.

Ernst ist das Leben, heiter ist die Kunst. Friedrich von Schiller kennt die Musiker des Morgenthaler Orchesters nicht, denkt Ruben Grünblatt, sonst hätte er diese Worte nie in den *Wallenstein* geschrieben. Für Ruben ist die Kunst seit Monaten schon keine heitere Angelegenheit mehr. Ruben entscheidet sich, das Projekt Schubert-Sinfonie an den Nagel zu hängen. Soll das doch sonst wer uraufführen! Er wird die Musiker auszahlen und nach Hause schicken.

Morgenthal ist insgesamt in einer Krise. Die Weberei steht still, die Stimmung ist aufgeheizt durch den Doppelmord, niemand traut niemandem mehr. Die hinterhältigen Angriffe durch den *Vaterländischen Verein* nehmen zu. Auch wenn sie anonym und noch halbwegs verhalten sind. So sind einige Mitglieder des Laienorchesters unter Druck gesetzt worden – weil sie für ihn, den Itzig, Musik machen.

Wieder fällt Ruben *Wallensteins Tod* ein:

Und wenn der Stern, auf dem du lebst und wohnst,
Aus seinem Gleise tritt, sich brennend wirft
Auf eine nächste Welt und sie entzündet,
Du kannst nicht wählen, ob du folgen willst,
Fort reißt er dich in seines Schwunges Kraft
Samt seinem Ring und allen seinen Monden.

Ruben bemerkt plötzlich Brandgeruch. Eine Einbildung? Er läuft aus der Bibliothek und schreit durch das Haus, ob alles in Ordnung sei.

Marlene kommt in wehendem Chiffon aus dem Ankleidezimmer gerannt. Sie sieht ihren Mann außer sich. Und da erscheint auch Luise.

Stotternd berichtet sie, dass in der Küche ein Topf Milch übergekocht sei.

Mitten in diese Aufregung platzt Notar Aufgiebel, der die Klingel an der Tür kräftig zieht.

Er wird in den Salon geführt. Dort kommt er gleich zur Sache.

»Es geht um Ihre Beteiligung an *Hartenau und Söhne,* verehrter Grünblatt. Die Herren Hartenau gibt es nicht mehr, wie Ihnen bekannt sein dürfte. Und noch mehr: Die Fabrik wird bestreikt. Die Lage ist desolat.«

»Sind Sie hier, um mir zu sagen, dass mein Geld verloren ist?«, fragt Ruben.

Aufgiebel antwortet nicht sofort. Er schaut sich im Salon um. Überaus gediegen, denkt er, Geld hat der Mann. Dem tut ein Verlust nicht weh.

»Warum sind Sie hier? Meine Beteiligung kündige ich zum Jahresende.«

»Darüber will ich mit Ihnen reden«, sagt der Notar. »Wenn Sie Ihr Geld aus der Weberei ziehen, ist ein Konkurs unvermeidlich. Dreihundert Menschen verlieren ihre Arbeit. Denken Sie an die Familien der Weber!«

Marlene schaut durch die Tür. »Kann ich Ihnen etwas anbieten, Herr Aufgiebel?«, fragt sie. »Vielleicht eine Tasse heiße Schokolade?«

»Nun ja, wenn auf ihr ein Sahnehäubchen schwimmt – gern«, lächelt der Notar dankbar.

»Du auch, mein Lieber?«

Ruben nickt abwesend. »Was erwarten Sie von mir?«, fragt er ernst.

»Lassen Sie Ihr Geld in der Firma«, antwortet der Notar. »Es wäre unverantwortlich, Ihre Beteiligung zu löschen. Schließlich hatten Sie ja auch Gewinne durch die Weberei. Stocken Sie stattdessen Ihre Beteiligung auf. Dann kann die Fabrik wieder produzieren!«

Ruben zeigt die Ärgerfalte auf der Stirn. »Waren Sie nicht viele Jahre der treue Erfüllungsgehilfe der Familie Hartenau, Herr Notar? Haben Sie dem alten Hartenau auch Vorträge über Verantwortung gehalten? Wohl nicht. Sonst würden die Weber jetzt nicht streiken. Sonst wären die armen Menschen nicht gezwungen, sich ihren Lohn in den Läden der Hartenaus in schlechter Ware auszahlen zu lassen.«

»Ich bin Jurist und kein Kapitalist – um dieses moderne Wort einmal zu gebrauchen«, verteidigt sich Aufgiebel. »Ich hatte keine Möglichkeit, in die Geschäftsführung von Emil

Hartenau einzugreifen. Und sein Sohn war zu kurz hier, als dass ich ihn positiv hätte beeinflussen können.«

»Der Grund Ihres Besuches erschließt sich mir immer weniger«, sagt Ruben. »Sie wollen, dass ich mein Geld in der Firma lasse. In einer Pleitefirma! Ich bekomme es sowieso nicht zurück. Und mit meinen Gewinnen der letzten Jahre werde ich die Schulden der Arbeiter übernehmen und ihnen den letzten Lohn auszahlen.«

Marlene drückt die Tür auf – in der Hand ein Tablett, darauf zwei Tassen dampfenden Kakao.

Aufgiebel nimmt eine Tasse.

»Redet ihr über die Fabrik?«, fragt Marlene. »Wer erbt die denn eigentlich, jetzt, wo der junge Hartenau nicht mehr unter den Lebenden weilt?«

»Das muss noch geklärt werden, gnädige Frau Grünblatt.« Aufgiebel setzt die Tasse ab, leckt sich die Sahne von den Lippen und betrachtet Grünblatt. Dessen Miene entnimmt er, dass jener das Thema nicht vor seiner Gattin diskutieren möchte. Dennoch macht er weiter.

»Ich versuche gerade, Ihren Mann davon zu überzeugen, dass er sein Geld in der Fabrik lassen soll«, erzählt Aufgiebel. »Damit die armen Leute ihre Arbeit nicht verlieren.«

Ruben wird schwindelig, als er nun auch noch Rachel hinter ihrer Mutter auftauchen sieht.

»Wir sind an der Weberei beteiligt?«, stammelt Marlene.

Rachel starrt ihren Vater an. »Ist das wahr?«, fragt sie.

»Es wäre überaus angenehm, wenn sich die beiden neugierigen Frauenzimmer sofort zurückziehen würden«, sagt Ruben Grünblatt scharf. »Ich habe eine geschäftliche Besprechung mit Herrn Aufgiebel.«

Rachel steht Ruben gegenüber. Die grünblattsche Ärgerfalte blüht jetzt beiderseits.

Marlene zieht einen Flunsch. Eine solche Behandlung ist sie nicht gewohnt.

»Komm, Kind!«, stößt sie aus. »Wir lassen uns nicht sagen, dass wir stören.«

Aufgiebel ist zufrieden. Grünblatt hat signalisiert, die Schließung der Fabrik verhindern zu wollen. Das ist mehr, als ich erwartet habe, denkt der Notar.

Aber nun will auch Grünblatt wissen, wer die marode Fabrik erbt.

Der Notar klärt ihn auf: »Erben? Was denn? Die Fabrik ist bankrott. Es gibt Bankschulden. Der junge Herr Neubesitzer hat sich mal eben eine Kutsche gegönnt. Und zwei Pferde. Von einem Testament des Moritz Hartenau weiß ich nichts. Nachkommen sind nicht da, also fällt die Fabrik wohl an den Staat.«

Ruben runzelt die Stirn. »Banken sind doch vorsichtig bei Krediten und verlangen Sicherheiten.«

Der Notar legt die Fingerspitzen zusammen und blickt auf einen Punkt an der Wand. »Die Bank wird vollstrecken. Doch das Einzige von Wert sind das Grundstück und das Gebäude der Fabrik. Die Maschinen sind veraltet und werden kaum noch Erlös bringen. Wer sich heute Webstühle anschafft, nimmt Jacquards.«

»Dann ist meine Beteiligung also tatsächlich nichts mehr wert.« Rubens Schläfe pocht.

»Man wirft nicht gern gutes Geld einem Misserfolg hinterher«, nickt Aufgiebel. »Aber hier könnte es sich lohnen, die Fabrik zu retten. Der Staat würde der Übernahme der Fabrik zu einem symbolischen Preis wohl zustimmen.«

»So am grünen Tisch hier will ich das nicht entscheiden.« Ruben erhebt sich. »Ich möchte die Fabrik besichtigen, mir selbst ein Bild machen. Würden Sie so freundlich sein, mich zu begleiten? Morgen am späten Nachmittag?«

So wird es vereinbart.

Abends überdenkt Notar Aufgiebel die Lage. In der Stadt gärt es. Die Arbeiter halten an unbekannten Orten Versammlungen ab, so hört man von den Dreigroschenjungs. Angeblich sind sogar Überfälle auf die Lebensmittelläden der Hartenaus geplant.

Der *Vaterländische Verein* muss helfen, denkt er. Er ist seit langer Zeit dort Mitglied. Das Vaterland hat die Pflicht, sich um alle Menschen zu kümmern, die in ihm leben. Auch um die, die sich aus irgendwelchen Gründen mit ihm überworfen haben. Das Wort ›Vater‹ beinhaltet Fürsorge und Milde – natürlich nur bis zu einer gewissen Grenze.

Das ungeratene Kind heißt Pauperismus, und wenn es sich in einer politischen Bewegung organisiert und anfängt, zu denken und sich zu organisieren, kann es den Vater vernichten.

Die Wirtin warnt den Redakteur. Mutter und Tochter warnen den Vater. Ein Brief des Dichters erzeugt Aufregung. Die Weberei wird besichtigt. Böse Gedanken bitten um Hilfe.

Immermann hat eine neue Druckmaschine. Sie steht nicht in seiner Redaktionsstube, sondern in der Provinzhauptstadt Weilenberg. Ruben Grünblatt hat sie im Haus der jüdischen Gemeinde aufgetrieben. Sie wird nur selten benutzt.

Also akquiriert der Redakteur weiterhin Anzeigen – so, als habe es von Überalls Attacke auf die Freiheit der Presse und des Denkens nie gegeben. Nun sitzt Immermann im *Goldenen Bären* und macht Pause. Einige seiner festen Inserenten sind abgesprungen und haben die weitere Zusammenarbeit mit der Zeitung aufgekündigt. Ludwig Immermann weiß, was der Grund ist: die Angst vor dem *Vaterländischen Verein* und die üblen Verleumdungen gegen ihn als Demagogen und Republikaner. Auch dass der reiche Jude ihm Geld gegeben hat, ist einigen übel aufgestoßen.

Wirtin Anni setzt sich zu ihm an den Tisch. Es ist kurz vor Mittag und die Stammgäste haben sich noch nicht blicken lassen. Kochdünste ziehen in den Schankraum. Es riecht nach Sellerie und Lauch.

»Der Verein trifft sich morgen im Gemeindehaus«, erzählt sie.

»Überalls Schlägertruppe?«

Anni nickt. »Sie wählen einen neuen Vorsitzenden. Und wollen den königlichen Zensor auf dich hetzen.«

»Woher weißt du das?«

»Nachts am Tresen fallen viele dumme Worte«, antwortet die Wirtin. »Zu viele Biere, zu viele Korn. Dann fühlt sich jeder Kerl stark. Und will es allen zeigen. Und zuschlagen. Du musst aufpassen.«

»Aufpassen?«

»Bisher hat es nur deine Druckmaschine getroffen. Als Nächstes kommt vielleicht dein Pferd dran. Und dann du!«

»Wer hat das gesagt?«

»Pass einfach auf dich auf«, bittet sie. »Und sag dem Juden Bescheid.«

»Warum dem?«

»Weil die auch ihm ans Leder wollen. Die Stadt ist wie ein Kessel, in dem es brodelt. Bald explodiert alles. Auch die Arbeiter sind in bösem Aufruhr.«

Immermann nickt. Anni hat recht. Die Atmosphäre in Morgenthal ist zum Zerreißen gespannt.

In der nächsten Ausgabe wird er über den Mord an Moritz Hartenau schreiben und einige Zeilen der ungewohnten Völlerei auf dem Schweinefest widmen. Auch das Lied der Weberkinder wird er veröffentlichen.

Doch die wichtigste Frage dieser Tage ist: Was wird aus der Fabrik? Niemand hat die Arbeiter aufgefordert, an die Webstühle zurückzukehren. Niemand fühlt sich für die Menschen verantwortlich.

Immermann zahlt sein Getränk.

Luther ist unversehrt. Mit gesenktem Kopf wartet er geduldig auf die Rückkehr seines Herrn. Ab und zu schüttelt er sein Haupt, weil die Fliegen ihn so quälen. Er hat reichlich geäpfelt.

In leichtem Trab nimmt Immermann den Weg zur Villa Grünblatt.

Heute Vormittag hat Ruben Grünblatt die Bank besucht. Er braucht einen genauen Überblick über seine Möglichkeiten und hat den Bankdirektor Fritsche zur Besichtigung der Fabrik gebeten. Jetzt haben Marlene und Rachel ihn in die Mitte genommen, Ruben kann seinen Frauen nicht länger aus dem Weg gehen.

Er kommt sich vor wie vor dem Frauen-Feme-Gericht. Ausnahmsweise sind sich Mutter und Tochter einig in der Bewertung seines Verhaltens: Er ist ein Pharisäer, der nur ans Geld denkt und seit Jahren um das Goldene Kalb tanzt. Weder Marlene noch Rachel ist besonders bibelfest, aber ihre Kenntnisse reichen aus, um ihn in die Tiefen eines lodernden Fegefeuers zu stoßen.

Argumente ziehen nicht. Dass Ruben damals Emil Hartenau das Geld für die Beschaffung neuer Webstühle gegeben hat und sich so in die Firma einkaufen konnte, wird von seinen anstrengenden Damen als reine Profitgier eingestuft.

Seine Philippika macht keinen Eindruck. Dabei hat er nur die Arbeit der Weber sichern wollen. Ihr Leben verbessern!

Anklägerin Rachel argumentiert politisch, Anklägerin Marlene eingeschnappt.

»Du lässt mich einen Artikel über das elende Leben der Weber schreiben und verschweigst mir, dass wir selbst Nutznießer dieses elenden Lebens sind, Papa?« Rachel hat gerötete Wangen und schreitet wie eine Amazone durch den Salon. »Wie stehe ich denn jetzt da? Vor mir selbst und den anderen?«

Die Mutter betritt das Schlachtfeld. »Du hast mir bei unserer Hochzeit versprochen, dass Vertrauen der Grundpfeiler unserer Ehe sein wird. Und du hast mich in all den Jahren über deine Geschäfte informiert. Warum in dieser Sache nicht? Wie viel Geld ist es? Und bekommst du es wenigstens zurück, wenn die Fabrik zugemacht wird?«

Wie Kanonenschüsse donnern die Fragen auf Ruben Grünblatt. Er bleibt zwar gewöhnlich lange sehr ruhig, aber jetzt reicht es ihm. Er ist wütend. Tief in seinem Inneren weiß er ja, was er hätte tun sollen: mit offenen Karten spielen.

»Verehrte Damen!« Ruben haut mit der flachen Hand auf den Tisch. »Ich mache in geschäftlichen Dingen das, was ich für richtig erachte. Ich mische mich ja auch nicht in dein Reich ein, liebe Gattin. Die tägliche Speisenfolge und die Farbe deiner Kleider bleiben allein dir überlassen. Und dir, meine Tochter, sei gesagt: Du hast die Politik erst vor wenigen Tagen entdeckt. Als Zeitvertreib. Vielleicht bevorzugst du morgen die Malerei oder in zwei Wochen die Klöppelkunst. Was sich behütete junge Frauen aus Langeweile so alles einfallen lassen.«

Luise stört die Gerichtsverhandlung. Der Herr Redakteur Immermann verlange Herrn Grünblatt zu sprechen. Und zwar dringend. Ruben lässt bitten.

Marlene rauscht davon, Rachel zögert. »Darf ich bleiben, Papa?«

Sie darf.

Ein Brief liegt im Entree auf einem Silbertablett. Er ist an Marlene Grünblatt gerichtet. Marlene erbricht das Siegel.

Der Dichter Heinrich Heine bedankt sich für die Einladung und teilt mit, dass er der Familie Grünblatt am Sonntag die Aufwartung macht.

Das ist in zwei Tagen. Die Frau des Hauses stößt einen markerschütternden Schrei aus.

»Er ist schon unterwegs«, ruft sie. »In zwei Tagen wird er hier eintreffen! Ist das nicht wundervoll!« Sie rennt zurück in den Salon und reicht Ruben den Brief.

Tatsächlich, Heinrich Heine plant nun auch einen Abstecher nach Morgenthal. Seine Geschäfte in Düsseldorf seien so weit gediehen, dass er reisen könne. *Ich freue mich, Sie kennenzulernen, gnädige Frau. Und ich freue mich, meinen jungen Freund Elias wiederzusehen, dessen Familie mir in meiner Anfangszeit in Paris sehr geholfen hat.*

In zwei Tagen schon! Marlene wird panisch. Was da noch alles zu erledigen ist!

»Heine kommt am Sonntag!« Marlene schleudert die vier Worte wie Backsteine in den Raum. »Wie soll ich das alles schaffen?«

»Heine? Heinrich Heine?«, fragt Immermann. Von Rachel weiß er um den Wunsch der Frau Grünblatt, den berühmten Dichter in ihrem Salon zu präsentieren. Aber er hat nie an dessen Erfüllung geglaubt. Der Dichter kränkelt doch.

»Das bekommen wir alles schon hin«, verspricht Ruben. »Wir kümmern uns um den Dichter und retten nebenbei die Fabrik.«

»Fabrik retten?« Marlene runzelt die Stirn.

»Ja, *maman*«, jubiliert Rachel. »Papa wird die Fabrik vielleicht kaufen. Dann haben die Weber eine sichere Arbeit.«

»So schnell geht das aber nun auch wieder nicht«, bremst Ruben die Euphorie seiner Tochter. »Erst müssen wir klären, ob die Weberei gerettet werden kann. Ich treffe den Notar nachher in der Fabrik und es kommen auch noch andere Herren dazu. Liebe Marlene, du warst enttäuscht, nichts zu wissen von unserer Beteiligung an der Fabrik. Ab jetzt möchte ich dich bei allen Schritten dabeihaben. Bitte begleite mich.«

Doch für Marlene ist die Rettung der Weberei zweitrangig. Sie denkt an den Salon.

»Ich habe erst ein Gedicht von Heine gelesen«, klagt sie. »Was wird er bloß von mir denken?«

»Mach dir keine Sorgen, *maman*«, lächelt Rachel. »Elias und ich können dir einiges erzählen. Niemandem wird auffallen, dass du keine Zeit hattest, dich mit der Kunst des Dichters zu befassen.«

»Danke, du liebes Mädchen. Ihr entschuldigt mich jetzt? Ich muss mit dem Personal reden und die Einladungen verschicken. Herr Redakteur, dürfen wir mit Ihrem Erscheinen rechnen?«

Ruben hat auch Harry Roth zu dem Termin in der Weberei bitten lassen sowie den Prokuristen Pfeiffer. Bankdirektor Fritsche ist pünktlich. Marlene hat nachgegeben und begleitet ihren Gatten. Nun steht die Gruppe in der stillen Weberei. Alles ist von grauem Staub bedeckt. Harry setzt einen der Webstühle in Gang. Sofort ist die Luft voller Fussel und der Raum voller Lärm. Marlene hustet und drückt sich ein Taschentuch vor den Mund.

»Sind diese Maschinen veraltet, Herr Roth?«, brüllt Ruben Grünblatt.

Harry Roth stellt die Maschine wieder ab. Der Lärm verebbt, der Staub bleibt in der Luft hängen.

Marlene starrt auf den schmalen Streifen leuchtend roten Stoffs, der entstanden ist. »Wie schön«, sagt sie ganz hingerissen und fühlt das Tuch.

»Das sind gute Maschinen«, gibt der alte Weber Auskunft, »die können noch viele Jahre Dienst tun. Aber es gibt eine ganz neue Art von Webstühlen. Die eignen sich viel besser für Musterstoffe, weil man die Muster maschinell einstellen kann.«

Prokurist Pfeiffer mischt sich ein: »Es werden immer mehr Musterstoffe verlangt für Futter. Mit den vorhandenen Stühlen können wir keine komplizierten Muster herstellen.«

Marlene geht von Maschine zu Maschine, bläst den Staub von den Stoffstreifen, die herausschauen, und begutachtet das Material, das sie freilegt.

Ruben ergreift das Wort: »Die Situation ist schwierig. Die Fabrik ist überschuldet. Wenn die Bank ihre Gelder eintreibt, wird alles verkauft, aber der Erlös wird das Soll nicht decken.«

Notar Aufgiebel hüstelt.

»Haben Sie eine Idee, Herr Aufgiebel?«

»Nun ja, Herr Grünblatt. Man könnte überlegen, eben keine feinen Futterstoffe mehr zu weben, sondern einfarbige, starke Tücher von guter Qualität. Für Bettwäsche zum Beispiel. Oder Vorhänge. Gewissermaßen Industriestoffe.«

»Dafür haben wir keine Kunden«, nörgelt Pfeiffer.

Schweigen.

Marlene ist ganz aufgeregt. »Also diese Stoffe hier sind wunderbar«, begeistert sie sich. »Wenn sie ein wenig dicker wären, könnte man die schönsten Kleider daraus machen. Ich sehe das direkt vor mir.«

»Wir sind nur eine Weberei, gnädige Frau«, gibt Pfeiffer zu bedenken. »Wir müssen das herstellen, was die Tuchhändler bestellen.«

Marlene ist ganz hektisch. »Papperlapapp, Tuchhändler! Geben Sie mir dreißig Frauen, die nähen können, und ich garantiere für eine Verwandlung der Stoffe in Damenmode erster Güte. Aber die Stoffe dürfen nicht so dünn, sondern sollten etwa doppelt so dick sein.«

Alle Augen richten sich auf Harry Roth.

»Das lässt sich leicht einrichten«, gibt dieser Auskunft. »Die Stärke der Stoffe hängt allein ab von der Stärke der

Garne, die verwebt werden. Die *Looms* sind durchaus in der Lage, stärkere Garne zu verarbeiten.«

Ruben blickt seine Gattin ein wenig zweifelnd an. »Woher nehmen wir die Entwürfe, die Schnitte und vor allem die Schneiderinnen?«

»Die Schneiderinnen haben wir doch, lieber Mann, und um die Entwürfe mach dir keine Sorgen«, strahlt Marlene ihn an. »Wie viele Weberfrauen nähen Taschentücher, Herr Pfeiffer?«

Ruben mustert seine Frau fassungslos.

»Achtundzwanzig, gnädige Frau«, kommt die Auskunft von Pfeiffer.

»Na also, damit könnte man doch einen Anfang wagen«, Marlene ist hochrot im Gesicht. »Aber es geht wohl doch nicht«, seufzt sie dann.

Bankdirektor Fritsche mischt sich ein. »Der Vorschlag sah eben nach einer Idee aus, die man prüfen könnte. Was weckt Ihr Bedenken, gnädige Frau?«

»Der unsägliche Staub. Das hält ja kein Mensch aus. Dabei ist eben nur eine Maschine gelaufen.«

Wieder richten sich alle Augen auf Harry Roth. Der fühlt sich allmählich wie der technische Sachverständige, der er ja wirklich ist.

»Ich sag es mal rundheraus, Herr Grünblatt. Wir atmen diesen Staub tagein, tagaus, jahrein, jahraus. Viele von uns sind krank an der Lunge. Natürlich liegt man abends mal wach und grübelt, was zu tun wäre. Es gibt schon Ideen dazu, wie man den Staub loswird.«

»Sprechen Sie, Mann.«

»Es müsste eine Luftbewegung geben, die den Staub wegnimmt, Herr Grünblatt. Das lässt sich auch mit wenig Aufwand ganz ordentlich einrichten.«

»Reden Sie weiter.«

»Man muss die staubige Luft aus der Halle hinauswirbeln. Und frische, saubere Luft hereinwirbeln. Man könnte in die Fenster Propeller einbauen, die vom Fluss angetrieben werden. Am besten wäre es, die Staubluft nach oben zu wirbeln und dann hinaus. Und die frische Luft müsste von unten kommen. Im Winter wird sie kalt sein, aber vielleicht kann man sie am Ofenrohr vorbeiführen, dann erwärmt sie sich. In Gedanken habe ich so etwas schon oft gebaut. Aber die Hartenaus wollten nichts davon wissen.«

Ruben wendet sich an den Bankdirektor. »Sie hören die Möglichkeiten. Wenn wir eine solche Verbesserung der Luft erreichen, werden die Arbeiter gern anpacken und der Fabrik mit Treue und Eifer dienen. Wenn wir auch noch das Gutscheinsystem abschaffen und mit Geld entlohnen, umso mehr.«

»Wenn Sie das so verwirklichen, wie es hier anklingt, hat die Bank kein Interesse, den Neuanfang zu verhindern. Wir würden uns schaden«, nickt Fritsche. »Die Verbindlichkeiten der Fabrik sind allerdings erheblich. Einiges müssten Sie daher schon noch hineinschießen.«

»Wenn wir mit den alten Maschinen bessere Stoffe herstellen und sie nicht billig an Tuchhändler abgeben müssen, sieht natürlich die Gewinnsituation anders aus«, überlegt Pfeiffer.

Ruben schaut Marlene an: »Dass aus den Stoffen ordentliche Kleider werden, die sich verkaufen lassen, dafür müsstest du die Verantwortung übernehmen, meine Liebe.«

»Keine Sorge. Von Kleidern verstehe ich etwas, mein lieber Mann«, sagt Marlene mit festem Blick. Ihr ist, als hätte sie ein neues Leben vor sich.

An diesem Abend erfährt Heinrich Graf von Überall von dem geplanten Besuch des Dichters Heinrich Heine. Das passt, denkt er, zwei Juden, und einer davon auch noch ein offizieller Staatsfeind. Wie kann man diesem Heine überhaupt eine Einreiseerlaubnis nach Preußen geben! Vermutlich ist Bestechungsgeld im Spiel gewesen. Die Juden haben es ja. Das werden wir regeln. Da gehört dazwischengeschlagen, und nicht mit Samthandschuhen!

Er wird die Mitglieder des *Vaterländischen Vereins* zusammenrufen. Dieser erneuten Zumutung muss die Stirn geboten werden. Am nächsten Morgen wird er eine Reihe von Briefen verschicken.

Vermummte stören den Ablauf der Ereignisse. Nachrichten gehen unter. Noch eine Warnung trifft ein. Vergangenes Unheil tritt ans Licht.

Es ist früher Morgen. In der Stadt Weilenberg beginnt das Leben. Eine Kirchenglocke erzählt mit dünnem Schlag von der Uhrzeit.

Immermann druckt. Die Ersatzmaschine ist etwas schwergängig, doch sie tut ihre Pflicht.

Elias Leclerc hilft. Er stapelt die Ausgaben des *Morgenthaler Volksfreundes* zu tragbaren Packen. Mehr als tausend Exemplare wird es nicht geben. Aber genug, um die Frage nach dem Schicksal der Weberei und ihrer Arbeiter einem großen Publikum zu stellen, den Besuch des Schriftstellers Heinrich Heine anzukündigen und über das Schwein mit Namen Hartenau zu berichten.

Der Redakteur und sein Gehilfe werden die Zeitung selbst nach Morgenthal transportieren. Zwei Pferde tragen große Satteltaschen und dösen vor dem Gebäude der jüdischen Gemeinde. Neben Luther die Stute, die sich Elias aus dem Stall seines Onkels ausleihen durfte – ein dunkelbraunes Warmblut mit weißer Blesse und dem Namen Tirzah.

»Geschafft!« Immermann steht der Schweiß auf der Stirn. »Jetzt muss ich das dumme Tier nur dazu kriegen, nicht nur mich, sondern auch die Zeitungen zu befördern.«

Elias grinst. Immermann ist kein begnadeter Reiter. Ruben hat den beiden seine Kutsche angeboten, doch der Redakteur hat abgelehnt. Er will die Gunst seines Gönners nicht zu sehr strapazieren.

Die beiden schleppen die Zeitungspakete nach draußen und verstauen sie in den Satteltaschen. Wieder schlägt schüchtern die Kirchturmuhr.

Elias reitet voran. Luther ist weniger aufmüpfig, wenn er das Hinterteil einer hübschen Stute vor sich hat. Der Trick klappt. Der Wallach zeigt sich von seiner besten Seite.

Der Weg führt am Morgen entlang. Nebel steigt vom Wasser auf, im Fluss sind die Silhouetten kleiner Boote auszumachen. Immermann denkt an das Schwein und muss grinsen. Eine schöne Geschichte mit einem guten Ende. Sogar der Berliner Polizist hat den Spaß mitgemacht.

Der Weg steigt an und wird schmal. Im Schritttempo erreichen die Männer die Höhe. Luther schnaubt.

Vier Reiter kommen ihnen entgegen. Immermann beschleicht ein ungutes Gefühl.

»Pass auf!«, ruft er Elias zu.

Der ist irritiert, schaut sich um.

»Weg hier!«

Immermann treibt Luther an, doch der wird stur und geht hoch. Auch Tirzah scheut.

Die vier fremden Reiter sind nun neben ihnen. Sie haben ihre Gesichter mit Tüchern verhüllt und die Mützen tief in die Stirn gezogen. Die Pistolen in ihren Händen sprechen eine unmissverständliche Sprache.

»Runter da!«, schnarrt eine Stimme.

Immermann und Elias steigen ab. Ein zweiter Mann – ebenfalls die Pistole im Anschlag – prüft die Satteltaschen. Er scheint zufrieden zu sein mit dem, was er findet, zieht eine Zeitung heraus und reicht sie weiter an seine Begleiter.

»Was soll das?«, schreit Immermann. Sofort hat er eine Waffe vor dem Gesicht.

Ein Mann nickt. Die drei anderen zerren die Zeitungsexemplare aus den Taschen und tragen sie ans Flussufer. Sie lösen die Kordeln und werfen die neueste Ausgabe des *Morgenthaler Volksfreundes* in den Fluss. Die Strömung trägt das Papier schnell in die Mitte des Wassers. Das Schicksal der Weber, das Schwein und der Besuch des Dichters Heinrich Heine treiben Richtung Morgenthal.

Die Reiter galoppieren davon. Ludwig Immermann sieht den Übeltätern fassungslos nach, Tränen der Wut in den Augen. Die druckfrischen *Volksfreunde* sind den Fluss hinuntergegangen, als habe es sie nie gegeben. Die Pferde haben sich etwas entfernt und schnauben nervös.

»Erst zerschlagen sie mir die Maschine, dann vernichten sie meine Zeitung«, klagt der Journalist. »Es ist nicht mehr weit her mit der Gerechtigkeit in diesem Königreich.«

»Sei froh, dass sie nicht auf uns eingeschlagen haben«, entgegnet Elias.

Aber auch er ist voller Wut und stapft am Ufer auf und ab. Der Redakteur setzt sich auf einen umgekippten Baumstamm und stützt resigniert den Kopf in die Hände. Er ist ruiniert. Keiner seiner Anzeigenkunden wird für ein Inserat zahlen, das im Wasser aufgeweicht ist.

»Komm!« Elias tritt gegen den Baum, als ob er Immermann aufwecken will. »Komm! Wir reiten zurück! Die Zeitung ist gesetzt und genug Papier ist auch noch da. Wir drucken den *Volksfreund* neu. Fünfhundert Exemplare kriegen wir bestimmt noch zusammen. Diese Spitzbuben dürfen nicht gewinnen.«

Neue Energie strömt in Immermann. »Du hast recht. Es ist nur ein Rückschlag, keine Niederlage. Noch nicht.«

»Es wird auch keine. Am Ende werden wir siegen«, prophezeit Elias mit leuchtenden Augen. »Also los! Außerdem müssen wir den Rabbi warnen. Die Kerle von eben haben uns bespitzelt. Die wissen bestimmt, wo wir den *Volksfreund* gedruckt haben.«

Luther und Tirzah weichen Immermann und Elias aus, als die sich ihnen nähern. Elias muss um sie herumgehen, bevor es gelingt, sie wieder einzufangen. Im Galopp sind es nur zehn Minuten bis zur jüdischen Druckerei.

Während Immermann die Druckmaschine in Gang setzt, informiert Elias den Rabbi. Berichtet ihm von dem Überfall und der Möglichkeit, dass die jüdische Gemeinde ebenfalls bedroht sein könnte. Der Rabbi versteht. Er wird das Gebäude unauffällig schützen lassen.

Luise bringt Ruben Grünblatt einen Brief. Er enthält eine Warnung und keinen Absender. Sein Verfasser huldigt der Dichtkunst.

Kein Judengeld für Hartenau!
Grünblatt, lass die Taler stecken.
Geldsack, bist doch sonst so schlau.
Verdammter Itzig, sollst verrecken!

Nicht alles, was sich hinten reimt, ist ein Gedicht, denkt Ruben. Er nimmt sich vor, Marlene nichts von dem Brief zu sagen. Das würde ihre Vorfreude auf den Salonabend stören.

Ruben Grünblatt steckt den Brief ein, verlässt die Bibliothek und geht nach oben. Es ist noch früh.

An Rachels Zimmer angekommen, legt er das Ohr an die Tür. Seine Tochter versucht sich an einer Mozartarie.

Wir Mädchen sind sehr übel dran
und haben wenig Freuden.
Die Männer tun uns heutzutag
Gewalt und Unrecht an,
wenn sie gleich mit Gefühlen
von Lieb' und Ehre spielen,
uns heute Treu versprechen
und morgen wieder brechen …

Singen kann sie nicht, denkt Ruben. Er klopft an die Tür und tritt ein. »So, so«, lächelt er. »Meine Tochter trällert *La finta giardiniera!* Welcher Mann hat es dir denn angetan, dass du so auf ihn schimpfen musst?«

»Du bist der einzige Mann in meinem Herzen, Herr Papa«, singt sie.

Ruben wird ernst. »Ich muss mit dir reden.«

Er reicht Rachel den Brief. Sie starrt auf das Papier. Leichte Röte zieht in ihr Gesicht.

»Sag deiner Mutter nichts davon«, bittet er.

»Verdammter Itzig, sollst verrecken!«, murmelt sie. »Was willst du tun, Papa?«

»Nichts. Ich werde mich nicht von meinem Plan abbringen lassen. Nur um eins möchte ich dich bitten.«

»Ja?«

»Sei vorsichtig. Geh nicht allein aus. Mich können die Feinde nur treffen, wenn sie dir oder deiner Mutter etwas antun.«

Rachel springt auf und umarmt den Vater. »Ich werde aber etwas tun.« Sie nimmt den Brief vom Tisch. »Herr von Kleist wird sich mit diesem widerlichen Pamphlet beschäftigen müssen.«

Schwarz und Escher haben zwei Listen angefertigt. Sie tragen die Namen der Verdächtigen in den Mordfällen Hartenau und Sohn.

»Es sind einfach zu viele, die Grund gehabt hätten, die beiden Herren in die Hölle zu wünschen«, stellt Schwarz fest.

»Die meisten Morde geschehen immer noch aus privaten Gründen – das ist polizeiwissenschaftlich erwiesen«, doziert Escher. »Rache, Habgier, Neid und Eifersucht. Was also sollte das politische Gedicht in der Tasche des Toten? Eine falsche Spur, die zu den Demagogen führen soll?«

»Wir müssen die Fälle einzeln betrachten«, schlägt Justus von Kleist vor.

»Und die geheimnisvolle Frau, die in beiden Fällen eine Rolle spielt?«, mischt sich Kürten ein.

»Es muss nicht ein und dieselbe sein«, gibt Escher zu bedenken.

»Richtig. Forschen Sie das Leben jedes Menschen, der auf der Liste steht, im Hinblick auf seinen Bezug zu den beiden Hartenaus aus. Achten Sie auf jede Kleinigkeit, auch wenn sie noch so nebensächlich erscheint. Schreiben Sie alles auf, auch wenn Sie den Sinn nicht sofort erkennen. Schwarz, Sie bearbeiten den alten, und Sie, Escher, den jungen Hartenau. Und unser wackerer Kürten dürfte als Informationsquelle unerschöpflich sein.«

Der Gendarm, der sich gerade überflüssig vorkommen wollte, meint: »Ich kann wohl von mir behaupten, dass ich fast jeden Menschen in Morgenthal persönlich kenne.«

Von Kleist sieht zur Tür. Dahinter ist eine Frauenstimme zu hören. Sein Herz macht einen Hüpfer. Rachel Grünblatt. Sie piepst nicht niedlich wie ein Vögelchen, sondern hat eine tiefe, volle Stimme.

Der Polizeidirektor öffnet die Tür und hört den Hilfsgendarmen sagen: »Die Herren sind in einer wichtigen Besprechung.«

»Dann warte ich.«

»Kommen Sie später wieder.«

»Nein, ich warte. Und wenn es Stunden dauert.«

Rachel kann Justus von Kleist nicht sehen, denn die Tür befindet sich in ihrem Rücken. Sie trägt ein dunkelviolettes Kleid, die Schultern sind von einem hellbraunen Tuch bedeckt. Ein dicker Zopf reicht bis zur Taille.

»Fräulein Grünblatt!«

Sie schnellt herum.

»Wie immer ist Ihr Ton sehr bestimmt«, stellt von Kleist lächelnd fest.

»Der Anlass meines Besuches lässt einen bestimmten Ton angebracht erscheinen, Herr von Kleist. Aber ich warte gern, bis Ihre wichtige Besprechung beendet ist. Darf ich mich solange auf diese harte Bank hier setzen?« Sie klappert mit den Augen.

»Auf dieser Bank sitzen gewöhnlich unsere Delinquenten. Kommen Sie doch einfach in mein Büro.«

»Und die Besprechung?«

»Die unterbreche ich. Ihnen zuliebe.«

Hinter von Kleist tauchen die Köpfe von Schwarz und Escher auf. Sie werfen sich bedeutungsvolle Blicke zu.

»Meine Herren, heute Abend erwarte ich Ergebnisse. Und jetzt widme ich mich dem Anliegen von Fräulein Grünblatt.«

Sie sind allein und er schließt die Tür. »Was ist geschehen?«, fragt er sanft.

Rachel zieht den Brief aus der Handtasche. »Das kam heute früh in unser Haus.«

Justus von Kleist liest die anonyme Drohung:

Kein Judengeld für Hartenau!
Grünblatt, lass die Taler stecken.
Geldsack, bist doch sonst so schlau.
Verdammter Itzig, sollst verrecken!

Als er aufblickt, bemerkt er Tränen in Rachels Augen. Tränen der Wut.

»Ihr Vater will Geld in die Weberei stecken?«, fragt er.

»Ja, das will er. Damit die Menschen ihre Arbeit behalten«, erklärt sie. »Und dieses Schreiben ist der Dank dafür. Der Schreiber dieses Briefes wünscht meinem Vater den Tod.«

Sie zieht das Schultertuch enger um sich. »Was geschieht in dieser Stadt? Warum gibt es auf einmal so viel Hass?«

»Ich werde alles tun, um das herauszubekommen«, antwortet von Kleist. »Wollen Sie, dass ich Ihre Familie unter den Schutz der Polizei stelle?«

»Für unseren Schutz sorgen wir schon selbst«, entgegnet Rachel.

»Haben Sie einen Verdacht, wer diesen Brief geschrieben haben könnte, Fräulein Rachel?«

Sie zögert, doch dann nennt sie den *Vaterländischen Verein*, erzählt von der Bedrohung durch den Grafen Überall und erinnert an die zerschlagene Druckmaschine.

»Ich habe den Grafen wegen des Angriffs auf die Redaktion bereits vorgeladen. Er hat allerdings nicht reagiert. Ich werde wohl andere Mittel anwenden müssen.«

»Vorgeladen?«, ereifert sie sich. »Wenn ein Arbeiter sich eine solche Tat erlaubt hätte, säße er längst im Gefängnis. Gibt es ein anderes Recht für einen Grafen Überall als für einfache Untertanen?«

»Wenn Überall für den Überfall verantwortlich sein sollte, wird er zur Rechenschaft gezogen«, sagt von Kleist. »Aber der Sachverhalt muss doch erst einmal geklärt werden. Glauben Sie mir nur, ich werde das tun.«

Rachel schaut ihm in die Augen. Sie ist verwundert, darin Wärme zu erkennen, Menschenfreundlichkeit und Verständnis. Bisher hat sie den Mann immer nur für korrekt und preußisch gehalten. Dass er liebenswert sein könnte, ist ihr nie in den Sinn gekommen.

Von Kleist kommt um den Schreibtisch herum. Da Rachel sitzt, blickt er auf ihren Scheitel. Der ähnelt einem sanft begrenzten, schnurgeraden Weg.

Rachel hebt den Kopf. »Sind Sie wirklich auf unserer Seite?«

Er nimmt ihre Hand und hält sie.

Zu Hause wird Rachel Grünblatt durch die hektischen Vorbereitungen ihrer Mutter auf andere Gedanken gebracht. Marlene hat zusätzliches Personal eingestellt. Luise erweist sich als überraschend anstellig, gibt kaum Widerworte und verschont die gnädige Frau mit abweichenden Meinungen über Menüfolge und Arbeitsaufteilung.

»Liebes«, flötet die Mutter. »Wirfst du bitte mal einen Blick auf die Einladungsliste? Die Personen, die du da liest, haben alle ihr Kommen zugesagt.«

Rachel überfliegt die Liste. Es sind die üblichen. Die beiden Schriftsteller Böttger und Langewiesche, Fräulein von Muffe und Frau Stein, Doktor Wiesner. Neu sind Ludwig Immermann und Justus von Kleist.

»Mit uns sind es zwölf Personen«, rechnet Marlene aus. »Nicht zu viele und nicht zu wenige. Und jetzt solltest du mir etwas über das Werk des Dichters erzählen. Sonst steh ich ja morgen Abend da wie ein Dummchen.«

Marlene gibt Luise noch ein paar Anweisungen und zieht sich dann mit der Tochter in die Bibliothek zurück. Sie ist wild entschlossen, sich nunmehr in dem Maße zu bilden, dass es dem Herrn Heine aus Paris ein Kompliment sein wird.

»Also, ich kenne ja die Gedichte von Böttger und die Romane von Langewiesche ein wenig. Wem ähnelt der Heine denn mehr?«

»Keinem der beiden«, antwortet Rachel. Sie seufzt innerlich. »Heine ist pikant und kurz in der Sprache. Weder wie Böttgers Küchenlyrik noch wie Langewiesches Schauerzeug. Hör dir mal dieses Gedicht an:

Das Fräulein stand am Meere
Und seufzte lang und bang.
Es rührte sie so sehre
der Sonnenuntergang.
Mein Fräulein! Sein Sie munter,
Das ist ein altes Stück;
Hier vorne geht sie unter
Und kehrt von hinten zurück.«

Marlene lacht. »Der Kerl ist ein Filou. Warum ist ein so lustiger Mensch nach Paris ausgewandert?«

»Er hat sich durch sein freches, ungestümes Wesen nicht nur Freunde gemacht.«

»Dann kann ich ihn ja das Private fragen«, fällt Marlene ein. »Das ist besser, als über sein Werk zu reden.«

»Auch beim Privaten solltest du etwas zurückhaltend sein, *maman.* Das Ehepaar Heine ist bekannt für seine erfrischenden Szenen. Und er schreibt sie auch nieder: *Deine Nücken, deine Tücken, hab ich freilich still ertragen, andre Leut' an meinem Platze hätten längst dich totgeschlagen.*«

»Das schreibt er über seine Gattin?«, wundert sich Marlene. Sie macht eine Schnute.

»Er ist halt ein echter Spaßvogel«, lächelt Rachel.

»Dein Vater würde nie so etwas über mich dichten.«

»Ja, da hast du Glück gehabt. Er kann ja nur komponieren.«

»Was meinst du damit?« Die Mutter schaut irritiert.

Rachel umarmt Marlene. »Nichts, *maman.*«

»Er hat mir mal einige Sonaten gewidmet.« Marlene kratzt sich grübelnd am Kopf. »Die hatten alle sonderbare Titel. *Unkenrufe aus der Küche, Geplapper im Schlafgemach* und *Kampfgetümmel im Wäscheraum.*«

»Papa ist eben auch ein kleiner Filou«, grinst Rachel.

»Ja, und das mag ich an deinem Vater«, freut sich Marlene. »Ach, Kind, ich wünschte mir, du würdest auch einem solchen Mann begegnen! Dann hätte ich eine Sorge weniger.«

»Er grübelt aber noch spät«, tönt es kratzig in das Büro von Kleists. Doktor Wiesner wirkt aufgeräumt und auf seine brummige Weise fröhlich.

Von Kleist blickt auf. »Ah, der medizinische Sachverstand beehrt mich. Ich wollte, ich hätte es wie Sie mit Symptomen zu tun, die von selbst auf ihre Ursachen zeigen. Wir tappen im Nebel.«

»Seine Wissenschaft ist ja weit jünger als unsere Kunst«, entgegnet der Arzt. »Und doch haben wir Dinge gemeinsam. Nicht jede Krankheit ist so eindeutig, wie er wohl meinen könnte. Vielfach kommt ein Leiden aus der Seele. Jedoch nicht, wenn es ein gebrochenes Bein ist. Oder ein blaues Auge. Obwohl – das kann natürlich auch aus der Seele kommen. Mittels eines seelisch abgefeuerten Fausthiebs.«

»Verehrter Herr Doktor, nehmen Sie doch Platz. Mit kranken Seelen habe ich es auch oft zu tun, besonders, wenn es darum geht, warum jemand etwas getan hat. Diesmal sind wir ratlos. Der Hintergrund der Taten kann etwas Persönliches sein, etwas Politisches oder etwas, was mit der Fabrik zu tun hat. Bei beiden Opfern.«

Wiesner stimmt zu: »Ich verstehe. Er hat es nicht leicht. Die Herren Hartenau waren auf keinem Gebiet des Lebens Gegenstand glühender Verehrung.«

»Ja. Besonders Frauen und Arbeitern gegenüber haben sie sich nicht sehr menschlich gezeigt.«

Wiesner wiegt den Kopf hin und her. »Nicht menschlich ist aber sehr milde ausgedrückt, Herr von Kleist. Der alte Emil Hartenau hat ernste Schuld auf sich geladen.«

Von Kleist horcht auf. »Was meinen Sie, lieber Herr Doktor?«

Der Arzt antwortet erst nach einer Weile. »Man spricht nicht gern darüber in Morgenthal. Aber er muss es sicher erfahren.«

»Sie spannen mich auf die Folter.«

»Die Einzelheiten sind schrecklich, Herr von Kleist. Es wäre mir lieb, wenn wir das auf einem Gang bereden könnten. Am Fluss entlang.«

Der Morgen glitzert in den Strahlen der untergehenden Sonne. Am Himmel Schäfchenwolken, die das rote Licht reflektieren. Eine leichte warme Brise kräuselt das Wasser. Die beiden Männer gehen langsam nebeneinander her. Von Kleist wartet, dass der Arzt seine Geschichte beginnt.

»Dort drüben ist das Haus«, sagt der schließlich und zeigt auf eins der Weberhäuschen. Es macht einen verwahrlosten Eindruck.

»Es sieht unbewohnt aus«, stellt von Kleist fest.

»Ja, es steht schon seit drei Jahren leer. Und wird wohl leer bleiben.«

Von Kleist blickt ihn an. »Was ist geschehen?«

»Herr Polizeidirektor, ich habe in meinem Beruf schon einiges gesehen. Aber dies war allzu schrecklich. Das Haus gehört den Hartenaus wie alle diese Hütten, in denen die Weber unterkommen. Dort wohnte August Lenz mit seiner Frau Elfriede und fünf Kindern. Eines Tages hatte er einen Unfall in der Weberei. Ich musste ihm die linke Hand amputieren. Sie war beim Aufstellen der neuen Webstühle zu Brei gequetscht worden.«

»Ein böse Sache.«

»Das war erst der Anfang der Geschichte. Hartenau hat Lenz entlassen. Die Wunde war noch nicht verheilt, da sollte Lenz schon aus dem Haus raus. Hartenau war hart wie Stahl. Elfriede hat ihn angefleht und sich ihm überlassen. Hartenau hat sie genommen, aber seine Einstellung änderte sich trotzdem nicht. Schließlich sah Lenz keinen Ausweg. Er hat sich umgebracht. Und vorher seine ganze Familie. Fünf Kinder. Und die schöne Elfriede. Er hat sie alle erschlagen. Mit der Axt in die Köpfe. Dann hat er die Leichen auf dem Fußboden aufgereiht. Ganz säuberlich nebeneinander, mit gefalteten Händen. Wie er das geschafft hat mit nur einer Hand, ist mir bis heute rätselhaft. Bevor er für sich selbst den Strick nahm, schrieb er mit Blut an die Wand: *Emil Hartenau, ich verfluche dich.* Die Schrift müsste noch zu lesen sein. Ich selbst habe die Leichen hinausgetragen. Niemand hat das Haus seither betreten. Und niemand spricht darüber.«

»Das muss ich mir ansehen.«

Entschlossen geht von Kleist auf das Haus zu. Doch dann befällt ihn eine plötzliche Scheu. Ihm ist fast, als würde er eine heilige Stätte betreten. Sieben Tote, davon fünf Kinder. So etwas kommt selbst in Berlin nicht oft vor.

Die Haustür lässt sich ohne Probleme aufdrücken. Die

Männer brauchen eine Weile, um sich an das Dämmerlicht zu gewöhnen. Ein Schrank, ein Tisch mit Stühlen und ein Sessel sind zu erkennen. Wiesner geht zum Fenster, öffnet es und stößt die Läden zurück.

»Da vorne haben sie alle gelegen.« Er deutet auf die freie Fläche vor dem Tisch.

»Hier war jemand«, fällt von Kleist auf. Er streicht mit dem Finger über den Tisch und findet keinen Staub. »Sind Sie sicher, dass niemand hier wohnt?«

»Natürlich! Keiner traut sich hier rein. Die Leute haben Angst vor diesem Haus.«

»Und was ist das da auf dem Boden?« Von Kleist hebt etwas vom Boden auf.

»Eine Rose«, stellt er fest. »Und hier – noch eine. Und da sind noch mehr. Sie sind zwar verwelkt, aber keineswegs schon vor Jahren vertrocknet. Wer geht in diesem Haus ein und aus?«

»Ich bin genauso überrascht wie er«, murmelt Wiesner. Er sieht zu einem Balken an der Decke. »Von da oben baumelte er herab, der arme Lenz. Ein Stück des Strickes hängt da noch immer. Und dort ist die Inschrift.« Er deutet auf eine Stelle an der Wand.

Von Kleist kann sie tatsächlich noch entziffern.

»Ich werde das Haus beobachten lassen«, kündigt er an. »Kein Wort zu irgendjemandem, Herr Doktor Wiesner!«

Die Sonne ist längst hinter den Bergen verschwunden, als die beiden Männer wieder in die Morgenthaler Oberstadt zurückkehren. Sie haben auf dem Weg kaum gesprochen.

»Ich danke Ihnen, Doktor«, sagt von Kleist, als sie vor der Polizeiwache stehen. »Ich glaube, dass wir heute einen großen Schritt getan haben.«

»Kann er sich dazu herablassen, mit einem alten Medizinmann noch einen zu heben?«, fragt Wiesner. »Im *Goldenen Bären* hat die gute Anni sicherlich ein Bierchen für uns in der Zapfung.«

Neben dem kühlen Bier wartet auch noch eine kräftige Graupensuppe mit Schweinefleisch auf die beiden.

Von Kleist stürzt sich gierig auf die Suppe. So bekommt er gar nicht mit, dass Elias Leclerc und Karl Roth die Gaststätte betreten. Wiesner sieht die beiden im Hinterzimmer verschwinden.

»Ich habe selten etwas so Leckeres gegessen«, lobt der Polizeidirektor. Er greift nach dem Bier.

Wiesner murmelt etwas von gesunder Hausmannskost. Seine wachen Augen erblicken jetzt Hans Kürten. Josefine hängt an seinem Arm.

Von Kleist sieht die beiden ebenfalls und winkt sie heran. Kürten sagt ein paar Worte zu Josefine, und sie lässt seinen Arm los und geht zur Theke.

»Setzen Sie sich, Kürten«, fordert von Kleist. »Ich lade Sie zu einem Bier ein. Es dürfen sogar zwei sein oder drei. Und holen Sie Ihre Herzdame. Wir sind heute Abend alle in Zivil hier.«

Kürten dreht ab. Von Kleist beobachtet, dass die junge Frau leise dagegen protestiert, sich zu ihnen an den Tisch zu setzen.

Auch Wiesner verfolgt die Debatte. »Polizeimacht verbreitet Unbehagen«, sagt er. »Auch bei denen, die ein reines Gewissen haben.«

Von Kleist antwortet nicht. Ein ähnlicher Gedanke ist ihm selbst gerade durch den Kopf gegangen.

»Na, mein Mädchen«, sagt der Doktor, als Kürten Josefine dann doch einen Stuhl zurechtrückt. »Wie geht es ihr denn so als betuchte Dame?«

Josefine umarmt den alten Mann, blickt dann scheu zu von Kleist. Der winkt der Wirtin und bestellt eine Runde. Wiesner fragt nach einem Korn für sich und einem Likörchen für die junge Dame.

»Es ist gut, dass ich das Geld bekommen habe – auch wenn es Teufelsgeld ist«, greift Josefine Wiesners Frage auf. »Die Weberei ist geschlossen und hat keine Löhne bezahlt. Die Läden geben keinen Kredit mehr. Wir können uns trotzdem über Wasser halten und andere noch mit. Der *Bund der Gerechten* hat eine Suppenküche eingerichtet und die Kirche verteilt Brot und Kartoffeln.«

Die Getränke kommen. Von Kleist prostet zuerst. »Darauf, dass sich in Morgenthal alles zum Guten wendet.«

Ihm fällt auf, dass Josefine Roth alles hurenhaft Grelle abgelegt hat. Sie trägt ein schlichtes, hochgeschlossenes Kleid aus blau-weiß karierter Baumwolle. Das blonde Haar ist im Nacken zu einem Knoten geschlungen.

Josefine nimmt Kürtens Hand. Sie fühlt sich unwohl. Der Polizeidirektor ist ihr zu leutselig.

»Ich habe gerade mit dem Doktor einen kleinen Spaziergang am Fluss entlang gemacht«, plaudert von Kleist. »Ein schöner Weg, ja. Besonders in der Abendstimmung. Die Landschaft am Morgen kann sich sehen lassen.«

»In ihm steckt ja ein vollendeter Romantiker.« Doktor Wiesner grinst schief.

»Es wäre ja auch romantisch geblieben, doch dann gelangten wir zum Haus der Familie Lenz. Und ich erfuhr von der Tragödie.«

»Eine schreckliche Geschichte«, stimmt Kürten zu. »Drei Jahre ist es jetzt her. Ich habe die Leichen gesehen. Die kleinen

Kinder. Vom eigenen Vater abgeschlachtet wie Vieh.« Und mit Blick zu von Kleist: »Der Bericht liegt bei den Akten.«

Josefines Hand erstarrt in Kürtens Faust. Er drückt sie leicht, um die Spannung zu verscheuchen.

»Hartenau hat diese Familie vernichtet«, sagt Josefine ernst. »Möge er in der Hölle schmoren.«

Wiesner nimmt einen Schluck und wischt sich mit dem Handrücken den Schaum vom Mund. »Das tut der Kerl, mein Mädchen, da kann sie mal ganz sicher sein.«

Elias Leclerc und Karl Roth kehren in den Schankraum zurück. Der junge Roth will verschwinden, doch Elias zieht ihn zum Tisch. »Guten Abend, die Herrschaften. Hier gibt es sicher noch zwei weitere Plätze in der geselligen Runde?«

Von Kleist nickt. Erneut werden Stühle herangeholt. Elias greift in die Jacke und zieht einige Exemplare des *Volksfreundes* hervor. Dann berichtet er von dem Überfall auf den Zeitungstransport.

Von Kleist hört aufmerksam zu.

»Wir werden uns zu schützen wissen«, hört er Elias Leclerc sagen. »Morgen Abend erwarten wir Herrn Heinrich Heine in Morgenthal. Und wir werden darauf achten, dass die vaterländischen Feiglinge in ihren Löchern bleiben.«

Eine Stunde später verlässt der Polizeidirektor den *Goldenen Bären.* Die anderen bleiben noch. Das Lachen der Gäste dringt nach draußen.

Es verwundert mich immer wieder, denkt er, dass der Mensch eigentlich nur wenig braucht, um zufrieden zu sein: etwas zu essen und zu trinken, ein Dach über dem Kopf und ein bisschen Wärme. Und Liebe.

Die Kirchturmuhr schlägt. Zur Pension Emily Steins ist es nicht weit. Auf der Straße ist es ruhig. Aus manchen Fenstern dringt schwaches Licht. Von Kleists Blick streift ein Fenster, das zu einer Kellerwohnung gehört. Im Schein einer Petroleumlampe wäscht sich eine junge Frau. Langsam streicht sie mit einem Schwamm über den nackten Busen. Ihr Kopf ist abgewandt, sie redet mit jemandem. Das Haar ist dunkel und schwer. Rachel? Unmöglich!

Jetzt löst die Frau das Haar, es sinkt auf die Schultern. Ein Mann taucht auf und nimmt die Frau in die Arme. Sie küssen sich. Von Kleist sieht ihr Profil. Scham steigt in ihm auf. Natürlich ist das nicht Rachel, die gerade dabei ist, sich einem Mann hinzugeben. Wie hat er das nur einen Augenblick lang annehmen können?

Die Scham weicht schnell der Heiterkeit. Von Kleist schaut an sich hinab. Man soll sich doch da freuen, wo es hingehört, denkt er.

In seinem Zimmer findet Justus von Kleist die Einladung der Marlene Grünblatt zum Salonabend vor. Ausdrücklich wird erwähnt, dass auch der berühmte Dichter Heinrich Heine erwartet wird.

Es wird gekocht und sich auch anderweitig vorbereitet. Der Angriff auf den Salon erfolgt. Eine Fischsuppe wird nicht nur gegessen und es fällt ein Schuss. Der Arzt denkt an seinen Eid.

Justus von Kleist verlässt die Pension. Er hat kein gutes Gefühl. Blut und Aufruhr waren in seinen Träumen. Die Lage ist ernst, ahnt er. Die Überfälle auf den Redakteur und die Drohung gegen Grünblatt lassen nicht auf einen harmonischen Abend hoffen, an dem nur gereimt, getrunken und gelauscht wird. In der Wache angekommen, ruft er seine Leute zusammen, um sich mit ihnen zu beraten.

»Die Weber stehen heute Abend gegen den *Vaterländischen Verein* bereit«, stellt Kürten fest.

»Das kann einen Bürgerkrieg geben«, ruft Escher.

»Gibt es keine Möglichkeit, den Arbeitern auszureden, heute Abend aufzutauchen?«, fragt Schwarz.

»Nein«, entgegnet Kürten. »Sie wissen, dass Grünblatt die Fabrik übernehmen will. Er ist ihre große Hoffnung auf Arbeit und Brot. Und diese Hoffnung werden sie sich nicht zerstören lassen.«

»Ich habe die Vollmacht, Militär zur Durchsetzung polizeilicher Aufgaben anzufordern«, sagt von Kleist entschlossen. »Und genau das werde ich jetzt tun. In der Kaserne ist das Dragonerregiment stationiert. Zehn bewaffnete Reiter sollen wohl reichen, um beide Seiten zur Räson zu bringen. Escher, in den Sattel – wir reiten sofort los!«

Das entlassene Dienstmädchen Thekla holt noch einige Sachen aus dem Hause Hartenau und verlangt von Lilly Hartenau zweitausend Taler – für ewiges Schweigen.

»Ich bin Ihnen gefolgt, gnädige Frau«, behauptet sie. »Als Sie dem Moritz nachfuhren. Er hat ja alles so verdient, wie es gekommen ist. Aber ich muss an mich denken. Geben Sie mir zweitausend Taler, und ich verschwinde aus Morgenthal.«

»Wie willst du der Polizei erklären, dass du zuerst gelogen hast?«

Thekla streicht ihren Rock glatt. »Das ist einfach. Sie haben gedroht, mich rauszuschmeißen. Was bleibt einem armen Mädchen wie mir in so einer Lage übrig?«

Lilly bleibt hart. »Mach, was du willst, Thekla. Wenn ich dir einmal Geld gebe, habe ich dich ein Leben lang am Hals. Aber – ich werde mich zu wehren wissen. Dein Hass auf Moritz dürfte genauso groß gewesen sein wie meiner. Komm mir nicht in die Quere.«

Sie schickt Thekla weg. Lächelt.

In der Schatulle im Sekretär befindet sich die Schiffspassage zu ihren Verwandten in Argentinien. Eine Woche muss sie sich noch alles vom Leib halten. Und dann wird sie niemand mehr fragen können, was sie in der Fabrik gemacht hat, als Moritz starb.

Die Männer sind vorbereitet. Karl und Elias haben dreißig Arbeiter zusammengerufen, die das Haus Grünblatt schützen sollen. Sie haben sich morgens am Ufer des Flusses getroffen. Jetzt sind alle eingewiesen.

»Keine Gewalt«, mahnt Karl Roth. »Wir schützen das Haus, die Grünblatts und ihre Gäste. Wir greifen nicht zuerst an.«

»Dürfen wir uns auch nicht wehren?«, fragt einer, der eine Pistole im Gürtel stecken hat.

»Nicht damit.« Karl deutet auf die Waffe. »Nehmt Stöcke, Spaten und Mistgabeln. Oder die Fäuste.«

»Aber die anderen? Die haben Säbel und Pistolen!«

Ein allgemeines Murren kommt auf.

»Tut, was ich sage«, entgegnet der junge Roth.

»Wenn von unserer Seite nur ein einziger Schuss fällt, metzeln sie uns alle nieder«, ruft Elias. »Die warten nur darauf. Genauso haben sie es in Frankreich gemacht. Wieder und immer wieder!«

Der Kommandeur verspricht, zehn Dragoner nach Morgenthal zu schicken. Während von Kleist im Salon der Villa Grünblatt achtgibt, wird Escher bei den Reitern bleiben. Er wird über ein Fenster, das zur Straße liegt, mit dem Polizeidirektor Sichtkontakt halten.

»Hoffentlich ist das kein Fehler«, sagt von Kleist, als er mit Escher nach Morgenthal zurückkehrt. »Zu viele Männer mit zu vielen Waffen. Und wir wissen nicht, womit die Gegner anrücken. Ich habe immer noch ein ungutes Gefühl.«

»Das sind doch nur Memmen, die sich hinter Masken verstecken«, versucht Escher ihn zu beruhigen. »Die nehmen es nicht mit den Dragonern auf. Die geben schnell Fersengeld.«

Marlene Grünblatt überprüft den Fortschritt der Arbeit. Schon seit dem frühen Morgen wird gefeudelt, Staub gewischt, Silber geputzt. Die Speisen sind erlesen, denn: »Der Dichter kommt aus Paris und ist feinste Kost gewohnt.«

Zwei Lohnköchinnen backen seit Stunden die Feuilletage für die Vol-au-Vents. Madame Grünblatt hat sich als junges Mädchen auf der Haushaltsschule für höhere Töchter mit den filigranen Dingern herumquälen müssen. Heute kann sie sie mit geschlossenen Augen zubereiten.

»Marie-Antoine Carême, ein Koch aus Frankreich, hat sie erfunden«, erklärt Marlene den Köchinnen. »Versehentlich hat er keinen Pastetenteig, sondern Blätterteig genommen. Als das Backwerk im Ofen war, kam der Gehilfe gelaufen und schrie: ›Maître, il vol au vent!‹ Was so viel heißt wie ›Meister, sie fliegt in die Luft‹. Aus dem flachen Teig war ein kleines Türmchen entstanden und der Junge dachte, dass es explodieren würde. Ist das nicht lustig?« Keiner lacht. Marlene hat es schon oft erzählt.

Nebenan auf dem großen Tisch werden Fleisch und Kräuter gehackt und gewürzt – das Ragout als Füllung für das Windgebäck.

Filet vom Rind liegt dunkelrot und mit Rotwein eingerieben unter einer Glashaube, mehrere Hähnchen strecken ihre gerupften Flügel und bekrallten Füße in die Luft. Eines der Aushilfsmädchen steckt ihnen grob gehackte Kräuter und Apfelstücke in den Leib und näht die Öffnungen mit Zwirn zu. Die Köchin schneidet mit einem scharfen Messer die Brüste aus den Enten.

»Die Schenkel werden für das Ragout verwandt oder später für eine Terrine«, fordert Marlene.

Die Köchin nickt.

Ruben kümmert sich um die Getränke: Champagner, Wein, Wasser, Limonade und die üblichen süßen Liköre in den grellen Farben.

Luise ist zum Milchbauern geschickt worden, doch sie macht einen Umweg. Karl Roth wartet auf sie am Ufer des Morgen.

Die beiden fallen sich in die Arme. »Wirst du zur rechten Zeit da sein?«, fragt sie.

»Ich werde da sein, mach dir keine Sorgen«, verspricht er.

»Kommt aber erst, wenn die Herrschaften alle oben im Haus sind. Elias wird euch die Hintertür öffnen. Dann könnt ihr unten warten. Und wenn die Schweine kommen, dann zeigt es ihnen.«

»Nur ich werde im Haus sein«, erklärt Karl Roth. »Die andern beziehen Posten vor der Villa, natürlich gut verborgen.«

Rachel teilt die gute Laune ihrer Mutter nicht. Die Drohung gegen den Vater lastet auf der Tochter. Und sie ist böse mit sich selbst, denn seit Stunden grübelt sie darüber nach, welches Kleid und welchen Schmuck sie heute Abend tragen soll, um bezaubernd schön zu sein. Wie oberflächlich!

Ich habe *maman* immer wegen des Weiberkrams gescholten, denkt sie. Und jetzt verhalte ich mich genauso albern. Wieso geistert ausgerechnet Justus von Kleist in meinem Kopf herum? Ob er mich heute Abend retten wird, falls der Salon überfallen wird?

Ich denke schon so dümmlich wie die versammelten Schnepfen in Langewiesches Schauerromanen, schimpft sie mit sich.

Sie öffnet den Schrank und mustert ihre zahlreichen Kleider: eleganter Samt, raschelnde Seide, wärmende Wolle und feinster Batist. Rachel schließt die Augen und tippt blind auf eine der Roben. Weißer Batist! Dazu die Perlen, entscheidet sie. Und jetzt Schluss damit. Noch eine Stunde, dann treffen die ersten Gäste ein.

Es klopft an der Tür. Es ist Elias.

»Es ist alles vorbereitet«, berichtet er. »Falls das Haus angegriffen wird, greifen die Weber ein. Sie sind schon im Garten versteckt.«

»Ich habe Angst«, bekennt Rachel. »Ich komme mir vor wie auf freiem Feld – aus jeder Richtung angreifbar.«

Wieder klopft es an der Tür.

Ruben Grünblatt: »Ich möchte, dass du bei Tumult deine Mutter packst und dich mit ihr in diesem Zimmer einschließt. Hast du verstanden?«

Rachel wirft Elias einen Blick zu. Ruben versteht. »Herr von Kleist hat mir soeben durch einen Boten mitteilen lassen, dass zu unserem Schutz Dragoner bereitstehen.«

»Dragoner?«, fragen Rachel und Elias unisono.

»Auch er selbst wird heute Abend bewaffnet sein und den Salon zu schützen suchen.«

Rachel lächelt in sich hinein. Also tut er doch etwas, frohlockt sie.

»Der soll sich heraushalten«, braust Elias auf. »Dragoner! Mehlsäcke auf Mähren. Die richten doch nur Unheil an!«

»Lieber Neffe! Mein Haus und meine Gäste eignen sich nicht als revolutionäres Brettspiel. Wenn es zu einem Angriff kommt, habe ich hier das Kommando. Ist das klar?«

In der Bibliothek sitzt Marlene am Fenster. Wann wird die Kutsche mit dem berühmten Dichter vorfahren? Sie ist aufgeregt, hat feuchte Hände und rote Wangen. Ihre Robe ist von zitronengelber Farbe; dunkelblaue Applikationen nehmen dem Kleid die Schärfe des Grellen. Die Saphir-Parure hat sie komplett angelegt: Diadem, Halskette, Ohrringe, Armband und Brosche. Den herausgefallenen Stein hat der Juwelier inzwischen wieder eingesetzt.

Noch tut sich nichts da draußen. Sie greift zu Rachels Zusammenstellung der Werke des Dichters. Er hat einfach zu viel geschrieben, denkt sie, das kann ich mir nicht alles merken. Sie legt die Papiere wieder beiseite.

Pferdegetrappel. Nur eine Mietkutsche. Langewiesche und Böttger klettern wenig elegant aus dem Wagen. Sie unterhalten sich ohne Harmonie. Dass die beiden sich immer in den Haaren liegen müssen, seufzt Marlene innerlich.

Luise hat den Auftrag, die Gäste in den Salon zu führen und ihnen ein Getränk nach Wunsch zu servieren.

Die Dame des Hauses erscheint gewöhnlich erst dann, wenn der Salon komplett ist. Gerade heute will sich Marlene daran halten.

Die Mietkutsche ist vom Hof gefahren und ein einzelner Reiter erscheint. Immermann. Dahinter folgt sogleich die Kutsche des Doktors. Der Stallbursche sattelt das Pferd ab. Immermann und Wiesner begrüßen sich, reden ein paar Worte und verschwinden aus Marlenes Blickfeld.

Grethe von Muffe geht mit entschlossenen Schritten auf die Villa zu, bleibt plötzlich stehen, bricht eine Rose vom Busch in der Nähe der Haustür und steckt sie sich ins Knopfloch. Die Marotte mit der Männerkleidung sollte sie ablegen, ärgert sich Marlene. Was Herr Heine wohl darüber denken mag? Wahrscheinlich gar nichts, beantwortet sie sich die Frage selbst. Der Herr kommt schließlich aus dem sündhaften Paris und wird mehr gesehen haben als eine verblühende Frau in langen Hosen.

Wieder klappern Pferdehufe. Justus von Kleist hilft Emily Stein aus der Kutsche. Die bleibt mit dem Rock am Ausstieg hängen. Marlene gluckst. Wenn der Stoff jetzt reißt! Doch der Polizeidirektor verhindert das Malheur und befreit das Kleid. Galant reicht er der Stein den Arm.

Jetzt fehlt nur noch Heine. In Marlenes Kopf entfalten sich peinliche Szenarien. Wenn alles nur ein Missverständnis war? Wenn die Kutsche verunglückt ist? Wenn der Dichter einen schlimmen Rückfall gehabt hat?

Dann stehe ich vor der Welt als bestens blamiert da, schießt ihr durch den Kopf und Tränen drängen ans Licht. Sie will sich schon vom Fenster abwenden. Doch in dem Moment hält vor dem Haus eine Reisekutsche. Da ist er, freut sich Marlene. Und schon ist sie auf dem Weg nach unten.

Heinrich Heine betritt den Salon – hinter ihm Ruben, der ihn an der Tür in Empfang genommen hat. Der Dichter ist von schmächtiger Gestalt.

»Nochmals willkommen in meinem Haus«, sagt Ruben.

Heine nickt ernst. Er wirkt ein wenig verträumt und trägt ein Taschentuch in der Linken, das er gelegentlich zum Mund führt. Dann hüstelt er leicht und schließt kurz die Augen.

»Wir freuen uns, Sie hier begrüßen zu dürfen.« Marlenes Stimme zittert. »Noch nie hatten wir einen Dichter Ihres Ruhms in unserer Mitte.«

Böttger und Langewiesche schauen sich an. Des Heimatdichters Lächeln beginnt zu frieren, der Schauer-Romancier dagegen grinst.

Etwas mühsam tritt Heine auf Marlene zu und macht ihr das konventionelle Kompliment: Lächeln, Verbeugung, Handkuss, Hüsteln. »Ich bin entzückt, Madame.«

Marlene plappert los: »Bitte verzeihen Sie, dass ich selbst von Ihren berühmten Dingen kaum etwas lesen konnte, aber ich bin sehr beschäftigt damit, die Webereifabrik am Ort neu zu organisieren.« Sie besinnt sich, kämpft ihre Aufregung nieder und stellt vor: »Meine Tochter Rachel, verehrter Dichter.«

»Welch schönes Mädchen!« Heine nimmt Rachels Hand und drückt einen Kuss darauf.

Sie ist sogar wunderschön, denkt Immermann. Das weiße Kleid, die schimmernden Perlen im schwarzen Haar und der tiefe Blick hinter den schweren Lidern.

Marlene stellt die anderen Salonbesucher vor. Ruben bemerkt, dass sich Heine nur mühsam aufrecht halten kann.

Er führt ihn zu dem Sessel mit den Kissen, der auf Elias' Anweisung vorbereitet ist. Marlene folgt den beiden und setzt sich neben den Dichter.

Auf einem Beistelltisch hat sie seine Bücher platziert. »Die müssen Sie mir später signieren, Meister.«

Heine nickt.

»Was darf ich Ihnen zu trinken bringen lassen?«, fragt Marlene.

»Wein«, antwortet Heine. »Wasser und Wein. Ich bin etwas erschöpft von der Reise.«

Luise knickst und verschwindet. Die anderen Salonbesucher verteilen sich nun ebenfalls auf den diversen Sitzgelegenheiten.

Elias tritt ein. »Heinrich!«

»Lieber Freund!« Eine Umarmung macht deutlich, wie gut sich die beiden kennen.

»Ich freue mich, dich wohlbehalten wiederzusehen, Elias. In unruhigen Zeiten findet man nicht jeden dort, wo er hingehört. Dich nicht in Paris zurzeit. Und wir wissen, warum.«

Marlene fühlt sich ermuntert einzugreifen: »Hier in Morgenthal herrscht keine Revolution, Herr Heine. Hier und in unserem Haus ist alles gewöhnlich und sicher.«

»Ihre kleine Stadt ist in diesen Tagen ein Mittelpunkt des öffentlichen Interesses, verehrte Frau Grünblatt. Zwei Morde an zwei Fabrikanten in kurzer Zeit, Vater und Sohn. Das ist ganz und gar nicht gewöhnlich. Es ist, als wollte man dieser Weberei den Garaus machen. Vielleicht nicht nur dieser?«

Rachel schaltet sich ein: »Herr Heine, die Weber haben diesen Herren kein Leichentuch gewoben. Damit auch keinen Fluch hinein, und schon gar keinen dreifachen.«

»Was die hiesigen Weber weben, weiß niemand, Fluch oder nicht. In Schlesien sind wir nicht. Und diese Fabrikanten waren nicht Deutschland.« Heine greift zum Wein und trinkt langsam. »Aber sie könnten ein Symbol dafür sein. Die Presse im Lande rätselt, ob der Tod dieser Herren der Anfang einer politischen Erhebung ist. Aber man muss wohl abwarten, was die Ermittlungen ans Licht bringen.«

Ruben schaut zu von Kleist. »Hier haben Sie die ermittelnde Autorität, Herr Heine. Justus von Kleist aus Berlin. Er leitet die Untersuchung.«

»Nicht, dass man ihm das ansähe, Herr Heine.« Rachel kann es nicht lassen. »Er macht eher den Eindruck eines großen Jungen. Der ganz gut Gemüse abladen kann. Das hat er sogar schon unter Beweis gestellt.« Sie vermeidet es, von Kleist anzuschauen. »Und er befragt immerzu die falschen Leute. Und stellt die falschen Fragen.«

Was ist bloß los mit mir, fragt sie sich. Warum bin ich so hart gegen ihn?

Doch Justus von Kleist achtet nicht auf sie. Er richtet einen scharfen Blick auf den berühmten Dichter. »Meine Verehrung, Herr Heine. Von Amts wegen stehe ich Ihren Schriften recht distanziert gegenüber. Als Leser schätze ich Ihre Offenheit, Ihren Mut und Ihre Einsicht in die Fragen unserer Zeit. Und Ihr zweifelsfrei vorhandenes Talent. Ich freue mich also, Ihre Bekanntschaft zu machen. Und ich weiß zu unterscheiden zwischen der Sorge um das Land und dem Aufruhr um des Aufruhrs willen.«

»Aber heute sind wir ja nur der Dichtkunst verpflichtet«, plappert Marlene. »Keine Politik bitte, meine Herren.«

Elias und Rachel werfen sich einen Blick zu.

Die weitere Verteilung der Getränke übernimmt Elias. Marlene winkt Luise. Die nickt beruhigend zurück: In der

Küche geht alles seinen Gang. Die heiße Bouillabaisse steht auf dem Tisch. Heute soll es die Suppe schon vor dem Gesang geben. Wer weiß, ob der kränkelnde Dichter den Abend sonst durchsteht – so Marlenes Sorge. Doktor Wiesner tunkt als Erster die Kelle in die Terrine.

Emily Stein hat ihre Noten mitgebracht. Zu schade, dass sie das Lied Heines aus dem *Buch der Lieder* neulich schon verbraucht hat. Andererseits stammte die Musik von Graf Überall, und der ist nicht mehr dabei. Ruben seufzt, schaut sich Emilys Noten an und nickt. Er geht zum Flügel und klappt ihn auf.

Ohrenbetäubender Lärm lässt alle hochschrecken. Der Sängerin fallen die Noten aus der Hand. Ruben erfasst sofort, dass Steine die Scheiben der Fenster durchschlagen haben, und sucht Rachels Blick. Rachel fasst nach Marlenes Hand und will sie mit sich ziehen. Doch die Mutter widerstrebt. Elias eilt zu Heine, um ihn zu schützen. Der Dichter wirkt noch kleiner und blasser.

Die im Garten verborgenen Weber bilden schnell eine Kette um die Villa. Drei von ihnen verfolgen die Steinewerfer. Dann fällt ein Schuss. Von Kleist springt ans Fenster.

Escher hat nicht auf von Kleists Signal gewartet, sondern ist schon los zu den Dragonern, sie zu holen.

Ein kleiner feiger Anschlag ist das nicht, sondern ein offener Angriff. Graf von Überall durchbricht die Kette der Arbeiter und dringt durch die zerbrochenen Fenster in den Salon vor. Seine Spießgesellen verwickeln die Weber derweil in ein Handgemenge.

Mit wildem Blick sucht von Überall Ruben. »Sie haben die Warnung missachtet, Itzig. Wer nicht hören will, muss fühlen!«

Mit scharfem Ton ruft Justus von Kleist: »Weg mit dem Säbel, Überall!«

Der schert sich nicht darum, sondern bewegt sich weiter auf Ruben zu.

Die anderen Gäste folgen den Ereignissen mit stummem Entsetzen. Nur der Doktor füllt sich Suppe nach, nachdem ihm ein Rundblick verraten hat, dass noch niemand verletzt ist.

Ruhig schaut Ruben Graf Überall entgegen. Der bleibt stehen und starrt sein Gegenüber hasserfüllt an.

Marlene weiß, was zu tun ist. Niemand soll ihr diesen lang ersehnten Abend verderben. Entschlossen stellt sie sich vor ihren Mann. Mit beleidigtem Blick schleudert sie dem dürren Grafen entgegen: »Raus hier, Sie Flegel!«

Der revanchiert sich mit dem Ruf: »Du sagst mir gar nichts, du Judenflittchen!«

In Marlenes Nase steigt der Duft der Fischsuppe. Der Topf mit der großen Kelle steht ja auch ganz nah. Beherzt greift sie nach dem Gerät und schlägt es von Überall auf den Schädel. Die heiße Suppe durchnässt sein schütteres Haar und läuft ihm in den Kragen. Er kreischt vor Schmerz und hebt den Säbel.

Aber nun sind die Herren bereit. Schnell haben von Kleist, Immermann und Ruben den Grafen zu Boden geworfen und entwaffnet. Elias läuft hinaus zu den Webern.

»Noch jemand Suppe?«, gluckst Marlene und wedelt mit der Kelle. Ihre Augen flackern.

Alle blicken sie an, sogar der liegende Graf Überall. Diesen Ausdruck hat Ruben bei seiner Marlene noch nie gesehen. Er tritt auf sie zu und umfängt sie sanft. Die Kelle poltert aufs Parkett, Marlene schwankt, lässt sich in Rubens Arme sinken und bricht in Tränen aus.

»Meine gute Marlene, du hast dich benommen wie die *Freiheit* auf dem Bild von Delacroix!«

Der Doktor bedauert: »Freilich obenrum ganz bedeckt.«

Heine hustet. Er ist noch tiefer in die Kissen gesunken und bedeckt die Augen mit der Hand.

Elias stürzt wieder in den Salon. »Doktor Wiesner! Schnell! Zu Hilfe!«

Auch draußen hat das Getümmel ein Ende genommen. Die Dragoner halten fünf vaterländische Angreifer gefangen. Die Webertruppe hat sich aufgelöst und ist verschwunden. Escher kniet neben einer Gestalt auf der Straße. Die Menschen verstummen, als sie den Arzt kommen sehen.

Sie werden noch stiller, als Wiesner sich wieder erhebt und den Kopf schüttelt. Wer noch eine Kappe trägt, nimmt sie ab.

»Wer ist es?«, ertönt plötzlich eine kreischende Frauenstimme. Luise stürmt aus dem Haus.

Wiesner stellt sich ihr in den Weg.

»Ist es Karl?«, fragt sie – ganz außer sich.

Der Doktor nickt langsam und schwer.

Luise reißt sich los und wirft sich über die reglose Gestalt am Boden. »Warum, warum, warum?«

Plötzlich ist auch der alte Harry Roth da. Sein Gesicht ist grau. Er schaut auf seinen Sohn und dann auf den Arzt. Der schüttelt erneut den Kopf. Eine Weile verharrt der alte Weber. Dann beugt er sich hinab. Er richtet Luise auf. Wortlos hebt er seinen Sohn auf die Arme und trägt ihn davon.

Eine Stunde später hat sich eine nur noch kleine Runde im Salon zusammengefunden. Die Scherben sind beseitigt, die Fenster provisorisch geflickt. Die Stimmung ist gedrückt, die Bouillabaisse längst kalt. Auf dem Tisch trocknen die Vol-au-Vents vor sich hin, der Camembert läuft und der Sekt hat aufgehört zu perlen. Es sind mehr Likörflaschen in Gebrauch als sonst.

Von Kleist ist mit seiner Polizeitruppe, den Dragonern und den Gefangenen zur Wache gezogen. Immermann sammelt Informationen.

Heine hat sich erholt. Langsam kann er der Situation eine ironische Seite abgewinnen. »Verehrte Frau Grünblatt, dieser Abend erfordert, dass ich ein Gedicht über Sie schreibe. Es bildet sich schon.«

Elias wirft ein: »Wäre es nicht angebrachter, eine Grabrede zu dichten auf den toten Weber? Er war ein Genosse in unserem *Bund der Gerechten.*«

»Wie war sein Name?«

»Karl Roth.«

Noch in der Nacht bahren die Weber Karl Roth in der Siedlung auf. Um das Bett herum stehen Kerzen. In ihrem Licht halten Josefine und Harry Roth Wache. Sie sitzen dicht beieinander, als wollten sie sich gegenseitig stützen. Die kranke Mutter liegt vom Schmerz übermannt zu Bett.

Nach und nach treten die Weber und ihre Familien an die Bahre und verabschieden sich. Sie verharren eine Weile und gehen wieder.

Auch Kürten ist gekommen. Er will Josefine und ihrem Vater beistehen. Besorgt schaut er zu Harry Roth, doch der erwidert seinen Blick nicht.

Nur Josefine sieht einmal hoch zu ihm. Sie lässt keine Regung erkennen.

Luise ist nicht in der Villa Grünblatt geblieben. Völlig aufgelöst streift sie durch die Stadt und landet schließlich im *Goldenen Bären.* Es ist weit nach Mitternacht. Alle wissen von dem tödlichen Schuss. Die Stimmung ist gedrückt und auch hitzig. Manche Arbeiter fordern unverhohlen Rache. Niemand spricht dagegen.

Luise hat noch die weiße Schürze an, mit der sie im Salon serviert hat. Dunkles Blut klebt am Rock. Sie riecht nach Alkohol und steht nicht mehr sicher auf den Beinen.

Anni zieht Luise in die Küche und flößt ihr heißen Tee ein.

»Ach, Mädchen«, sagt sie warm. »Was ist bloß los in dieser Stadt?«

»Alles war umsonst«, flüstert Luise. »Warum müssen immer nur wir Armen für unsere Sünden büßen?«

Anni versteht die Frage nicht.

»So viel Blut, warum?«, weint Luise krampfend. »Zur Hölle mit dem verdammten König und seinen Schergen! Sie alle gehören erschlagen wie die tollen Hunde!«

Die Wirtin lässt nach Doktor Wiesner schicken.

Der kommt prompt und erkennt die Lage.

»Mache sie ihr ein Bett oben in der Kammer«, ordnet der Arzt an. »Ihre Nerven sind geschädigt. Laudanum wird helfen. Gebe sie mir doch mal ein Glas Limonade.«

Anni nickt. Luise liegt mit dem Oberkörper auf dem Küchentisch und schluchzt. Die Wirtin zieht sie hoch. Wiesner kippt einen ordentlichen Schuss Laudanum ins Glas und rührt um.

»Nehme sie das ein«, fordert er. »Dann wird es ihr gleich besser gehen.«

Luise trinkt in kleinen Schlucken.

»Es tut mir leid um den Karl«, sagt Wiesner. »Der liebe Gott holt die Besten zuerst.«

»Der liebe Gott?« Das Mädchen wirft wütend das Glas auf den Boden und lacht höhnisch. »Dieser Gott ist nicht lieb. Und wer sich auf ihn verlässt, ist verraten und verkauft.«

Anni verlässt die Küche, um das Bett herzurichten und die Schänke endlich zu schließen. Der Morgen graut schon.

»Alle sind tot.« Luises Stimme wird laut und fremd. »Alle!«

»Auch ich hab die Lenzens gesehen«, sagt Wiesner. »Jeden Einzelnen hatte ich auf dem Tisch. Fange sie nicht wieder damit an! Das ist lange her.«

»Und deshalb vergessen?« Das Mädchen richtet sich auf. »Ich vergesse nichts! Und Karl hat auch nichts vergessen. Die Lenzens, die Josefine und die vielen anderen, deren Namen nicht mehr genannt werden. Der Hartenau wusste genau, dass der liebe Gott ihn nicht dafür bestraft. Aber dann hat er sich in die Hosen gemacht vor Angst.«

Wiesner horcht auf. »Du und Karl? Ihr habt den alten Hartenau ...?«

Luises Augen sind weit aufgerissen.

Nicht mehr lang, dann wird sie ruhig werden und lange schlafen, denkt Wiesner.

»Er hat gebettelt und ist auf die Knie gefallen«, kichert Luise irre. »Hat uns sein Vermögen angeboten. Aber im nächsten Moment hat er Karl beschimpft und ihm erzählt, wie er es mit der Josefine getrieben hat.«

O mein Gott, denkt der Doktor. »Und dann hat Karl ihm in den Kopf geschossen?«

»Es war eine gerechte Sache«, antwortet Luise mit heiligem Ernst. Dann sackt sie zusammen.

Wiesner beschließt, sich an die Verschwiegenheitspflicht im hippokratischen Eid zu halten.

Doch er hat nach dem Geständnis von Luise keine guten Stunden. All das Elend kommt in ihm hoch. Die tote Familie Lenz. Die von Emil Hartenau geschändete Elfriede Lenz war Luises Schwester.

Emil Hartenau hat mehr als einen Menschen vernichtet. Und wenn es gilt: Leben um Leben, dann ist die Rechnung auch mit dem Tod der beiden Hartenaus nicht beglichen.

Wie kann er das Mädchen nur daran hindern, die Wahrheit hinauszuposaunen?

Eine Pistole wird gefunden. Der Frühling bekommt eine neue Bedeutung. Zwei Frauen fallen polizeilich auf.

Justus von Kleist hat in der Polizeiwache übernachtet. Die Bank ist hart und er fühlt sich schmutzig. Er hat die Vernehmung der festgenommenen Vaterländischen noch in der Nacht hinter sich gebracht und sie anschließend in die Zellen stecken lassen. Niemand will den tödlichen Schuss auf den jungen Roth abgegeben haben. Und gesehen hat niemand etwas, auch kein Weber.

Schwarz und Escher sind schon unterwegs und untersuchen die Umgebung der Villa Grünblatt nach Hinweisen.

Von Kleist geht zum Waschtisch und erfrischt sich. In den Zellen herrscht Ruhe. Es zieht ihn ebenfalls zum Hause Grünblatt. Er will seinen Mitarbeitern bei der Spurensuche helfen. Und vielleicht steht Rachel ja zufällig am Fenster.

Die Kirchturmuhr schlägt sieben Mal.

Von Kleist schaut zum Turm hinauf. Der Taubenschwarm, der in der Höhe zu nächtigen pflegt, flattert auf und hebt sich gegen den rosenfarbenen Himmel ab. In Berlin hat der Himmel jetzt eine ähnliche Farbe, denkt von Kleist. Heimweh greift nach ihm.

Rechts und links der Straße öffnen sich Fenster, krähen Hähne, Stimmen sind zu hören. Kutschen rattern über das Pflaster.

In Berlin schläft die Nacht nicht so tief wie hier. Von

Kleist verspürt plötzlich Lust, Rachel Grünblatt von sich und seinem Leben zu erzählen. Von der Einsamkeit, die ihn manchmal plagt, wenn er zur Ruhe kommt. Von Kleist kennt seinen Ruf. Er gilt als brillant, aber arrogant. Hier bin ich beides nicht, denkt er. Ich versage bei der Aufklärung von zwei Morden, kann eine tödliche Schießerei nicht verhindern und eine junge Frau mit schwarzem Haar und frechem Mundwerk lässt mich durch ein paar Sätze dumm aussehen. Einen ›großen Jungen‹ hat sie ihn genannt – und das auch noch vor allen Salongästen. Doch er kann ihr deswegen nicht böse sein.

Mit Stöcken bewaffnet durchkämmen Schwarz und Escher den Ort des Kampfes. Jedes Fundstück kann und muss auf seine Bedeutung untersucht werden – so verlangt es die Polizeiwissenschaft. Die ›Beweise‹ für was auch immer liegen nebeneinander auf einer Decke auf dem Boden der Kutsche: einige Glassplitter, ein verschmutztes Halstuch aus Baumwolle, ein leerer Wurstdarm, ein goldfarbener Uniformknopf und eine Pistole.

Escher riecht am Lauf der Waffe. »Aus der ist unlängst gefeuert worden«, stellt er fest.

Er betrachtet die Pistole näher. Ein übliches Modell, vermutlich englischer Herkunft. Nicht mehr in bestem Zustand, aber funktionsfähig. Am Griff ein verblasstes Zeichen. Escher ruft Schwarz.

»Das sind keine Buchstaben«, ruft Schwarz. »Das ist ein Wappen!«

»Es trägt über dem Schild den Bügelhelm«, erkennt Escher. »Das deutet auf Adel. Im Schild ein laufender Hund.«

»Sieht eher wie ein Fabelwesen aus. Oder hast du schon mal einen Hund mit Hühnerkrallen auf einem Berg gesehen?«

»Von Kleist wird uns sagen, wo wir suchen müssen. Der kennt sich aus unter seinesgleichen.«

»Ich kenne nur einen Adeligen außer dem Polizeidirektor«, sagt Schwarz. »Diesen überaus angenehmen Grafen. Aber wie kann man beweisen, dass er den Schuss abgegeben hat? Selbst wenn ihm die Waffe gehören sollte?«

Rachel Grünblatt ist schon lange wach. Sie denkt an Luise, die weggelaufen und nicht zurückgekehrt ist. Die erschütternde Szene an der Leiche Karl Roths hat Rachel klargemacht, wie wenig sie über die Menschen weiß, die seit Jahren dafür sorgen, dass die Grünblatts ihre Bequemlichkeiten haben.

Natürlich war ich immer freundlich und gerecht zu Luise, denkt Rachel, aber darüber hinaus ist es nie gegangen; die Distanz blieb gewahrt. Nie hat sie einen Gedanken daran verschwendet, ob eine junge Frau wie Luise einen Verlobten oder einen Verehrer hat, was ihre Lieblingsfarbe ist oder wie sie ihre freie Zeit verbringt.

Warum sind diese Welten parallel und treffen sich nicht? Rachel friert und zieht den Morgenmantel enger um sich.

Zufällig schaut sie aus dem Fenster. Entdeckt die beiden Polizisten, die miteinander reden. Und sie sieht jemanden auf die zwei Männer zukommen: Justus von Kleist.

Er gesellt sich zu seinen Kollegen, gönnt der Villa keinen Blick.

Rachel greift das rostbraune Baumwollkleid, verzichtet auf das enge Mieder und lässt das Haar offen. Niemand kann von ihr erwarten, um diese Uhrzeit perfekt frisiert zu sein.

Von Kleist findet die Pistole interessant, doch er hat das Wappenbuch des deutschen Adels nicht im Kopf.

»Der Hühnerhund sagt mir gar nichts«, stellt er fest, nachdem er sich die Gravur genau angeschaut hat. »Kein Hochadel, eher die Etage.«

Schwarz und Escher schauen sich an. »Was haben Sie denn für ein Tier in Ihrem Familienwappen?«, fragt Schwarz neugierig.

»Da sind zwei Füchse und ein Balken«, entgegnet von Kleist. »Aber bitte keine Fragen zur Bedeutung des Ganzen.«

»In meinem Familienwappen prangt ein Glas Bier«, grinst Escher. »Mein Vater hat nur allzu gern einen gehoben.«

Die drei lachen.

»So gute Laune bei den Herren Polizisten?« Rachel schlendert auf die drei Männer zu. »Gibt es nach diesem schrecklichen Vorfall gestern Abend doch noch Erfreuliches?«

Schwarz und Escher verbeugen sich, von Kleist nimmt ihre Hand und deutet einen Kuss an. »Erfreulich ist allein Ihr Anblick zu dieser frühen Zeit, gnädiges Fräulein. Ansonsten arbeiten wir streng nach den Regeln der Beweissicherung.«

»Beweise für was? Dass ein junger Mann erschossen worden ist? Oder dass die Polizei nahezu untätig zugesehen hat, wie unser Haus überfallen wurde?«

»Sie haben eine außergewöhnlich spitze Zunge, Fräulein Grünblatt.« Von Kleist geht auf Distanz. »Ist jemandem in Ihrem Hause etwas geschehen? Wurde der Graf nicht unschädlich gemacht?«

»Ja, weil meine mutige Mutter ihn mit der Suppenkelle schachmatt gesetzt hat!«

»Sie sind überheblich und ungerecht«, sagt von Kleist ärgerlich.

»Darf ich Sie um etwas bitten, Herr Oberpolizist?«, lächelt Rachel süß. »Die Aufgabe dürfte etwas leichter sein.«

Schwarz und Escher trauen ihren Ohren nicht. So despektierlich haben sie noch nie jemanden mit von Kleist reden gehört.

Rachel wartet von Kleists Reaktion nicht ab. »Unser Dienstmädchen Luise ist verschwunden. Sie war wohl die Freundin von dem armen Karl Roth. Ich mache mir große Sorgen, dass sie sich etwas antut.«

»Ich kann diesen jungen Mann leider nicht mehr zum Leben erwecken«, meint von Kleist ernst. »Und ich bin sehr betrübt, dass wir die Tat an ihm nicht verhindern konnten. Aber der Schütze wird zur Verantwortung gezogen. Das verspreche ich Ihnen, mein Fräulein.«

»Herr von Kleist, lassen Sie bitte nach Luise suchen?«

»Sie machen sich ja wirklich Sorgen um Ihr Dienstmädchen«, entgegnet er mit Erstaunen.

»Luise hat viel Schlimmes im Leben erdulden müssen«, sagt Rachel leise. »Ich habe das erst vor Kurzem erfahren. Mein Cousin Elias dagegen hat das getan, was ich schon längst hätte tun sollen: sich um die Menschen gekümmert, die uns jeden Tag umgeben.«

»War Luise etwa auch ein Opfer der feinen Herren Hartenau und ihrer Gelüste?«, rät von Kleist.

»Ja. Aber nicht so, wie Sie denken. Elfriede Lenz war Luises Schwester. Sie kennen die Tragödie wohl nicht. Da hat sich eine ganze Familie ausgelöscht, weil der alte Hartenau den Vater entlassen hat.«

»Ich habe von der Sache gehört«, sagt von Kleist nachdenklich. Er wirft Schwarz und Escher einen Blick zu. »Wir werden nach Luise suchen. Sie haben mein Wort.«

»Lenz?«, fragt Schwarz.

In seinen Kopf hat sich ein Gedanke eingenistet, den er noch nicht packen kann. »Lenz?«

»Das ist der Name der toten Weberfamilie«, wiederholt Rachel.

»Vielen Dank, dass Sie uns den Morgen versüßt haben, Fräulein Grünblatt.« Von Kleist deutet eine Verbeugung an. »Wir müssen jetzt mit unseren Untersuchungen fortfahren.«

»Oh«, sagt Rachel mit großen Augen. »Sie komplimentieren mich weg, Herr von Kleist? Gerade wollte ich Ihnen und Ihren emsigen Mitstreitern ein Frühstück im Hause Grünblatt anbieten.«

»Ein anderes Mal vielleicht.«

Escher und Schwarz schauen bedauernd. Doch von Kleists Miene ist eindeutig.

»Dann noch einen erfolgreichen Tag, die Herren Polizisten!« Rachel dreht sich schmollend um und geht zum Haus.

Der Polizeidirektor schaut versonnen auf die fließende Bewegung des rostroten Rockes.

Escher grinst. Das Mädchen hat was, und das scheint auch der Polizeidirektor zu bemerken.

Schwarz ist immer noch dabei, den Zipfel seines Gedankens zu packen.

»In der Aussage der Damen im Freudenhaus«, murmelt von Kleist, »war von ›Frühling‹ die Rede. Obwohl es schon Sommer war. Sie haben den Zeugen doch vernommen. Erinnern Sie sich?«

Schwarz nickt. Ja, das ist es! Sein Gedanke entstand bei dem Namen ›Lenz‹. Lenz wie Frühling.

»In dem Brief, der Emil Hartenau aus dem Bordell gelockt hat, könnte von Lenz die Rede gewesen sein!«, ruft Schwarz aufgeregt. »Hartenau hat den Namen gesagt, bevor er das Bett verlassen hat, um sich mit der unbekannten Frau auf der Brücke zu treffen. Die Elfi hat das Wort ›Lenz‹ gehört und es mit ›Frühling‹ verwechselt!«

Von Kleist grübelt. Das Mädchen Luise ist verschwunden. Und es ist die Schwester der toten Elfriede Lenz. Und deren Name fiel am Mordabend im Bordell? Nun möchte er die Luise nicht nur deshalb suchen, weil Rachel ihn darum gebeten hat. »Escher, Sie bleiben hier. Wenn die Luise auftaucht, bringen Sie sie zur Wache!«

Auch Heinrich Graf von Überall hat die Nacht auf der Pritsche verbracht. Seine Uniform ist verschmutzt und er riecht. Die Bouillabaisse, von Marlene Grünblatt großzügig aus der Kelle verteilt, hat sich mit von Überalls Schweiß vermischt. Diese Kombination macht den Grafen einsam. Die Vaterländischen, die mit ihm die Zelle teilen, rümpfen die Nase und halten sich von ihm fern.

Überhaupt ist die Stimmung bei Graf Überalls Kameraden gedrückt. Sie fühlen sich von ihm hinters Licht geführt. Denn er hat ihnen vorgegaukelt, dass der Angriff auf die Grünblatts eine einfache Sache werden würde. Von Dragonern und Polizisten ist nicht die Rede gewesen. Und einen toten Weber wollte eigentlich auch niemand.

»Waschen Sie sich!« Gendarm Hans Kürten schiebt Schüssel und Krug in die Zelle. »Hier riecht es nach verfaultem Fisch. In zehn Minuten werden Sie zur Vernehmung geführt. Der Herr Polizeidirektor hat eine empfindliche Nase.«

»Ich brauche neue Kleidung. Die Judensau hat meine Uniform beschmutzt.«

Kürten schluckt. Der Kerl hat Josefines Bruder auf dem Gewissen – da ist er sich ganz sicher. Am liebsten würde er ihm in seinen warmen Allerwertesten treten.

»Ich werde Ihnen was Frisches besorgen«, sagt Kürten beherrscht.

»Wann können wir hier raus?«, fragt ein Vaterländischer. »Wir haben nichts getan. Der da hat uns aufgewiegelt …«

Die anderen stimmen eilig zu.

»Ich habe Anweisung, Sie alle in einer Stunde gehen zu lassen. Nur der Graf muss bleiben.«

»Warum ich?«, schreit dieser.

»Weil Sie der Anführer dieser sauberen Truppe sind«, blafft der Gendarm zurück. »Und jetzt waschen Sie sich endlich den Gestank vom Leib!«

Luise hat tief und fest geschlafen. Das Laudanum hat der frischen Wunde in ihrer Seele ein wenig den Schmerz genommen. Sie ist ziemlich gefasst, als sie den *Goldenen Bären* gegen Mittag verlässt. Karl ist tot, erschossen. Nüchtern stellt sie fest, dass sein Tod auch sein Gutes hat: Jetzt muss sie keine Angst mehr um ihn haben. Angst, dass er für den Mord an Emil Hartenau hingerichtet wird. Doch was hat sie dem Doktor in der vergangenen Nacht erzählt? Etwa die Wahrheit?

Ich will ihn fragen, denkt sie. Wiesners Haus liegt auf dem Weg zur Villa Grünblatt.

Doktor Wiesner empfängt sie mit einem sorgenvollen Blick. »Das Mädchen! Wie geht es ihr?«

»Ich habe tief geschlafen.«

»Das sollte auch so sein. Bei der Dosis Laudanum!«

»Und davor? Was habe ich gesagt? Habe ich wirr geredet?«

Der Arzt legt den Arm auf Luises Schulter. »Sie war fassungslos und traurig, mehr nicht.«

»Ich habe aber geträumt, dass ich Ihnen …« Luise stockt.

»Der Schmerz hat sie in seinem Netz gehabt, Luise. Mehr gibt es nicht zu erzählen – und zwar keiner Menschenseele.«

Ihre Blicke treffen sich. Luise versteht und atmet auf. Sie

kann mit der Schuld, Hartenau auf die Brücke gelockt zu haben, gut weiterleben.

Als sie wenig später das Tor des Vorgartens öffnen und zum grünblattschen Haus gehen will, kommt ihr ein Mann entgegen. Es ist Escher. Er will sie mitnehmen. Luise schaut zur Villa. Rachel Grünblatt steht am Fenster der Bibliothek.

Störung der öffentlichen Ordnung, Hausfriedensbruch, Sachbeschädigung, Überfall auf den Zeitungstransport und die Tötung von Karl Roth. Justus von Kleist hat eine Liste von Delikten zusammengestellt, die er Heinrich Graf von Überall bei der Vernehmung präsentieren will. Der Delinquent riecht jetzt erträglich. Kürten hat ein frisches Hemd besorgt, das dem dürren Grafen viel zu weit ist.

Schwarz ist Zeuge der Vernehmung und führt das Protokoll. Von Überalls Personalien sind bereits aufgenommen.

Von Kleist lässt den Delinquenten warten, blättert in Akten, tut so, als säße der Graf nicht auf dem schmalen Holzstuhl vor dem Schreibtisch.

Niemand sagt etwas. Schwarz grinst innerlich. Sein Vorgesetzter arbeitet gern mit solchen Mitteln. Sie führen bei den vorgeladenen Personen nach einer Weile zu Schweißausbrüchen und unkontrolliertem Speichelfluss, kurz zu Nervosität.

Doch der Graf zeigt nichts von alledem. Noch nicht. Er starrt Löcher in die Wand, wippt mit dem bestiefelten Fuß und schaut interessiert nach einer Fliege, die sich auf seinem Oberschenkel niedergelassen hat. Zehn Minuten vergehen.

»Im Gotha ist Ihre Familie erst sehr spät erwähnt, Überall«, sagt von Kleist. »Was hat ihr den Grafentitel beschert?«

»Vaterlandstreue, Mut und militärischer Gehorsam, Herr von Kleist!«

»Gute Gründe, ja. Und warum sind Sie so ganz aus der Art geschlagen?«

»Ich verstehe nicht.«

Die Fliege sitzt jetzt auf dem Knie des Grafen. Der holt aus, schlägt zu, trifft das Insekt aber nicht.

»Das ist der Fischgeruch«, lächelt der Polizeidirektor. »Schmeißfliegen fühlen sich magisch davon angezogen.«

Wieder schaut von Kleist auf die Papiere vor sich. Runzelt die Stirn. »Welches Wappen führt Ihre Familie? Beschreiben Sie es bitte.«

»Im Schild befindet sich ein laufender Hund«, antwortet von Überall. »Was soll die Frage?«

Schwarz greift hinter sich und legt die Pistole auf den Tisch. »Die Waffe haben wir vor der Villa Grünblatt gefunden.«

»Ja, das ist meine! Ein Erbstück. Ich habe sie schon vermisst. Eine Duellpistole. Auf die Polizei ist Verlass.«

»Aus der Waffe wurde geschossen. Und zwar gestern Abend. Ich beschuldige Sie hiermit der Tötung des Arbeiters Karl Roth. Lesen Sie ihm die anderen Delikte vor, Schwarz.«

»Jeder kann diesen Roth erschossen haben«, ruft der Graf. »Auch die Dragoner, die Sie hinbestellt hatten.«

»Es fiel nur ein einziger Schuss«, stellt Schwarz fest. »Die Weber hatten keine Waffen dabei und die Dragoner nur ihre Säbel.«

»Die Waffe ist mir im Handgemenge mit den Webern entrissen worden.«

»In Berlin nennen wir so etwas eine Schutzbehauptung, Graf. Aber nun reden wir über Ihre anderen mutigen Taten. Sie haben die Druckerei des *Volksfreundes* gestürmt und die Maschinen zerstört.«

»Was erzählen Sie da?«

»Sie haben dabei doch Herrn Immermann direkt bedroht.«

»Das ist eine Lüge! Wo sind die Zeugen? Außer diesem sauberen Schreiberling, der mir allzu gern am Zeug flicken würde!«

»Gestern sind Sie in das Haus der Familie Grünblatt eingedrungen und haben den Hausherrn bedroht.«

»Ja, das habe ich. Der Jude hat mir sein Haus verboten. Jahrelang war ich die Zierde des Salons der gnädigen Madame. Habe den musikalischen Part mitgestaltet. Ich war deshalb gekränkt. Aber ich glaube, das kann man mir nachsehen, meinen Sie nicht, Herr von Kleist? Für eine Einkerkerung bis ans Lebensende wird das ja wohl nicht reichen!«

Eine Stunde später ist Heinrich Graf von Überall tatsächlich wieder auf freiem Fuß. Das Verlassen der Stadt ist ihm polizeilich verboten. Falls er es dennoch tun sollte, wird das Gericht auf Antrag einen Steckbrief erlassen.

Im Haus der Hartenaus geht es an diesem Sonntag recht emsig zu. Noch hat die Polizei die Hartenau-Witwe unbehelligt gelassen. Lillys Alibi hält. Thekla hat ihre Aussage bisher nicht widerrufen.

Sie sitzt auf gepackten Koffern und überlegt. Natürlich müssen alle Kleider mit nach Argentinien. Und der Schmuck und das Silber.

Noch zwanzig Stunden, denkt Lilly, und ich bin auf dem Schiff. Ich will diese miese, kleine Provinzstadt nie wieder sehen. Heute Abend schon werden die schweren Koffer in eine Kutsche geladen. Ein Freund aus Lillys unverheirateten Tagen wird sie lenken und unterwegs nur an kleinen Stationen haltmachen. Er wird in der Kutsche schlafen, um ihren Besitz zu bewachen, und später dafür entlohnt werden.

Bargeld und Wertpapiere wird Lilly bei sich tragen. In das Futter ihrer Pelerine hat sie Fächer für die Aktien eingenäht, im Unterrock und unter dem Busen stecken die Rollen mit dem Papiergeld. Die Münzen befinden sich in einer Kassette. Sie fühlt sich als moralische Erbin der beiden Hartenaus. Sie hat genug durch sie erleiden müssen.

Rachel Grünblatt wartet in der Polizeiwache. Sie hat ihre Eltern über die Festnahme des Dienstmädchens informiert und ist Escher und Luise gefolgt.

Doch man lässt sie nicht zu von Kleist vor. Der Herr Polizeidirektor befinde sich in einer Vernehmung und habe sich jede Störung strikt verbeten, erklären die beiden Hilfsgendarmen.

Aber die Wände der Wache sind hellhörig. Rachel vernimmt die tiefe Stimme ihres speziellen Oberpolizisten. Und auch die Stimme von Luise, ihr Weinen und Schluchzen.

Nach einer Stunde des Wartens öffnet sich die Tür. Luise steht im Rahmen, am Arm gepackt von Escher.

»Luise! Um Gottes willen! Was ist passiert?«, ruft Rachel.

Luise antwortet nicht. Ihre Augen sind leer.

»Kommst du jetzt mit nach Hause?«

»Keineswegs«, antwortet Escher. »Das Fräulein wird erst einmal Station in der Zelle machen.«

»Was werfen Sie ihr vor?«

Justus von Kleist erscheint. »Sie schon wieder«, sagt er verärgert.

»Ja, ich schon wieder!«, schnaubt Rachel. »Sagen Sie mir, was hier vor sich geht! Luise gehört zu unserem Hause.«

»Wären Sie so freundlich, sich in mein Büro zu begeben?«, erwidert von Kleist reserviert.

Escher grinst breit.

Von Kleist wirft ihm einen ungehaltenen Blick zu und schließt dann die Tür hinter Rachel und sich.

»Warum stecken Sie Luise ins Gefängnis?«

Von Kleist seufzt. »Sie strapazieren meine Nerven, Fräulein Grünblatt. Der Grad Ihrer Neugierde ist ebenso stark ausgeprägt wie Ihr herrisches Auftreten! Ich bin nicht verpflichtet, Ihnen Auskunft zu erteilen.«

Rachel wendet sich ab. »Es ist viel geschehen in Morgenthal in den letzten Wochen. Zu viel Böses.«

»Das Böse gab es hier schon immer. Sie haben es nur nicht wahrgenommen.«

»Mag sein. Ich weiß, dass ich in einem Elfenbeinturm lebe. Bitte sagen Sie mir, was Luise getan hat.«

Sie dreht sich um zu ihm und schaut ihn an. Mit klarem Blick und offen.

»Sie war beim Mord an Emil Hartenau die Komplizin«, erklärt Justus von Kleist. »Karl Roth hat ihn erschossen.«

»Nein!«

»Es ist leider wahr.«

»Warum jetzt?«, ruft Rachel aus. »Ihre Familie ist doch schon so lange tot.«

Er lächelt. »Manchmal ist der Weg zur Vergeltung viel länger als der Weg zur Tat.«

»Was wird mit ihr geschehen?«

»Sie hat es ja nicht selbst getan. Das Gericht wird die besonderen Umstände würdigen«, entgegnet er. »Aber ein paar Jahre werden es schon werden.«

»Kann ich etwas tun für Luise?«

»Sie braucht eine juristische Verteidigung«, antwortet er. »Und Hilfe, wenn sie aus dem Gefängnis entlassen wird.«

»Das werde ich veranlassen!«

»Veranlassen? Nicht selbst tun?«

»Ich weiß nicht, ob ich dann noch hier sein werde.«

»Oh! Haben Sie etwa Heiratsabsichten? Oder verreisen Sie nur?«

Rachel wirft amüsiert den Kopf in den Nacken. »Heiraten? Ich? Nein!«

»Also eine Reise? Wohin begeben sich denn höhere Töchter in diesen Zeiten?«

»Ich plane, mit meinem Cousin nach Paris zu fahren. Dort will ich mir Arbeit suchen. Als Journalistin. Herr Heine hat mir seine Unterstützung zugesagt.«

»Aha! Die Bohème in Paris bekommt entzückenden Zulauf«, grinst von Kleist.

»Machen Sie sich ruhig lustig über mich.«

»Aber keineswegs. Arbeit hat noch niemandem geschadet. Ich schätze selbstständige Frauen sehr.«

»Wenn es bloß nicht die eigene ist, oder?«

»Wie meinen Sie das?«, fragt er verwundert.

»Würden Sie Ihrer Gattin erlauben, einen Beruf auszuüben und Geld damit zu verdienen?«

»Wenn ich eine hätte – ja.«

Rachel schweigt verblüfft.

Er genießt ihre Irritation. »Wenn allerdings Kinder geboren werden, sollte sich die Frau vorübergehend ans Haus gebunden fühlen«, fügt er hinzu. »Aber auch da kann ich noch nicht mitreden.«

»Sie haben keine Ehefrau und acht Kinder?«

Justus von Kleist schüttelt den Kopf. Sie nicht aus den Augen lassend, sagt er: »Wer hat denn das Gerücht gestreut? Ich bin ein echter Hagestolz.«

»Das verstehe ich nicht«, platzt es aus ihr heraus. »Gibt es in Berlin keine Frauen, die Ihre – zugegebenermaßen gewöhnungsbedürftigen – Marotten ertragen wollen?«

»Wollen schon. Aber dürfen nicht.«

Er steht auf und geht durchs Zimmer. Rachel folgt ihm mit Blicken.

»Wenn ich eine Frau liebe, dann soll das für das ganze Leben sein. Und dazu gehört eine Verwandtschaft der Seelen und nicht nur die Anziehung der Körper. Ich wünsche mir eine Frau nicht nur als Geliebte, sondern auch als Freundin. Ich will sie begehren und gleichzeitig mit ihr über alles reden können.«

Rachel erhebt sich. »Ihre Worte rühren mich an. Noch nie habe ich einen Mann so reden gehört. Ich dachte, diese Art der Gefühle sei für Bücher reserviert. Aber jetzt muss ich gehen. Darf ich Luise mit Essen und Kleidern versorgen?«

Justus von Kleist nickt. »Wann sehen wir uns wieder, um unseren Gesprächsfaden weiterspinnen zu können?«

»Morgen wird Karl Roth zu Grabe gebracht«, entgegnet Rachel. »Herr Heine wird ein Gedicht zu seinen Ehren vortragen.«

Ein wahrhaft romantischer Anlass, sich wiederzusehen, so eine Beerdigung, denkt Justus von Kleist.

Er blickt ihr durchs Fenster nach. Versteht, dass ihr das Leben in Morgenthal wie ein Mühlstein am Hals hängt. Aber muss es gerade Paris sein?

Schon wieder eine Beerdigung und Heine spricht. Ein Vater übernimmt Verantwortung für Menschen und Maschinen. Der Mörder findet einen Weg.

Der Friedhof liegt auf einer Anhöhe. Die Toten, die hier ruhen, hätten einen wunderschönen Blick auf den langsam dahinfließenden Morgen.

Karl Roth bekommt ein einfaches Grab – inmitten anderer Toter seiner Klasse. Nur wenig davon entfernt ruht die Familie Lenz. Deren Grab ist gepflegter als die anderen. Luise hat sich regelmäßig darum gekümmert.

Die Spitze der Trauerschar bildet die Familie Roth. Harry und Josefine stützen Karls Mutter, der kleine Max trottet nebenher. Heinrich Heine geht – von Ruben Grünblatt und Elias Leclerc untergehakt – inmitten der Weber. Immermann, Doktor Wiesner und Rachel folgen am Ende.

Die Trauerrede des Pfarrers hat Harry Roth zurückgewiesen. Karl war nicht gläubig.

An der Grube wartet Luise, eingerahmt von Schwarz und Escher. Das Mädchen ist still und bleich.

Rachel geht zu ihr, streichelt ihren Arm und sagt leise: »Luise, hab keine Angst. Wir werden uns um dich kümmern.«

Luise schenkt Rachel einen dankbaren Blick.

Justus von Kleist ist nicht da, fällt Rachel auf. Vielleicht habe ich ihn gestern schockiert mit meinen Fragen. Aber ich gehe ja sowieso nach Paris.

Der schmucklose Sarg wird hinabgelassen. Luise schluchzt laut und sinkt auf die Knie.

Harry Roths Abschiedsworte an seinen Sohn werden von einem der Freunde Karls vorgelesen. Der alte Mann senkt den Kopf, bleibt in sich gekehrt.

Jetzt schauen alle zu dem Dichter aus Paris. Heinrich Heine hat trotz seiner Krankheit eine kräftige Stimme:

»Geschlossen sind seine Lider,
Er ist jetzt für immer allein.
Man hat ihm den Tod geschossen
Ins blühende Leben hinein.

Gebrochen sind seine Glieder,
Doch seine Seele ist rein.
Er hat im Herze viel Bangen,
Und sie, Luise, sein!

Verdörret sind die Seelen
Der Lumpen und Königstreuen,
Sie haben wenig Zeit noch
Sich mit dem Teufel zu freuen.

Karl Roth! Aus deinem Blut
Schöpft Deutschland neuen Mut.«

Seine Seele war nicht rein, denkt Rachel. Er hat Emil Hartenau getötet. Auch wenn es genug Gründe gab, das zu tun. Wer will sich anmaßen zu entscheiden, dass es erlaubt ist, einem Menschen das Leben zu nehmen?

Auf dem Rückweg von der Bestattung nimmt Heine Elias beiseite. »Ich habe Nachricht aus Paris, lieber Freund. Die

Obrigkeit hat die Suche nach dir eingestellt. Wenn die Anzeichen nicht täuschen, kannst du bald zurück.«

Ruben Grünblatt begibt sich nach der Beerdigung in sein Schreibzimmer. Er hat die Verträge mit den Banken, bei denen die Hartenaus in der Kreide standen, unterzeichnet. In zwei Wochen wird die Weberei ihm allein gehören. Die Behörden haben zugestimmt. Bald haben die Menschen wieder Arbeit und Brot.

Doch so richtig kann er sich nicht darüber freuen. Rachel hat ihm von ihrem Plan erzählt, Morgenthal zu verlassen und künftig in Paris zu leben. Marlene weiß noch nichts davon. Rachel hat dem Vater das Versprechen abgerungen, zunächst zu schweigen.

Sie kann nicht ihr ganzes Leben in dieser Kleinstadt verbringen, das weiß er. Früher oder später würde sie daran zugrunde gehen.

Ruben ordnet die Papiere auf dem Schreibtisch. Den Prokuristen Pfeiffer wird er entlassen. Ihn weiter zu beschäftigen – das kann er den Webern nicht antun. Jahrelang war der Mann der feige Büttel Hartenaus, hat geschwiegen und weggeschaut. Harry Roth wird der Vorsteher der Arbeiter. Er ist ein integrer Mann und die Weber mögen ihn. Der Schmied hat sich die Sache mit der Entlüftung der Halle angesehen und baut ein Modell.

Vor allem aber sind endlich die ausstehenden Löhne bezahlt worden. In der Webersiedlung herrscht Zuversicht.

Die Kutsche mit Lilly Hartenaus Besitz ist unterwegs nach Norden. Sie selbst wird erst in einer Stunde das Haus verlassen – mit leichtem Gepäck. Es soll so aussehen, als plane sie eine harmlose Ausflugsfahrt.

Sie durchschreitet die Zimmer. Betrübt betrachtet sie die Ölgemälde mit den herrlichen Landschaften und Schäferszenen, die Pokale aus böhmischem Glas und die Karaffen aus Murano, die zierlichen Möbel mit den üppigen Intarsienarbeiten. Alles Vergangenheit, denkt sie.

Sie schließt die Augen und sieht Palmen, Meer und schwarzhaarige, mit bunten Gewändern bekleidete Menschen. Argentinien!

Der schrille Klang der Glocke schreckt sie aus ihren Träumen auf. Sie begreift, dass sie kein Dienstmädchen mehr hat, das zur Tür eilt. Noch etwas benommen geht sie nach unten und öffnet.

»Guten Tag, gnädige Frau«, sagt Justus von Kleist. Er sieht die Koffer im Flur. »Wollen Sie verreisen? Wohin soll es denn gehen? Hoffentlich in ein Land, in dem Zitronen blühen?«

»Was geht Sie das an?« Lillys Müdigkeit weicht der Wachsamkeit. Sie pfeift sich zurück. Nur nicht auffallen oder den Polizeimenschen misstrauisch machen. Sie lässt von Kleist herein.

»Natürlich gehen mich Ihre Reisepläne nur etwas an, wenn sie im Zusammenhang mit meinen Ermittlungen stehen«, erklärt er. Hier ist aber gründlich aufgeräumt worden, fällt ihm auf. Das Silberzeug ist weg, in einigen Vitrinen sind Lücken sichtbar. Es sieht nach Aufbruch aus.

»Sie haben recht, ich bin in der Tat gerade dabei, eine kleine Reise anzutreten.« Lilly Hartenau seufzt. »Ich habe zu viel Schreckliches erlebt. Erst mein Mann, dann mein Stiefsohn – beide feige ermordet. Die Polizei glänzt nicht gerade durch Erfolge. Die Fabrik in Konkurs. Ich bin seelisch am Ende und brauche dringend Erholung.«

»Den Mord an Ihrem Gatten haben wir aufgeklärt. Ich bin hier, um Ihnen das offiziell mitzuteilen.«

»Ich habe es schon erfahren. Die Spatzen pfeifen es von den Dächern. Nur leider ist Emils Mörder selbst tot. Wo bleibt da die Gerechtigkeit?«

»Mehr Strafe als den eigenen Tod kann ein Mörder ja wohl nicht bekommen.«

Lilly schweigt. Wie kann sie den Mann loswerden? Ihr fällt nichts ein.

»Bleibt noch der Mord an Ihrem Stiefsohn.«

»Ja. Aber da kann ich Ihnen immer noch nicht behilflich sein.«

»Darf ich mich setzen?«, fragt von Kleist.

»Aber bitte.«

Der Polizeidirektor nimmt Platz. Lilly bleibt nichts anderes übrig, als es ihm gleichzutun.

»Ihr Mädchen Thekla war vor zwei Stunden bei mir. Sie hat ihre Aussage korrigiert. Sie ist Ihnen nachgegangen auf dem Weg zur Fabrik.«

»Dieses impertinente Ding! Ich habe sie rausgeworfen. Und das ist jetzt die Rache!« Lilly lacht zu laut.

»Sie sind Ihrem Stiefsohn in die Weberei gefolgt.«

»Eine Lüge! Wer sagt Ihnen, dass Thekla ihn nicht erschlagen hat? Sie hatte viel mehr Grund als ich.«

»Welchen Grund hatte sie denn?«

»Moritz hat sich mehrfach an ihr vergriffen«, schrillt Lilly.

»Und welchen Grund hätten Sie gehabt?«

»Jedenfalls keinen so schwerwiegenden, dass ich ihn hinterrücks ermordet hätte.«

»Hinterrücks?«

Lilly schweigt verdutzt.

»Er ist tatsächlich hinterrücks erschlagen worden«, räumt von Kleist ein. »Sie haben gut geraten.«

»Ich hab nicht geraten. Es wird viel erzählt in Morgenthal –

auch von den Herren Polizisten, wenn sie sich im *Goldenen Bären* vergnügen.«

»Ich verstehe. Gerüchte und Geschwätz. In der Polizeiwache wartet übrigens der Kutscher, der die Frau beobachtet hat, die Hartenau junior in die Fabrik nachgeschlichen ist. Er hat sie genau beschreiben können und sich ihr Gesicht gemerkt. Und seine Angaben passen auf Sie, verehrte gnädige Frau«, lügt von Kleist.

Lilly wird bleich. »Das ist ein Komplott gegen mich. Thekla will mich erpressen, hat Geld verlangt und gedroht, gegen mich auszusagen.«

»Wie Sie meinen«, entgegnet von Kleist ungerührt und erhebt sich. »Thekla ist bereit, auf ihre Aussage den Eid abzulegen. Und wenn der Kutscher Sie auch noch erkennt, muss ich Sie des Mordes an Ihrem Stiefsohn anklagen lassen.«

»Sie irren sich«, sagt Lilly – schon weit weniger selbstbewusst.

»Warum behaupten Sie nach wie vor, Ihr Haus nicht verlassen zu haben? Es wäre sehr freundlich, wenn Sie mir die offensichtlichen Ungereimtheiten plausibel erklären könnten. Kommen Sie bitte mit zu einem offiziellen Verhör.«

Die Polizeikutsche nimmt nicht den Weg zur Wache. Justus von Kleist hat dem Kutscher die Anweisung gegeben, zuerst zur Fabrik zu fahren. Schade, daß der Kutscher die Frau nicht genauer hat beschreiben können.

»Es war alles ganz anders«, sagt Lilly ganz plötzlich.

»Das haben Sie bereits behauptet.« Von Kleists Ton ist gelangweilt.

»Das meine ich nicht. Ich bin Moritz gefolgt. Ja. Aber getötet habe ich ihn nicht.«

»Glaubst du wirklich, ich würde in Paris Erfolg haben? Mich ernähren können? Mit Arbeit?«

Rachel hat sich mit Elias in die Orangerie zurückgezogen. Einerseits will sie so schnell wie möglich fort aus Morgenthal, andererseits hat sie Angst davor, in einer fremden großen Stadt nicht heimisch zu werden.

»Rachel! Du hast doch meine Mutter und mich! Und den verehrten Herrn Heine. Er ist in Paris ein berühmter Mann. Alle liegen ihm zu Füßen. Sag mir: Was hält dich zurück?«

Rachel antwortet nicht. Vor ihrem inneren Auge ist Justus von Kleists Gesicht aufgetaucht. Ich bin eine dumme Pute, schilt sie sich. Er hat sich gelangweilt und mit mir ein bisschen herumgetändelt. Nein, noch nicht mal das hat er getan, sondern ich war die Tändlerin. Und wiedersehen will er mich auch nicht, sonst wäre er zur Beerdigung gekommen.

»Du hast recht!«, sagt sie trotzig. »Auf wen und worauf soll ich warten? Ich bin achtundzwanzig Jahre alt und sollte, weiß Gott, flügge werden.«

»Bravo! Bravissimo!« Elias umfasst Rachels Taille und schiebt sie im Tanzschritt durch die Orangerie.

»Und weißt du, wer uns begleiten wird, *ma chère?*«, kichert der Cousin. »Der gute Ludwig! Er hat genug von der preußischen Pressezensur! Auch er will sein Glück in Paris versuchen. Und als ich ihm erzählt habe, dass du vielleicht mitkommen wirst, war er erst recht Feuer und Flamme!«

Lilly Hartenau hat von Kleist gebeten, die Kutsche auf freier Strecke anhalten zu lassen.

Jetzt wird sie die Wahrheit sagen, denkt er. »Ich höre«, fordert er streng.

»Sie werden mir nicht glauben«, weint die Witwe. »Deshalb habe ich es auch ja noch niemandem erzählt.«

»Sie sind Moritz also gefolgt? Warum?«

»Ich wollte ihn töten. Ja. Ich habe eine Pistole mitgenommen. Emils Waffe.«

»Warum?«

»Ich hasste Moritz!«, ruft sie. »Und er hasste mich. Können Sie sich vorstellen, wie das war, mit ihm in einem Haus zu leben? Er quälte und demütigte mich. Er musste weg.«

»Was ist dann geschehen?«

»Er ging in die Fabrik. Ich hinterher. Die Halle war leer. Er musste oben im Büro sein. Ich bin die Treppe hoch. Leise. Die Tür war geschlossen.«

Von Kleist lässt ihr die Pause.

»Ich hörte Stimmen hinter der Tür. Zwei Männer. Ich bekam Panik und wollte schon wieder die Treppe runter. Aber dann wäre ja alles vergeblich gewesen.«

»Also sind Sie dort geblieben?«

»Ja. Ich legte mein Ohr an die Tür. Moritz schrie herum. Er hörte sich betrunken an. Zuerst konnte ich nichts verstehen …«

Von Kleist wartet ruhig.

»Er nannte den anderen Mann einen lächerlichen Hinterlader!«

Hinterlader! Das Wort ist von Kleist vertraut. Es bezeichnet einen Mann mit homosexuellen Neigungen.

»Danach hörte ich nur noch Schläge. Ich öffnete die Tür einen Spalt und sah hinein. Moritz lag auf dem Sofa. Ein Mann war über ihm und schlug mit irgendwas auf ihn ein. Immer und immer wieder! Überall war Blut. Dann hörte der Mann auf zu schlagen. Ich kauerte mich hinter der Tür auf den Boden. Der Mann stürzte aus dem Büro und rannte die Treppe hinunter. Wie von Teufeln gehetzt.«

»Sie haben diesen Mann erkannt?«

»Ja. Es war Graf Überall. Er war voller Blut.«

»Und was haben Sie dann gemacht?«

Lilly schaudert. »Ich bin ins Büro gegangen. Moritz war tot. Und da lag diese Figur. Der König!« Sie lacht hysterisch. »Der Graf hat Moritz mit unserem König erschlagen.«

Zwei Stunden später läuten Kürten und Escher Graf Überall aus seinem Mittagsschlaf. Im Morgenmantel öffnet er ihnen die Tür und bittet die Herren herein.

Wie verabredet führt Escher das Wort: »Wir müssen Sie bitten, erneut mit uns zu kommen.«

Der Graf fühlt sich sicher. »Sie gehen mir allmählich auf die Nerven. Das bisschen Sachbeschädigung, das Sie da offenhaben, streite ich ab. Ende. Wozu soll ich Sie also begleiten.«

»Sie haben keine Wahl. Wir nehmen Sie in Haft, Graf Überall.«

»Ach. Und warum?«

»Sie haben Moritz Hartenau erschlagen.«

»Wie bitte?«

»Sie haben mich schon verstanden.«

Von Überall lässt sich in einen Sessel fallen. »Das ist doch lächerlich!«

»Jemand hat Sie beobachtet, Graf.«

»Unsinn. Ich war doch gar nicht dort.«

»Doch, und Sie wurden sogar erkannt.«

»Unmöglich! Ich war nicht dort.«

»Es gab einen Wortwechsel, an den Sie sich erinnern dürften. Moritz Hartenau war nicht sehr höflich zu Ihnen. Er nannte Sie ›Hinterlader‹.«

Graf Überall wird blass und verfällt in eine Starre.

Dann reißt er sich zusammen und steht auf. »Meine Herren, einem preußischen Soldaten steht die Ehre über allem.

Moritz Hartenau hat es nicht besser verdient. Er war nicht satisfaktionsfähig. Also habe ich ihn erschlagen wie einen Hund. Und dieser Weber hat sich mir in den Weg gestellt. Das tut man nicht ungestraft.«

»Darf ich bitten, Graf? Begleiten Sie uns nun bitte ohne weitere Verzögerung.«

»Ich muss mich ankleiden, bitte warten Sie einen Moment.«

Schweigend beobachten Kürten und Escher, wie Graf Überall sich langsam erhebt. In der Tür dreht er sich noch einmal um und lässt den Blick durchs Zimmer schweifen. Dann geht er hinaus.

Die beiden Polizisten warten.

Auf der Straße klappert eine Kutsche. Darin sitzt Lilly Hartenau.

Ein Schuss zerfetzt die Stille des Mittags.

Der Kutscher hält an.

»Weiter!«, ruft Lilly dem Mann zu. Auf sie wartet Argentinien.

Die Ermittler reisen ab. Der hohe Polizist in unverhoffter Begleitung.

Am Nachmittag des nächsten Tages haben die Berliner Polizisten alle Formalitäten erledigt. Die Aussagen der Beteiligten sind schriftlich festgehalten, die Beweismittel gesichert. Von Überall liegt im Leichenhaus. Die Rechnung bei Emily Stein ist beglichen. Die Unterlagen sind geordnet und Schwarz und Escher schon unterwegs nach Berlin. Froh, heimzukommen.

Justus von Kleist tut sich mit dem Abschied schwerer. Er seufzt und blickt versonnen aus dem Fenster. Das dauert eine ganze Weile. Dann schreibt er eine Nachricht an Familie Grünblatt und kündigt einen Abschiedsbesuch an.

Er wartet nicht auf die Bestätigung. Mit einem letzten, langsamen Blick durch den Raum prüft er, ob er nichts vergessen hat. Bedächtig und entschlossen steigt er dann in die Kutsche und gibt das Zeichen. »Zur Villa Grünblatt bitte.«

Marlene sitzt schockiert – mit einem Batisttüchlein zum Abtupfen der Tränen bewaffnet – auf der Chaiselongue und schmollt. Gerade hat Rachel ihr von ihren Plänen erzählt.

»Du allein in Paris?«, jammert die Mutter. »Man hört so viel Schlimmes aus dieser Stadt!«

»Sie ist nicht allein, *ma tante!*«, widerspricht Elias zum wiederholten Mal. »Sie hat eine Familie dort. Und Herrn Heine.«

»Trotzdem! Viele Mädchen verkommen dort, landen bei der käuflichen Liebe. Willst du das, Rachel?«

Jetzt wird Ruben ärgerlich. »Hörst du augenblicklich auf! Unsere Tochter weiß genau, was sie will. Und ich habe volles Vertrauen zu meiner Schwester Sarah.«

Rachels Wangen sind gerötet. Endlich hat sie es geschafft. Weg aus Morgenthal! Hinein in ein neues Leben, das nicht von Anfang an vorbestimmt ist. Das sie selbst gestalten kann!

»Übrigens – Herr von Kleist macht uns in wenigen Minuten seine Aufwartung. Er fährt nach Berlin zurück und will sich verabschieden.«

Rachel horcht auf. Warum das? Gerade hat sie ihn aus ihrem Denken entfernt und sich mit den Pariser Vorbereitungen getröstet. Und nun erscheint er?

Und schon geht die Glocke an der Tür. Zu spät, um sich noch vor den Spiegel zu stellen.

»Lieber Freund!«, flötet Marlene, die sich von der Chaiselongue erhoben hat. »Ich darf doch Freund sagen? Sie haben in unsere kleine Stadt wieder etwas Ordnung gebracht. Stimmt es, dass dieser schreckliche Graf den jungen Hartenau auf dem Gewissen hat?«

Justus von Kleist nickt. »Das steht fest. Und Karl Roth hat er auch getötet.« Er sieht an Marlene vorbei zu Rachel. Sie ist leicht errötet. »Platze ich etwa mitten in eine Familienangelegenheit, gnädige Frau?«, fragt er.

»Ja, so könnte man es nennen. Aber das ist kein Problem, Herr von Kleist. Meine Tochter hat sich nur entschlossen, ihr Leben künftig fernab von ihren Eltern zu verbringen. Sie will ins sittenlose Paris. Kennen Sie diese Stadt, verehrter Polizeidirektor?«

»Ja, ich kenne Paris«, antwortet er. »Aber die Stadt ist nicht sittenloser als Morgenthal. Es kommt immer auf die einzelnen Menschen und ihre inneren Stärken an. Fräulein Rachel: Sie sind also tatsächlich fest entschlossen, Morgenthal zu verlassen?«

Rachel schaut ihn ernst an. »Ja, ich werde Morgenthal verlassen.«

»Schade, dass es Paris sein soll. Ich hätte Sie gern mitgenommen. Nach Berlin. Die Kutsche steht draußen. Der Platz neben mir ist frei.«

Rachel starrt ihn an. Die drei anderen starren sie an.

Nach einer langen Pause sagt sie: »Ich brauche zwölf Minuten, Justus. Zum Packen. Liebe *maman,* mach den Mund wieder zu. Du wartest doch schon lange darauf, dass ich dir deinen Schwiegersohn präsentiere. Da steht er.«

Noch mehr Grappa-Krimis

Zu bunt für Grappa
Der zehnte Krimi mit Maria Grappa
ISBN 978-3-89425-224-3
Provence: Ein Toter im Melonenfeld
und ein unbekannter van Gogh

Grappa und das große Rennen
Der elfte Krimi mit Maria Grappa
ISBN 978-3-89425-232-8
Wer meuchelte die drei prominenten Sozis
im Bierstädter Wahlkampf?

Flieg, Grappa, flieg!
Der zwölfte Krimi mit Maria Grappa
ISBN 978-3-89425-256-4
Wilde Tiere, tote Callboys und aggressive Neonazis

Grappa und die acht Todsünden
Der dreizehnte Krimi mit Maria Grappa
ISBN 978-3-89425-267-0
Tödliches Festmahl für sieben Männer und Frauen

Grappa im Netz
Der vierzehnte Krimi mit Maria Grappa
ISBN 978-3-89425-278-6
Bierstadts OB ist verschollen und untreue Ehemänner
werden gekillt.

Grappa und der Tod aus Venedig
Der fünfzehnte Krimi mit Maria Grappa
ISBN 978-3-89425-290-8
Grausame Verbrechen und eine Hommage
an Thomas Manns Venedig

Rote Karte für Grappa
Der sechzehnte Krimi mit Maria Grappa
ISBN 978-3-89425-318-9
Wer killte den brasilianischen Stürmerstar Toninho?

Grappa und die Nackenbeißer
Der siebzehnte Krimi mit Maria Grappa
ISBN 978-3-89425-335-6
Tote Kitschromanautorin und magische Momente

Deutsche und Franzosen

Jan Zweyer

Franzosenliebchen

ISBN 978-3-89425-605-0

Weimarer Republik, Januar 1923: Im französisch besetzten Ruhrgebiet wird eine junge Frau ermordet. Zwei Soldaten geraten in Verdacht, werden aber vom französischen Militärgericht freigesprochen. In Berlin will man das nicht auf sich beruhen lassen und schickt einen Agenten nach Herne.

»Jan Zweyer – mit seiner Serie um den Herner Rechtsanwalt Rainer Esch bereits ausgewiesener Krimi-Experte – folgt mit dem ›Franzosenliebchen‹ dem Trend zum historischen Krimi. Sein Roman ist ein zeitgeschichtlich gut geschilderter Krimi aus einer fast in Vergessenheit geratenen Phase der Revier-Geschichte. Dazu gibt es viel Lokalkolorit – und das macht die Mischung zum richtigen Lesevergnügen.« Reinhard Jahn, NRZ Feuilleton

»Jan Zweyer ist mit ›Franzosenliebchen‹ ein subtiler, sorgfältig recherchierter Bilderbogen dieser brisanten Zeit gelungen, in der Angst, Misstrauen und Verzweiflung das Leben der Menschen vergiftet haben. Seine Dialoge sind aus dem Leben gegriffen, seine Berichte schnörkellos – ein packendes Buch und der vielversprechende Auftakt zu einer geplanten Goldstein-Trilogie.«
WAZ Westdeutsche Allgemeine Zeitung

»Diese Mischung aus akribischen historischen Beschreibungen und dem krimitypischen Schema ›Whodunnit‹ ist Jan Zweyer außerordentlich gut gelungen.« Recklinghäuser Zeitung

»Krimi-Fans können sich freuen: Zweyer ist ein sicherer Geschichtsdetektiv, die Weimarer Republik als Krimi-Hintergrund ein fast unbearbeitetes Sujet. Da gibt es noch viel zu tun.«
Seite 4 – Literaturbeilage

Römer und Germanen

Hagemann & Stitz

Das Geheimnis des Mithras-Tempels

ISBN 978-3-89425-603-6

Widerwillig tritt der junge Römer Quintilianus seinen Dienst in einem Legionslager in Niedergermanien an. Die Gegend ist unwirtlich und die Stimmung schlecht, Angst geht um. Quintilianus stößt auf Betrug und Korruption. Dann wird der verhasste Centurio Saturius am Mithras-Tempel tot aufgefunden …

»Eine interessante Zeit- und Kulturstudie, die das Leben im römischen Germanien mit allen Licht- und Schattenseiten beleuchtet.« www.krimizeit.de

»Klasse erzählt, mit Spannung, Witz und tollen Details.« Neue Presse

»Die Handlung ist spannend, wirkt an keiner Stelle konstruiert und nimmt den Leser mit auf eine Zeitreise, als am Rhein die Grenze Germaniens verlief.« Emsdettener Volkszeitung

»Über einen Kriminalfall hinaus erzählt ›Das Geheimnis des Mithras-Tempels‹ die Geschichte einer Charakterbildung und Emanzipation des verzogenen Jungen aus gutem Hause, der Entstehung von Freundschaft und des Ablegens von Oberflächlichkeiten – kurzum: des Erwachsenwerdens. Was den Tiefgang und die Entfaltung der Charaktere anbelangt, so wäre es schade, wenn Hagemann & Stitz nicht mit einer Fortsetzung liebäugeln würden.«
Lesart – Unabhängiges Journal für Literatur

»Mit solider Spannung verführen die immerhin 382 Seiten zum andauernden Lesegenuss.« Prinz Hannover

grafit